유기

2

하용준 장편역사소설

유기 留記 - 2. 사라진 제국

초판 인쇄 2008년 5월 7일 | **초판 발행** 2008년 5월 15일
지은이 하용준
펴낸이 최종숙 | **책임편집** 권분옥 | **편집** 이소희 양지숙 김지향
마케팅 안현진 정태윤 | **디자인 기획** 홍동선
펴낸곳 글누림출판사 | **등록** 제303-2005-000038호(등록일 2005년 10월 5일)
주소 서울시 서초구 반포 4동 577-25 문창빌딩 2층
전화 02-3409-2055 | **팩시밀리** 02-3409-2059 | **홈페이지** http://geulnurim.co.kr
ISBN 978-89-91990-90-6 04810
       978-89-91990-88-3 04810(전2권)

정가 9,800원
* 잘못된 책은 교환해 드립니다.

하용준 장편역사소설

욱기

사라진 제국 2

글누림

차례

유기留記 1. 신화의 끝

유기留記 2. 사라진 제국

장물 창고

“미안합니다만 이유가 어떤 것이든 거절하겠습니다. 보시다시피 제가 지금 몹시 바쁘거든요.”

그렇다고 쉽게 물러설 수는 없었다. 말을 하면서 그녀의 가슴에 내려와 있는 목걸이의 메달을 보았다. 나는 애원하는 시늉을 했다.

“한 가지 부탁할 게 있습니다. 제발 뿌리치지 말아주십시오.”

“좋아요, 짧게.”

그녀는 가슴을 여미며 애써 미소를 지어주었다. 몸에 밴 예절이었다.

“그 목걸이를 저에게 파십시오. 값은 상관없습니다.”

“값은 저도 상관없어요. 팔 생각이 없으니까요. 그럼 이만 실례…….”

더 이상 어떻게 할 수가 없었다. 그렇다고 그녀를 마냥 졸졸 따라다닐 수도 없는 노릇이었다. 벌써 사람들의 시선을 받고 있었다.

그들은 내가 그녀에게 데이트 신청을 했다가 퇴짜 맞았다고 생각했는지 엄지손가락을 들어 격려를 보내주고 있었다. 재미있어 하는 표정이 역력했다. 나는 다시 그녀에게 다가갔다.

“저는 한국에서 온 사람입니다. 역사를 공부하는 사람인데 당신의 목걸이가 제 공부에 있어서 아주 중요한 정보를 줄 수 있을 것 같아서……."

"그만 하세요. 더 듣고 싶지 않아요. 당신의 목적은 다른 데 있는 것 아니에요? 그리고 당신이 공부를 하든 무엇을 하든 내가 알 바 아니에요. 그러니까 제 목걸이를 핑계 삼아 나를 귀찮게 하지 마세요. 경고하는데, 나를 방해하면 경비를 부르겠어요."

그녀는 바로 돌아섰다. 하지만 포기할 수 없었다. 설령 그것이 청동 궤에서 떨어져 나온 것이 아니라 하더라도 확인은 해보아야 했다.

"그렇다면 잠깐이면 됩니다만, 목걸이를 저에게 보여주실 수는 없겠습니까?"

"거절하겠습니다."

말을 마친 그녀는 걸음을 재촉했다. 나는 그녀를 따라가 세웠다. 그러자 그녀는 갑자기 소리를 질렀다. 사람들의 시선이 집중되었다. 경비원이 부리나케 달려왔다.

그녀가 경비원에게 다가가 나를 보고 무어라 하자 경비원은 고개를 끄덕이더니 대뜸 내 손에 수갑을 채웠다. 변명할 틈도 없었다. 그들은 나를 끌고 경비원 대기실로 가서 어딘가에 전화를 했다.

경찰이 달려왔다. 무어라 말했지만 자세히 알아들을 수 없어 여권을 보였다. 그들은 여권을 살피더니 나를 경찰서로 데려갔다. 나는 곧바로 유치장에 갇혔다. 얼마가 지나자 대사관 직원 하나가 달려왔다.

"무슨 일입니까? 나라 망신스럽게……. 미술관에 있던 한국인 하나가 대사관으로 연락을 해왔어요. 옷차림을 보면 한국인이 분명한데 젊은 여자에게 추근대다가 잡혀갔다고 합디다."

입고 있었던 먹물색 한복이 고마웠다. 자초지종 설명할까 하다가 그만두었다. 어차피 미친놈 소리를 들을 게 뻔했다. 목걸이를 한 여자가 들어오는 것이 보였다. 진술하러 온 모양이었다.

유치장 바닥에 그대로 주저앉고 말았다. 소지품도 모두 빼앗긴 형편이었다. 대사관 직원이 내 소지품을 살피고 나서 다가왔다.

"뭐 하는 사람입니까?"

그의 말이 귀에 들어오지 않았다.

"내가 어떻게 되어도 좋으니 저 아가씨 목에 걸려 있는 목걸이나 한 번 보게 해주시오. 제발 부탁이오."

대사관 직원은 이해할 수 없는 표정을 지었다.

"추근거린 게 그 목걸이 때문입니까?"

"예."

나는 맥이 풀린 소리로 대답했다.

"저 목걸이가 당신 거요?"

"예전에 잃어버린 것과 똑같습니다."

나오는 대로 말해버렸다. 이 지경까지 왔는데 목걸이를 확인하지 않고는 억울하다는 생각이 들었다. 대사관 직원은 경찰에게 갔다.

내 임기응변이 효과가 있었는지 그가 무어라 하니까 그녀는 어쩔 수 없다는 듯이 고개를 흔들며 목걸이를 벗어 경찰에게 주었다. 경찰과 대사관 직원이 다가왔다.

"자, 잘 살펴보시오. 저 아가씨는 이 목걸이를 어릴 때부터 가지고 있었다고 합니다."

목걸이를 들고 살펴보았다. 짐작대로였다. 목걸이의 무늬는 문경 시 시암에서 한동안 불진불퇴의 늪에서 허우적거리고 있을 때 나타난 것과 똑같았다. 뒤집어보았다. 희미하게 닳아 표시가 잘 나지 않는 문자가 양각되어 있었다. 현기증이 났다. 그 문자는 바로 가림토였다.

"당신이 잃어버린 게 맞소?"

"……."

아무 말도 할 수 없었다.

"당신이 잃어버린 게 맞냐니까."

"잃어버린 건 틀림없이 맞는데, 내 개인 소유의 물건은 아닙니다."

대사관 직원은 무슨 농담을 하느냐는 눈초리로 나를 쏘아보았다. 경찰과 대사관 직원이 책상 앞으로 돌아갔다. 그들은 꽤 오랜 시간 동안 대화를 했다.

대사관 직원이 그녀에게 고개 숙여 인사를 하는 모습이 보였다. 그녀는 몸을 돌려 나를 흘깃 바라보았다. 나는 그 순간 그녀의 이름이라도 알아두어야겠다고 생각했다. 그러나 이내 불가능한 일임을 깨달았다. 나는 치한인 것이다. 웃음이 났다. 누가 치한에게 피해자의 이름을 가르쳐 준다는 말인가.

목걸이는 분명히 청동으로 만든 것이었고 가림토 문자의 흔적이 있었다. 어쩌면 그녀는 병인양요 때 강화도를 침입해 왔던 로즈 제독의 후손인지도 모른다. 다른 특별한 이유가 없다면 강화도 전등사 요사채에서 세웠던 추론은 역사적 사실로 판명되는 것이다. 다케다나 강석민도 파악하고 있는 것처럼.

대사관 직원이 다가왔다.

"더 이상 나도 도울 길은 없소. 벌금 이백 프랑을 내고 스물네 시간 안에 여기를 떠나야 됩니다. 프랑스에서 추방이오. 그렇지 않으면 차평무 씨는 여기 감옥에서 한 달 이상을 살아야 해요. 실정법 위반으로"

벌금을 내고 출국 명령서를 받았다. 잠시 생각한 나는 행선지 란에 일본이라고 썼다. 키쿠보의 아파트를 정리하고 노인에게서 물려받은 책도 가져와야 했다.

대사관 직원과 경찰관이 나를 지켜보고 있었다. 서명을 했다. 이것으로 1년 6개월 이내에는 프랑스 국경을 넘어올 수 없었다. 생각보다 무거운 벌이었다. 나는 덤덤히 일어섰다. 하지만 못내 안타까운 느낌은 떨쳐버릴 수 없었다. 그녀의 얼굴만이라도 똑똑히 기억해 두었다.

일본 요코하마, 1998년 2월

다케다 노인은 아들과 함께 화초 파는 가게를 차려놓고 있었다.

"그래, 성과가 좀 있던가?"

"아직 아무것도……."

"너무 서두르지 말게. 서둘다 보면 중요한 것을 간과해버리는 일이 생기게 마련이야."

"알겠습니다, 선생님."

"정인이 내 원망을 많이 하더구만. 자네를 사학에 묶어두었다고 말이야, 허허."

"……."

노인은 내 얼굴빛을 유심히 살피더니 불쑥 물었다.

"자네 그동안 도라도 닦았는가? 어째 알 수 없는 기품이 서려 있는 듯한데?"

"동명 스님을 이 년쯤 모셨습니다."

"그래? 잘한 일이야. 앞으로 그와 같은 도인은 출현하기가 힘들지. 동명 대선사께서는 아무런 말씀이 없으시던가?"

"아직 무언가를 도모할 때가 아니라는 말씀뿐이었습니다."

"으음……."

"짚이시는 점이라도 있으신지?"

"아닐세."

아들이 저녁을 차려내어왔다. 노인은 식사 내내 간장과 소금 간만 한 채소에 젓가락이 가는 나를 몇 번이고 무심히 보았다. 찬이 입에 맞지 않아 그러나 하는 것도 같았다.

기회를 보아 채식주의로 바꾸었다고 농담 삼아 얼버무렸다. 그러나 곧 그것이 오해를 더 깊게 할 소지가 있다는 생각이 들었다. 무릇 오해를 받을 만한 처지에 있을 때, 최선의 변명은 침묵이라는 점을 잊었던 것이 실수였다. 식사가 끝날 무렵에서야 노인은 혼잣말로 나지막이 중얼거렸다.

"사학도가 도인이 되어 돌아온 건가……."

나이 오십이 다 되어가는 아들은 아버지를 하늘처럼 여기고 있었다.

그는 한 마디도 하지 않았다. 그러나 홀아비 아버지와 홀아비 아들, 그들은 적적해 보이기는 해도 수채화 그림처럼 살고 있었다.

학교에서는 나를 불량 학생으로 제적 처리를 해놓았다. 우스웠다. 불량 교수가 판단한 불량 학생, 나 스스로가 선량한지 불량한지 문득 혼란스러웠다.

키쿠보의 맨션을 정리했다. 책과 자료는 한성세라믹 도쿄 현지 법인의 임원 전용 사물보관실 깊숙한 곳에 있었다. 항공편으로 서울에 보냈다.

우에노에 하숙을 정해 놓고 프랑스어 공부와 가림토 문자에 매달렸다. 동명 스님은 아직 때가 이르다고 했지만 언젠가 다가올 그때를 위

해 준비해 둘 필요가 있었다. 프랑스 어딘가에 깊이 숨겨져 있을지도
모르는 책과 청동궤가 훗날 어떤 계기로 공개되기라도 한다면 궤 표
면에 새겨 놓은 가림토 글자를 해독해야만 하는 상황에 놓이게 될 것
은 뻔한 일이기 때문이었다.

그러나 프랑스어 공부는 눈에 띄게 진도가 나가는 데 비해 가림토
문자 연구는 전혀 진척이 없었다.

"이게 얼마만이야? 몰라보게 달라졌는데? 눈빛도 예전의 자네 눈빛
이 아니고."

"이 사람이……. 그래 요즘 뭘 하고 지내?"

"내 얘기는 천천히 하자구. 어디 들어가세."

하야시는 내 손을 잡았다. 그는 말쑥한 차림이었다. 그를 보니 가츠
코가 생각났다. 그러나 내색은 할 수 없었다. 우리는 조그만 카페에 들
어사 차를 마셨다.

"다케다 교수 얘기 좀 해보게."

"자네가 사라져 버리고 난 뒤 나도 그 다음해에 학교를 떠났어. 요
즘은 어떤지 모르지만 그때는 굉장했어. 자네를 찾으려고 우리 모두
도쿄를 헤매고 다닐 정도였으니까."

"다케다 교수가 시켰어?"

"그런 게 아니라, 자네가 다케다 선생님 댁에서 무언가를 들고 사라
져버렸다는 소문이 돌았어. 분개한 학부 학생들과 우리는 그 말을 듣
고 가만히 있을 수 없었지. 그때 자네가 발견되었으면 아마 큰일이 났
을 걸? 하하."

"그 소문 믿었어?"

"무슨 소리야? 내가 자네를 변호하고 나서니까 선생님이 부르더군. 많이 혼났네. 그 후로 공부도 엉망이 되어버리고."

"내가 뭘 가지고 도망갔다고 하던가?"

"값나가는 무슨 그림이라고 하더군."

나를 찾으려고 든다면 무슨 일인들 벌이지 못할까 싶었다.

"서고에는 학생들이 계속 드나들고 있어?"

"아니, 자네가 사라지고 난 뒤에 학생들의 출입을 금지해버렸어. 거기 있는 서적 중 일부는 사본을 만들어서 학교 도서관에 비치하고. 참, 정부 지원금을 타내서 손을 봤다는 얘기도 들었어. 그해에 서고가 '보존되어야 할 일본의 근대 건물 200선'에 올랐다나 어쨌다나 하면서."

보안과 경계를 철저히 해놓았을 것이다. 다케다다운 생각이었다.

"술 한잔 해야지? 집으로 가세. 자네한테 보여줄 게 있어."

"무얼……?"

"가보면 알아. 독립한 지 이제 일 년 됐어."

"그래? 축하하네. 그럼 결혼한 거야?"

하야시는 대답 대신 빙그레 웃었다. 정상적인 생활로 돌아왔다는 의미인가. 나는 궁금해 하면서 그를 따라나섰다.

10평이 될까말까 한 조그만 아파트였다. 현관을 들어선 나는 깜짝 놀라고 말았다. 가츠코였다.

"인사하게. 집사람이야."

"어서 오세요, 차상."

그녀는 정중하게 인사했다. 나는 아무 말도 못하고 섰다가 가까스로 입을 열었다.

"가츠코……."

하야시는 자기가 즐겨 마신다는 우리 소주 두 병을 꺼내왔다. 정신이 돌아왔다. 내가 오쿠다마를 떠난 뒤로 그들 관계에 큰 진전이 있었다는 것을 쉽게 알 수 있는 일이었다. 하지만 나는 묻지 않았다. 그들이 하나로 합쳐지는 과정의 아름다운 이야기를 상상하는 것만으로 자유로운 감동을 느끼고 싶어서였다.

"자네한테 정말 미안해."

하야시의 말이 무거워졌다. 나는 그가 사과하는 이유를 생각하고는 슬그머니 농담이 하고 싶어졌다. 그렇지 않으면 분위기가 어색해질 것이었다.

"이 친구, 일본 최고의 아가씨를 아내로 삼아 놓고 하는 말 좀 보게. 질투나는데? 그때 가츠코를 데리고 떠날걸 그랬나, 하하."

하야시도 가츠코도 따라 웃었다.

"가츠코, 행복하게 사시길 빕니다. 저는 잊어주시고, 하하."

가츠코는 예전의 태도 그대로 웃음만 지었다.

"아직도 자네를 못 잊고 있나봐. 저기 좀 보게."

하야시가 가리킨 것은 모서리 벽에 걸려 있는 삼각 나무 선반이었다. 사진이 든 조그만 액자가 보였다. 어디서 본 듯한 사람들이었다. 가까이 가보니 교토에서 가츠코와 찍은 사진이었다.

"그러지 말래도 당신이 걸어두고선……."

마땅히 할말이 생각나지 않았다. 내가 우물쭈물하자 가츠코가 다시 입을 열었다.

"차상은 보고 싶은데 같이 찍은 사진이 없다며 저걸 걸어두겠다고 우기잖아요."

하야시는 술잔을 내게 내밀었다.

"이제 한국식으로 하자구. 일본은 지긋지긋해. 답답하고 숨막히고……. 하야시라 부르지 말고 한국말로 불러 줘. 임정홍이라고. 자, 한잔 받게."

"한국말도 배웠어?"

"그럼. 나중에 가츠코랑 한번 가봐야지. 임씨라는 내 성도 한국에서 나온 거니까 나도 엄연히 한국인의 피를 이어받았다구, 하하."

"농담은. 한국에는 언제 갈 생각이야? 구체적인 계획이라도 잡아 놓고 있는 거야?"

"훗날, 먼 훗날에 친구가 아내에게 준 주소를 들고 찾아갈 건데? 하하."

"싱겁긴."

나는 그의 잔을 받았다. 주거니 받거니 하던 중에 하야시가 갑자기 일어섰다.

"술이 모자랄 것 같군. 나가서 좀 더 사올 테니까 잠시만 기다리라구."

그는 내가 말릴 새도 없이 윗도리를 걸치고 나가버렸다. 하야시가 나가자 가츠코가 빙긋 웃었다.

"저 녀석이 자리를 피해 주는 겁니까?"

가츠코는 아무 대답도 하지 않았다.

"참, 잘 된 일이예요. 진심으로 축하합니다."

"……."

"다케다 선생님과 사모님은 안녕하시겠지요?"

"차상이 가고 난 뒤에 도둑이 한 차례 더 들었어요. 그 때문에 외숙모님이 찔려서 쓰러지셨는데……. 계속 병원에 계시다가 두 달 전에 돌아가셨어요."

"그런 일이……. 그럼 오쿠다마엔 선생님 혼자 계시겠군요."

"하야시가 들어가 살지 않겠다고 해서……."

도둑은 필시 서고의 비밀 수장고를 노리는 녀석일 것이다. 나는 불현듯 그 도둑을 한번 만나고 싶은 생각이 들었다. 일본인이 아닌 듯한 예감이 들어서였다.

"차상은 결혼하셨어요?"

"아직."

"다시 못 볼 줄 알았는데……."

"하야시가 가츠코를 잘 대해 주겠지요?"

"친절한 사람이예요. 도박도 끊고 열심히 살고 있어요."

가츠코는 방으로 들어가 무언가 들고 나왔다.

"예전에 차상의 생일을 알면 선물하려고 했던 거예요."

포장을 뜯어보았다. 손수건이었다. 산속 계곡 양쪽에 암수 사슴 두 마리가 서로 마주보는 수가 놓여 있었다.

하야시가 들어오는 소리가 들렸다. 우리는 많이 취했다. 밤이 이슥해져서야 아파트를 나섰다. 어깨동무를 했다. 실상은 둘 다 별로 취하지 않았지만 하야시도 나도 크게 취한 흉내를 내고 싶었다.

"이제 이쪽으로 연락하면 돼. 예전의 본가에 전화하지 말고."

그가 내민 명함을 받아든 나는 아찔한 현기증을 느꼈다.

"이 회사, 뭘……하는 회사야?"

"오타니사? 도자기 회사야. 마아케팅 부서의 부책임자로 있어."

하야시의 웃는 얼굴을 보았다. 그러나 내 얼굴은 굳어져 있었다.

"왜 하필…… 여기에……?"

“원래 내 전공이 경제 분야였어. 자네에게 말은 안했지만. 이제 전공을 되찾은 거지. 사랑도 되찾고. 요즘처럼 행복한 때가 내게 또 있을까 하는 생각이야.”

“탄탄한 회사야?”

“아직까지는. 합작회사 하나가 골머리를 썩이는 것 말고는.”

“……”

하야시는 악수를 청했다.

“우리 관계 잊으면 안 돼. 어디 있든, 무슨 일을 하든 간에.”

도쿄발 서울행 여객기, 1998년 10월

“그게 무슨 뚱딴지 같은 소리야! 누가 그런 말을 했다고?”

“차평무라고……”

“차평무……? 차평무가 도대체 누구야?”

“저도 그의 신분은 모르고 있습니다. 몇 달 전에 제 하숙집에 들어온 사람인 것밖에는.”

“자네, 어젯밤에 꿈이라도 꿨나? 왜 아침부터 정신나간 소리를 지껄이고 있어? 그리고 서고에 여러 번 와봤으면서 그런 뚱딴지 같은 말을 해?”

“너무 어이가 없는 소리를 지껄이기에 저도 그만……. 죄송합니다, 선생님.”

다케다 교수는 연구실에서 정인수에게 핀잔을 주고 있었다.

“그만 나가봐. 참, 그리고 지난번에 제출한 학위 논문 있지? 5세기 초 한반도와 일본의 전쟁사에 관한 논문 말이야. 결론 부분을 좀 더 확신을 가지고 다시 작성해 봐. 조금만 손을 보면 학위 심사에 별다른 문제는 없을 거야. 그리고 논문이 통과되는 대로 학회에서 나오는 논문집에 실어볼 작정이니까 엉뚱한 생각으로 시간 낭비하지 말고. 알겠나?"

"잘 알겠습니다. 이만 나가보겠습니다."

"그러면 그렇지."

정인수는 연구실을 나와서 곧 후회했다. 감히 스승을 의심하다니. 머리가 무거웠다. 지난밤에 차평무와 마신 술 때문이었다. 목욕이라도 하고 논문을 손봐야겠다고 생각했다.

다케다 교수가 말하는 학회지는 ≪니겡≫지를 말하는 것이 분명했다. 다케다 교수가 학회의 회장직을 맡고 있음에도 불구하고 제자의 논문을 싣고자 하는 것은 어느 모로 보나 대단한 결정이었다. 정인수는 다케다 교수가 자기를 위해 특정 제자를 편애한다는 학계의 오해까지 감수하겠다는 뜻으로 받아들였다.

'역시 큰 어른이야. 학문을 위해서라면 인종과 국적을 초월하고 있으니…….'

정인수는 학위 논문의 핵심인 광개토대왕 비문에 나타나는 문구를 떠올렸다.

정인수가 나가고 나서 다케다 교수는 의자에 등을 기대며 파이프 담배를 물었다.

'지금까지 잠잠하게 있다가 그 녀석이 다시 나타난 목적이 뭐지? 더구나 정 군에게 서고에 관한 이야기를 꺼냈다니…….'

그는 한참 동안 눈을 감고 있다가 한숨을 내쉬었다. 다케다 교수는 결연한 표정으로 전화기의 수알(다이얼)을 눌렀다.

"나 도쿄대학 다케다인데 의원님 대줘. …… 응, 나야. 문제가 좀 있어. …… 자세한 건 만나서 얘기하기로 하고, 차평무란 녀석이 지금 도쿄에 머무르고 있어. 무조건 수배해서 좀 잡아들여 줘. …… 그래 맞아, 예전에 우리 집에서 기숙하던 그 녀석 말이야. 반드시 출국하기 전에 잡아야 해. …… 무슨 일을 꾸미고 있는 것 같은 느낌이야. …… 그래, 그러지. 그럼 퇴근 후에 그곳에서 만나세."

송수화기를 내려놓고 난 다케다 교수는 입술을 지그시 깨물었다.

새벽까지 논쟁을 벌였던 유학생 정인수. 그는 내가 다케다를 존경하는 스승으로 여기고 차곡차곡 밟아나갔던, 그 허무했던 사학의 길을 고스란히 되밟고 있었다. 그는 과연 눈을 뜰 수 있을까. 나는 고개를 저었다.

자칫 잘못해 물리적인 싸움으로 비화될 뻔한 대화를 마치고 방으로 돌아온 나는 피로함을 달래며 바로 여장을 꾸몄다. 정인수는 필경 다케다에게 나의 실체와 비밀 수장고에 대해 물어볼 것이기 때문이었다. 다케다는 시치미를 떼고 나를 모른다고 할 것이다. 그리고는 곧바로 도쿄라는 독 안에 든 나를 옭아매려고 여기저기 손을 쓸 것이다. 자칫 잘못하면 벗지 못할 누명을 쓴 채 출국 금지를 당할 수도 있는 일이었다. 그는 능히 그렇게 하고도 남을 사람이다.

다케다의 추적을 피하기 위해 곧바로 출국 수속을 밟은 것은 옳은 판단이라는 생각이 들었다.

비행기는 일본 열도를 벗어나 바다 위를 날고 있었다. 어느덧 창 아래로 진초록색 육지가 보였다. 반가웠다. 마음이 편안해졌다. 의자를 뒤로 젖히고 눈을 감았다. 일본과 일본인을 생각했다. 그리고 우리를 떠올렸다.

문득, 처음 강의를 들으려 학교에 갔을 때 휴게실에서 일본의 극우 단체에서가 찍어낸 유인물의 카툰 시리즈를 본 기억이 났다. 지도를 펴놓고 일본 열도를 가만히 살펴보면, 열도는 아시아 대륙을 농구공처럼 손바닥에 올려놓고 있는 거인의 손 모양인데 한국이 그 공에 묻어 있는 가시 모양으로 거인의 손바닥을 찌르고 있는 형국이라 거인은 늘 농구공을 제대로 잡지 못한 채 짜증스럽다고.

서울, 1998년 12월

전화를 받고 곧장 병원으로 달려갔다. 아버지께서는 산소마스크를 달고 있었다. 병실에는 어머니와 형수가 와 있었다. 비서실 윤 사장이라며 인사를 청해 왔다. 예전에 계열사 전무로 있던 사람이었다.

곽 이사와 그룹 수석 법률고문인 성 박사가 도착했다. 곽 이사는 나를 보고 고개를 숙이며 인사했다. 성 박사가 떨떠름한 투로 입을 열었다.

"혈압이 높으셔서……. 아무래도 이제 일선에서 물러나실 때가 되었는데……. 사업하시기엔 다소 무리가 따르는 연세라서 말이야."

"지금 상태는 어떻습니까?"

"나아지고 있다고는 하네만 노인의 병은 알 수 없는 일이지. 무심한 사람 같으니라구. 아무리 계약이라고는 하지만 부자지간에 그 무슨 엉뚱한 노릇을 지금까지……."

성 박사가 혀를 찼다. 아버지는 쓰러져 병원에 실려오면서 나를 찾아서 무조건 불러들이라고 했다는 것이다. 내가 사업을 물려받는 것만

이 유언이라며.

하지만 그 말을 듣고도 나는 아무런 감정의 동요가 없었다. 아버지나 나나 대우주 속에서는 그저 하나의 위치를 나타내는 의미로서의 점, 그 이상 어떤 존재도 아니기 때문이었다.

아버지께서는 열흘 뒤에 회복하셨다. 건강이 예전만은 못했지만 일상생활을 하고 회사 업무를 보는 데는 큰 지장이 없었다. 나에게 집 밖 출입을 금하는 금족령을 내렸다.

컴퓨터를 바꾸어야 했다. 회사에서 만든 최신 기종을 가져다가 그동안 사용해 왔던 컴퓨터 안에 들어 있는 자료를 옮겨 심었다. 몇 번 살펴보았지만 정체불명의 우편은 그 뒤로 더 이상 오지 않았다.

"전화 받아보렴."

어머니의 목소리였다.

"전화 바꿨습니다. ……그렇습니다만 누구신지요? ……누구라고? ……경완이? 야, 정말 오랜만이다. 귀국했다는 말은 누구한테 들었어? ……그래? 어디야, 지금? ……알았어. 바로 나갈게. 꼼짝 말고 거기 기다리고 있어. 삼십 분이면 충분할 거야. ……그래, 이따가 보자."

"경완이가 너 귀국한 건 어떻게 알았다던?"

"그냥 연말이라 해본 거래요. 텔레파시가 통했나 보죠, 뭐."

"그래? 하긴 명절 때하고 해가 바뀔 때마다 잊지 않고 꼬박꼬박 안부전화에다가 선물도 보내왔지 뭐냐. 만나거든 한번 놀러오라고 해라. 저녁이나 같이 하게."

"알았어요. 아버지께는 비밀이에요?"

"잠깐씩 나들이도 못하게 하신 건 아니잖니."

거리는 성탄 분위기에 휩싸여 있었지만 여느 해 같지는 않았다. 국가적 부도사태라는 충격은 시민들의 얼굴에 그대로 나타나 있었다. 그나마 충격이 덜 느껴지는 곳은 호텔이었다. 사람들의 표정에서 그다지 변화의 느낌을 찾을 수 없었다.

"어서 와. 이게 몇 년 만이야?"

"틀이 잡혀가는데?"

잘 빗어 넘긴 머리며 날카로운 눈매가 어우러져 모르는 사람이 본다면 밑바닥 세계의 보스쯤으로 생각할 것 같았다.

"그동안 뭘 하고 지냈어?"

"그냥 뭐……."

"무슨 좋은 일이라도 있는 모양인데? 뜸들이지 말고 말해 봐."

"하여간 이 녀석은 못 속인다니까, 하하, 이 년 전에 회사 하나 차렸어. 옛 동지들 모아서."

"동지들이라면 누굴 말하는 거야?"

"군대 친구들 말이야."

"그래? 무슨 회사야?"

"사설 경비경호업체야. 처음 시작하지만 경험 있고 실력 있는 애들도 많아."

"거래처는 좀 있어?"

"말하면 놀랄걸? 지난달에 한성그룹 지정업체로 등록했어."

"아버지 만났어?"

"아니, 순수하게 경합해서 딴 거야."

"그래? 그랬다면 정말 축하한다. 잘됐어. 정말 잘된 일이야. 그럼 한턱 내야지, 이 형님한테?"

"그러잖아도 아버님하고 어머님께 진지를 대접하려고 전화한 거야.

그런데 네가 귀국했다잖아? 연락 좀 하고 살지, 그동안 뭐 하느라 전화 한 통 안했어?”

“말하자면 길어……. 만난 김에 둘이서 송년회나 하자.”

“거 좋은 생각인데? 뭘로 한턱낼까? 말만 해.”

“어디 사찰 음식 잘하는 데 있으면 밥 먹으러 가자.”

“뭐야? 얘가 다녀오더니 어떻게 된 거 아냐?”

경완이는 눈이 둥그레져 따라나왔다. 밥을 먹는 동안 그는 내내 지난 일을 물었지만 나는 대답해 줄 수가 없었다.

조간신문을 훑어보고 있다가 아버지로부터 전화를 받았다.

“평무냐? 황 기사를 보낼 테니까 회사에 잠시 들어와.”

무언가 할 말이 있는 듯했다. 얼마 지나지 않아 황 기사가 현관으로 들어섰다. 옷을 갈아입고 나오려는데 뉴스 속보라는 자막이 텔레비전에 비쳤다. 눈길을 멈추었다.

화면은 이내 문경 휘선사로 바뀌었다. 아나운서의 목소리가 흘러나오기 시작했다.

“황 기사님, 잠깐만요.”

속보는 동명 스님이 입적했다는 소식이었다. 보도는 반복되어 나오고 있었다. 갑작스러운 일이었다.

시시암으로 한번 찾아가보려던 것을 미루어두고 있었는데……. 비록 빈손일망정 찾아보지 못한 것이 후회되었다.

지산 스님의 인터뷰가 진행되고 있었다. 아무것도 묻지 말라는 말만 되풀이할 뿐, 지산 스님은 더 이상 어떤 질문에도 대답하지 않았다. 동명 스님의 상좌다운 면모를 보이고 있었다. 언론이 온갖 수식어를 동

원해 동명 스님의 일대기를 횡설수설 찬양하는 것을 보고 피식 웃음
이 나왔다. 인간들이 하는 일이란…….

"빨리 모셔오라고 하셨는데, 이것 참."

"가요, 그럼."

황 기사는 부랴부랴 시동을 걸었다. 인도에는 잔뜩 웅크린 사람들이
낙엽처럼 걸어가고 있었다. 어깨라도 좀 펴고 다니면 좋으련만…….

"아직도 계약은 유효허냐?"

"그럼요."

무슨 말을 하려는지 짐작하고 있던 나는 웃으며 맹랑하게 대답했다.

"이놈아 왜 웃어, 애비를 앞에 두고 쓸데없이. 계약이고 뭐고 이젠
그런 장난은 집어치우자. 벌써 팔 년이 흘렀어. 네놈 눈엔 지금 나자빠
지고 있는 기업들이 안 보이냐? 요즘이 어떤 상황인지를 알고 있느냐
말이다.

일, 이 년 안에 극복한다 어쩌구 하는데, 경제의 기역 자도 모르고
떠들어 대는 소리야. 두말 말고 이젠 복귀해, 애비 또 쓰러지는 꼴 보
지 않으려거든. 기조실로 들어가라는 얘기야, 알았어?"

"사업에 대해서 무얼 알아야 말이지요. 간단한 회계 서류도 못 읽는
놈인데 준비도 없이 당장 복귀해서 어쩌란 말입니까. 예전에야 준비한
거나 있었지요. 대학 졸업하고 학원에 몇 달 다니지 않았습니까? 지금
은 그것마저 다 잊어버려서 감각조차 잃어버린 상태라는 말씀입니다."

"그런 식으로 넘어갈 생각은 하지 않는 게 좋아. 일본에서 곽 이사
를 많이 코치해 주었다는 건 무슨 얘기냐, 그럼?"

"아버지도 참……. 생각해 보세요. 그룹 회장 아들이 유학 가 있었
는데 그 정도 인사치레는 하는 것 아닙니까?"

“그러면 앞으로의 계획을 말해 봐. 그동안 집에서 생각을 많이 했을 테니.”

“지금 바로 복귀하면 아랫사람들의 꼭두각시가 되기 십상입니다. 요새 애들 보통 머리입니까, 어디. 이 년만 시간을 주십시오. 사업에 필요한 모든 공부를 하겠습니다. 그런 다음에 복귀해서 경영 수업을 받겠습니다. 그렇게 되면 아버지는 자식과 처음 한 약속을 지키시는 셈이 되고 저는 그 시간 동안 복귀할 준비를 해서 좋고요.”

“그럼 어디서 무얼 배울 거냐?”

“상과 대학으로 편입하겠습니다. 요즘 아이들과 어울리다 보면 젊은이들의 생각도 읽게 되어서 좋고……. 그러면서 각론에 대한 공부를 체계적으로 한번 해볼 생각입니다. 경영 마인드를 가지고 말입니다.”

“음……. 좋아, 네놈 말을 믿기로 하지. 아직까지 헛말 하는 것은 보지 못했으니까. 단, 조건이 하나 있어. 만약 이번 새학기에 편입하지 못하면 개인 교습을 받는 거야. 내 계획에 따라서. 약속해.”

“약속하겠습니다.”

“그만 가봐.”

편입학할 준비를 했다. 해가 바뀌자마자 이력서를 들고 이 학교 저 학교에 특별전형 신청서를 내러 쏘다녔다. 그런데 어찌 된 일인지 한 군데도 받아주는 학교가 없었다.

나는 조급해졌다. 서울은 포기하고 지방으로 서류를 보내기 시작했다. 그러던 중에 지방에 있는 한 사립대학교가 유일하게 학사 편입학 허가통보서를 보내왔다. 천우신조였다.

지방으로 내려갔다. 방도 얻어야 했고 그곳에서 생활할 준비도 해야 했다. 새 학기가 시작되자 망설임 없이 등록을 했다. 그동안 아버지는 전과 다름없을 정도로 건강을 회복했다. 오히려 컨디션은 더 좋아진 듯한 느낌이 들었다. 갑자기 이상한 생각이 들어 곽 이사를 찾아가 자초지종을 캐물었다.

곽 이사는 우물쭈물했다.

"말씀해 주셔야죠, 저한테만큼은."

다시 강한 어조로 말했다.

"제 목을 내놓고 드리는 말씀입니다. 회장님께서는 편찮으시지 않았습니다. 실장님을 빨리 복귀시키시려고……."

"그럼 연극을 꾸몄다는 말씀이에요?"

"오죽했으면 그러셨겠습니까? 실장님이 자꾸 계약조항을 들고 나오시니까 별다른 방법이 없다고 판단하시고는 저에게만 귀띔해 주시고……."

불쾌한 기분이 들었지만 한편으로는 안도가 되었다. 적어도 아버지의 건강은 아직까지 문제가 없다는 말이니까. 아버지의 감쪽같은 연기에 속았다고는 하지만 나로서도 별반 손해 본 것이 없었다. 이제 이 년이라는, 짧지 않은 시간을 벌어 놓았기 때문이다.

앞으로 기업의 경영방식은 서구와 마찬가지로 공정하고, 전문적인 소양과 경험을 가진 전문 경영인의 시대가 될 것이다. 어떤 기업이 언제 넘어질지 모르는 판국에 어설픈 2세들의 경영을 용납할 주주들이 있을까하는 생각이었다. 더구나 주식을 가진 개미군단의 권리가 점점 커지고 있는 터에.

"서울에 있는 대학에 편입하지 못하게 된 것도 회장님 덕분이지요?"

"그게 저……."

“사실대로 말씀해 주세요. 이제 다 끝난 일 아닙니까?”

“예, 윤 사장님에게 그렇게 지시를 내리셨던 모양입니다. 그런데 실장님이 지방에 있는 대학까지 알아보실 줄은 예상하지 못하고 서울 소재 대학에만 손을 써 놓은 바람에 단단히 혼쭐이 났습니다.”

“하하, 윤 사장님이 저 때문에 옷을 벗게 될지도 모르겠군요.”

“오늘 아침에도 역정을 내셨습니다. 실장님이 어떤 분인데 일을 그 따위로 처리했느냐고 하시면서 말입니다. 요즘 윤 사장님이 고개를 들지 못하고 있습니다.”

“사적인 일로 그러면 됩니까?”

“취임한 지 얼마 안 된 윤 사장님의 역량을 회사 외적인 일로 한번 시험해 보신 건지도 모르는 일이 아니겠습니까?”

윤 사장이 오래 가지 못할 것 같은 생각이 들어서 미안했다. 그가 무슨 죄가 있을까마는 나에 관한 일로 이미 아버지의 눈밖에 났을 것이다. 아버지가 큰 실수는 용서하실지언정 일상의 사소한 실수를 용납하는 성격이 아니라는 것을 나는 누구보다도 잘 알고 있었다. 전례에 비추어볼 때 임원급의 실수는 사직을 각오해야 하는 일이었다. 이번 일은 사적인 것이라 어떨지 모르지만.

결과적으로 보면, 아버지와의 두뇌 싸움에서 내가 이긴 셈이었다. 아버지께서는 약속한 기간 내에는 어떤 일이 있어도 당신의 자존심 때문에 다른 말을 하지 못할 것이다. 작전이 실패한 것으로 드러났으니 자식 보기에 겸연쩍어서라도 다른 방법을 강구하지는 못할 것이라는 확신이 들었다.

“당분간 뵙지 못할 것 같습니다. 오늘 밤 기차로 내려갑니다. 내일부터는 수업에 들어가봐야 하기 때문에.”

"늘 실장님의 연락을 기다리겠습니다. 그런데 수도하신 뒤로는 도인같이 느껴집니다. 저도 도를 좀 닦아볼까요?"

"하하, 한번 닦아보세요. 세상이 아주 다르게 보입니다. 설명드릴 수 없을 정도로 말입니다."

"아무튼 몸조심하시길 빌겠습니다."

"곽 이사님도요."

해가 넘어가고 있었다. 적유사를 감싸고 있는 대연산 산줄기가 붉게 물들었다.

기철진은 아무 말도 할 수 없었다.

'한성그룹이라면 졸업생들이 얼마나 선호하고 있는 기업인가…….'

급여도 급여지만 국내 최대의 복리후생으로 정평이 나 있는 재벌이었다. 그런데 그 한성그룹 회장의 둘째 아들, 오래 전부터 재계 일각에서 차기 경영대권을 물려받을 것으로 점쳐지고 있던 그가 이렇듯 어려운 국가경제적 시기에 지방의 이름 없는 한 산자락에 앉아서 자신이 겪어온 지난날의 행적을 한가로이 털어 놓고 있는 것이다.

기철진은 차평무가 다른 세상에서 온 사람처럼 느껴졌다. 왕세자와 앉아 있는 느낌. 부담감이었다. 말을 마친 차평무는 시선을 머언 하늘로 보내고 있었다.

하산하는 사람들이 두 사람의 모습을 힐끗힐끗 쳐다보며 내려갔다. 기철진은 가만히 목걸이를 만졌다.

"그라이끼네, 이 목걸이가……."

"그렇소. 우리 겨레의 불가사의를 품고 있는 하나의 상징이오. 현대기술로도 복원이 어려울 만큼 우수한 청동의 재질, 은하계를 본뜬 것

으로밖에 볼 수 없는 추상적인 무늬, 비밀스러운 뒷면의 문자……. 그
것들이 모두 한 목소리로 미지의 역사적 사실을 애타게 외치고 있으
니 말이오. 그 비밀이 얼마나 큰 것인지, 우리에게 얼마나 충격을 줄
것인지 지금으로서는 전혀 알 수 없어 답답하기만 하오.”

“…….”

“그만 내려갑시다.”

한동안 아무 말 없이 앉아 있던 차평무가 침묵을 깨고 일어섰다. 그
는 진달래 꽃잎을 담은 자루를 들쳐맸다. 기철진은 그때까지 일어서지
못하고 주춤거렸다. 기철진의 가슴골 언저리로 내려와 있는 청동 목걸
이가 석양을 받아 알 수 없는 빛깔 하나를 반사했다.

널리 무리를 더하다

강석민 교수는 정인수가 내미는 과제물 한 부를 건네받았다.

"이건가? 분량은 많지 않아 보이는군."

그가 어림으로 쪽수를 넘겨보는 동안 정인수는 가방에서 고성능 녹음기를 꺼냈다.

"제목부터가 반골 기질을 물씬 보이기는 한데……? <弘益人間(홍익인간)에 대한 해석상의 잘못과 바로잡음의 근거>라……."

다소 이색적이었다. 요식적으로 써낸 과제물이 아닌 것만은 분명했다.

"해석상 잘못이라?"

강석민 교수는 겉장을 넘겼다.

1. 들어가는 말

고대사만큼 우리 민족의 역사를 통틀어 가장 사학적인 혼란을 불러일으키는 분야는 없다고 해도 과언이 아니다. 이러한 학설의 혼란이 야기되는 원인은 몇 가지로 요약할 수 있다.

그러나 여러 가지 원인으로 나타나는 학계의 혼란에도 불구하고 고조선의 건국 이념인 '弘益人間(홍익인간)'에 대한 해석만큼은 학계에서 의견 일치를 보인다. 그것은 '널리 인간을 이롭게 한다'라고 하는 해석으로 현재까지 아무런 이설이 없다.

하지만 이 해석에는 커다란 잘못이 있음을 지나칠 수 없다. 이에 弘益人間이라는 한자어에 대한 해석의 오류에 관한 지적이 타당한 견해라는 것을 고찰해 보고자 한다.

2. 본디말

1) 각 한자의 품사론적 고찰

(1) 弘

자동사로써 '넓다', 타동사로서 '넓히다', 형용사로서 '크다', '뛰어나다'라는 뜻으로 쓰인다.

이무홍대(以武弘大)라는 말은 군대의 위세가 넓고 크다고 해석되며, 홍문관(弘文館)은 직역하면 문(文)을 넓히는 관청이란 뜻이다. 또 홍모(弘謨)는 큰 꾀라는 표현이고 홍묘(弘妙)는 뛰어나게 오묘하다는 용례이다.

부사로서 '널리'로 쓰인다. 홍보(弘報)는 널리 알린다는 말이며 홍제(弘濟)는 널리 구제함, 홍선(弘宣)은 널리 펴서 밝게 한다는 뜻을 나타내고 있다.

(2) 益

타동사로서 '더하다', 명사로서 '증가', '이익', 부사로서 '차츰', '조금씩'의 뜻으로 쓰인다.

다다익선(多多益善)은 한신이 한 고조에게 한 말로서 많음을 더할수록 좋다는 뜻이고, 익조(益鳥)는 유익한 새, 이익(利益)은 이로움의 증가를 뜻하는 말이다. 고난익망(故亂益亡)은 어지러움으로 인해 차츰 망해감을 표현한 글귀다.

益 자는 3세기 초 중국을 통일한 진시황이 승상 이사(李斯)를 시켜 주나라 때 사주(史籀)가 만든 대전(大篆)의 글씨체를 간략하게 만들어 소전(小篆)이라는 명칭을 붙였는데, 그 소전에 나오는 글자이다.

자형을 보면 그릇(皿)에 물(水)을 더한다는 의미로써 그릇의 물이 넘쳐 흐르는 모양을 나타내어 넘친다는 뜻을 포괄적인 어의의 바탕으로 삼고 있다. 역(易)에서는 위를 덜고 아래를 더하는 모양을 나타내는 의미인 진하손상(震下巽上)의 괘로 이해되고 있다.

(3) 人間

명사로서 '사회', '사람(一人)', '무리(多人)'의 뜻으로 쓰인다.

2) 弘益人間의 성어 구성상 올바른 해석과 시대적 상황

한자는 은나라 시대에 쓰였다고 추정되는 갑골문자로부터 그 자원이 발견되는데, 주나라 시대에 이르러서는 약 1만 자가 만들어졌다는 기록이 있다. 이는 지금의 중국 학자들도 인정하고 있는 바이다.

새로운 사물을 표현하고자 부단히 새 글자를 만들었을 초기에는 하나의 글자에 하나의 뜻을 부여했다고 보는 것이 타당하다. 사물과 문자가 서로 일대일 대응이 되어야만 문자 발생의 목적, 즉 사물에 대한 표현기호의 통일과 의미 전달의 보편성이 이루어질 수 있다.

弘益人間에서 가장 중요한 글자는 '益' 자가 된다. 종래의 해석에서는 '이롭게 하다'라고 했지만 역대 문헌을 통해 益 자의 용례를 살펴보면 그러한 뜻으로 쓰인 예는 사어(死語)에서조차 찾아볼 수 없다. 益 자에는 애초부터 '이롭게 하다'라는 뜻이 담겨 있지 않았기 때문이다.

弘자와 한 낱말을 이루어서 弘益이라고 표현하면 그 뜻은 세 가지가 된다. '이익을 넓히다', '큰 이익', '널리 무엇무엇을 더하다'라는 뜻이다.

우리나라 철도청에서 운영하는 홍익회는 '이익을 넓히는 모임' 정도로 해석해야 한다.

이때 益 자는 '이익'이라는 명사로 쓰인 것이다. 이것을 두고 달리 '널리 이롭게 하는 회'라고 억지로 풀이하는 것은 한자의 문법적 구조상 적절하지 않다.

더욱 중요한 것은 '이롭게 하다'라는 뜻을 가진 글자인 利자가 弘益人間이라는 성어가 등장하기 이전에 이미 만들어져 있었다는 사실이다. '이롭게 하다'라는 뜻을 나타내는 데서 가장 적절한 글자인 利자를 쓰지 않고 굳이 '더하다'는 뜻을 가진 益 자를 써야 할 당위성이 없는 것이다.

'널리 인간을 이롭게 한다'라는 뜻을 나타내려고 했다면 弘益人間이 아니라 弘利人間이라고 썼을 것이다.

3)항의 인용문 중 (5)를 보면 '弘道益衆(홍도익중)'이라는 말이 나온다. 益衆이라는 말은 무리를 더한다는 뜻이다. 홍익인간이라는 말이 등장했던 시기에 益 자가 '더하다'는 뜻으로 쓰였던 좋은 예이다.

益 자의 어의 구성을 살펴보면 弘益人間이라는 성어에 '더하다'는 의미로써 益 자를 쓸 수밖에 없었던 비밀스러운 깊은 뜻을 알아낼 수 있다. 바로 益 자가 나타내는 진하손상의 의미이다.

위쪽을 덜어내고 아래쪽을 더한다는 괘의 뜻은 환웅이 무리를 이끌고 북쪽에서 남하했다는 추정과 잘 어울린다. 북쪽 지방의 인구가 늘어나 식량이 그만큼 부족했을 무렵, 그들 가운데 일부는 미개척지로 나아가야 했다.

하나의 무리가 떨어져 나와 식량이 풍부한 따뜻한 남쪽 지역으로 내려가는 것, 그리하여 그 곳에 살고 있는 토착민과 화합해 더불어 살아가는 것, 이것이 바로 진하손상의 의미가 된다. 북쪽은 무리의 수가 줄어들고 남쪽은 그 수가 더해졌기 때문에 益 자는 이 경우, 가장 적절하게 쓰일 수 있는 글자인 것이다.

한편, 강한 세력을 가지고 남하해 지배적인 위치를 차지한 집단은 점점 그 강역을 넓혀가고자 했을 것이다. 강역을 넓혀가는 데서 가장 중요한 것은 사람의 수였을 것이다. 무리의 강대함의 척도가 되는 것이 수적 우위였던 원시적 시대였으므로, 지배층은 사람의 수를 자꾸 더하고 늘려가야 할 막중한 과제를 안고 있었다.

　백성의 수를 늘려 강역을 더욱 넓히고 더 큰 사냥감을 공동으로 쫓으며 더 많은 곡식을 거두어들임으로써 굶주림의 공포에서 해방되고자 하였고, 맹수로부터의 피해를 피하고자 했으며, 다른 무리의 침탈에서 안전을 도모하고자 했던 것이다.

　또 지배자는 무리 내의 인간들이 타인과 현저하게 차이가 나는 기술을 가지고 있었음에도 주목했을 것이다. 사냥을 잘하는 인간, 바위에 그림을 잘 새기는 인간, 짐승의 가죽을 잘 다루고 옷감을 잘 짜는 인간, 집을 잘 엮는 인간 등 개별적인 인간마다 보유하고 있는 다양한 기술을 무리생활의 소용에 따라 이끌어 내고 발전시키고자 했을 것이다.

　인간의 수, 즉 무리를 더해 나가야 하는 이유는 생존의 기본 요건인 먹을거리를 더 많이 얻는 목적 외에도 각각의 인간이 가진 특별한 기술적 재능이 공동체 생활을 더욱 편리하고 안전하게 해주었음에 있다. 이것이 당시의 무리사회가 갖고 있었던 가장 핵심적인 경쟁력이었다.

3) 문헌상 나타나는 弘益人間에 대한 새로운 해석의 적용
　(1) ≪삼국유사≫에는 '고기(古記)'라고만 밝힌 인용문 속에서 성어가
　　　등장한다.
　　　父知子意下視三危太白可以弘益人間
　　　부지자의하시삼위태백가이홍익인간
　　　아버지가 자식의 뜻을 알아차리고 아래로 삼위산과 태백산
　　　을 살펴보니 널리 무리를 더할 만한지라…….
　(2) ≪제왕운기≫에도 고기(古記)를 인용하여 성어를 적고 있는데 ≪삼
　　　국유사≫와 약간의 차이를 보이고 있다.
　　　下至三危太白弘益人間歟
　　　하지삼위태백홍익인간여
　　　아래로 삼위산과 태백산에 다다른다면 널리 무리를 늘려나
　　　갈 수 있겠구나…….

(3) 신라 승려 안함로의 ≪삼성기≫에는

持天符印主五事在世理化弘益人間

지천부인주오사재세이화홍익인간

하늘이 인정하는 증표와 정사, 병무를 관장하는 신표인 천부
인을 지니고 곡식·생명·치병·형벌·윤리(도덕)의 오사를
주관하며, 세상에 있는 만물의 이치를 가르치고 교화하면서
차츰 무리를 더해 나갔다…….

(4) 생몰과 행적이 불분명한 원동중의 ≪삼성기≫에는

桓國之末安巴堅下視三危太白皆可以弘益人間

환국지말안파견하시삼위태백개가이홍익인간

환나라의 말기에 안파견이 아래로 삼위산과 태백산을 내려
다보며 널리 무리를 더해 늘려가는 것이 가능하겠구나…….

(5) ≪단군세기≫에는 홍도익중이라는 말이 등장한다.

代天神而王天下弘道益衆無一人失性

대천신이왕천하홍도익중무일인실성

천신을 대신하는 천하의 왕으로서 도를 넓히고 무리를 더해
한 사람이라도 성품을 잃는 일이 없게 하고…….

(6) ≪태백일사≫<신시본기> 편을 보면,

安巴堅遍視金岳三危太白而太白可以弘益人間

안파견편시금악삼위태백이태백가이홍익인간

안파견이 금악·삼위·태백 지역을 두루 살피더니 태백 지
역으로써 널리 무리를 더할 만한지라…….

(7) <삼한관경본기> 편 마한세가에서는

其文曰一神降衷性通光明在世理化弘益人間

기문왈일신강충성통광명재세이화홍익인간

그 글에 이르기를 하나의 신이 정성스러운 마음속으로 내려
본래의 성품이 광명에 통하니 세상에 있는 만물의 이치를 가

르치고 교화하며 점차 무리를 더해 나갔다…….

(8) <소도경전본훈> 편에서는

弘益人間者天帝之所以授桓雄也

在世理化弘益人間者神市之所以傳檀君朝鮮也

홍익인간자천제지소이수환웅야……

재세이화홍익인간자신시지소이전단군조선야

널리 인간을 늘려야 하는 천제의 소임을 환웅에게 내려준 것
이니라……

세상에 있는 만물의 이치를 가르치고 교화하며 널리 무리를
더해 나가야 하는 신시의 소임을 단군 조선에 전한 것이니
라…….

(9) <고구려국본기> 편에는 을지문덕이 홍익인간에 관해 말했다는
기록이 있다.

乙支文德曰……要在日求念標在世理化靜修境途弘益人間也

을지문덕왈……요재일구념표재세이화정수경도홍익인간야

을지문덕이 말하기를……그 요체는 세상에 있는 만물의 이
치를 가르치고 교화하고자 하는 마음의 푯대를 날마다 구하
는 데 있으며 조용히 터의 경계와 길을 다져 만들어 점차 무
리를 더하는 데 있다.

3. 맺는 말

고대의 사서들을 해석, 해독하여 현대의 언어로써 당시의 역사적 사
실을 기술해 놓은 일련의 역사책을 가만히 들여다보면, 역사적 사실을
왜곡·탈기·폄하해 놓은 정도가 우리의 상상을 초월한다. 그런데도
그러한 오류를 쉽게 발견할 수 없는 이유는 오랫동안 고식적인 틀에
갇혀 수험적 지식으로만 역사를 가르치고 배워왔기 때문이다.

홍익인간이라는 말이 처음 등장한 시기는 고조선이 아니라 그로부

터 더 오래 전이었다. 환웅이 무리에서 떨어져 나가려고 하자 무리의 일부를 떼어주며 환인이 그에게 전한 말인 것이다.

다시 말해 홍익인간은 환인에게서 비롯되어 환웅의 무리로 이어진 다음 단군 조선의 건국이념으로 귀착된 말이므로, 이 개념은 환웅 집단의 실체와 더 거슬러 올라가 환인의 무리까지도 진지하게 살펴보아야 하는 당위성을 제공해 주고 있다는 점에 주목해야 한다.

어떠한 신화를 말할 때는 먼저 그것을 구성하고 있는 글귀를 당시의 시대적 배경을 염두에 두고 해석해야 한다. 그 시대적 배경이라 함은 언어학·지질학·인류학·종교학·유전학·문화사학 측면 등 여러 방계학문으로부터 총체적으로 유추해 내는 정황이어야 한다.

홍익인간을 '널리 인간을 이롭게 하다'라고 풀이한 종래의 해석은 고대 인류사회의 시대적 배경을 간과한 데서 기인하는 잘못이다. 그것은 또 엄정한 학문적 의도가 아니라 애국적 편의가 개입된 상황에서 논리전개의 황홀감에 빠져든 탓에 비롯된 중대한 오류이다.

어떤 현실적인 진실을 포함하지 않는 신화는 없다. 한자의 품사론적 의미, 문헌의 문맥적 맥락, 당시 인류사적 정황 등을 살펴볼 때, 홍익인간은 '널리 인간을 이롭게 하다'라는 뜻이 아니라 '널리 무리를 더하다', '사람의 수를 점차 늘려가다'라고 풀이해야 하는 당위성이 명확해진다.

"자네 아직까지 이 녀석의 신분을 모르지?"

"그렇습니다만?"

"한성그룹 차 회장의 둘째야."

"예?"

"내가 알아본 바로는 녀석이 학부 때부터 두각을 나타낼 조짐을 보였다더군. 사업을 할 녀석이려니 하고 방치해 두었다는 선생님들의 이야기를 들었네.”

“그럼 일본에도 공부를 하려고?”

“아니, 자네를 만나기 훨씬 이전의 일이었네. 다케다 교수 댁에서 사숙까지 했던 이력이 있어.”

정인수는 말문을 열지 못했다.

‘그렇다면 내게 접근한 것도 의도적이었단 말인가? 내가 도대체 무얼 놓친 거지?’

“뭘 그리 생각하고 있나? 어서 녹취해 온 거나 들어보게.”

정인수는 낯빛을 고치고 녹음기를 켰다. 잡음이 들리기는 했지만 말소리는 충분히 들어볼 수 있는 음질이었다. 강석민 교수는 손바닥으로 턱을 괴고 듣기 시작했다.

“자, 다들 잘 읽어봤지요? 이 논리에 대해서 반론을 펴볼 사람, 발표해 보세요.”

“읽고 보이 이 말도 맞는 거 같은데예? 너그도 그런 거 같제?”

“반론이 없으면 제가 정리하지요. 단군 조선의 건국이념을 이 학생의 주장처럼 단순히 그 어의를 따라 ‘널리 무리를 더해 나간다’는 관점으로 볼 수도 있겠지만 깊은 의미까지 생각해 본다면 ‘널리 인간을 이롭게 한다’는 풀이가 더 적합한 것입니다. 인간의 수를 더하는 목적 자체가 궁극적으로 인간을 복되게 하자는 뜻을 함유하고 있으니까요. 또한……”

“질문 있습니다. 교수님의 말씀에 일견 수긍이 갑니다만 역사적 진실에 여러 가지 수식어가 붙어 그 본모습이 자꾸만 달라져 간다면 종국에는 역사의 본질적 의미까지 잃게 되지는 않을까 걱정됩니다. 말씀해 주실 수 있겠습니까? 제가 제출한 과제물의 중대한 결함이나 미처 고려하지 못한 것이 있다면 말입니다. 그리고 교수님의 개인적인 견해로써 홍익인간이라는 성어의 풀이를 부탁드립니다."

"거 참, 우리가 사학도도 아인데 어려븐 것까지 알 필요가 머 있노?"

"여러분, 그리스나 로마 신화에 나오는 신격화된 인물들을 잘 기억하고 있으리라 믿습니다. 그 신화에서 사실적인 측면을 고찰하려고 한다면 논리에 상당한 비약이 있을 수밖에 없겠죠. 우리가 익히 알고 있는 단군신화도 마찬가지입니다. 여러 문헌을 찾아보더라도 단군에 관한 부분을 역사적 사실로 보기에는 다소 무리가 있습니다.

단군신화가 등장하는 문헌은 하나같이 고려시대에 편찬되었습니다. 건국이념인 홍익인간이라는 말이 구체화된 것도 바로 그때입니다. 그 당시에 상상하고 염원했던 이상적인 국가 통치이념이 신화에 이입되었다고 보는 것입니다. 모든 신화의 특성에 비추어볼 때 단군신화에 나타나는 고조선의 건국이념도 단순한 뜻풀이로 왈가왈부할 성질은 아니라는 것이지요.

자, 지금부터 단군신화의 신화적인 면과 역사적인 면을 아울러 살펴보기로 하겠습니다. 그런 다음 결론을 정리해드리도록 하지요. 먼저 신화에 대한 부분적인 논의가 가능하도록 단락을 나눠보겠습니다. 누가 한번 해볼까요?"

"환인의 측면, 환웅의 측면, 그라고 단군 왕검의 측면으로 구분해 보는 기 개안을 것 같은데예."

"그럼 좀 더 세분해 볼 필요가 있겠습니다. 신화를 역사적인 사실로 추론하는데 제약이 되는 요소들을 한 가지씩 찾아보세요. 여기 칠판에 적은 의문을 완벽하게 해석해 낼 수 있다면 단군신화의 역사성은 검증됩니다. 전문 사학자들도 통일된 견해로 도출해 내지 못하고 있는 일을 어쩌면 여러분이 오늘 해낼 수 있을지도 모른다는 말이지요. 그러면 적혀 있는 순서대로 환인의 의미를 살펴보겠습니다. 누가 발표해 보세요."

"환인의 의미를 생각하기 전에 염두에 두어야 할 것이 한 가지 있습니다. 고대인들의 언어활용에 관한 건데 표기는 한자로, 발음과 활용은 토착어로 했다는 점입니다. 그러므로 고대에 쓰인 한자를 현대의 의미로 보아서는 안 된다는 거지요.

환인의 桓 자에 주목해 보겠습니다. 치솟은 나무가 있고 그 나무를 기준으로 해서 위아래에 각각 선을 그어 하늘과 땅을 표현했으며 그 사이의 공간에 태양을 그려 넣은 글자입니다. 지평선을 떠올라 중천에 오르지 못하고 아직 나무 사이에 걸려 있는 아침 해를 나타낸 것입니다.

이와 유사한 의도로 만든 글자가 있습니다. 바로 동녘 東 자이지요. 나무 사이에 해가 떠오른다는 의미로 동쪽이라는 방위를 표현한 글자입니다. 그렇다면 桓 자는 적어도 아침나절 밝은 하늘의 상태를 나타낸 글자라고 보아야 합니다. 여기에 因 자를 더하면 그 뜻은 '밝은 하늘의 원인'이 됩니다. 그것은 태양, 즉 해를 나타내고자 한 글자인 것입니다. 환인은 바로 해라는 의미입니다."

"해를 의인화했다면 일반적인 신화처럼 단군신화도 하나의 이야기 글에 불과하지 않을까요?"

"고대에 어떤 강대한 무리의 우두머리가 무리 내에서 자신의 지위를 자연계에 빗대어 상징화했던 것입니다. 자연계 최고의 물성은 해가 아니겠습니까? 자신을 신성시하는 가장 보편적인 고대인의 사고방식이었습니다.

태양의 아들이라는 뜻인 이집트의 파라오, 태양신을 말하는 일본의 국조 천조대신 등도 맥락을 같이한다고 보면 무리가 없겠지요. 태양을 신격화한 예는 세계 거의 모든 지역에서 나타나고 있습니다. 제 생각에는 환인은 환임, 환님, 환한 님 또는 한임, 한님, 한의 님, 하느님 등으로도 유추해 볼 수 있는 글자인 것 같습니다."

"그렇군요. 그러면 해와 하느님이라는 별개의 상징성을 연결할 수 있겠습니까?"

“하느님이라는 말은 한자식으로 보면 천신의 개념입니다. 모든 생명을 주관하는 지위에 있는 거지요. 조물주나 절대자의 개념이 됩니다만, 고대에 인간의 사고가 그렇게 추상적인 개념으로까지 발달했다고 보기에는 무리가 있습니다. 고대인들은 눈에 보이는 대상에서 천신이나 자연계 조화옹의 구체적인 모습을 찾고자 했을 것입니다. 그것이 바로 해입니다.”

“좋습니다. 환인은 해를 의미한다고 잠정적으로 결론을 맺겠습니다. 그러면 이제 환인이 등장한 시기를 생각해 보겠습니다. 환인은 적어도 환웅이 있기 전에, 또 단군이 태어나기 전에 있었다는 의미가 있으니까요. 자, 누가 말해 보겠습니까?”

“환인이 일곱 대를 전해 삼천삼백 년이라고도 하고 육만 년이라고도 한 책이 있었습니더.”

“어떤 근거로 그렇게 추정한 건지 생각해 보았습니까?”

“그것까지는…….”

“근거를 제시할 수 없다면 공허한 농담에 불과합니다. 우리는 지금 명백한 역사적 사실을 논하려는 거니까요.”

“분명히 근거가 있는 말입니다.”

“그래요? 한번 들어볼까요?”

“육만 년 전이라면 지질학적으로 볼 때 홍적세 후기를 말합니다. 그 중에서도 뷔름 빙하기에 해당하는 시기입니다. 바닷물의 상당 부분이 얼어붙어서 베링해협은 육교로 연결되어 있었고 중국과 우리나라, 일본도 육지로 이어져 있었던 시기입니다. 하지만 남반구에 비가 많이 내렸습니다. 북극과 가까운 유럽은 뷔름기였지만 적도 부근의 아프리카는 감불우기였던 겁니다.

당시는 유럽과 마찬가지로 아시아 대륙의 북반구에도 혹독한 추위가 닥쳐 인류가 큰 시련을 겪고 있었습니다. 그 때문에 따뜻한 햇빛을 바라는 인류의 갈망이 무엇보다 컸으리라는 것은 충분히 짐작할 수 있는 일입니다. 결국 인류는 환경의 영향으로 인해 자연스럽게 해에 대한 신앙의식을 싹틔웠다고 봅니다.

이때는 뗀석기를 썼던 시기입니다. 중기 구석기에 해당하지요. 인류가 호모 사피엔스의 모습으로 초보적인 이성적 사고를 하며 무리를 지어 살 때였습니다. 그러나 동족이라는 개념은 없었던 때이므로 국가의 형성도 이루지지 않았습니다.

환인 시대가 육만 년이라고 한 것은 해에 대한 원시신앙이 발생하기 시작한 시기에서 국가의 출현까지를 두고 한 말입니다."

"그럴 듯한데요. 그러면 삼천 년이라는 것은 어떤 근거일까요?"

"지금부터 기원까지가 이천 년, 기원에서 거슬러 올라가 단군 개국까지가 이천삼백 년, 또 환웅의 시기가 천오백 년이 됩니다. 거기에 환인의 삼천삼백 년을 더하면 무려 구천일백 년이라는 계산이 나옵니다. 환인이 지금부터 구천 년 전에 등장했다는 말이 되지요.

홍적세가 끝나고 빙하기 말기인 후빙기, 즉 충적세 초기에 해당하는 시기가 바로 일만 년 전부터 시작되어 지금까지 진행되어 오고 있습니다. 그 무렵 지구상의 인류는 후기 구석기와 초기 신석기 시대에 있었습니다.

이때는 후빙기이므로 추위가 어느 정도 누그러지자 한 곳에 오랫동안 정착하는 양태를 보였습니다. 그 이유는 사냥감인 동물들이 따뜻한 곳으로 더 이상 이동하지 않아 인류 또한 이동의 필요성이 사라졌기 때문입니다. 이때 비로소 씨족이라는 정착된 무리공동사회가 시작되었지요. 원시적 농경도 시작되었고 말입니다.

이것을 역사의 시작이라고 본 것이기 때문에 환인, 즉 해를 숭상한 일단의 무리가 어느 강역에 자리잡은 이래 삼천삼백 년을 전했다는 것도 일리가 있는 말입니다."

"좋습니다. 여러분들은 지금 지질학·기후학·인류학 등을 넘나드는 한 학생의 역사 특강을 듣고 있습니다. 자, 환인 시대는 이쯤 하기로 하지요. 우리의 관점은 단군신화에 함축되어 있는 역사적 의미를 자유롭게 살펴보고자 하는 것이기 때문에 말입니다.

이제 환웅 시기로 넘어가겠습니다. 그러면 먼저 환웅의 의미부터 살펴볼까요?”

“환인이 해를 말한 기라 카마 환웅은 그 해의 아들이라는 말이겠네예. 적어도 웅자는 수컷을 말하는 것이니까예.”

“그러면 환웅이 환인의 서자라는 말은 어떻게 해석하지요?”

“환인에게 첩이 여러 명 있었겠지예, 머.”

“하하하.”

“차평무 학생은 어떻게 생각합니까?”

“그럴 수도 있는 일입니다. 원시사회에서는 힘 있는 자가 여러 명의 여자를 거느릴 수 있었을 테니까 말입니다. 해를 신앙의 대상으로 섬기는 부족의 우두머리도 해와 동일시되었을 가능성은 충분하니까 환인에게도 여러 명의 첩이 있을 수 있었겠지요.

또 다른 해석은 庶자가 ‘뭇’, ‘여럿’, ‘지파(支派)’의 뜻이니까 환인의 무리 중 일부가 환웅이라고 하는 자를 중심으로 분리되었다는 의미가 될 수도 있겠지요. 하늘에서 내려왔다는 말도 북쪽에서 남하했다는 의미가 가장 타당한 견해라고 봅니다.”

“천부인은 어떤 의미라고 봅니까?”

“그건 천부(天符)와 천인(天印)으로 구분해서 보아야 합니다. 천부는 하늘, 즉 환인이 일단의 무리를 데리고 떨어져 나가는 환웅에게 신앙적 제사장이라는 것을 나타낸 신표입니다. 천인은 정치적인 수장을 인정한 증표가 되지요.”

“천부인 세 개라 카던데 그 세 개는 뭔공?”

“거울과 방울과 칼입니다. 고대에 있어서 거울은 얼굴을 비춰보는 데 사용한 물건이 아니라 해를 표현한 물건이었으며, 더 나아가 채화(採火)의 도구였습니다. 부시 도구의 구실을 했지요. 현재 유물로 남아 있는 모든 청동 거울을 보면 그 표면에 하나같이 해를 상징하는 그림이 새겨져 있다는 것을 쉽게 알 수 있습니다. 해에 대해 신권적 권한을 갖고 있는 자가 지니는 신표가 바로 거울이었던 셈입니다.”

“그라마 칼은 형벌을 상징하는 물건인갑네.”

“칼은 현대적 의미로 보면 입법·사법·행정을 주관하는 정치적 삼권의 상징물, 즉 무리의 사회적 질서를 다스리는 최고 실력자의 증표입니다.”

“방울은 어떻게 해석하지요?”

“방울은 무리에게 무언가를 알리는 의사 전달의 도구였습니다. 언어가 부족했던 시기에 이집단의 침입과 같은 급박한 사태를 재빨리 알리거나 지배자의 명령·지시 등을 전달하는 수단이었다고 봅니다. 적이 쳐들어오는 것을 보면 항전 태세를 갖추라는 신호로 몇 번을 흔든다든가, 천신에게 제를 올릴 때는 의식의 도구로써 몇 번을 흔든다든가, 따위의 용도로 말입니다. 결론적으로 말해 천부인 세 개는 환인이 환웅에게 모든 면에서 무리의 우두머리라는 것을 공포하면서 하사한 권력 발현의 상징물입니다.”

“잠깐. 그 부분을 다시 한번 돌려보게.”

강 교수는 입 언저리에서 손을 떼며 말했다.

“어떤 부분부터 말입니까?”

“방금 지나간 청동 거울 어쩌구 하는 대목 말이야.”

정인수는 그가 시키는 대로 했다. 녹음기에서 다시 재생음이 흘러나왔다. 강 교수는 묵묵히 듣고 있었다. 정인수는 그를 힐끗 바라보았다. 무언가를 골똘히 생각하고 있는 모습이었다.

“풍백·우사·운사는 누가 얘기해 보겠습니까?”

"농경 생활에 필요한 기후 환경을 인격화한 거 아입니꺼?"

"그라마 와 풍백이라고 캤겠노? 풍사·우사·운사라 카는 기 맞지."

"그라고 보이 그것도 이상하네."

"환웅의 측근 중에서 풍백이라는 자가 총리의 위치였습니다. 우사·운사는 총리 휘하의 지위라고 보면 되겠지요. 백(伯)은 사(師)보다 높은 자라는 뜻으로 쓰인 명칭입니다.

풍(風)·우(雨)·운(雲)이 등장하는 것은 고대인들의 호칭에 관해 생각해 보게 합니다. 자연계에 있는 지칭물들 중에서 가장 중요한 순서대로 고대인의 이름도 정해졌을 것입니다. 직책이 높은 자일수록 더욱 위대한 자연물의 명칭을 갖는 것이 자연스러운 발상이니까요.

당시에는 추위가 가장 큰 적이었습니다. 해가 중앙아시아의 드넓은 평원을 비추다가 서쪽 지평선으로 넘어간 뒤에 추위는 바람으로 찾아오는 것입니다. 또한 비가 내릴 때나 구름이 하늘을 뒤덮을 때에도 기온이 내려가 추위를 느꼈겠지요.

그 때문에 풍백·우사·운사가 농사에 필요한 기후 요소로써 상징화된 것이라는 기존의 견해는 인정할 수 없습니다. 농사에 필요한 기후 요소는 일조량과 강수량인데 이것은 해와 비로 구체화합니다. 그러나 농업에 별로 중요한 요소가 아닌 바람과 구름이 큰 의미로 등장하는 것으로 보면, 궁극적으로 농사 이외의 관점에서 이들 명칭을 살펴보아야 한다는 말이 됩니다.

해의 하위적 개념으로 바람·비·구름을 차례로 서열화시킨 고대인들의 사고는 자연계의 질서를 추위와 관련된 기후에 바탕을 두고 생각한 결과이고, 이 서열을 본딴 체계로써 무리의 지배체제를 갖추고자 한 것이 아닌가 합니다."

"시간 관계상 환웅 부분도 이 정도로 하고, 이제 신화를 구성하고 있는 본론으로 들어가지요. 먼저 단군이라는 명칭을 두고 토의해 보겠습니다. 거기 손 든 학생!"

“단군이 무당이었다 카는 말도 있던데예?”

“무당은 고대에 있어서 절대적 신앙의 대상과 인간을 연결하는 사제의 개념이었으니까 ‘단군이 무당’이라는 말은 ‘단군이라는 말에는 사제의 뜻도 포함되어 있다’라고 인식하는 것이 옳을 듯합니다.

옛 마한 지역에서는 천신에 대한 제를 주재한 사제를 천군이라고 불렀습니다. 단군의 壇자도 고대에는 ‘뎐’이라 했습니다. 천(天)을 ‘텬’이라고 한 것과 맥락을 같이한다고 보아야 할 겁니다.

하늘, 곧 천신의 사제를 몽고어로 Tengri라고 합니다. 텐그리는 단군의 옛 명칭인 뎐군과 음성학적 측면에서 유사합니다. 즉 텐그리와 뎐군의 어원이 동일하다는 말이고 나아가 말뜻 역시 한 뿌리를 이룰 것입니다. 결국 단군이라는 말의 뜻은 ‘하늘신을 대신해 인간을 살피는 지상의 우두머리’라고 풀이할 수 있겠지요.”

“다른 의견 없습니까? 그럼 곰과 호랑이 부분으로 넘어가볼까요?”

“그거는 곰을 숭상하는 부족과 호랑이를 숭배하는 부족을 나타낸 기랏고 배웠는데, 그거도 다른 뜻이 있을지 모르겠네예?”

“그거는 배운 기 맞을 끼라. 옛날에는 동물을 숭배하는 애니미즘·토테미즘 카는 기 안 있었나, 와? 지금도 아프리카 부족이나 에스키모들, 남미 소수 부족들 사이에 전승되고 있는 긴 기라.”

“야들이 아직 멀 모리네. 곰은 그런 기 아이다. 단군신화에 보마 웅녀(熊女)라 안 카더나. 그런데 熊자는 동물인 곰을 뜻한 말이 아인 기라. 곰이라 카는 말은 옛날에는 땅의 정기를 뜻하는 말이었던 기라. 곰·감·검·가미·개미·개마·고마 등으로 바끼민서 마카 땅과 관련된 뜻을 나타낸 기다. 너그도 들어봤제, 백두산 서북쪽 고원을 개마고원이라 칸 거? 그라고 백제 성(城)을 고마성이라 칸 걸 봐도 알 수 있는 기라. 어데 그거뿌이가? 개미·거미는 둘 다 땅의 정기에 빌붙어 사는 곤충이기 때문에 그런 이름이 붙은 기라. 일본말로 가마니라 카는 거는 또 머시고? 땅에서 난 거라는 말 아이가? 또 쪽발이들은 신(神)은 가미라고 안 읽나. 우리나라 무당들이 신령님을 검님이라 카는 거와 같은 이치인 기라.

결론적으로 말하마 환웅은 천기를 받은 남자인 기고 웅녀는 지기를 받은 여자라는 뜻인 기라. 아주 민족캉 토착 민족캉 짝짜꿍했다 카는 뜻이다, 언자 알겠나? 어험.”

“이야, 놀랄 노자네. 니 그런 거 어디서 들었노?”

“이 정도는 상식인 기라. 천 날 만 날 도서관 앞에서 종이컵이나 찰 생각하지 말고 공부 좀 해라, 공부.”

“또 다른 견해는 없습니까?”

“곰과 호랑이라는 말은 곰가죽으로 옷을 입은 여자와 호랑이 가죽으로 옷을 입은 여자라는 말일 수도 안 있겠습니꺼?”

“다른 의견은요?”

“옛날에는예, 힘센 기 머든지 다 소유할 수 안 있었겠습니꺼? 양식이나 여자들까지도예. 그래가 생각난 긴데 환웅한테는 여자가 억수로 마이 안따랐겠습니꺼? 그 중에서 환웅이 특별히 니는 내 끼다랏고 칸 여자를 다른 사람들이 보고 쟈는 대빵이 찍었뿟으이 건드리마 안 된대이, 언자부터 환웅의 여자대이 캐가 환웅녀, 웅녀, 이래 된 거 아이겠습니꺼? 雄女라고 쓸라카이 너무 직설적이라기 소리가 비슷한 말인 熊자를 써가 熊女라 캤을 낍니다. 틀림없을 낍니더. 이상입니더, 존경하는 교수님.”

“하하하하.”

“너그가 우째 고매한 내 뜻을 알겠노.”

“일리가 있는 말입니다. 그러면 오늘 토론의 주인공에게 한번 물어 봅시다. 차평무 학생은 어떻게 생각합니까?”

“나올 만한 이야기는 다 나온 것 같습니다. 그런데 문제는 사람 되기를 포기하고 도망간 호랑이가 민족의 산신으로 추앙받으며 면면히 내려오고 있다는 사실을 염두에 두어야 한다고 생각합니다. 신화만으로 보면 곰이 숭상받아야 하는 것이 지극히 자연스러운 일인데 말입니다.

애초에 한 토착민 귀족 여인이 있어서 동일한 지위에 있는 다른 사람들처럼 그녀도 신분의 상징인 호랑이 가죽으로 옷을 해 입고 있었습니다. 그녀는 이주해 온 새로운 지배자의 아내가 되기 위해 엄숙한 통과의례를 거치게 되었습니다. 쑥과 마늘을 먹으며 햇빛이 들지 않는 굴 속에서 일백 일 동안 근신하라는 것으로 말입니다.

결국 그 여인은 의례를 통과한 다음 호랑이 가죽옷을 벗어던지고 지배족의 상징인 화려하고 부드러운 식물성 옷감으로 옷을 바꾸어 입게 됩니다. 그런 상황에 대한 상징적인 의미로서 호랑이가 구축(驅逐)되었다는 개념이 토착민의 뇌리에 내재하게 된 것이 아닌가 합니다.

원래의 토착민이 이주민에게 지배당하게 되자 그들끼리 평화롭게 생활했던 시절에 대한 회귀 욕구가 일었을 것입니다. 그것은 호랑이 가죽옷으로 귀결되는 그들만의 옛 집단문화에 대한 그리움과 회한이었을 테고, 그것이 호랑이라는 동물 자체를 신격화하는 신앙적 동인으로 발전되지 않았나 하는 것입니다.

이 추론은 땅이라는 말의 어원인 곰이라는 글자가 여인의 이름으로서 곰계집이 되었다고 볼 수 있고, 이 말이 다시 한자의 음가를 빌려 웅녀로 표기된 것입니다.

또 그 여인의 의복에 착안해 본다면 호랑이가 우리 민족의 신수가 된 근거까지 유추할 수 있다고 생각합니다. 옷과 신수는 '보호'라는 동일한 개념을 부여하고 있기 때문입니다."

"그라마 웅녀가 환웅의 여자라는 내 말이 틀렸다는 기네."

"그래도 수고했다. 그렇게 생각해낸 기 어디고?"

"여러 의견 중에서 누구의 것이 맞는지는 아무도 모릅니다. 너무 섭섭해하지 마세요. 자, 좋습니다. 다음으로 넘어가서, 왜 하필이면 쑥과 마늘이 등장했을까요?"

"쑥과 마늘을 먹었다는 표현은 원전을 잘못 해석한 겁니다."

"그래요? 처음 듣는 얘기인데요?"

"제가 하는 얘기 중에서 처음 듣지 않는 것이 있습니까?"

"……. 말해 보세요"

"≪삼국유사≫를 보면 신화의 원전에서 쑥과 마늘에 관한 부분은 '艾一炷蒜二十枚(예일주산이십매)'라고 표현하고 있습니다. 여기서 중요한 글자는 炷(주) 자와 蒜(산) 자입니다. 炷 자는 '심지'라는 뜻과 '향을 피우다'라는 뜻을 갖고 있습니다. 쑥 한 줌이라고 할 때의 한 줌이라는 의미는 찾아볼 수 없는 글자입니다.

쑥은 굴에서 근신하면서 섭취할 먹을거리가 아니었다는 것입니다. 쑥은 날것으로 먹기에 어려운 음식입니다. 더구나 역대 문헌을 통틀어 살펴보아도 잎째 생식을 했다는 기록은 없습니다.

쑥은 엄연히 말린 것으로써 향을 피우는 용도로 쓰였습니다. 쑥의 연향에 항균 성분과 소독 약효가 있다는 것은 널리 알려진 사실입니다. 지금도 시골에서는 여름 밤 마당에 쑥을 뜯어다가 모깃불을 피우는 것이 그 증거입니다.

어둡고 습기찬 굴 속에서 쑥을 피워 그 향과 연기로 해충의 접근을 막고 인간을 보호하고자 했던 까닭에 신화는 艾一炷라고 표현한 것입니다. 상상을 초월하는 고대인의 지혜가 숨어 있는 것입니다."

"그것 참……."

"蒜(산)은 지금까지 한결같이 마늘이라고 해석해 왔습니다. 마늘은 서아시아가 원산지입니다. 마늘을 가리키는 말로 葫(호)가 있습니다. 오랑캐 땅에서 나는 풀이라는 뜻입니다.

마늘은 B.C. 100년경 전한의 장건이라는 인물이 서역 지방을 돌아다니다가 귀국하면서 가져 왔습니다. 그것이 동북아시아에 있어서 마늘을 재배한 시초입니다. 그 후 마늘은 동북아 전역에 퍼지기 시작했습니다.

그런데 우리는 B.C. 2333년 무렵, 환웅 집단에서 일어난 사건에 마늘을 등장시키는 오류를 범하고 있습니다. B.C. 2000년 당시의 지리적 여건으로 보아 마늘이 서아시아에서 중국 땅을 거치지 않고 우리나라로 먼저 들어와 재배되었다는 논리는 억지스러운 일입니다."

"마늘이 아니라면 무엇이라는 말입니까?"

"蒜(산)은 달래를 뜻하는 말입니다. 마늘은 대산(大蒜)이라 하고 달래는 소산(小蒜) 또는 야산(野蒜)이라고 했습니다. 蒜(산)이 독립적으로 쓰이는 경우에는 모두 달래를 가리키는 말입니다.

달래에는 인간의 부신피질 호르몬 분비를 자극하는 성분이 들어 있습니다. 그것은 피부를 깨끗하게 하는 미용식품인 동시에 건강과 젊음을 유지하는 건강식품인 것입니다. 또 달래는 인간의 장기를 유지하고 보호하는 데 탁월한 역할을 하는 식물입니다. 햇빛도 볼 수 없는 어두운 굴 속에서 장기간 견뎌야 하는 당시의 여건에서 달래는 건강을 지킬 수 있는 식용 식물로 더할 나위 없었던 겁니다."

"단순히 글자의 의미만을 추적하는 것은 무리가 있는데요?"

"그 무렵 인류가 동북아 전역에 자생하고 있던 식물 가운데 그 약리적 효용을 알아내었던, 흔치 않은 식물이 바로 쑥과 달래였습니다. 곰과 호랑이가 쑥 한 줌과 마늘 스무 개를 먹은 동화 같은 이야기가 아닌 겁니다. 호랑이 가죽옷을 입고 있던 토착민의 상류층 여인이 쑥 한 다발로써 향을 피워 독해충으로부터 몸을 보호했으며, 달래 스무 묶음을 먹음으로써 근신하면서 좀 더 인간답고 슬기로운 인간, 호모 사피엔스 사피엔스의 면모를 갖추어가고자 통과의례에 임했던 것입니다."

"야, 이거, 그라마 우리가 그동안 배아온 거는 마카 거짓말 아이가? 도대체 역사학자라 카는 것들은 머하고 있었노?"

"이제 마지막으로 단군 왕검의 개국, 즉 고조선의 개국 연도에 대해서 논하겠습니다."

"교수님, 그카지 말고 그것도 저 학생에게 마저 듣고 고마 마치면 안 될까예?"

"그기 낫겠네. 그렇게 하지예?"

"중국은 요순시대를 그들의 역사가 시작되는 때로 보고 있습니다. 그 요나라, 즉 요(堯)가 즉위한 때가 무진년(戊辰年)이라고 하는데, 이것은 중국의 역사 연대표에도 나와 있습니다. 그 무진년이 바로 B.C. 2333년입니다.

《삼국유사》, 《제왕운기》 등은 그것에 착안하여 고조선의 건국년을 중국의 요나라와 같은 해로 보는 것입니다. 지극히 어리석은 발상이지만 말입니다.

《삼국사기》에는 고조선이 무진년에서 오십 년 뒤인 경인년(庚寅年)에 도읍을 정하고 나라를 세웠다는 기록도 있는데, 이것은 더더욱 믿을 바가 못됩니다. 왜냐하면 김부식이 우리의 역사가 중원 천자의 나라보다 일찍 시작되거나 같이 시작될 수 없다는 생각에서 임의로 기록한 것이기 때문입니다. 더구나 요의 원년에서 오십 년이 되는 해는 경인년이 아니고 정사년(丁巳年)이라는 점에서도 그의 기록은 일고의 가치가 없습니다.

고조선의 건국년에 관한 것은 이것이 전부입니다. 현재로서는 고조선이 언제 건국되었는지는 누구도, 어떤 문헌도, 어느 유물도 모두가 수긍할 만한 연대적 근거를 제시하지 못하고 있습니다."

"야, 내일부터 마카 과해서 사학과로 가자. 회계는 무슨 얼어죽을 회계고. 우리 역사부터 찾아봐야 안 되겠나 말이다. 전부 알았제? 도대체 우리가 배아온 거는 다 머란 말이고?"

"자, 오늘 내용에 대해 총평을 하겠습니다. 그렇습니다. 우리는 우리의 과거에 관해 모르는 것이 너무 많습니다. 또 시간이 지날수록 그런 부분에 관심을 갖는 사람이 점점 줄어드는 것이 현실입니다.

단군에 관한 것만 해도 풀어야 할 숙제가 산적해 있습니다. 오늘 우리가 토의한 내용 외에도 삼위태백은 어디인지, 신시는 무엇인지, 평양·아사달·장당경이라고 하는 일련의 단군 도읍지의 정확한 위치는 어디인지……

　지금으로서는 누구의 학설이 맞는지 완벽하게 증빙해 낼 수도 없는 처지에 놓여 있습니다. 하지만 중요한 것은, 우리는 분명히 옛 사람들의 후손이고 앞으로 우리도 시간이 지나면 누군가의 조상이 될 것이라는 사실입니다. 우리가 곰의 아들딸이면 어떻습니까? 호랑이의 자식이면 또 어떻습니까? 신화는 아름다운 이야기로 묻어두고 앞으로 창달해 가야 할 우리의 역사적 소임에 더 큰 정열을 쏟아 부어야 할 때입니다……."

　"교수님!"

　"자, 오늘은 여기까지. 이어지는 논의는 다음 시간에 하기로 하지요."

정인수는 녹음기를 껐다.

"으음……. 자네가 외곽에서 토론을 이끈 것은 잘한 일이군."

"앞으로가 걱정입니다. 녀석이 기를 쓰고 덤벼든다면 실수라도 할 것 같아서 말입니다."

"가르치면서 배운다고 하지 않았나? 허허."

"느낌이 어떠신지요?"

"무언가 있긴 있는 놈인 것 같군."

정인수의 눈이 커졌다.

"분명해졌어. 혹시 녀석이 먼저 찾아내버렸는지도 모르겠구만."

"무슨 말씀이신지?"

"아아, 자네까지 신경쓸 건 없고……. 다음번엔 말이야, 논술 제목을 이런 내용으로 해서 과제를 내보게."

강석민 교수는 메모지에다 무언가를 적어주었다.

"학생들 전체로 봐서는 무리가 아니겠습니까?"

"그러니까 단서를 달게. 많이 적어오는 놈에게 후한 점수를 주겠다고 말이야. 옛날 것이면 집구석에 한두 권 쑤셔박혀 있는 고서의 제목이라도 좋다고 하게.”

정인수는 강 교수의 태도에서 무언가 심상치 않는 기운을 느꼈다.

“참, 잊을 뻔했구만. 며칠 후면 다케다 선생님이 한국에 들를 걸세. 자네가 마중 나갈 준비를 좀 하지. 공항으로 나와 주게. 시간은 내 다시 연락함세.”

“잘 알겠습니다.”

“그 녀석 이야기는 당분간 선생님께는 꺼내지 않는 게 좋을 것 같으니 입조심하게.”

정인수는 그의 마지막 말이 섬뜩하게 들렸다. 그것은 강 교수가 사람을 압도하고자 할 때만 쓰는 목소리의 음파였기 때문이다.

공수空授

“한번 갔다와야 할 것 같네.”

“책을 찾았다는 말인가?”

사토 의원은 눈을 크게 뜨고 다케다 교수에게 물었다.

“제자 한 녀석이 무슨 행사를 주도하는데 참석해달라길래 거기 갈 참이네.”

“간 김에 책에 대해 좀 알아보고 오지 그래?”

“그 문제 때문에 자네를 만나자고 한 걸세. 이번엔 강이 뭔가 유력한 냄새를 맡은 모양이야. 그런데 백자 두 점 갖고는 어림도 없을 것 같네.”

“그래? 그럼 내가 뭘 도와주면 되겠나?”

“곰곰이 생각해봤는데 이번에 좀 무리해서라도 담판을 지어보고 싶네. 내 육감으로도 어쩌면 마지막 기회일 것 같아.”

“하긴 시간이 너무 흘렀어. 생각해 놓은 복안은 있겠지? 어서 말해보게.”

“덴리(天里) 대학에 있는 물건일세.”

"뭐? 그건 안 돼. 다른 걸 알아보게."

"어째서 안 된다는 말인가? 그 정도 물건이 아니면 말조차 꺼내기가 힘들어."

"그 강이라는 자, 협상 능력에 문제가 있는 것 아닌가?"

"그 영감이 문제야. 대화를 하려고 들지조차 않는다는군. 무슨 말을 꺼내도 늙은 소마냥 파리만 쫓는 시늉을 낸다니, 천하의 강도 별수 있겠는가?"

"귀가 번쩍 뜨일 소식이 필요하다 이거군?"

"생각해 보게. 그 책이 어떤 책인가? 만약 학계 주변을 맴돌고 있는 잡초 같은 재야 녀석들의 손에 들어가기만 하면 지금까지 그들이 주장해 온 게 모두 사실로 판명날 것은 자명한 일일세. 그렇게 되면 내 손을 거쳐 간 녀석들이 설 땅이 없어져. 궁색한 변명을 늘어놓아 봤자 냄비 같이 확 달아오르는 국민의 눈총은 피하기 어려울 게야."

"그렇긴 하지만 덴리대학에 있는 물건을 빼내자는 건 아무래도 어려운 일이야."

"이번만 도와주게. 마지막이라고 한다면 궁에서도 응낙할 걸세. 만약 찾아오기만 한다고 생각해 보게. 자네에게 더 좋은 일이 많지 않겠나? 내각도 어수선해지는 것 같은데, 자네도 이 기회를 놓쳐서는 안 된다고 보네."

"덴리대학의 물건이라……"

사토 의원은 생각에 잠겼다.

"그건 그렇고, 그 녀석은 요즘 뭘 하고 있는지 알고 있나?"

"그 녀석이라니?"

"거 왜 지난해에 도쿄로 숨어든 녀석 말일세."

"전공을 바꾸고 지방의 어느 대학에서 경영 수업을 받고 있다고 들었네. 그나마 다행일세. 앓던 이가 저절로 빠졌으니."

"그렇군. 언제 한국으로 갈 셈인가?"

"일요일 첫 비행기로 가네."

"알았네. 자네가 떠나기 전까지 물건은 조치를 취해 놓겠네."

"천녀도 그림은 이번에 강에게 돌려줄 참일세."

"그 자가 다시 받으려 할까?"

다케다 교수는 미소를 지었다.

"다 방법이 있지. 그리고 오쿠다마에 쓸 만한 애들이나 몇 붙여주게."

"저택을 비워 두었는가?"

"생질녀 내외를 불러다놓았네만 그 아이들만으로는 안심되지 않아서 그러네. 그놈 입장에서 보면 이번이 절호의 기회가 아닌가? 틀림없이 숨어들걸세."

"알았네. 자네도 한둘 데려가야 하지 않겠나? 만약의 사태에 대비해서 말이야."

"그렇게 해주면 든든하기 이를 데 없지."

"말끔한 녀석들로 골라야겠군. 인상이 험악한 놈들을 데려갔다간 쉽게 의심을 살 테니 말이야. 부디 큰 성과가 있길 바라네."

"웬일이야? 아침 일찍부터 전화를 다 하고?"

"마르그리트한테서 답신이 도착했어."

"벌써?"

"네가 하도 성화를 부려서 인터넷으로 받은 거야. 너 오늘 한턱내야 돼?"

“알았다. 그래 머랏고 써 있더노?”

“철진이 너 학과 동료라는 사람이 직접 읽어보는 게 나을 것 같아.”

“그라마 저녁에 만나자.”

“알았어. 예누위로 나와. 여섯 시면 되겠어?”

답장이 왔다. 기철진은 무척 궁금했다. 만약 목걸이가 청동궤에서 떨어져 나온 것이 사실이라면 궤 안에 들어 있었다는 책도 프랑스 어딘가에 있을 게 분명했다.

서둘러 학교를 향했다. 정인수 역사 특강 수업은 과제물 토론으로 계속되었다. 다음 주에 제출해야 할 과제물의 주제는 ‘우리나라의 사서적 성격의 문헌’이었다.

옛 사서적 문헌에 대한 내용이라면 어떤 것도 좋다는 말이었다. 일반적인 역사책이나 집집이 갖고 있는 고서의 제목을 조사 발췌하는 것이었다. 발췌 분량에 따라 점수를 주겠다는 정인수의 말을 들은 학생들은 다소 의아해했다.

정인수가 몇 차례 발표할 기회를 주었지만 차평무는 어떤 생각에서인지 바윗돌처럼 꼼짝도 않고 침묵만 지켰다. 정인수는 강의시간 내내 그런 그의 눈치를 살피는 기색이었다.

“몸이 안 좋으십니꺼?”

“서글픈 생각이 들어서 말이오.”

“무슨 일 있었습니꺼?”

“지난번에 우리가 단군신화에 관해 토론한 것 있지 않소? 토론 내용 일부가 정인수의 논문으로 둔갑해서 대한고대사연구회 회지에 실린 것을 보았소. 참 비열한 놈이오.”

“예? 그라마 우리가 수업시간에 발표한 거 중에서 필요한 거만 모다가 자기의 논문을 만들었다 그 말입니꺼?”

“그렇소.”

“이야, 그런 얍삽한 짓을……”

“일말의 양식도 없는 놈이오. 겉으로는……. 그만둡시다.”

“목걸이에 대해가 회신이 왔다 캅니더.”

“그래요?”

“전자우편으로 보내온 모양입니더. 지가 압력을 좀 넣어놨거든예, 하하. 오늘 저녁에 만나가 그걸 건네받기로 했습니더. 불어도 좀 한다 캤지예?”

“편지를 읽을 정도까지는 될지 모르겠소, 그런데 기형의 여자친구는 뭐라고 합디까?”

“만나봐야 압니더. 편지 내용에 대해가는 자세한 이야기를 모했습니더.”

“그러면 오늘은 데이트를 하고, 내일 어떻소? 토요일이고 수업도 없는데 우리 집에 한번 오는 게. 그동안 한번 초대한다 하면서도 못 했는데 이 기회에 우리 집에서 봅시다. 더군다나 월요일은 식목일이라 한 며칠 못 볼 테니까.”

“그라까예? 오전 한 열한 시쯤 가께예. 약도나 그리주이소.”

차평무는 공책을 찢어 약도를 그리기 시작했다.

“목걸이도 함께 가져와줄 수 있겠소?”

“알겠습니더.”

“참, 우리 그 목걸이를 미리라고 이름 붙이는 게 어떻겠소? 목걸이 모양이 은하계 모양과 흡사한데, 은하수를 우리말로 미리내라고 하니까 은하수의 수 자에 해당하는 미리내의 내 자를 떼어내고 말이오.”

목걸이의 이름까지 생각해 놓은 것을 보면 그의 관심이 어느 정도인지 알 수 있는 일이었다.

"그거 좋은 생각인데예. 미리 목걸이, 하하."

차평무는 컴퓨터 앞에 앉았다. 정인수가 내준 과제물을 작성하기 위해서였다.

'정인수는 전해지지 않고 있는 모종의 사서를 내가 갖고 있을 거라고 짐작하고 있을 거야. 그렇지 않고서는 이런 종류의 과제물을 낼 턱이 없지. 교활한 놈. 그렇다면 나도 방법이 있지.'

우편이 한 통 와 있었다. 곽 이사가 안부를 물으며 전문을 보내오는 경우가 가끔 있었다. 하지만 곽 이사가 보낸 것은 아닌 듯했다.

차평무는 불현듯 도쿄 유학 시절, 오쿠다마에서 받았던 발신 불명의 편지를 떠올렸다.

'혹시……? 그 녀석인가?'

오랜만이오. 그동안 잘 있었소? 다시는 보내지 않을까 하다가 띄우는 것이오. 참으로 한심한 사람이오, 당신이라는 사람은. 이젠 치열하게 살 용기가 없어진 것이오, 아니면 당신의 용기를 스스로 방기하고 있는 것이오?

나는 당신이 애국자이기를 바라는 사람은 아니오. 그러한 개념은 당신의 눈만 멀게 할 뿐이오. 오직 있는 그대로의 진실을 향해 항해하기를 바랐고 당신은 키를 잡고 큰 바다로 나아갔소.

하지만 아직 가야 할 길이 남아 있소. 당신도 그것을 누구보다 잘 알고 있지 않소? 왜 망설이는 거요? 어느 순간 방향감각을 잃어버렸다고 해서 대양의 한 가운데에서 키를 놓고 딴전을 부리고 있는 거요?

떠나는 자에게만 길이 있소. 길을 찾아 헤매는 자에게만 표지판이 나타나는 것이란 말이오. 주저하거나 고민하지 말고 일어서시오.

생명에게 가장 무서운 고통이 뭔지 아시오? 그건 바로 정체(停滯)라는 것이오. 정지해 머무르고 있다는 것, 그 벌은 당해 보지 않은 사람은 알 수 없소, 절대로.

다시 한번 기회를 주겠소. 그 혹독한 고통에 시달리기 전에 어서 나아가시오. 바로 지금이오. 서두르시오. 내가 당신에게 해줄 수 있는 일은 이것으로 끝이라는 것도 부디 잊지 마시오.

다만 당신의 컴퓨터 열람이 늦지 않았기를 바랄 뿐이오. 아무런 거리낌없이 당신을 만날 수 있는 날을 기다리고 있겠소.

"녀석의 정체를 도무지 짐작조차 할 수 없으니……."

차평무는 일본과 한국이라는 지역에 구애 없이 자신을 빤히 들여다보고 있는 듯한 글을 천천히 다시 읽어보았다.

그의 말이 사실이었다. 목걸이를 단서로 해 프랑스에 있는 것으로 여겨지는 청동궤를 추적할 계획을 갖고 있었지만, 책을 찾기 위해 동분서주했던 지난날만큼 더운 열정을 가지고 있다고는 할 수 없었다. 하지만 그는 그 점을 나무라는 것이 아니었다. 국내 어딘가에 남아 있을 몇 권의 책에 대해서조차 소홀해져 있는 태도를 일깨우는 것이었다.

'지금이 기회라니?'

그 말이 뜻하는 바가 무엇인지 전혀 감을 잡을 수 없었다.

기철진은 초인종을 눌렀다. 문을 연 차평무의 얼굴에 반기는 미소가 번졌다. 현관을 들어서자 코끝으로 은은한 향내음이 전해져 왔다.

"찾기가 어렵지는 않았소?"

차평무는 수건으로 손을 닦고 있는 중이었다.

"한 번 와본 적이 있는 동네입니더."

기철진은 들고 있던 음료수 상자를 내밀었다.

"그냥 오지 뭐하러 이런 걸 다 사가지고……."

방은 넓었다. 10평쯤 될까. 거실로 쓰고 있는 공간 한쪽 벽에 기묘한 문자가 가득 쓰인 종이가 붙어 있었다. 문짝만한 크기였다.

"이쪽으로 앉으시오. 사는 꼴이 이렇게 누추합니다, 허허."

"빌 말씀을 다하십니더."

기철진은 벽에 머물러 있던 시선을 거두고 괴목 탁자가 놓여 있는 거실 바닥에 앉았다.

"가만 있자, 대접할 게 뭐 좀 있는지 모르겠군. 잠깐만 기다리시오."

차평무가 한쪽에 가려져 있는 주렴을 제치자 침실이 나타났다. 침실에는 나무를 잘게 대어 붙여 만든 침대가 놓여 있었다. 아무것도 깔아 놓지 않아 나뭇결 그대로 드러나 보였다. 홑이불 한 채를 머리맡에 개어 두었다.

커다란 족자 하나가 걸려 있었다. 선녀 그림이었다. 수십 명의 선녀들이 갖가지 동작으로 하늘을 날기도 하고 땅으로 내려오기도 하는 모습이었다. 이미 땅 위에 내려온 선녀들은 계곡 근처 바위틈이며 꽃언덕에 삼삼오오 모여앉아 유유자적 쉬고 있는 풍경이었다. 형형색색의 색감으로 눈이 부실 듯 화려했다. 그림은 곳곳에 빛이 바랜 흔적이 보여 꽤 오래된 것처럼 느껴졌다.

차평무는 방 전체를 보여주고는 출입구 가까이에 있는 조리대로 갔다. 조그만 무쇠솥과 그릇 몇 개가 보였다.

"괜찮습니더. 물이나 한잔 주이소."

"손님이 오셨는데 그럴 수야 있겠소?"

차평무는 무쇠솥을 불 위에 올려놓았다. 물은 미리 받아 놓은 듯했다. 그는 조리대를 열어 작은 자기 항아리를 꺼냈다. 연분홍색 가루를 두어 술 떠서 찻잔에 담았다. 물은 곧 끓었다. 솥뚜껑을 열고 옻칠을 한 표주박으로 물을 떠 찻잔에 부었다. 김이 올랐다.

"입에 맞을지 모르겠소."

"무슨 찹니꺼? 향기가 좋은데예."

"한번 맞혀보시오."

차평무가 빙그레 웃었다. 기철진은 찻잔을 들어 조금 마셔보았다. 알 수 없는 향기가 전해졌다. 연한 지린내 같기도 했다.

"모르겠는데예."

"진달래차요. 지난주에 기형과 대연산에 가서 따온."

기철진은 고개를 끄덕였다. 그가 들려준 지난날의 행적이 떠올랐다. 웃고 있는 차평무의 얼굴에 일말의 회한이 스며 있는 것이 보기에 안타까웠다. 그러나 그런 감정을 밖으로 드러낼 수는 없었다.

"자, 이제 편지를 살펴 봅시다. 몹시 궁금한데."

기철진은 바지주머니에서 답신을 꺼내주었다. 차평무가 편지를 읽는 동안 기철진은 그의 기색을 살폈다. 눈에서 빛이 나고 있었다. 편지를 다 읽고 난 차평무가 중얼거렸다.

"짐작이 틀리지 않았군."

"머랏고 써 있습니꺼?"

"짧은 실력이지만 해석해서 한번 읽어보겠소. 먹이 번져서 알아볼 수 없는 단어도 더러 보이지만 말이오."

차평무는 편지를 들고 한 문장씩 해석해 나갔다.

안녕 무영,

내 소중한 친구 무영의 편지를 받고 무척 기뻤어. 나는 지금 파리 근교 콩피에뉴에 있는 사르마뉴 연구소에서 무영에게 편지를 쓰고 있어. 이곳은 프랑스 고유의 역사적인 상징물을 기초로 해서 여러 가지 무늬를 그려내고 있는 일종의 디자인 연구소야.

무영의 편지를 읽고 나서 목걸이가 한국인들에게 아주 귀중한 의미를 가지는 것 같아 마음이 몹시 기뻐. 무영에게 선물하기를 잘했다는 생각에는 지금도 변함이 없어.

목걸이에 관해서 할머니에게 자세히 물어보았어. 할머니는 당신의 어머니에게 들었다는 이야기를 해주셨어.

선조 가운데 한 분이 19세기 중엽에 동양으로 떠난 함대의 항해사를 지냈다고 해. 그런데 어느 날 조선의 해변가에서 전투를 벌였대. 전투에서 승리한 군인들이 어떤 섬에 상륙해 그곳에 있는 조선의 물건들을 많이 가져 왔다고 하셨어.

싣고 온 물건들은 그 뒤 국가에 바쳐졌고 프랑스 정부는 그 물건들을 여러 곳에 비치했다는 거야. 서적류는 국립 도서관에, 군대와 관련된 물건은 국방성 산하 앵발리드 군사 박물관에, 그리고 문화·종교적인 것들은 현재 성 루이 성당에 상당량 보관되어 있다는 말씀이야.

내 선조는 제독 부인의 남동생이라 각별한 총애를 받았는데, 프랑스로 돌아와 제독으로부터 특별히 어떤 궤를 하사받았다고 해. 내용물인 책은 국가에 헌납하고 그 궤만 집으로 갖고 오셨다는 거야. 국가에 대한 충성심 때문이었다고 하셨어.

청동으로 만든 그 궤는 가로 250센티미터, 세로 90센티미터에 이르는 크기야. 아주 무거운데 지금도 집 거실에 놓아두고 있어.

할머니는 어렸을 때 자주 그 궤에 들어가 놀았다고 하셨어. 그러던 어느 성탄절에 그 궤를 당신의 어머니로부터 선물받았다는 거야. 나의 할머니는 나중에 내가 결혼하면 그것을 선물로 주시기로 했어.

내가 무영에게 선물한 목걸이는 그 궤의 잠금장치로 달려 있던 장석
으로 만든 것이라고 하셨어. 할머니는 당신의 어머니에게 그것을 물려
받아 오랫동안 갖고 있다가 내가 열한 번째 생일을 맞이하던 해에 행운
을 가져다줄 거라며 쥐어 주셨어. 나는 자라면서 줄곧 그것을 만지작거
리며 놀았고 무영에게 선물하기 전까지 가장 소중히 간직해 왔던 거야.

무영의 편지를 받고 생각난 일인데 몇 년 전 루브르미술관에 들렀다
가 목걸이를 핑계 삼아 나에게 추근대던 동양인 히피 남자를 만난 적이
있었어. 돌이켜 보니 그 사람은 내게 추근대려고 한 게 아니라 아마 목
걸이 때문에 그랬던 모양이야. 나중에라도 만나게 되면 사과해야겠어.

부족하겠지만 내가 알아본 내용이 무영과 무영의 멋있는 연인에게
도움이 되었으면 좋겠어. 그럼 이만 안녕. 다시 만날 날을 기다리며.

마르그리트 드 올리비에

추신 : 보내준 한국산 자수정 목걸이를 오늘 받았어. 신비한 빛깔이
무영을 연상시키는 것 같아 너무 마음에 들어. 늘 목에 걸고 다니겠어.
고마워.

"형, 그렇다 카마……."

말을 하다가 말고 기철진은 그의 얼굴을 바라보았다. 차평무의 얼굴
이 상기되어 있었다.

"정말 고맙소. 정말……."

기철진은 목걸이를 벗어 탁자 위에 올려놓았다. 차평무의 눈길이 미
리에 머물렀다. 그러나 미리는 끝내 침묵을 지키고 있었다. 저 홀로 까
마득한 시기의 진실을 추억하고 있는 모습이었다.

기철진은 미리를 뒤집어보았다. 거실 벽면에 붙어 있는 것과 똑같은
모양의 글자였다.

"이기 가림토 문자라 캐도 무신 뜻을 나타내는지는 전혀 모리는 깁니꺼?"

"알 수 있는 날이 오지 않겠소? 언젠가는."

"저래 빅에 붙여 놓은 거 보이끼네 그동안 연구를 마이 하신 거 같은데……."

"아직은 모르겠소. 세종 당시의 한글에 대입해 보기도 하고 신라의 이두문과도 비교해 보았지만 훈민정음과 모양만 관련성을 지닐 뿐, 그 이상은 알 수 없었소.

인도의 드라비다어, 구자라트어, 카로슈티어, 타밀어, 지중해어계, 리바아어계, 셈계어, 이집트-그리이스어, 중앙아시아어, 중앙아메리카어, 심지어 옛 발해어 등 고대에 지구에서 썼던 언어와 문자, 그리고 현대어까지 살펴보아도 내 힘으로는 불가항력이었소.

글자가 비슷하다고 뜻이 통하겠소? 답답한 일이오, 그래서 저렇게 붙여 놓고 어떤 영감이 떠오르지 않을까 해서 자주 쳐다보는 것이오."

"방금 떠오른 생각인데예. 이 뒤에 새기지가 있는 글자 말입니더. 문때진 거하고 그대로 보이는 것하고 다 합해가 쉰일곱 개쯤 안 됩니꺼? 혹시 광개토대왕, 아니 광개토경……."

"그냥 광개토왕이라고 부르시오."

"아니 그기 아이고예, 광개토경……."

"광개토경호태열제라는 명칭 말이오?"

"예, 바로 그 광개토경호태열제라고 써논 거 아이겠습니꺼? 마르그리트가 답신에 써 난 거로 보마 잠금 장치라 안캅니꺼?

잠금 장치는 궤짝에 제일 중요한 부분이라 칼 수 있고 또 거기에는 뭘 마이 적을라 캐도 공간이 부족한끼네 당시 상황으로 봐가 가장 신성하고 고귀한 거를 안 써났겠습니꺼? 그래가 생각난 긴데 혹시 왕의 이름과 연호가 아이겠습니꺼?"

순간 차평무의 눈에서 빛이 스쳐갔다.

"그럼 기형의 생각에는 이 미리 뒤에 있는 가림토 문자가 나타내는 말이 광개토경호태열제라는 글자가 아니겠느냐는 말이오?"

"예."

"그럴 법한데요? 어디 한번……."

차평무는 미리를 받아들고 뚫어지게 쳐다보았다. 그는 무언가 생각난 듯이 불쑥 말했다.

"우리, 이거 탁본 하나 뜹시다. 더 자세히 볼 수 있게 말입니다. 기형의 말이 일리가 있소. 내가 왜 여태 그 생각을 못했지."

차평무는 나무침대 밑에서 상자를 하나 까냈다. 벼루와 화선지 등 서예용구가 들어 있었다.

"먹 좀 갈아주겠소? 나는 주머니를 하나 만들어 오겠소."

차평무는 양말 한 짝을 꺼내 들고 조리대로 갔다. 기철진은 먹을 갈았다. 묵향이 코끝으로 스며들었다. 양말로 쌀주머니를 만들어 온 차평무는 목걸이 줄을 끌러낸 뒤, 탁자 위에 미리를 단단히 고정시켰다.

그는 붓으로 조심스럽게 미리를 칠했다. 한지를 당겨 펴고 미리 위에 덮었다. 쌀주머니로 가볍게 두드리길 여러 차례, 이윽고 차평무는 한지를 걷어냈다. 미리는 음각과 양각을 분명히 드러내었다.

탁본은 석 장을 했다. 한지에 나타난 미리 표면의 문자를 심각한 얼굴로 바라보던 차평무가 고개를 설레설레 흔들었다.

"그것도 아닌 것 같은데…… 영락 몇 년 광개토경호태열제라고 하면 여러 부분이 지워졌다하더라도 ㄱ이 나타나야 하는 자리에서는 최소한

ㄱ에 해당하는 문자가 흡사하거나 똑같이 나타나야 하는데 그게 아니오. 모음에 해당하는 부분도 그다지 규칙성을 발견할 수 없고……."

기철진은 차평무의 말을 듣고 머쓱해졌다.

"괜히 말을 꺼내 가지고 헛고생만 했네예."

"뭐 어떻소? 나는 투구에 적힌 글을 해석할 때 시행착오만 해도 수백 번도 더 겪은 일인데. 괜찮소. 혹시 압니까? 이러다 보면 기형이 정말 중요한 것을 발견하게 될지, 허허."

기철진은 고개를 돌렸다. 선녀 그림이 눈에 들어왔다.

"저 그림 참 좋아 보이네예?"

"저거 말이오? 저게 바로 <백팔천녀도>라는 그림이오."

기철진의 눈이 커졌다.

"그래예? 돈으로 치마 얼마나 나갑니꺼?"

"감정을 해보지 않아서 모르겠는데 국내에서는 경매만 잘 붙이면 삼십억에서 오십억 원 사이는 될 것 같소. 해외로 나가면 어떨지 모르겠지만."

차평무는 무심코 내뱉었다.

"그만큼이나……. 그래 귀한 걸 도둑이라도 들마 우짤랏고 저래 나둡니꺼? 어디 깊숙하이 안 감차 놓고."

"허허."

기철진은 차평무의 성품으로 봐서 농담이 아닐 것이라고 여겼다. 또 그 말을 듣고 보니 그림은 어딘가 모르게 신비스러운 분위기가 느껴졌다. 봉황동 신당에 붙여 놓은 무신도처럼. 문득 떠오른 생각이 있었다.

"우째 생각할란지 모리겠지만……. 아, 아입니더."

"무슨 말씀인데 그럽니까? 아무 소리도 하지 않을 테니까 생각나는 게 있거든 어렵게 여기지 말해 보시오.”

“지가 하는 말을 듣고 웃어도 좋은데예, 우리나라에 남았다 카는 책하고 이 글자하고 우리 어무이한테 물어보마 어떻겠어예? 밑져야 본전이랏고 생각하고.”

차평무는 기철진이 말하기 어려워한 이유를 알고 빙긋이 웃었다.

“그럴까요, 그럼? 혹시 기형 자당께서 찾아주실지도 모르니까 말이오. 내친 김에 지금 갑시다. 다음이고 뭐고 할 것 없이.”

차평무가 먼저 일어섰다. 그가 옷을 갈아입는 모습을 본 기철진이 찻잔과 서예 용구를 치우려고 했다.

“그냥 놔두시오. 다녀와서 좀 더 살펴볼 것이 있으니.”

기철진은 조리대로 가서 미리 목걸이만 깨끗이 씻었다.

밖은 화창했다. 기철진은 택시를 잡았다. 차평무에 대한 배려였다. 어차피 좌석버스 두 명 값이면 택시를 타도 충분했다. 기껏해야 몇백 원 더 나올 거리였다.

“봉황동 현도극장 사거리예.”

기철진은 기사에게 방향을 일러준 뒤 차평무에게 말했다.

“여는 봉 자가 들어가는 동네가 많습니더. 봉황의 덕이 있닷고 봉덕동, 봉황이 살았닷고 봉산동, 큰 봉황이랏고 대봉동, 봉황이 춤을 추미 니리왔닷고 봉무동, 봉황이 그 우로 날아갔닷고 비산동, 봉황이 울었닷고 대명동…… 풍수로 보마 이 땅은 봉황이 알을 품고 앉아 있는 지세라 캅니더. 그래가 대통령이 서이나 나왔는지 모리지만.”

“일리가 있는 말이오. 우리나라가 용의 나라가 아니고 봉황의 나라라는 사실을 오래 전부터 민간에서 더 잘 알고 있지 않소? 왕조가 아니라 민간에서 역사학의 실마리를 찾아야 할 당위성이 바로 이런 데 있지 않겠소?”

택시가 신호등 앞에 멈추어 서자 기사는 손멈춤간(핸드 브레이크)을 당겨 올리며 끼어들었다.

“하하, 듣고 보이 차말로 그렇네. 우째 총각이 그런 거도 다 알고, 요새 젊은이가 아인가베?”

기철진은 대답하지 않았다. 차평무도 차창만 바라보고 있었다.

옛 한옥 대문 앞에는 대나무가 높이 서 있었다. ‘천신동자보살’이라고 쓰인 작은 아크릴 간판이 눈에 들어왔다. 천신동자보살은 의아한 표정으로 신당 앞 툇마루에서 두 사람을 맞이했다.

“전화도 없이 우짠 일이고? 같이 온 사람은 누구고?”

“내하고 같은 과에 다니는 학생입니더. 뭣 좀 물어볼랐고예.”

“안녕하십니까. 차평무라고 합니다.”

두 사람은 조심스럽게 신당에 올라가 앉았다. 예순이 될까 말까 해 보이는 천신동자보살은 진한 화장으로 잔주름살을 가리고 있었다. 차평무의 눈길은 신당으로 올라갔다.

아기 동자상 하나가 가늘게 눈을 뜨고 내려다보고 있었다. 동자상 뒤에는 도령의 무신도가 있고 그 양쪽에 오방신장 무신도가 붙어 있었다. 왼쪽 벽에는 삼불제석이, 오른쪽 벽에는 용신이 모셔져 있었다.

무신도에 그려진 도령은 색동옷을 입고 있었으며 붉은 연꽃을 세 송이 들고 있었다. 머리에는 후광을 둘러 예사로운 어린아이가 아님을 나타내고 있었다. 도령은 연화대를 타고 무표정하게 서 있는 모습이었다.

오방신장은 모두 서슬 퍼런 창검을 비껴 세운 채 동서남북과 중앙의 다섯 방위를 상징하는 자리에 서 있었다. 그들은 다섯 방향에서 달려드는 악귀를 막는 임무를 수행하고 있었다.

오방신장은 오방살을 다스리는 부업도 갖고 있었다. 불효하여 부모를 일찍 죽게 하는 청록살, 남편 사랑을 못 받는 공방살, 떠돌아다녀야 하는 역마살, 남자와 관계해야 하는 도화살, 몹쓸 병을 앓아 죽는 역살을 각각 하나씩 맡고 있는 것이다.

신당의 용왕은 물 위에 엎드려 있는 용을 타고 있었다. 용왕은 면류관을 썼고 붉은색 관복을 입고 있었다. 오른손에는 홀을, 왼손에는 표주박 호리병을 구슬 줄에 꿰어들고 있었다.

오른쪽에 있는 삼불제석은 장삼가사를 입은 승려의 모습으로 흰 고깔을 썼는데 연꽃을 밟고 화남(和南 : 합장)을 하고 있는 모습이었다. 원래 삼불제석은 환인·환웅·단군의 삼성 신앙에서 비롯되었으며, 불교가 유입되고부터 삼불제석 신앙으로 탈바꿈하였다. 그때부터 삼성이나 삼불제석은 상합된 신앙적 개념 아래 대부분 승려의 상을 하고 있는 것이 보통이었다.

“어이요 총각, 머를 그렇게 뚫어지게 치다보고 있노?”

“아무것도 아닙니다.”

“복채 내놔봐라, 보자.”

“어무이요……..”

“니는 가마이 있거라.”

천신동자보살은 엄한 목소리로 아들을 꾸짖고 차평무의 얼굴을 바라보았다. 차평무는 지폐 한 장을 꺼내 신상 위에 올려놓았다.

그녀는 차평무를 쳐다보던 눈길을 거두고 지그시 감았다. 얼굴이 붉어지고 있었다. 입술과 볼살, 눈이 떨렸다. 하품을 하기 시작했다. 혼이 실리고 있는 것이다.

이윽고 그녀는 정신이 돌아온 듯 눈을 떴다. 얼굴은 땀으로 젖어 있었다. 입에서 쇳조각을 비비는 듯한 소리 같기도 하고 새가 고음으로 지저귀는 듯한 소리가 새어나왔다. 이른바 공수(空授)가 시작되고 있었다.

공수는 신이 무녀를 통해 내리는 소리였다. 처음 무당이 된 사람들은 이것이 자기 입에서 나오는 소리인 줄 의식하지 못하는 경우가 있으나 차츰 그 소리가 자기 입에서 나는 소리라는 것을 깨닫고 해석하는 방법을 나름대로 터득하게 된다.

신이 다 실린 천신동자보살은 한숨을 내쉬면서 공수를 해득하고 있었다. 드디어 그녀의 입이 열렸다.

"그래, 내한테 머를 알고 싶어가 부처님 한 분이 이리 어려븐 걸음을 했소?"

천신동자보살의 목소리는 이미 어린아이처럼 변해 있었다. 태주가 완전히 무녀의 몸에 실린 것이었다. 가늘고 높은 혀짧은 소리가 천신동자보살의 입에서 새어나왔다.

"책을 찾고 있습니다."

보살은 고개를 저었다.

"아직은 눈에 띌 책이 아인 기라."

"어디로 가면 찾을 수 있겠습니까?"

"책이 오는 기지, 사램이 갈 길은 아이고."

"……."

"병풍같이 둘러쳐진 산이 있는데 부스러기 책 몇 권은 그 밑에 있구마는."

"그곳이 어딥니까?"

"그런 풍경이 어디 있는지는 모리지만 분명히 그런 데에 있으이."

어린아이의 목소리와 알 수 없는 신성(新聲)이 번갈아 나왔다.

"목적은 달성하겠습니까?"

"못하구만."

"어느 정도에 이르겠습니까?"

"쌀을 안치가 밥은 지을 끼지만 퍼 묵지는 못할 끼구만. 팔자가 그런 걸 우야겠노……"

차평무는 기철진에게 눈길을 돌렸다. 기철진은 그의 뜻을 알아채고 하고 있던 미리를 벗어 상 위에 올려놓았다.

"이 뒤에 씌어 있는 글자 좀 바주이소."

"고마, 볼 것도 없다. 옛날 왕 끼다. 억수로 높은 왕. 언자 가거라."

차평무는 그녀의 기를 읽어보려고 호흡을 가다듬었다. 동명 스님 슬하에서 1년 반의 참선 끝에 얻은 약간의 신통(神通)이었다.

"씰데없는 일을……. 나는 이래 천한 길을 가지만 총각은 헌헌장부로 그 출격단심의 기상이 하늘을 찌리고 남는데 와 이래 허송세월을 보내고 있소? 그때 그 시님하고 좋은 인연을 맺었뿟으마 고마 세상사 훨훨 털었을 낀데. 아깝소, 참 아깝소.

이제라도 그 길로 가소. 내 오늘 아침에 봉황새가 우리 집 대문에 날개가 걸리가 몬 들어오고 있는 거를 보고 귀한 손이 올 줄 알았지만, 막상 보고 나이 서글푸네. 인연이 짧아가. 쯧쯧, 그놈의 책이 머랏고."

두 사람은 신당을 나왔다. 차평무는 아무 말이 없었다.

"기분나빴다 카마 이자뿌이소. 할마시가 되지도 않는 소리를 머 그래 씨부리노."

"자당도 뛰어난 분이오. 기형이 아니었으면 벌써 수행자가 되었을 것이오."

“머 좀 얻을 기 있습디꺼?”

“기형은 못 들었소? 왕의 물건이 맞다고 하는 말씀을. 집에 가서 탁본을 좀 더 자세히 살펴봐야겠소. 기형은 어디로 갈 생각이오?”

“지도 집에 가야겠습니더. 사실은 내일 서울 가거든예. 그기나 준비하민서 푹 쉴랍니더.”

“서울은 갑자기 왜?”

“군대에서 제일 친했던 동기 하나가 있는데 내일부터 저거 아부지 전시회 한닷고 한번 올라오라 카네예. 유명한 화가라 캅디더.”

“이름이 뭔지 아시오?”

“그건 모립니더.”

“몇 시 차표 끊었소?”

“아침 여섯 시 반인데, 와예? 서울 갈 일 있습니꺼?”

“글쎄요……. 그럼 나 먼저 갑니다.”

차평무는 총총히 걸어갔다. 기철진은 문득 생각나는 것이 있었다. 골목길에 몸을 숨기고는 앞에 걸어가고 있는 차평무를 살폈다. 아니나 다를까, 어디서 나타났는지 건장한 사내 둘이 그 뒤를 밟는 것이었다.

한참을 걸어가던 차평무가 갑자기 돌아서서 그들을 손짓으로 불렀다. 두 사내는 부리나케 뛰어가 그에게 고개를 푹 숙였다. 차평무가 무어라 말하는 것을 듣고 난 청년들은 한 번 꾸벅 절을 하고는 어디론가 사라졌다.

차평무는 주위를 두리번 둘러보고는 아무 일 없었다는 듯이 천천히 다시 걸어갔다.

벽에 붙여 놓은 문자표와 탁본을 번갈아 보았다. 천신동자보살도 옛 어느 왕의 물건이라고 했다. 하지만 아무리 보아도 그런 개연성은 찾아볼 수 없었다.

'무엇이 뜻의 연결을 가로막고 있는 것일까.'

차평무는 한참 동안 글자를 바라보다가 천신동자보살을 떠올렸다. 그녀는 자신이 동명 스님 밑에서 깨치지 못한 걸 안타까워했다. 그녀가 어느 정도의 신력은 지니고 있는 것이 증명되었다.

무녀가 되기 전에 찾아오는 무병은 대개 악신에 기인한다. 저승으로 가지 못하고 떠돌던 영들이 어느 순간 인간의 무의식에 침입해 처음에는 잠복기를 거친다. 그러나 곧 인간의 무의식을 슬슬 건드려 그가 나타내는 반응을 보기도 하고 때로는 의식이 고통을 느낄 만큼 무의식을 강도 높게 흔들어보기도 한다.

병원에 가도 증상을 알 수 없다. 침을 맞아도 소용이 없다. 그러다가 악신은 슬그머니 괴롭힘을 멈춘다. 그가 악신이 들어와 있는 것을 충격적으로 알아서는 모든 것이 수포로 돌아가기 때문이다. 악신은 때로는 주기적으로, 때로는 비주기적으로 강약을 섞어가며 괴롭힌다.

그는 하루하루를 힘들게 살아가게 되고 하는 일이 전부 뒤틀리게 된다. 악신의 장난으로 인해 뜻하지 않은 행동도 무의식적으로 하게 된다. 하지만 그는 무의식에 숨어든 악신의 존재를 인식하지 못한다. 다만 자꾸만 이유 없이 몸이 아프다고 느낄 뿐이다.

갖은 처방과 종교를 찾아다닌다. 그러나 악신은 그가 종교를 찾을 때에만 숨을 죽인다. 눈밝은 스님이나 목사·신부 등의 종교인을 만나지 못하면 종교도 그의 병세에 어떤 도움을 주지 못한다. 또 그들을 만났다 하더라도 증세가 호전되는 것은 그때뿐이다. 언제까지 그들이 돌보아줄 수 없기 때문이다.

그는 점점 지치기 시작한다. 주위에서는 그때서야 무병이 아닌가 의심을 하고 용한 무당을 찾아간다. 아니나 다를까, 무당은 그를 보자마자 신이 오셨다고 한다. 단번에 그의 무의식에 숨어 있는 악신을 본 것이다. 그는 마침내 무당을 신모로 삼아 악신의 강령을 인정하고 그 존재를 받아들인다.

악신은 그를 어루만져준다. 그는 마음이 편안해진다. 진작 무당을 찾지 않은 것을 아쉬워한다. 마침내 신맞이와 신내림이 진행된다. 허줏굿판을 벌이는 것이다. 악신은 자신을 맞이하는 의식을 보고 흡족해하며 더욱 그의 무의식을 어루만진다.

마침내 그는 망아경에 빠져든다. 소리 내어 엉엉 울기도 한다. 작둣날 위에서는 춤사위가 흩날린다. 극도로 긴장된 세포에는 칼날도 들어갈 수 없다.

악신은 그가 부를 때마다 나타날 것을 약속하고, 그는 악신이 의도하는 모든 것을 받아들이기로 한다. 악신은 그에게 이름을 지어주고 가려야 할 것을 일러준다. 악신의 허락 없이는 성관계도 갖지 못하게 한다.

악신의 악세가 강할수록 그는 용한 무당이 된다. 하지만 알아맞힐 수 있는 것은 찾아오는 사람들의 기를 읽어들여 피상적이고 단편적으로 판단하는 과거지사의 편린일 뿐, 더 이상은 알지 못한다. 미래의 일은 당장 내일 일어날 일도 맞힐 수 없다. 악신은 자기의 보잘것없는 능력이 행여 들킬새라, 금방 나타났다가도 이내 무당의 무의식 속으로 돌아가려 한다.

시일이 차차 지남에 따라 무당의 능력은 사람들의 관심에서 사라지고 무당은 홀로 남아 영원히 떠나지 않는 악신을 무의식에 담은 채 평생을 살아가게 된다. 평범했던, 그러나 사고의 체계가 다소 불안정했던 인간의 한평생은 그렇게 가련하고 쓸쓸하게 이어지다가 덧없이 사라지게 되는 것이다.

천신동자보살에게는 다행하게도 양신이 강령했다. 드문 일이었다. 양신의 경우에는 이와 큰 차이가 난다. 양신은 정신을 모은 사람 앞에 나타나 자신을 받아들이겠느냐고 묻는다. 그러면 그는 양신에게 이것저것 물어본다. 양신의 존재와 성격을 충분히 판단한 다음, 받아 들인다. 그러나 신은 그의 몸 밖에 존재한다.

무신도는 이때 가장 큰 효력을 발휘한다. 양신의 거처가 되는 것이다. 양신과 양신을 받아들이는 사람은 무언의 계약관계를 맺는다. 양신은 떠나고 싶으면 언제나 떠날 수 있고, 그도 양신을 보내고 싶은 마음만 들면 언제고 보낼 수 있다.

인간과 악신의 결합은 악신이 인간의 내부에 무조건 침입해들어와 기생하는 양태이지만, 인간과 양신의 만남은 인간 외부에 있는 양신과 인간이 조건부로 공생하는 품새다.

차평무는 머리를 흔들어 천신동자보살 생각을 떨쳐냈다.

한지를 꺼내 '영락 □년 광개토경호태열제'라고 한자와 한글로 크게 썼다. 벽에 붙여 놓은 가림토 문자판 아래에 미리의 탁본과 한지를 나란히 붙여 놓고 뒤로 물러섰다. 맞은편 등에 기대고 앉아 쳐다보았다.

한 시간……. 두 시간……. 뚫어져라 벽을 응시하던 차평무는 갑자기 빛 한 줄기가 머릿속에 내리치는 것을 느꼈다. 순간 벌떡 일어나 소리쳤다.

"바로 그거야!"

그들의 사슬

"특별한 징후는 없던가?"

"요즘 어떤 목걸이를 가진 녀석과 부쩍 가까이 지내고 있는 것 말고 다른 낌새는 없습니다."

사내는 긴장된 속을 풀기라도 하듯이 뜨거운 차를 훌훌 불어 두어 번 들이켰다.

"목걸이를 하고 있는 녀석이라니?"

"예, 이곳에 처음 왔을 때 산에서 만난 놈인데 같은 학교에 다니고 있는 모양입니다. 그 녀석이 책에 관해서 알고 있는 것 같지는 않습니다."

"그럼 그냥 친분 관계에 있다는 말이군."

"오늘은 그 녀석을 집으로 불러들이더니만 한참 있다가 같이 나와서 점을 보러 갔습니다."

"점이라니?"

"무슨무슨 보살이라고 하는 점쟁이 있잖습니까?"

"무당 말인가?"

"예, 무당 맞습니다."

강석민 교수는 피식 웃었다.

"녀석이 답답하긴 답답한 모양이군."

"내일 아침에는 서울로 올라갈 모양입니다. 좀 전에 차표를 구해 주었습니다."

"무슨 일로 가는 것 같던가?"

"점집을 나와서 목걸이를 가진 녀석과 몇 마디 하더니 저를 불러 차표를 구해 오라는 것 말고 달리 짐작되는 건 없습니다. 아마 그 녀석과 같이 가려는 것 같기도 하구요."

"그렇단 말이지……."

다케다 교수 집에서 사숙을 하다가 뛰쳐나온 후 녀석의 행적이 아무래도 의심스러운 일이었다. 한동안 행방이 묘연하다가 갑자기 고미술협회, 화랑가에 나타나 일진의 가계를 시시콜콜한 데까지 알아보고 다닌 것만 보아도 녀석이 책을 쫓고 있다는 느낌을 지울 수가 없었다.

'협회에서 사무국장을 지내고 있는 이문태의 말을 들으면 녀석이 일진 조상전에 대해서 꼬치꼬치 캐물으며 자료를 요청해 왔다고 했겠다? 더구나 우곡에 대해서까지.

다케다 교수가 서재의 칼을 보여 주었을 리는 없을 테고, 그렇다면 녀석이 우연한 기회에 알게 되었다는 얘기가 된다. 그런데 까맣게 잊어버린 듯 지방에서 잠잠히 공부를 하고 있던 녀석이 갑자기 우곡의 전시회와 때를 같이해 서울로 온다고? 혹시 녀석도 그 환장이 영감을 만나려는 것은 아닌가?'

그럴 수도 있는 일이었다. 지칫 잘못하면 지난 30년 동안의 노력이 한순간에 수포로 돌아가게 될는지도 모르는 일이었다.

"자네 말이야. 이번에는 다른 때보다도 더 세밀하게 녀석의 행동을 살펴보게. 그리고 서울로 올라와 어떤 곳에서건 나와 마주치더라도 내게 눈길을 주어서는 안 되네. 알겠는가?”

“예, 선생님.”

“책만 찾게 되면 내 지난번에 약속한 건 틀림없이 해주겠네.”

사내는 강석민 교수에게 깍듯이 고개를 숙였다.

“이제 자네도 독립해야지, 그럼. 언제까지 남 밑에서 그 좋은 신체와 머리를 조아리고 있을 텐가 말이야. 그렇게 청춘을 썩인다는 건 내가 보아도 안타까운 일일세.”

“저는 선생님만 믿겠습니다. 잘 좀 거두어 주십시오. 이래뵈도 한때는 서울 장안을 더없이 좁게 보았던 놈입니다. 지금도 제 말이라면 목숨까지 내놓을 녀석이 많거든요. 독립만 하게 된다면 선생님을 위해 한몫 단단히 하겠습니다.”

“자네가 잘되면 그게 내 기쁨 아니겠나? 허허.”

“그런데 그 책이 어떤 것이길래 학자이신 선생님은 고사하고라도 그 재벌 2세 놈까지 혈안이 되어서 찾아다니는 겁니까?”

강석민은 사내의 말을 듣고 빙긋이 웃었다.

“원래 그 족속들은 이것저것 쑤시는 게 많지 않은가? 그렇지 않고서야 어떻게 재벌이 되었겠나?”

“처음 와보시는 거예요?”

“그럼. 나는 선생님의 제자 축에 끼지도 못했거든, 하하.”

“공부를 안해서 그런 거예요, 교수님한테 밉보여서 그런 거예요?”

“가츠코에게 밉보였지.”

하야시의 웃음에 가츠코는 가볍게 눈을 흘겼다.

“지난 이야기는 그만하자구. 그런데 선생님은 무슨 일로 한국에 가시는 거야?”

“어떤 행사에 초대받았다나 봐요. 아무도 없는 집이라 걱정돼서 하루 봐 달라는 거니까 너무 기분 나쁘게 생각하지는 말아요.”

“저 서고에 한번 들어가 보고 싶은 충동이 이는데?”

정원을 가로질러 본채로 가는 길에 하야시가 새롭게 단장한 건물을 보며 말했다.

“행여 그런 소리 말아요. 서고 근처에는 얼씬도 하지 말랬으니까.”

“알았어. 나도 그 공부가 좋아서 한 건 아니야. 어떻게 하면 가츠코를 만날 수 있을까 해서 진학했던 거지. 그런데 나는 서고에 초대하지 않더라구.”

“공부를 좀 잘하지 그랬어요, 예전의 차상처럼.”

“그 친구야 타고났지. 우리 중 아무도 따라가지 못했어. 그런데 나는 성격적으로 반골 기질을 보였거든. 선생님도 그걸 아시고 꺼려했던 것 같아.”

“어떤 반골 기질 말이예요?”

“뭐랄까……. 우리가 배운 일본 역사가 꼭 소설 같더라고나 할까. 너무 과대 포장된 느낌이라 이상한 질문을 많이 했거든.”

“느낌을 가지고 공부를 해요?”

“느낌은 지식의 미로를 밝히는 초록 신호등이야.”

가츠코는 현관을 열었다. 하야시가 어둠 속에 묻혀 있는 정원을 돌아보며 감회에 젖었다.

‘지난날 이 근처에서 얼마나 많은 배회했던가.’

몇 번이고 뛰쳐들고 싶었던 기억이 새삼 가슴을 저며왔다. 하야시는 가츠코의 뒷모습을 보았다. 여전히 더없이 사랑스러웠다. 신을 벗으려는 그녀의 허리를 가만히 껴안았다.

"아이 참, 누가 보겠어요."

"누가 있다고 그래. 여긴 우리 둘뿐이야. 이 저택은 오늘밤 우리들의 성이 되는 거야. 황녀인 가츠코가 사랑하는 낭인 무사를 은밀히 끌어 들인 거지."

"농담하지 말고 어서 신이나 벗어요. 온 김에 청소나 좀 해드려야겠어요."

하야시는 팔을 풀었다.

"그럴 거라면 나는 산책이나 하고 올게. 끝나면 부르라구."

밤하늘이 맑았다. 은하수가 펼쳐져 있었다. 하야시는 자신도 모르게 서고 쪽으로 발을 옮겼다. 차평무가 생각났다.

'그도 가츠코를 사랑했겠지. 그때 교정에서 말을 잘못 꺼낸 것이 처지를 이렇게까지 바꿔 놓을 줄이야…….'

"아악!"

갑자기 앙칼진 비명이 들렸다. 하야시는 고개를 돌리자마자 본채 건물로 뛰어 갔다. 현관문을 세차게 열어제쳤다.

한 사내가 날카로운 칼을 가츠코의 목에 대고 서재의 문을 뒤로 하고 서 있었다. 하야시는 멈칫 했다. 가츠코가 사색이 된 얼굴로 오들오들 떨고 있었다. 그녀는 입도 벙긋 못했다.

"가츠코……."

하야시는 사태를 직감했다. 진정해야 했다. 그때 사람들이 우르르 달려오는 소리가 났다. 그들은 현관을 들어서서 하야시를 밀치고 사태를 보았다.

"당신들은 누구요?"

청년들은 하야시의 말에는 들은 체도 하지 않고 내뱉었다.

"드디어 걸려들었군. 오늘은 죽었다 깨어나도 여기서 못 나갈 줄 알아!"

"섣부른 짓 하면 이 여자는 죽어!"

"그래? 어디 한번 죽여봐. 우리가 보는 앞에서, 어서!"

"당신들은 뭐야?"

하야시가 소리를 질렀다.

"다케다 선생님의 요청을 받고 잠복하고 있었소. 틀림없이 저놈이 기어들 거라고 하시길래."

"경찰이요?"

"그건 알 것 없고. 당신은 나가 있으시오. 우리가 안전하게 구해 낼 테니까."

그때 가츠코를 인질로 잡고 있던 사내가 칼날로 그녀의 목을 눌러 올렸다. 가츠코가 공포에 질려 움찔했다.

"마누라를 살리고 싶으면 저것들부터 밖으로 내보내, 지금 당장!"

하야시는 청년들에게 말했다.

"들었소? 나가시오. 내가 대화를 해보겠소."

"그렇게는 못해. 당신이 나가 있으라니까."

"이 사람들이? 저 여자가 누군 줄 알아? 선생님이 애지중지하는 하나밖에 없는 핏줄이야. 어서 나가! 만약 저 여자의 목에 칼자국 하나라도 난다면 당신들이 책임질 수 있어?"

"……."

"내 마누라니까 내가 알아서 하겠어. 빨리 나가란 말이야."

청년들은 서로 쳐다보더니 퉁명스럽게 한마디 던졌다.

"좋소. 분명히 말하는데 저 여자와 우리는 지금부터 아무런 상관이 없소. 우리는 저놈을 잡아다가 허리를 분질러버리는 게 목적이니까. 그럼 잘해 보시오. 십 분의 시간을 주겠소."

청년은 음색을 바꾸어 칼을 들고 있는 사내에게 말했다.

"기어들어오는 걸 왜 그냥 놔둔 줄 알아? 네 발로 다시 나갈 수 있는지 한번 보려고 그랬어. 들어올 때처럼 우리가 보는 앞에서."

청년들이 나갔다.

"문 걸어!"

하야시는 그가 시키는 대로 했다.

"됐소?"

하야시는 사내에게 자신이 아무런 적의도 없다는 것을 부드러운 말로 알려주려고 했다. 우선 그를 안정시켜야 했다. 사내가 아무 말이 없자 하야시가 덤덤한 목소리로 다시 말했다.

"밖에 있는 사람들이 야쿠자류라는 것 알고 있소? 저들이 선생이 올 줄 알았다는 걸 보면 여기 초행길은 아닌 모양인데, 그렇소?"

"헛소리 집어치워."

"자, 이제 어떻게 할 셈이오? 온전히 나갈 수 있겠소?"

"나는 안 나가. 여기서 죽을 거야. 그러니 입 다물고 있어. 그렇지 않으면 이 여자가 다쳐."

하야시는 사내의 말투에서 그가 한풀 수그러든 것을 감지했다.

"마냥 이렇게 서 있을 참이오? 원하는 게 있다면 내가 찾아서 내주겠소."

"찾을 필요는 없어. 어디 있는지 알고 있으니까."

"어디 있소, 그 물건이?"

"알 것 없어."

"좋소. 그럼 그쪽 소파에 좀 앉으시오. 죽일 때 죽이더라도 여자가 너무 힘들어하고 있지 않소? 당신도 여기서 탈출하려면 방법 좀 강구 해야 할 테니까 말이오. 자, 나는 이 현관에 앉아 있겠소."

하야시는 아무 짓도 할 뜻이 없다는 것을 보이기 위해 결과부좌를 틀고 앉았다. 그는 잠시 망설이다가 소파로 다가갔다. 가츠코를 거실 바닥에 꿇어앉힌 그는 소파에 조심스럽게 앉았다.

"담배 하시오?"

"……."

"내가 한 대 해도 되겠소?"

"불붙여서 이쪽으로 하나 던져!"

하야시는 사내와 말이 통하리라는 것을 직감했다. 담배를 주워든 사 내가 몇 모금 연거푸 들이마시더니 입을 열었다.

"직업이 뭐야?"

"얼마 전까지 회사에 다녔는데 지금은 쉬고 있소. 부도가 나는 바람 에. 당신 직업은 뭐요?"

"보면 몰라?"

"부업말고 본업 말이오."

"……."

사내는 담배를 거실 바닥에 비벼 껐다.

"이 집의 비밀 통로를 알고 있소? 아마 당신은 모를 거요. 알고 있 었다면 그리로 들어왔을 게 아니오? 내가 하나 제의를 하겠소. 그 여 자를 풀어주면 통로를 가르쳐 주겠소. 이건 통로의 문 열쇠요."

하야시는 바지주머니에서 자신의 아파트 열쇠를 꺼내 보였다.

"그거 이리 던지고 통로가 어디 있는지 말해 봐."

"여자부터 풀어주면."

"이 여자 죽이고 싶어?"

"아니. 그리고 당신도 죽이고 싶지 않소. 이런 일을 할 사람이 아니라고 믿기 때문이오. 어떻소, 내 제의가? 당신은 물건과 당신의 목숨을 가지고 나가고, 나는 아내를 구하고……. 당신이 남는 거래 아니오?"

"……."

"시간이 얼마 없소. 곧 저 녀석들이 다시 문을 열라고 할 거니까."

"금장 철제 칼을 가져와."

하야시는 가츠코를 보았다. 그녀는 가까스로 견디고 있었다. 눈치를 챈 그녀가 서재로 눈길을 주었다.

"서재에 있소. 저쪽 방이오. 가도 되겠소?"

사내는 가츠코의 머리채를 잡고 조금 비껴 앉으며 말했다.

"천천히, 아주 천천히 무릎으로 기어가."

칼 하나가 유리 상자에 들어 있었다. 하야시는 벽에 걸려 있는 그것을 내렸다. 밖에서 사내가 소리쳤다.

"뭐 해?"

"지금 나가도 되겠소?"

"칼은 두 손으로 머리에 이고 들어갈 때처럼 무릎으로 기어나와."

사내는 용의주도해 보였다. 하야시는 그에게서 한 걸음 떨어진 자리에 칼을 내려놓고 현관 쪽으로 갔다.

"그 칼에 무슨 사연이 있소?"

"여러 소리 하지 말고 이거나 받아."

사내는 주머니에서 신문으로 싼 뭉치 하나를 꺼냈다.

"그게 뭐요?"

"돈이야. 칼 값이야."

하야시는 묘한 기분이 들었다.

'값을 치르고 물건을 훔쳐가는 도둑이라……?'

"이제 통로를 말해. 그 앞에서 여자를 놓아주겠어."

통로는 없었다. 하야시는 지어낸 이야기가 마음에 걸렸다. 집의 구조를 모르는 터에 어디를 가르쳐 준다는 것은 사태를 악화시킬 수도 있었다.

"그 칼이 값나가는 것이오?"

"알 것 없어."

"그럼 그 돈은 얼마요?"

"나중에 보면 알잖아! 어서 통로를 말해."

사내는 상자를 끌어다가 유리를 부수고 칼만 집어 들었다. 그는 그것을 힐끗힐끗 보다가 바로 옆에 내려놓았다.

밖에서 문 두드리는 소리가 들렸다. 하야시는 사내를 보았다. 그의 얼굴에 긴장감이 스쳤다. 하야시는 바깥쪽을 향해 말했다.

"십 분만 더 기다리시오!"

"좋아, 앞으로 십 분뿐이오."

밖에서 쇳소리 같은 말이 들렸다. 하야시는 사내의 눈을 쳐다보며 입을 열었다.

"통로는 없소. 아내가 다칠까봐 거짓말을 했소. 미안하오."

"뭐야?"

사내는 칼을 든 손에 힘을 주었다.

"당신이 무사히 나가는 길은 없소……."

"하……야시, 통……로가 있어요. 제가 알고 있……어요."

가츠코가 신음처럼 내뱉었다. 사내가 소리치듯 말했다.

"어디야, 어서 말해!"

"말하지 마! 말하면 가츠코가 다쳐! 찌르고 달아날 거야. 내가 쫓아가지 못하게."

하야시가 맞받아쳤다. 사내는 얼굴을 일그러뜨렸다.

"입 다물지 못해!"

"가르쳐 주고 가시오. 왜 그 칼을 원하는지, 또 돈은 왜 놓고 가려는지. 그래야 보내주겠소."

"너하고는 관계없는 일이야."

"호기심 때문에라도 알아야 되겠소. 말투를 들으니 일본인이 아닌 것 같은데, 그것도 궁금하고."

"……."

"한국인이군."

"쓸데없는 일에 관심 갖지 마."

"나도 한때는 죽도 하나로 일본 열도를 눌렀던 사람이오. 당신이 그 칼을 가져가려는 이유가 납득되면 당신을 돕겠소. 그렇지 않으면 나도 생각을 달리할지 모르오. 일본 무사에게는 여자보다 명예가 중요하다는 것쯤은 당신도 알고 있을 테니까. 말해 보시오. 값을 치르고 물건을 훔쳐 가려는 이유를. 그 물건이 원래 당신 것이었소?"

"……."

가츠코가 땀을 흘리고 있었다. 하야시는 애써 모른 척 했다. 사내는 천장을 한번 올려다보더니 입을 열었다.

"꼭 들어야 되겠어?"

"그렇소."

"……."

사내는 적의가 가득한 눈으로 하야시를 똑바로 바라보았다.

"좋아, 말해 주지. 옛날에 누군가에게 속아서 이 칼을 아주 헐값에 넘겼는데 그 뒤 얼마 안 되어 돌아가신 아버지의 유품을 정리하다가 이 칼에 관해 적어 놓은 메모를 발견했어. 고구려시대 어떤 장수가 광개토왕에게 하사받은 거라고 말이야. 그 장수는 우리 고씨의 직계 선조라고 했어. 나는 그때 생각을 바꾸어 돈을 돌려주고 칼을 찾으려고 했지.

그런데 칼을 구입해간 작자가 적반하장이었어. 칼 같은 물건은 본 적도 없다고 시치미를 잡아떼는 거야. 결국 나는 지금처럼 이런 방법을 써서 그 칼이 한 일본인에게 팔렸다는 걸 알아 냈어.

그래서 찾으러 온 거야. 그런데 이 집 주인은 되팔 생각이 전혀 없다는 거야. 나는 수십 번 사정을 했지. 꿇어앉아 빌기도 참 여러 번 했어. 하지만 그는 들은 척도 하지 않았어."

"그래서 훔쳐내기로 한 거요?"

"저 안쪽 호숫가에 낚시꾼으로 위장해 있다가 기회를 보아 몇 번이나 들어왔지만 그때마다 실패하고 말았어. 그러다 지난번에는 이 집의 안주인이 다치기도 했어. 그러나 그건 고의가 아니었어……."

"그렇다고 사람을 상하게까지 하면서 훔치려고 해?"

"그게 이상해? 너희는 지난 시절 얼마나 많은 사람을 죽이고 훔쳐 갔어? 싹쓸이해 가지 않았느냐 말이야. 내가 고베시 박물관에 있는 우리 유물들을 훔쳐냈을 때 사람들이 뭐랬는지 알아? 나를 보고 비운의 애국자라고 했어. 도둑놈들이 훔쳐간 물건을 되찾아 오겠다는데 그게 잘못이야? 누가 먼저 이런 더러운 짓을 벌려놓았어? 너희 아냐? 그리고 너희 1세들 중에서 부지기수로 살아 있는 도둑떼, 강도떼, 살인범들이 참회하고 반성을 하고 있기나 해?”

“…….”

“사실로 말하면 이 돈은 칼값이 아니야. 이유야 어쨌든 지난번에 나로 인해 다친 이 집 안주인에 대한 조의금이야. 네가 믿든 믿지 않든 간에 이 칼만 회수하면 나도 어릴 적 꾸었던 꿈을 찾아 돌아갈 거야. 환갑이 다 되어가는 나이에 내 청춘을 돌아보니 너무 허무해. 평생을 이 녹슨 칼 하나를 찾으려고 도둑놈으로 살아왔으니까…… 이제 됐어?”

하야시는 담배를 꺼내 두 개비를 붙여서 하나를 던져주며 물었다.

“어릴 적 꿈이 뭐였소?”

“시인이었어.”

“이름이 뭐요?”

“그건 몰라도 돼.”

“…….”

“이제 결정해.”

“가츠코, 통로를 가르쳐줘. 당신을 상하게 하지는 않을 사람이야.”

가츠코는 망설였다. 그러자 사내가 말했다.

“가르쳐 주시오, 부탁이오.”

“가츠코, 가르쳐줘야 해. 좀도둑을 살인범으로 만들어서는 안 돼. 여기서 못 나가면 가츠코가 아니라 아마 자기 목을 찌를 거야.”

“저……쪽 주방 안에 여닫이문이 하나 있……어요. 그 문을 열……면 과일 상자를 쌓아 놓……은 창고가 있는데, 모……두 빈 상자예……요. 그걸……들어내면 쪽문……이 있을 거예……요. 그 문을 열……고 가세요. 끝까지 가면 호……수로 향하는 조그만 오……솔길이 나올 거……예요.”

사내가 가츠코를 세우고 일어섰다. 그는 무언가 잠시 생각하더니 그녀의 목을 겨누고 있던 칼을 힘없이 내렸다.

“놀라게 해서 미안했소. 남편한테 가도 좋소.”

가츠코가 머뭇거렸다.

“괜찮아, 이제.”

사내가 주방으로 걸음을 떼자 하야시가 그를 보고 말했다.

“손에 들고 있는 그 칼은 내가 사면 안 되겠소?”

사내가 돌아보자 하야시는 거실 바닥에 놓여 있는 돈뭉치를 가리켰다.

“저 정도면 값은 충분히 될 것 같은데?”

“관용은 사고 파는 게 아니지.”

그는 피식 웃으며 들고 있던 칼을 하야시의 발 아래 던졌다.

“잘 가시오.”

“당신 같은 일본인도 있었군.”

그가 사라진 후에야 가츠코의 울먹거리다가 울음이 터졌다. 현관문을 두드려 대는 소리가 들렸다. 하야시는 가츠코를 감싸안은 채 나지막히 말했다.

“아무 소리도 내지 마.”

그는 현관을 향해 소리쳤다.

“형씨들 제발 부탁이오! 딱 십 분만, 마지막으로 십 분만 더 여유를 주시오.”

문자와의 대화

　삼덕동 어느 집 대문 앞에 버려졌던 아기를 데려다가 길러준 고아원 원장아버지는 철수를 제사공장에 견습공으로 취직시켜주었다. 철수는 공부를 하고 싶었지만 고아원에서는 더 이상 불가능한 일이었다.

　"언자부터는 밤톨 거튼 동상들을 니가 돌봐야 안 되겠나? 니도 졸업했으니 오늘부터는 어른이 된 기라. 이 아부지도 중학교에 보내고 싶지만 우짜겠노. 원의 형편이 그래 안 되는 걸. 아부지 말이 무신 뜻인지 잘 알겠제?"

　원장아버지는 열세 살 철수의 등을 도닥거려주며 어른 취급을 했다.

　철수는 공장에 첫 출근하던 날부터 먼저 들어와 있던 두세 살 많은 형들에게 얻어맞기 시작했다. 말을 잘 안 듣는다, 눈치가 없다, 복장이 불량이다, 실밥 주울 생각은 하지 않고 벌써부터 게으름을 피우고 있다, 졸고 있다…….

　갖은 구실로 날이면 날마다 뒷마당 폐수관 근처에서 주먹질과 발길질 세례를 당하던 철수는 정말이지 매만은 없는 곳으로 가고 싶었다. 때리지만 않는다면 하루 온종일 무슨 일이든 다 할 자신이 있었다.

몽둥이에 얻어맞아서 온몸에 피멍이 들고 발목까지 부어올라 제대로 걷지도 못하는 그에게 그날도 어김없이 매질이 가해졌다. 누가 보란 듯이 절뚝거린다는 이유에서였다. 철수는 고아원으로 갈 수가 없었다. 원장아버지에게 말해 보려고 했지만 아무런 소용이 없을 것 같았다.

조금씩 돈을 모아 나중에라도 공부를 계속하고 싶었던 철수는 자기가 받는 임금 한 푼도 직접 만져보지 못했다. 전적으로 원장아버지가 관장하고 있었기 때문이다.

"니가 독립할 때를 대비해가 저축도 알아서 들고 있고 남는 거는 동생들의 뒷바라지에 보태고 있으이 그래 알고 열심히 일만 하마 되는 기라."

철수는 동생들을 위해서라도 공장 형들의 매질 정도는 참아보려고 했지만 더 이상은 견딜 수 없었다. 매질보다도 더 큰 이유는 철수의 가슴을 꽉 메운 절망감 때문이었다.

원장아버지의 말과는 달리 동생들의 형편이 조금도 나아지지 않는 까닭을 알 수 없었다. 어린 동생들은 철수가 그랬던 것처럼 날마다 여린 손마디가 부르터라 노끈을 꼬거나 종이봉투를 만들었다. 어떤 날은 밤을 꼬박 새기도 했다.

또래 친구들과 형들이 제법 많이 공장에 다니며 돈을 벌고 있었지만 고아원의 형편은 나아지지 않았다. 새로 들어오는 갓난아기들이 있는 것도 아니었다. 오히려 원에 있던 아기들조차 하나둘씩 어디론가 떠나가고 있었다.

어느 때부터인가 친구들은 몰래 모여서 원장아버지를 욕하기 시작했다. 그 틈에 끼여 이야기를 주워들은 철수도 차츰 자기의 임금이 고스란히 원장아버지의 사적인 주머니에 들어가고 있을지도 모른다는 생각이 들었다. 공장에서 같이 일하는 나이 많은 형들이 매질을 하면서 바보 같은 놈이라며 알려주기도 했지만, 그래도 설마 하던 철수는 망설임 끝에 원장아버지를 찾아갔다.

"원장아부지예, 지 저금통장 함만 보이주이소."

"그거는 봐가 머 할랏고?"

원장아버지의 눈초리가 치켜 올라갔다.

"그냥예……."

"가마이 보이 이기 벌써부터 돈을 밝히는갑네. 야, 이 새끼야. 그동안 믹이주고 입히주고 갈채주고 했디만 머시라? 통장을 보이달랏고? 이 어린 노무 새끼가……."

원장아버지는 방 한구석에 놓아두었던 봉걸레 자루를 들고 사정없이 휘둘렀다.

"니 평생 벌어봐라, 이 새끼야. 이때까지 키워준 은혜를 다 갚을 수 있는강. 이런 놈은 인정사정 볼 것도 없어."

원장아버지가 휘두르는 매를 고스란히 맞으면서 철수는 고아원 친구들과 공장의 형들이 했던 말이 비로소 사실임을 깨달았다.

철수는 매가 아파서 운 것이 아니라 무너진 신뢰가 슬퍼서 엉엉 소리내어 울었다. 울면 울수록 매질은 더욱 심해졌고, 철수는 목놓아 울다가 까무라쳐버렸다.

다음날부터 철수는 혼자 다닐 수 없었다. 철수는 원장아버지가 자기을 감시하기 위해 썩 내키지 않는 친구와 꼭 붙어다니게 했다는 것을 느꼈다.

친구를 따돌리고 숨이 넘칠 때까지 도망쳐 달리던 철수는 낯선 골목길에서 돌부리에 걸려 그만 엎어졌다. 눈물이 나는 것을 가까스로 참고 그 길을 빠져나와 하염없이 걸었다. 주머니를 뒤져보았다. 건빵

한 봉지 사먹을 동전도 나오지 않았다.

주린 배를 움켜쥐고 정신없이 기다시피 걸어간 곳은 대연산 자락이었다. 해가 떨어지고도 한참이나 지난 시각에 적유사 입구에 쪼그리고 앉아 잠들어 있던 철수를 만행중이던 동명 스님이 발견하고는 흔들어 깨웠다.

"이놈아, 얼어죽으려고 이러고 있느냐? 여기서 뭣하고 있노!"

"잘…… 못했습니더. 함만 봐주이소. 때리지 마이소."

"누가 널 때린다고 했느냐? 얼른 일어서거라."

동명 스님은 철수를 데리고 들어가 몸을 녹여주고 배를 불린 뒤, 전후 사정을 꼬치꼬치 캐물었다. 철수의 이야기를 듣고 난 스님은 이맛살을 찌푸렸다.

"밥은 실컷 먹여줄 테니 나를 따라가겠느냐?"

"때리지만 않겠다 카마, 시님 따라가가 머라도 시키는 대로 하겠습니더."

"그래, 때리는 일은 없을 게야. 공부는 지금도 하고 싶으냐?"

"예."

철수는 기어 들어가는 목소리로 대답했다.

"허허, 그놈. 그러면 공부도 가르쳐 주마."

"정말입니꺼?"

동명 스님의 말에 귀가 번쩍 들린 어린 철수는 그 길로 스님을 따라 시시암으로 갔다. 스님은 도착하자마자 밥을 지어주셨다. 철수는 머슴 일꾼이 먹는 고봉밥을 마파람에 게눈 감추듯 허겁지겁 퍼넣었다.

동명 스님이 그만두라는 것을 철수는 굳이 나서서 설거지를 했다. 공장 생활을 하는 동안 그 정도 눈치는 몸에 익힌 터였다.

이튿날 저녁이 되자 누군가 동명 스님을 찾아왔다. 철수는 방 한쪽에 숨을 죽이고 앉아 있었다.

"이제 상좌를 두실 모양이군요?"

"상좌는 무슨……."

손님은 방바닥 여기저기를 손으로 짚어보더니 입을 열었다.

"목불(木佛)이라도 좀 가져다 때야겠습니다."

"참배도 하지 않는 중생이 법당에 부처님 앉아 계신 것을 보기는 본 모양일세. 허허. 그러잖아도 환장이 하나 온다기에 산자락을 깎아 아궁이를 좀 달궈놓았으니 조금만 참게."

"종정이 가시고 나니 불가의 다비 법도까지 바뀌었나 봅니다. 요즘은 따뜻하게 달구어서 구슬을 얻지 않고 노파람에 그대로 바짝 말리기로."

"태우든 말리든 다를 게 뭐 있겠나, 어차피 빈 껍데기인 것을."

손님은 으스스 떨려오는 몸을 추스렸다. 그가 종정이 가셨다고 한 말은 지난달 보름 청담 스님이 입적하신 것을 뜻하는 말이었다. 그 다비식에 빗대어 한겨울에 불도 지피지 않는 차가운 동명 스님의 방을 두고 농담을 건넨 것이었다.

"내일이 성탄절이라는데 예수를 위해 불공은 좀 드렸습니까?"

"부처님이든 예수님이든 중생만 잘 제도하면 더 바랄 것이 없지."

"이제 스님도 그만 내려가셔서 중생들 좀 돌보셔야지요."

"내려가서 도적놈들과 입씨름 힘씨름 하느니 산에서 모든 중생을 안고 있으려네."

"너무 무겁지 않습니까?"

"강보에 싸인 자식들이 무겁다고 진흙구덩이에 내려놓는 부모를 보았는가?”

손님은 염주알을 굴리고 있는 동명 스님의 손을 바라보았다. 달력 몇 장만 떼어내면 세수 육십이 되는 나이에 스님은 처녀 같은 손을 하고 있었다. 오랜 벽곡(辟穀)을 하면 세월도 묶어 놓을 수 있는 것인지.

그는 자신의 손을 슬쩍 들어보았다. 반구십 평생을 먹과 함께 지내온 손이었다. 손에는 피가 흐르는 것이 아니라 먹물이 흐르고 있는 듯한 착각이 들었다.

“보내드린 책은 어땠습니까?”

“세간에 내놓기엔 아직은 이른 것이네. 귀한 물건이기는 하지만.”

“내용은 어떻습니까?”

“내용으로 보면 옛 책은 모두 휴지가 되고 말아. 근자에 단제나 육당 정도는 그래도 몇 마디 쓸 만한 말들이 있지만.”

“그 정도입니까?”

동명 스님은 선승이자 우리 민족의 역사에 깊은 체계를 이루고 있는 보기 드문 학승으로 알려져 있기도 했다. 불교의 역사를 되짚어보다가 가외로 얻은 지식이라고 스스로 말했지만, 그 가외라는 것이 일반 사학자들 못지 않은 수준임을 그는 잘 알고 있었다.

“일진 조상진이 왜 그토록 방황했는지 이해가 갈 만도 하이. 제대로 학문을 한 선비가 그 책을 보면 공맹의 법도 정도는 강가에서 모래 한 줌 주워온 것에 불과하다는 것을 바로 알아차릴 수가 있네. 평생 이루어 놓은 학문을 먹으로 끄집어내어 서화와 시문으로 풀어내보려던 선비가 한순간에 모든 것을 잃어버렸으니 성정이 뒤틀릴 만도 했던 게야. 안타깝게도 조일진은 비우고 난 다음에 빈 것으로 가득 차는 도리, 그 하나를 찾지 못해 괴로웠던 거지.”

"도대체 무슨 내용이 들어 있기에 스님까지 혀를 내두르십니까? 불가의 묘법보다 더한 이치입니까?"

"학문의 뿌리가 깊은 사람이면 단 몇 장만 넘겨보아도 부처도 노장도 공맹도 모두 그곳에서 나온 것임을 능히 알 수가 있으이. 비록 몇 권밖에 수습을 못했다고는 하지만 그나마 다행이네. 행여 나머지도 온전히 되찾을 수 있다면 현대 물리학이 말하는 우주의 특이성까지도 뛰어 넘을 수 있을 것으로 보네. 그만큼 소중한 책이야."

그는 이해하지 못할 스님의 말을 듣고 혼란에 빠졌다.

"스님께서도 취할 것이 있었습니까?"

"그 책을 좀 더 빨리 볼 수 있었다면 근기가 그만큼 깊어질 수 있었겠지. 하지만 지금은 다 지난 일이네. 그래, 이제 그 물건을 어떻게 할 작정인가?"

"먹물길이나 헤매는 중생이 뭘 알겠습니까? 마련해 놓은 뜻이 있을 것 같습니다만."

"저 물건은 지금 세상에 나가봐야 갑론을박으로 시끄럽기만 하다가 끝내는 어떤 세력에 의해 사장되어버리고 말 걸세. 훗날을 기약하는 것이 좋을 듯하이. 더구나 이 땅에 왜인들이 발라놓은 비린내가 다 가시려면 아직 백 년은 더 걸릴 듯싶네. 어쩌면 그 비린내가 영원히 땅속 깊이 배어들지도 모르는 일이지만 말일세."

"언젠가는 빛을 보게 해야 하지 않겠습니까?"

"때가 되면 눈 밝은 중생 하나가 나타나겠지."

"……."

철수는 그대로 쓰러져 잠이 들어버렸다. 아침에 깨어보니 손님은 온데간데 없었다. 오후가 되자 휘선사 종무 스님이 올라왔다. 그는 쌀과

찬거리를 두고 가면서 철수에게 당부했다.

"큰시님 잘 모시야 한대이."

"예."

"그런데 큰시님, 오늘 낮에 서울서 큰불이 났다 캅디더. 대연각호텔이라 카는데 불길을 몬 잡아가 몽땅 태우고 있는 모양이라예. 사람들도 많이 상한 모양입니더."

"나무관세음보살. 알았네. 이만 내려가보게."

"예, 큰시님. 그라마 편히 기시이소."

동명 스님은 하늘을 보았다.

'신해년도 이제 다 저물었는데, 난데없이 불난리라니……. 올해는 성탄일이 아니라 불탄일이 되어버릴 모양이군.'

그 뒤로 6년이 지나 철수가 성인이 되던 해였다. 동명 스님은 철수를 불렀다.

"사문(沙門)에 뜻이 있느냐?"

"지같은 것도 될 수 있다 카마 깎아주이소."

"중 되기는 쉽지만 중 노릇하는 것이 어려운 일이니라."

동명 스님은 날을 가려 철수의 머리를 깎아주고는 계를 내렸다. 철수가 지산(之山)이라는 수행자로 새로 태어나는 순간이었다.

지산 스님은 지난 일을 생각하고는 가만히 관세음보살의 명호를 염했다. 아직도 잊지 못하고 있는 세간의 일이었다. 고개를 돌려 반대편 창을 바라보았다. 버스는 속력을 내지 못하고 힘들게 올라가고 있었다. 모퉁이를 돌아갈 때마다 엔진소리가 더욱 요란하게 들렸다.

스승이 입적한 지도 여러 달이 지났다. 휘선사에서는 스승의 사리탑을 세운다, 기념관을 건립한다 하면서 아직도 부산을 떨고 있었다. 기금은 천문학적인 숫자로 모였다. 동명 스님의 법력이 아시아를 비롯해 멀리는 유럽에까지 알려져 있는 탓이었다.

'그러나 그게 다 무슨 소용이란 말인가. 스승님은 한 마리 나비가 되어 포르르 자취도 없이 날아가버리고 욕계와 색계 어디에도 없는데…….'

두고 가신 껍질을 들고 거창하게 불사를 일으키려는 의도를 알 수 없었다.

'스승님도 당신이 떠나고 나면 다비를 하는 일 말고는 어떠한 행사도 일으키지 말라고 하시지 않았던가.'

동명 스님을 20년이나 곁에서 모신 제자로서 종단이 하고자 하는 일에 아무 말도 할 수 없는 것이 안타까웠다.

작년 겨울이었다. 동명 스님은 바람이 차가와진 한밤, 축시인데도 불구하고 선정삼매에 들어 있었다. 지산 스님은 누워 있는 것이 불경스러워 자신도 참선에 들고자 이부자리를 말고는 방석을 내었다. 기척을 느낀 스승이 부르는 소리가 들렸다.

"지산아, 이리 좀 들어오너라."

"예, 큰스님."

지산 스님이 자리에 앉자 동명 스님은 웃는 낯으로 물었다.

"여기 온 지 얼마나 되느냐?"

"……."

"후회는 없느냐?"

"이루지 못한 공부가 있을 뿐입니다."

"화두 공부는 어디까지 했느냐?"

"……."

“이제 얼마 남지 않았으니 더 굳세게 나아가야 할 것이니라.”

“예, 큰스님.”

“일빈에게서는 소식이 있더냐?”

“없습니다……”

“일빈에게 전해 줄 것이 있느니라.”

동명 스님은 말아 놓은 족자를 건네주었다.

“우인당에 걸어두었던 것이니라. 언제고 일빈이 찾아오면 전해 주거라.”

“어디 가시렵니까?”

“가야지. 너무 오래 머물러 있었어……. 내가 가고 나면 시끄러울 것이니라. 너는 아무 말도 입 밖에 내지 말고 일절 관여도 하지 않아야 하느니.”

“큰스님……?”

“네가 해야 할 일은 오직 하나, 본래의 자성을 깨치는 일이느니라. 네 근기도 그만하면 능히 그 물건을 얻는데 모자람이 없을 것이니, 정진 또 정진하거라. 그리고 명년 봄이 되면 우곡이 그림 나부랭이 몇 폭 걸어 놓고 세간의 이목을 모을 것이니 그곳에 가보거라.

이제 이 암자의 주인은 네놈이니라. 저자거리를 미친 개마냥 돌아다닐 생각일랑 아예 하지도 말고 만법이 한 곳으로 떨어진 뒤 다시 활활 살아나 더 이상 해볼 것 없을 때까지 가 보거라.

더러 덜떨어진 것들이 일빈만도 못 가보고 닦은 후에 뒤 묻은 것을 털어낸다고 떠드는 모양인데, 그 한 물건은 마지막 굳센 관문까지 부수어버리고 나면 그 길로 환하여 더할 것도 덜할 것도 없이 그 자리에서 그만이니, 요사하고 삿된 다른 말은 아예 귀에 담지도 말아야 하느니라. 알겠느냐?”

“예.”

“가서 물 한 그릇 떠오너라.”

지산 스님은 일어나 샘터로 올라갔다. 그것으로 동명 스님과 지산 스님의 금생 인연은 그만이었다. 물을 길어 돌아온 지산 스님이 방문을 열었을 때 동명 스님은 앉은 채로 열반에 들어 있었다. 열반송 한 구절도 남기지 않았다.

지산 스님은 합장을 하며 스승의 마지막 말씀을 가슴 속에 새기고 또 새겼다. 물을 떠오라시던 말씀은 열반에 드는 마지막 순간까지 제자의 진면목을 보고 싶어한 한량 없는 사랑의 표현이었다. 지산 스님은 스승이 깃들었던 법체(法體)에 절을 올리고 향을 피웠다.

날이 밝자 휘선사 종무소로 연락했다. 기자들이며 카메라가 들이닥친 것은 한낮이 훨씬 지난 뒤였다.

지산 스님은 동명 스님을 모신 유일한 상좌승이라는 이유로 여기저기서 인터뷰 요청이 줄기차게 들어왔다. 심지어 시에서 직원이 나와 지곡리에서 시시암까지 차도를 닦겠다며 측량까지 하고 내려갔다. 하지만 지산 스님은 모든 것을 거부했다. 스승의 유지는 그런 것이 아니었기 때문이다.

스승이 남긴 말 가운데 이해되지 않는 것이 있었다. 우인당에 걸려 있던 족자를 일빈 거사에게 전해 주라고 한 것과 우곡의 전시회에 가 보라고 한 것이었다.

‘무슨 깊은 뜻이 있을까.’

살아 생전 생불이라는 칭송을 들은 스승이 입적하기 직전에 아무런 까닭 없이 그런 말을 남길 일은 만무한 것이었다.

일빈 거사를 떠올렸다. 여러 해 전 그가 시시암에 머물 때 스승이 그를 무척 아꼈다는 사실이 생각났다. 그때 지산 스님은 한없이 부끄럽고 초라한 자신을 느꼈다. 승복을 입고 목탁을 두드리며 중질을 한다는 자신보다 오히려 깊은 공부를 이루고 있었던 그였다.

지산 스님은 그가 스승의 법을 이어받을 것이라고 생각했지만 그것도 아니었다. 스승은 일빈 거사가 용맹정진에 든 지 1년 6개월째가 되는 날, 느닷없이 벽을 부수고 그를 끌어내어 산문에서 쫓아 버리고 말았다.

'족자는 그런 이유로 일빈 거사에게 남긴 것일까.'

하지만 아무래도 그게 아닌 듯했다. 아무리 아꼈던 속가 제자라기로 무엇을 남기고 갈 동명 스님이 아니었다. 무엇을 소유하는 것을 살인하는 것보다 더 경계하신 스승이었다.

지산 스님은 우인당 족자의 화제(畵題)에 특별한 관심을 갖고 있었다. 별다른 뜻이 없는 듯한 문구였지만 가만히 되새겨보면 수행자에게 하나의 공안(公案)과도 같은 의미를 품고 있는 듯해 오래 전부터 마음속 깊이 담아두고 있었다.

종단 일각에서는 자칭 한때 동명 스님의 상좌였다며 짐짓 큰 목소리를 내는 스님이 몇 있었다. 그들은 기자를 불러 인터뷰를 하고 사진을 찍어 여러 잡지와 언론에 보내기를 반복하고 있었다. 모두 하루나 길어야 이틀을 시시암에 머물다 간 승려들이었다.

버스는 새재를 넘자 속력을 냈다. 종단 총무원에도 들러야 했다. 지산 스님이 시시암을 성지로 만드는 종지에 반대한다는 이유로 소환장이 내려온 것이다.

지난달에는 총무원에서 은밀히 종무 스님 한 분을 시시암으로 보내왔다. 성지가 되면 시주도 많이 들어올 테고 수행하는 데 아무런 불편이 없게 암자도 좀 수리하면 좋지 않겠는가 하는 말이었다. 지산 스님은 일언지하에 거절했다. 암자를 고쳐야 했다면 동명 스님이 몇 십 년 동안 그대로 있었을 리가 만무했다.

시시암은 안동에 살고 있던 한 노파가 시장통에서 좌판상을 하며 평생 모은 재산을 털어 지은 암자였다. 암자를 짓고 난 노파는 당시 정화불사의 법난을 피해 해인사로 들어가 강원에서 강론을 하고 있던 동명 스님을 찾아갔다.

신심이 깊은 노파는 일반인들에게도 가끔씩 설법을 했던 동명 스님의 법문을 먼발치에서 듣고 장차 그가 큰 그릇이 될 것으로 믿은 모양이었다. 법당 뜰에서 청년 학승을 만난 노파는 스님의 면전에 대고 대뜸 한마디 던졌다.

"스님의 새끝에는 머시 있심니껴?"

동명 스님이 이 무슨 말인가 하고 멀거니 노파를 바라보고 있는데 그 노파는 틈을 주지 않고 말했다.

"늙은 할망구의 노망든 소리에 답 하나 못 내놓는 것도 시님이라고, 쯧쯧. 내가 저 산 아래 굴을 하나 파놓았는데 그곳에서 도 좀 닦아보실니껴?"

동명 스님은 깨달은 바가 있어 그 길로 노파를 따라나서서 시시암에 이르렀다. 시시암에 든 청년 학승은 두문불출하고 참선 삼매에만 매달려 그로부터 꼬박 7년만에 바람벽을 발로 박차고 나왔다. 그러자 그때까지 묵묵히 수발을 들어주던 노파는 동명 스님에게 오체투지하여 절을 올리고는 어디론가 가버렸다.

시시암의 소유주는 노파로 되어 있었다. 처음부터 단청을 하지 않았고 그동안 개보수 한 번 한 적이 없어 지은 지 50년이 된 지금 많이 낡은 것은 사실이었다. 그러나 지산 스님은 암자를 새롭게 단장할 생각은 없었다. 그대로 두는 편이 스승의 유지에도 맞는 일인 것 같았고, 또 스승이 남기고 간 체취도 맡을 수 있을 것이라는 판단에서였다.

총무원에서는 시시암을 종단의 재산으로 등록하고자 법원에 이전 신청을 내놓고 있었다. 지산 스님은 아무런 대항을 할 수 없는 자신을 굽어보고 한탄했다. 시끄러운 일에 관여하지 말라던 스승의 엄한 유지가 있었지만 자칫 잘못하다가는 수행 도량을 잃게 될 상황에 직면해 있었다.

며칠 전에는 휘선사 주지 스님이 종단에서 지산 스님의 도첩(度牒 : 일종의 승려 신분증)을 치탈(褫奪 : 강제로 자격을 빼앗음)할 것이라는 소문도 나돌고 있다고 귀띔을 해왔다. 고집을 꺾는 것이 좋겠다는 뜻을 은근히 내비치는 것이었다. 지산 스님은 어찌 할 방법이 없었다. 그저 올라가는 김에 총무원에 들러서 일이 돌아가는 형편만이라도 확인하고 싶었다.

'이럴 때 일빈 거사라도 있으면 의논을 해보련만.'

지산 스님은 갑자기 그가 그리웠다. 늘 혼자라는 생각을 하고 있던 터에 일빈 거사가 말벗이 되어주었던 때가 어느새 추억이 되어 있었다.

지산 스님은 문득 화들짝 놀랐다. 찰나라도 경계해야 할 세간의 정이었다. 스승의 유지가 아니라면, 또 암자의 문제가 이렇게만 돌아가지 않았던들 산에서 단 한 걸음도 나오고 싶지 않은 그였다.

버스는 서울 근교로 들어서고 있었다. 지산 스님은 공기가 점점 탁해지는 것을 느꼈다. 건너편에 앉아 있는 촌로 두 사람이 주고받는 말이 들렸다.

“글쎄, 시님도 옛날 말이지. 요새는 대학교꺼정 나온 젊은이들도 돈 벌랏고 시님 된다 안카더나, 와? 웃골에 박씨 둘째 아들도 중 됐다 캐 쌌데. 중 되고 나서 논마지기하고 밭마지기 사준 거 보마 중질하는 기 돈이 되기는 되는 모양이라.”

“말이랏고? 시님들이 세금을 내나, 뭐하노.”

“글케. 우리 아도 고마 저래 노니 중질이나 시키보까?”

“그것도 아무나 되는 기 아인 기라. 이빨도 좀 시야 되고, 생긴 것도 듬직하이 인물도 훤해야 하는 기라.”

“와, 우리 달복이는 인물이 없다 그 말이가?”

“달복이는 고마 키가 적어가 안 되는 기라, 에험. 우리 옥출이는 또 모르지만서도.”

“데끼!”

“고마 시끄럽다. 입 다물자. 듣는 시님 기분 나쁘겠다.”

“와, 내가 없는 얘기를 지냈나?”

“고마 하자카이.”

아파트를 비롯한 고층 건물들이 보이기 시작했다.

기철진은 역 대합실에서 개찰하기를 기다렸다. 아침 이른 시간부터 사람들이 붐비고 있었다. 시장기가 찾아왔다. 간이식당에서 가락국수를 청했다. 일본식 우동도 아니고 한국식 국수도 아닌 국적 불명의 음식이었다. 매운 고춧가루 맛으로 후루룩 배를 채웠다.

가판대에 놓인 신문을 훑어보았다. 정치를 다루는 주간신문들의 표지 활자가 커다랗게 눈에 들어왔다. 현 정부의 개혁 의지와 경제 극복에 대한 장밋빛 청사진들이 대부분이었다. 기철진은 경제 주간지 한

권과 일간지 한 부를 구입해 말아 줬었다.

기차가 도착했다. 기철진은 줄을 서려다 말고 엉거주춤 섰다. 사람들이 기차 승강구 앞에 포도송이처럼 둘러서버렸기 때문이다. 창 쪽 자리에는 50대 중년 사내가 의자를 제치고 눈을 감고 있었다.

기차는 자식처럼 줄줄이 달린 육중한 쇳덩이를 힘겹게 끌어당기며 출발했다. 창밖을 보았다. 도시의 아침이 본격적으로 시작되고 있었다. 행상하는 사람들의 손수레와 화물차들이 도로를 바쁘게 오가는 풍경이 눈에 들어왔다.

새벽의 힘찬 노동을 여는 것은 언제나 우직한 백성들의 몫이었다. 그러나 화려한 밤의 환락은 그들에게 돌아가지 않았다. 그들은 노동의 주역일 뿐, 그 공로와 영광의 무대에 한 번도 오르지 못했다.

창밖 전경이 차차 녹색으로 바뀌었다. 기철진은 자신과 다른 세계의 인생을 살고 있는 차평무를 생각했다. 세상에 부러울 게 없을 사람, 그러나 그는 집요하게 찾아다니는 것이 있었다. 그에 비해 뚜렷하게 추구하는 목표 없이 살아온 자신이 처량하게 느껴졌다.

목걸이를 만지작거리다가 생각을 떨쳐내고 신문을 펼쳐 들었다. 누군가 어깨를 툭 쳤다. 반사적으로 돌아다보았다. 차평무가 씨익 웃으며 서 있었다.

"어, 여긴 우짠 일입니꺼?"

"나도 서울 가려고요. 집에도 한번 들를 겸해서 말이오."

차평무는 의자 등받이에 손을 얹은 채 서서 말했다.

"그라마 어제 말씀 좀 안해 주고예. 차 시간을 묻길래 혹시나 했지만……."

차평무는 잠을 자고 있는 중년을 깨웠다.

“저 선생님, 죄송합니다만 저희가 일행이라서 그러는데 자리를 좀 바꿔 주실 수 있겠습니까? 특실 삼십삼 번입니다만……”

“아아, 그러슈.”

중년은 기지개를 한 차례 켜고는 선반에 얹힌 작은 서류가방을 들고 갔다. 기철진은 창 쪽 자리로 옮겨 앉았다.

“기분 좋은 일 있습니꺼?”

차평무의 얼굴이 좋아 보였다.

“기분 좋은 일? 있지요. 기형이 도와주었기 때문에.”

“무슨 이야깁니꺼?”

“미리 뒤판에 새겨져 있는 가림토 글자를 어젯밤에 풀었소.”

“그래예? 정말 축하합니더. 머랏고 씨인 겁디꺼?”

“기형의 말대로 광개토경호태열제를 뜻하는 것이 맞았소.”

“글자 배치가 아이라민서예?”

“그랬지요. 그런데 어제는 잘못 생각한 것이 있었소. 우리는 광개토경호태열제라는 한자어를 한글 음가로만 읽어 가림토 글자에 대입해 보지 않았소?”

“그랬지예.”

“그런데 그게 아니었소. 한자어를 음으로 읽어야 하는 것이 아니고 뜻으로 읽어야 했던 것이오. 우리가 지금 쓰고 있는 한글은 한자를 음으로 읽는 데 비해 가림토 글자는 뜻으로 새겼다는 말이오. 예를 들면 한자로 ‘熊’이라고 써 놓았을 때 한글로 읽으면 ‘웅’이 되지만 가림토로 읽을 때는 ‘곰’이라고 해야 한다는 말이오.”

“무슨 말인지 감을 못잡겠는데예.”

차평무는 볼펜을 꺼내 신문에다 한자어 하나를 썼다.

"또 하나 예를 들면, 여기 쓴 것처럼 '熊膽(웅담)'이라는 낱말이 있지 않소? 이것을 어떻게 읽소?"

"그야 글자 그대로 웅담이라고 읽지예."

"그렇게 읽은 다음에는 그게 무슨 말인지 어떻게 이해하오?"

"형도 참……. 곰 웅 자, 쓸개 담 자니까 곰의 쓸개를 말하는 걸로 안 압니꺼."

"바로 그거요. 이렇게 '熊膽'이라고 써 놓았을 때 한글은 우선 음가로써 웅담이라고 읽은 다음에 다시 곰의 쓸개라고 뜻풀이를 하지만 가림토는 웅담이라는 소리를 읽는 단계를 거치지 않고 바로 '곰쓸개'라고 읽는다는 것이오. 마찬가지로 '熊女'를 두고 한글은 웅녀라고 읽지만 가림토로 읽을 때는 '곰년'이나 또는 '곰계집'이 된다는 말이오.

가림토는 한자어를 중국말 사투리 같은 음으로 읽는 단계를 거치지 않고 바로 뜻으로 읽는 글자였소. 上을 두고 '우에', 즉 '위에'라는 뜻으로 읽거나 熊을 두고 그 뜻을 나타내는 '구마' 또는 '고마'로 읽는 일본어처럼 말이오."

"그라이끼네 桓을 써 놓으마 한글로는 그냥 환으로 읽지만 가림토는 '밝은', '환한'이라고 읽는다는 말 아입니꺼?"

"바로 그거요. 이제 보니 기형도 많이 발전했소, 허허."

"서당개도 삼 년이면 머 한다 카데예, 하하."

"'廣開土境好太烈帝(광개토경호태열제)'라는 한자를 우리말로 풀이해 보면, 먼저 廣開는 '넓게 아우르다'는 뜻이고, 土는 '땅', 境은 '경계', '곳', 好는 '좋다', '아름답다', '기뻐하다'라는 여러 가지 뜻이 있는 말이오. 太는 '크다'는 뜻, 烈이라는 글자에는 '위엄', '빛나다'라는 뜻이 있소. 帝는 '천자', '임금'이라는 뜻이 아니오?

광개토경호태열제를 우리말로 풀이해 보면 '나라의 터를 더욱 넓게 아울러 그 터의 새로운 가림금을 둘러보고 기뻐하는, 크게 빛나는 임금'이라는 말이 되는 것이오."

기철진은 가슴골에 늘어뜨려져 있던 미리를 꺼내 뒤집어보았다.

"미리 뒤판에 새겨져 있는 글자와 내가 해석한 풀이말의 한글 고어를 찾아 자음과 모음의 규칙성을 대비시켜본 결과 다섯 군데는 거의 일치했소. 다만 지금은 전혀 쓰이지 않는 글자들이 가림토에는 열 넉 자가 있는데 그 부분은 전혀 이해되지 않았소. 그것은 지금의 우리말이 고대어와 사뭇 다르기 때문이라고 생각했소. 그리고 닳아 없어진 글자들도 있어 더 이상의 추론은 억지가 될 것 같아 그만두었소."

"축하드립니더. 일부이긴 하지만 드디어 해냈네예."

"다 기형 덕분 아니오, 허허허."

"규칙성이 거의 일치된다 카는 부분은 어떤 깁니꺼?"

"흙 토(土) 자를 땅이 아니라 따 또는 터로 읽어야 한다는 것, 경계 경(境) 자를 가리뭇금이라는 말과 유사하게 읽어야 한다는 것이오. 머리카락을 갈라 빗어 놓은 자리를 지금도 가리맛자리라고 하지 않소?

좋을 호(好) 자는 기쁨의 고어인 깃븜·깃붐이라는 글자와 유사했고 클 태(太) 자 역시 가림토 문자도 '크다'라는 뜻으로 표기한 것 같았소.

제왕 제(帝) 자는 관을 쓴 신하들의 위쪽에 자리잡은 사람이라는 뜻으로 임금이라는 말로 보았는데, 그것도 가림토 문자는 니사금 또는 이사간·거사간 등으로 보였기에 임금이라고 그대로 읽었소.

참으로 큰 발견을 했소. 곰곰이 생각해 보니 한자는 우리말을 축약해서 만든 기호에 불과하다는 느낌을 받았소."

"마르그리트 집에 있는 청동궤 표면을 해석할 수 있는 단서를 잡은 셈이네예. 그 궤 표면에 가림토로 머를 마이 써났다 칸끼네 말입니더.”

“그렇소. 마음 같아서는 당장이라도 프랑스로 날아가고 싶소. 어제 이런 비밀을 발견해 내고는 너무 기뻐서 한숨도 자지 못했소. 허허허. 왕의 이름이라고 생각해낸 기형의 추리 덕분이오. 정말 고맙소.”

“지가 멀 했닷고예……”

“그런데 가림토는 지금의 한글과 같이 가로와 세로, 사각형의 틀에 짜여져 초성·중성·종성으로 발음되는 문자가 아니라 영어처럼 횡으로 나열되는 문자였소. 미리 목걸이를 한번 보시오. 하나의 낱말로 보이는 부분에 닿소리와 홀소리가 간격과 받침글자 없이 그저 길게 나열되어 있지 않소. 가림토의 또 다른 특징이오.”

기철진은 미리를 자세히 들여다보았다. 그의 말이 사실이었다. 이제 차평무는 목표점을 향해 큰 걸음을 한 발 내디딘 셈이었다.

대단한 수확이었다. 비록 한글의 전신이었다고는 하지만 4000년 전의 문자를, 그것도 사물의 모양을 본 떠 만든 상형문자도 아닌 기묘한 추상문자를 그가 해독해낸 것이다.

가림토가 실제 존재했던 문자로 인정된다면 가림토 문자가 있었다는 사실을 기록해 놓은 일련의 사서도 정사성을 획득할 것이고, 그렇게 되면 차평무의 말처럼 50명에 이르는 단군으로 2000년을 이었다는 고조선에 관한 역사적 실체를 인정하지 않을 수 없을 것이다.

그것은 동북아 각국의 사학계와 우리나라 국민들에게 크나큰 충격으로 받아들여지고 잠시 혼란이 야기될 것이다. 국가 검인 교과서, 학습서, 수험서 등 모든 국사책의 기초가 되는 표준 한국사가 다시 쓰여야 하는 것이다.

국민들은 그때까지 우리 사학계는 뭘 했기에 그러한 학설조차 제기하지 않았느냐고 추궁할 것이고 학계는 당황할 것이다. 그러나 학계는 역대 정권에서 희생양을 찾든지, 아니면 앞으로 더욱 많은 검증이 필요하다는 논리를 내세우며 그러한 사실을 쉽게 인정하려 들지 않을 것이다.

드러나는 역사적 진실보다는 그저 그동안 이루어 놓은 알량한 학문적 자존심을 다치지 않기 위해 어떤 식으로든 조악한 변명의 구실을 찾을 것이기 때문이다.

"어젯밤을 설쳤다면 눈 좀 부치이소."

"그래야겠소."

기철진은 창밖을 바라보았다. 신문이고 주간지고 읽고 싶은 생각이 싹 가셨다. 멀리 덕유산 자락이 보였다. 산마루가 구름에 잠겨 있었다.

한 인간의 집념 앞에서 자신을 돌아보았다. 손바닥을 펴보았다. 손금이 어지러이 길을 달리고 있었다. 기철진은 조금 우울해졌다.

조성봉이 생각났다. 친구라고 내세울 수 있는 유일한 해병대 동기생이었다. 군대에서 만났지만 지금도 서로 연락하면서 어릴 적 오래된 친구처럼 지내는 녀석이었다. 군대에서는 남들 하는 만큼만 하라는 전래의 고정관념을 조성봉은 철저히 거부했다.

"중간 정도만 하면 군대 삼 년은 별 탈 없이 지나갈 거라는 말은 군인은 자아개념이 있을 수 없는, 오직 집단을 이루는 세포적 가치에 불과한 것으로 취급하는 발상이야. 나는 남들보다 잘 할 거야. 군대에서 적당히 하는 버릇이 든 녀석들은 사회에 나가서도 슬금슬금 눈치나 보며 제 한 몸뚱아리만 아끼려는 타성에 빠져들 게 뻔해. 그 버릇이 어디 가겠어?"

기철진은 그의 호연한 논리가 마음에 닿아 늘 같이 지냈다. 신병훈

련이 끝나자 공교롭게도 두 사람은 같은 부대에 배속받았다.

'아무튼 지독한 녀석이었어.'

조성봉은 제대 후 곧바로 직장을 잡았다. 그는 평생 서예에 몰두해 일가를 이루는 것이 꿈이라고 입버릇처럼 말했는데, 다행히 예술의 전당에 취직되어 서예부에서 근무하고 있었다.

조성봉은 지난해 어느 서예대회에 출품해 대상을 받았다고 했다. 기철진은 아르바이트 일로 바빠 축전으로 축하해 주었다. 아버지는 그림을 그리고 아들은 글씨를 쓰는 집안, 매일 묵향이 가득 흐를 정경을 생각한 기철진은 부러운 생각이 들었다.

차평무가 눈을 떴다. 마침 이동식 밀차 매점이 다가오고 있었다.

"음료수라도 하나 드실랍니꺼?"

"그럽시다."

기철진은 깡통주스를 샀다.

"언제 내려올 생각이오?"

"글쎄예. 본 지가 오래돼가 하룻밤 자고 내일 오후에 니리올라 카는데 모리겠심더. 근마가 마이 바쁜지 싶기도 하고……. 형은 일정이 우째 됩니꺼?"

"아버지 사무실에 잠깐 들렀다가 여동생도 만나야 하고……."

"여동생이 있습니꺼?"

"관심 있소? 허허허."

"관심은 무신……. 사소한 집안 얘기를 한 번도 안 해가 궁금했으이 그카지예."

"예술의 전당은 회사에서도 그다지 멀지 않으니까 오후에 한번 들르지요. 오늘 밤에 정해 놓은 숙소가 없으면 우리집으로 갑시다. 친구는 전시회 일로 바쁘지 않겠소?"

"가보고 생각하지예, 머. 바쁠꺼는 없인끼네예."

차평무는 시선을 돌렸다. 차창 밖으로 보이는 북쪽 하늘에 갖가지 모양의 뭉게구름이 피어올라 있었다.

"늘 봐도 한 장의 거대한 보물지도처럼 보인단 말이야."

다케다 교수는 서울로 향하고 있는 비행기 안에서 지상을 내려다보며 중얼거렸다. 옆자리에 앉아 있는 강석민 교수가 입을 열었다.

"무리한 일정이라 많이 피곤하시지요."

"나야 뭐……. 강 교수도 이젠 머리가 많이 센 걸 보니 예전 같지는 않은 모양이구만."

"아닙니다. 선생님에 비하면 아직 어린애입니다."

"그래? 허허."

가야문화대제전에 참석하고 서울로 가는 길이었다. 일본에서 공부하고 돌아온 그의 제자 하나가 부산의 어느 대학에 재직하고 있는데 그의 제의와 주도로 행사가 열린 것이었다. 꼭 참석해 달라며 항공권까지 보내온 성의를 보아 날아온 것이었다.

행사는 어설프기 짝이 없었다. 인도 야유타국에서 파사탑을 싣고 왔다는 허황후 일행의 여정을 그대로 재현하는 길거리 행사를 보면서 그런 생각이 더욱 굳어졌다. 약간의 예산을 지원해 주고는 자치단체장의 문화 행정의 공적으로 돌리려는 의도를 곳곳에서 발견할 수 있었다. 애초의 목적은 흐지부지되고 남에게 보이기 위한 행사로 겉만 번지르르하게 흐른 것이었다.

새로운 학설을 발표하고 토론을 벌일 만한 세미나나 강연회조차 제대로 마련해 놓지 못했다. 학술발표회라고 하는 것이 열리기는 했지만 참석한 교수들은 과거의 학설을 조금씩 말만 바꾸어 단순히 나열하는 수준에 머무는 정도였다. 방청객은 모두 대학생들이었다. 뻔한 일이었다. 방청이 그들의 학점과 관계가 있어 보이는 건 누가 보아도 짐작할 수 있는 일이었다. 진지한 학구적 열풍은 찾아보기 힘들었다.

행사의 목적은 외지인들을 끌여들여 관광 수입을 올리려는 의도에 초점이 맞추고 있었다. 문화행사라는 슬로건에 걸맞지 않게 수천 평에 이르는 공간을 확보한 장사치들이 떠들썩하게 장터를 열어 놓았다. 잔치의 주인공은 고대 가야인들이 아니라 그들의 몫이었다. 야시장대제전이라는 생각에 다케다 교수는 웃음이 나왔다.

사실 고대의 가야와 부산은 어떤 역사적 사건의 개연성마저 찾기 어려운 관계였다. 가야 문화와는 아무런 관계가 없는, 조선 악기를 들고 나온 사물놀이 풍물패의 공연이 바닷가 노천에서 이어졌다. 바다에서는 수상 스키와 제트 보트 등이 물살을 가르며 질주하고 있었고 백사장에서는 모래를 주제로 한 부조 모티브전이 펼쳐지고 있었다.

행사에 부합되는 것이라고는 진주, 김해, 고령 그리고 경주에서 특별히 대여해 준 가야 유물 전시회가 고작이었다. 하지만 유물이라는 것도 오쿠다마의 비밀 수장고에 있는 것만도 못한 것들이었다.

마냥 떠들고 마시며 돌아다니는 잔칫집 분위기였다. 고작해야 시민 단체 두어 군데에서 행사가 문화적 인식의 고취라는 목적에서 많이 벗어나 있다는 푸념을 한 것이 전부였다.

다케다 교수는 지역 언론의 인터뷰에 응했다.

"에…… 이런 문화행사가 개최된 것을 대단히 축하합니다. 마, 행사 내용이 알차고 대단한 것이어서 한국의 남부 지방에 실재했던 가야국의 문화를 이해하는 데 많은 기쁨이 될 것으로 생각합니다."

사실은 행사 내용이 한심스러운 생각이 들었지만 다케다 교수는 전 일본역사학회 회장의 입장에서 공연히 남의 나라 문화행사를 비판할 생각은 없었다. 잡탕찌개 문화행사가 한국 현대문화의 한 부분으로 자리잡아 갈 것이 분명했기 때문이다.

비판해 보았자 관과 언론은 자신에게 모종의 화살을 돌릴 것이 뻔했다. 아무리 저명한 학자이지만 일개 외국인이 어떻게 찬란한 우리 고대 문화를 잘 알 수 있겠느냐며.

오래 전 서울에서 열린 어느 행사에서 말을 잘못 뱉은 것이 화근이 되어 톡톡히 망신당한 적이 있었다. 껍데기만 남은 한국인들의 자존심을 공연히 건드린 것이었다. 그때의 기억을 거울 삼아 다케다 교수는 입을 조심하고 행사의 수준을 가늠하는 것으로 만족했다.

이제는 대일본 국민들의 의식 수준을 따라오기란 영원히 불가능한 일처럼 보였다. 회심의 미소가 떠올랐다. 36년간의 통치에서 완전히 개조된 민족이었다. 민족적인 장점으로 갖고 있던 모든 성정은 이미 파괴된 지 오래였다.

광복한 직후 친일세력의 득세한 것은 천만다행한 일이었다. 그들은 고맙게도 일본 정부와 총독부에서 기획한 지난날의 모든 공작이 수포로 돌아갈 뻔했던 것을 막아주는 보호막 구실을 톡톡히 해냈다.

아닌 게 아니라 총독부의 공적은 참으로 높이 살 만했다. 한국의 전 국토에 흩어져 있던 많은 옛 기록과 유물에 대한 일련의 공작활동은 아주 큰 성과를 거두었다. 더구나 총독부는 이들의 옛 역사를 아주 친절하게 가르쳐 주었다. 예나 지금이나 일이란 그렇게 완벽하게 처리해야 한다.

한국의 역사에 대한 하부적 실행 지침은 7개의 장으로 나누어 84개 분야, 1,260개의 강령으로 정해졌다. <조선혼의 인식과 방법>이라는 백부 다케다 후가야마의 문건을 보면 그 성과가 어떠했는가를 잘 알 수 있었다.

똑똑히 볼 수 있었다. 다케다 교수는 행사장 곳곳에 여과 없이 스며 든 일본 문화를 보며 반도가 일본 땅이 아닌가 하는 의심마저 일었다.

일본에서 대중적 인기를 얻은 모든 사업과 문화가 정서적인 정수 과정을 전혀 거치지 않고 그대로 흘러들어 젊은이들의 두뇌를 마비시 키고 있는 것도 고무적이었다. 도대체 이렇게까지 줏대 없는 족속인 줄은 다케다 교수도 미처 파악하지 못한 일이었다. 대를 이어가는 종 속, 그것은 일본이 아시아에서는 영원한 거인임을 웅변해 주는 또 다 른 사례였다.

한민족! 수령이 1만 년이나 되는 거대한 수목이었다. 그 수목은 인 류의 역사가 시작된 뒤로, 오랜 기간 아시아 대륙 전체에 그늘을 만들 며 보이지 않는 높이까지 자랐던 나무였다.

이를 수 없이 깊고 튼튼한 뿌리가 있어 갖은 고초를 당해서도 결코 쓰러지는 일이 없었던 나무, 그 경이로운 수목을 지금과 같은 초라한 가시로 만들기 위해 지난 세월 메이지 지사로부터 백부, 친부, 그리고 자신에 이르기까지 얼마나 힘든 작업을 해 왔던가는 거론할 필요조차 없었다.

비록 고대라는 뿌리가 지심 깊은 곳에서 끊임없이 자양분을 올려보 내고 있을지라도 현대 한국이라는 줄기는 그것을 받아 생장할 생각이 없는 것처럼 보였다. 줄기에 빽빽이 솟아난 가시는 저마다 착각하고 있었다. 이웃 나무에서 받아먹는 것으로써 더 크고 위대한 생명력을 얻을 수 있을 것으로……

다케다 교수는 눈을 감았다.

'힘들었던 우리의 노력에 비해 이제 손바닥에 박힌 가시 하나만 뽑아내기만 하면 되는 일본의 젊은이들은 얼마나 축복을 받았는가. 그 일에는 우리를 도와준 강석민처럼 정인수가 크게 기여할 테지, 암. 앞으로도 제2의 강석민, 제3의 정인수는 날로 불어날 것이 틀림없을 것이야.'

그의 생각에는 현사(賢師)가 아니라 모사(謀士)가 판을 치고 호연(浩然)이 아니라 걸련(乞憐)이 창궐하며, 신념이 아니라 독선이 난무하고 관용이 아니라 냉소가 팽배하며 정의가 아니라 당의(當義 : 그때그때 처한 처지에 따라 의를 끌어다 붙이는 행위)가 묵인되고 준열엄격한 자괴(自愧)가 아니라 미사교언의 변설이 용납되는 요지경의 사회가 바로 한국이었다.

경제적인 부가가치를 창출하지 못하면 한국 사회에서는 이미 '21세기 신지식인'의 대열에 끼어들 수 없게 되었다. 젊은이들을 평가하는 기준도 유일했다. 그것은 그가 앞으로 얼마나 벌어들일 수 있는가 하는 문제에 집결되어 있었다. 그들은 그렇게 기성에게 점염(點染)되고 있었다.

'돈이 된다 싶으면 여중생의 매춘 영업의 방법론까지 배워가는 상혼이 날로 늘고 있는 것도 그러한 추세를 더욱 가속화할 조짐 아니겠는가? 허허.'

"선생님, 우곡이 정말 그 책을 가지고 있겠습니까?"

지상을 내려다보면서 생각을 골똘히 하고 있던 다케다 교수에게 강석민 교수가 물었다.

"자네가 자네의 육감을 못 믿는 투로군."

"그런 뜻이 아니라 누구에게 넘어갔을지도 모르는 일이 아닌가 해서……."

"다른 사람 손에 넘어갔다면 벌써 공개되었을 것이야."

다케다 교수는 형을 생각했다. 가와모토……. 그에게서는 어릴 때부터 도무지 일본의 혼을 찾아볼 수 없었다. 그는 위대한 황국의 자랑스런 신민인 아버지의 학문을 끊임없이 비방하고 반론을 제기했다. 아버지는 그런 형에게 날이면 날마다 호되게 꾸지람을 했지만 그의 태도는 달라지지 않았다. 아버지는 급기야 그의 서고 출입까지 금지시켰다.

형은 끝내 고집을 꺾지 않아 얼마 후 쫓겨났다. 그런데 아버지를 소스라치게 한 것은 서고에 있던 한국의 고대 사서들을 가지고 가버린 일이었다. 아버지의 진노는 대단했지만 형을 붙잡아 추궁할 수는 없었다. 여차하면 상해로 가져가 그곳에 있는 한국의 임시정부에 넘겨버릴 것이라는 말을 남겨 두었기 때문이었다. 아버지는 그에게 책을 영원히 공개하지 않겠다는 각서를 받아낸 뒤 그만 용서하고 말았다.

그는 조선으로 건너가 교편을 잡았다. 바람을 타고 들려온 소식에 따르면 우회적인 표현으로 조선인들의 우월성을 심어주는 일을 게을리 하지 않았다고 했다. 그 때문인지 조선에서 교편생활도 오래 하지 못하고 본국으로 소환되고 말았다.

조선으로 가기 전에 형은 정신대로 끌려온 조선 여자 하나를 속환해 부둣가에서 같이 살다가 상처를 했는데, 그때 그 여자의 몸으로 난 아들이 하나 있었다. 녀석은 형이 혼자 집을 나가버리는 바람에 아버지가 세상을 떠난 뒤부터 맡아서 길렀는데, 형의 핏줄답게 공부에 타고난 소질을 보이는 것이었다.

　그의 머릿속에 일본의 혼이 깊게 심어질 즈음, 갑자기 형이 나타나 데리고 가버린 후로 녀석의 소식까지 끊겨버렸다. 강석민이 일본으로 건너와 공부를 시작할 무렵의 일이었다.

　한일수교가 이루어진 직후부터 비밀리에 드나들며 한국인 고서적 수집가 행세를 했지만, 도굴꾼이자 문화재 밀거래상인 강석민은 다케다의 유창한 한국어 실력에도 불구하고 일본인임을 단번에 알아보았다. 강석민은 문화재의 구입 경로를 자기 자신만으로 해달라고 요구했다. 하는 수 없이 그 말을 수락하자 강석민은 고기가 물을 만난 듯 고서·서화·도자기에 이르기까지 닥치는 대로 가져 왔다.

　언제던가 일본에서 2년 간 학업 시늉을 내고 한국에 돌아와 꿈에도 그리던 대학 교수가 된 강석민은 칼의 문구를 좇아 몇 권의 책을 찾아 보려던 때에 우연의 일치인지 솔깃한 소식 하나 전해 주었다. 환쟁이 하나가 아주 귀한 옛날 책을 갖고 있다는 풍문이 인사동을 공공연히 떠돌고 있는데, 아무래도 그 책이 역사책일 것 같다는 말이었다. 지령을 내리자 강석민은 백방으로 뛰어다닌 끝에 추상묵화와 나선필법으로 유명한 우곡의 가계에 대한 정보를 부려 놓았다.

　우곡 가문의 소용돌이 그림에 주목한 뒤, 청화백자쌍용문병 두 점으로 무조건 그 고서를 사들일 뜻을 비쳤지만 강석민은 아무런 진전을 보지 못했다. 다만 여러 차례 우곡을 만나본 육감으로는 그가 어떤 진기한 고서적을 갖고 있는 것만은 분명한 듯한 느낌을 받았다는 게 전부였다.

　그러나 강석민의 육감이라면 믿어야 했다. 각종 골동품이나 유물에 대해 세워지는 그의 촉각은 어떤 탐지기보다도 정확하다는 평이 학계에까지 널리 퍼져 있기 때문이었다.

전시회에 초대받은 것은 아니지만 더 늦기 전에 직접 담판이라도
해 보아야 했다. 한국으로 오기 전에 사토 의원이 강력한 무기를 쥐어
준 것이 무엇보다 든든했다. 그 무기에 비하면 백자 두 점은 덤으로
딸리는 정도의 가치에 불과했다.

'만약 그 무기로도 불가능하다면……?'

다케다 교수는 갑자기 머리가 무거워졌다.

"어디 편찮으십니까?"

"아니, 잠깐 현기증이 나서 말이야. 그리고 지난번에 백자 두 점이
라고 한 것 말일세. 그건 우곡 개인에게 주는 것이고……. 큰 물건을
하나 제시해 보게."

"워낙 고집이 센 영감인지라 보통 물건 가지고는……."

"그래서 내가 자네에게 깜짝 놀랄 만한 선물 하나를 주려는 걸세.
그동안 나 때문에 고생도 적지 않았으니."

"무슨 말씀인지……?"

"<몽유도원도>를 얹게. 나로서도 고심을 거듭했던 마지막 성의야."

강석민 교수는 귀를 의심했다.

"<몽유도원도>라고요? 안견의 진품 말입니까? 설마 농담은……?"

"이 사람아, 내가 언제 모사작 따위를 입에 올리거나 농담하는 것
봤나. <몽유도원도>, 그것을 한국 정부에 영구히 무료 대여형식으로
반환한다고 마지노선을 치게. 전적으로 자네에게 달렸네."

"우곡의 책이 어떤 것이길래 그렇게까지?"

"내 역사 연구의 마지막이 될 거니까. 어떤 희생도 감수하겠네. 그
게 학자 아니겠네. 그리고 <몽유도원도>는 한국으로 돌아갈 때도 되
었어. 그 그림이 일본에 더 큰 의미가 있겠나, 한국에 더 큰 의미가 있

겠나?”

“선생님, 선생님의 학구적인 정열에 다시 한번 경의를 표합니다. 그렇게만 된다면 한국으로서도 큰 영광 아니겠습니까? 우곡, 그 늙은이도 이번에는 생각이 달라질 겁니다, 틀림없이.”

“자네만 믿네.”

세종의 셋째 아들 안평대군이 어느 날 꿈속에서 복숭아나무로 우거진 지상낙원을 여행했다. 눈을 뜬 안평대군은 꿈속의 경치인 무릉도원이 너무 신비스럽고 아늑해 안견을 불러 꿈 이야기를 전해 주었다.

안견은 그동안 자신을 후원해 준 안평대군을 위해 그의 꿈속 풍경을 화폭에 담기로 결심하고 지그시 눈을 감았다. 이윽고 그는 신이 들린 듯 붓을 써나가기 시작했다. 그림을 다 그리고 나자 온몸의 정기가 모두 빠져나간 느낌이었다. 안견은 한동안 자리에서 꼼짝할 수 없었다. 정신을 수습하고 문득 그림을 본 안견은 비로소 무심 무념의 경지에서 생애 최고의 역작을 이루어낸 것만 같아 하염없이 눈물만 쏟아냈다.

<몽유도원도>는 길이 1미터가 넘는 조선 최고의 명작이었다. 먼 허공에서 바라본 듯한 화면은 안평대군의 이야기를 좇아 왼쪽 하단부에서 시작하여 점차 오른쪽 상단부인 도원으로 이어졌다. 왼쪽에는 현실세계의 정경을 그렸고 그림의 중앙부에는 현실 세계에서 도원에 이르기까지의 기묘한 풍광을, 오른쪽에는 복숭아꽃이 만발하여 그지없이 황홀한 느낌을 자아내게 하는 도원의 정경을 빚어낸 그림이었다.

특히 현실 세계에서 도원에 이르는 길에는 웅장하고 기이한 암산을 첩첩이 그려 넣어 도원의 신비감을 더하고 있으며 그것은 화사한 도원의 풍경과 대조를 이루고 있는, 신품이었다.

그림이 다 그려진 다음 안평대군은 스스로 매우 흡족해하면서 손수 발문을 썼다. 그리고 그림이 완성된 지 3년 후인 1450년 정월 초하룻날에는 다시 시를 적어 넣었다.

또한 신숙주·이개·정인지·박팽년·서거정·성삼문 등 평소 안평대군의 집에 들르던 당시의 명관 20명이 찬시와 찬문을 모두 손수 적어 그야말로 시서화가 절묘하게 어우러진 다시 없는 걸작이다. 다만 옥에 티라면 표현미적 양식에 중국풍의 산수화법을 완전히 벗어나지 못한 점이다.

<몽유도원도>, 그것을 내놓겠다는 다케다 교수의 말이었다. 그렇게만 된다면 정부에서는 문화 훈장이라도 내릴 것이다. 강석민이라는 이름 석 자가 한국 전역을 떠들썩하게 할 것이 분명했다. 강석민 교수는 흥분했다.

그 책이 아무리 중요하기로서니 <몽유도원도>를 내놓겠다니 믿기지 않았다. 그러나 믿어야 했다. 오랫동안 다케다 교수와의 거래 관행이 말해 주듯이 이번에도 우곡이 갖고 있는 책과 그에 대한 대가인 백자·그림의 교환은 동시에 이루어질 것이므로.

강석민 교수는 <몽유도원도>가 고미술품 거래소인 마유야마 유센토에서 덴리대학으로 간 후 지금까지 그곳 박물관에 보존되어 있음을 상기했다. 마유야마 유센토는 한국의 국보급 문화재를 다량 구비하고 있는 골동품상으로 유명했다. 자신도 비밀리에 몇 번 거래한 적이 있는 그곳에는 고려청자상감배, 고려청자상감도병처럼 희소가치와 예술적 가치가 더없이 뛰어난 도자기들만 전시해 놓고 있는 일본 최고의 골동품상이다.

"그런데 강 교수, 강 교수가 몇 년 전에 보내온 천녀도 말이야. 이번에 그걸 내놓을까 해. 내가 갖고 있기에는 너무 부담이 커서 말이야."

"예에?"

강석민 교수는 이건 또 무슨 날벼락 같은 말인가 했다. 그에게 가장 최근에 넘긴 모사작이 바로 <백팔천녀도>였다. 그림이 틀림없이 북한에서 중국으로 나왔다는 첩보를 입수했는데 어디론가 행방을 감춰버렸다.

다케다 교수에게 운을 떼어 놓고 한 번도 약속을 어겨본 적이 없는 강석민 교수는 생각한 끝에 해남에 있는 조그만 암자의 주지승이 개인적으로 소장하고 있던 모사작을 구입해 넘겼다.

다케다는 지금 그 <백팔천녀도>의 모사작을 국제 경매에 내놓겠다고 했다. 갑자기 등줄기에 식은땀이 흘렀다. 강석민 교수는 그 모사작을 500만 원에 구입해 다케다 교수에게는 2억 엔을 받고 넘겨준 기억이 또렷이 떠올랐다.

"아……, 천, 천녀도 말……입니까?"

"이 사람이, 왜 갑자기 말을 더듬어?"

다케다 교수는 시치미를 뚝 떼고 말했다.

'이 녀석, 지금쯤 오줌이라도 싸고 싶겠지. 감히 나에게 휴지 같은 그림 나부랭이를 가져다주고 수억 엔을 받아쳐먹어? 괘씸한 녀석 같으니.'

"아, 아닙니다. 그러실 것 같으면 제가 다시 거두겠습니다. 선생님께서 싫증이 나셨다면 제가 갖고 있고 싶습니다. 고려를 대표하는 작품이 아닙니까?"

"그래? 그런데 말이야, 값은 좀 올라야 하지 않겠어? 경매에 내놓으면 최소한 십억 엔은 갈 것 같은데……. 하하, 그건 농담이고 강 교수가 다시 거두어들인다면 내 그간의 이자 정도만 쳐서 받지. 어때? 나는 이억 오천만 엔쯤으로 생각해 보네만.”

“예, 그렇게 하시죠. 저로서도 영광입니다.”

다케다 교수는 좌석을 완전히 뒤로 제쳤다.

‘영광이라고? 속이 좀 쓰릴 게다. 배은망덕한 놈 같으니. 천하의 <몽유도원도>라고 해놓았으니 발뺌은 못할 걸? 녀석은 무조건 그 환쟁이를 물고 늘어지겠지. 훌륭한 구상이야. 천녀도를 구입한 자금도 회수하고 책도 손에 넣게 되니. 그런데 만약 이 녀석이 그 환쟁이를 무너뜨리지 못하는 바람에 천녀도 재구입을 거절한다면? 배신이라…….

그럴 가능성은 없을 테지. 우곡이라는 영감은 평생 동안 그림에 미쳐온 환쟁이가 아닌가? <몽유도원도>라면 그 내용도 잘 모르는 고서 몇 권쯤은 쉽게 내놓겠지. 아무리 고집이 센 늙은이기로서니 <몽유도원도>에 혹하지 않을 수 있단 말인가. 그것도 영구히 한국으로 돌아온다는데.’

강석민 교수는 아찔한 지경이었다. 다케다 교수가 천녀도를 되팔 것이라고는 생각조차 하지 못했기 때문이다.

‘이 능구렁이가 그게 모사작이라는 걸 알았다는 말인가…….’

강 교수는 머리를 굴려 그 특유의 계산법으로 득실을 저울질하기 시작했다.

‘다케다가 갖고 있는 백자 두 점이라면 최소한 한 점당 일억 원은 호가할 것이고 그렇다면 이억 원으로 잡아야 한다. 우곡에게는 내가 갖고 있는 것 중에서 기백만 원짜리 한두 개 안겨주면 될 것이야. 하지만 그것으로는 어림도 없다.

결국 최대의 무기는 <몽유도원도>인가? <몽유도원도>, 그것을 반

환해 오는 대가로 황성곤 한국고미술문화연구원장을 내세워 문예진흥
기금에서 적어도 몇 십억은 타낼 수 있을 것이다. 경한대학 이름으로
타내어 이사장과 슬쩍 처리해 버리면……?

　더구나 훈장까지 추서된다면 일개 고등학교 규모인 경한대학에서
종합대학교 총장까지 갈 기회도 있지 않을까. <몽유도원도>가 나를
통해 반환된다는 사실을 들고 정부에다가 그에 걸맞은 위상을 만들어
달라고 운을 떼는 거야. 하기에 따라서는 충분히 남는 장사야.'

　그제서야 강석민 교수는 온전한 정신으로 돌아왔다.

　'우곡을 무조건 구워삶아야 한다. 그렇지 않으면 알거지가 되는 거
야. 만에 하나 그 늙은이가 제안을 거절한다면? ……하는 수 없지. 이
기회에 다케다와는 결별해야지. 그림값 이십억 원이면 그동안 뒤를 핥
아준 충분한 보상은 받은 셈이야.

　한 오십억 원쯤 우려낼 생각이었지만 도굴이나 하고 다녔던 내가
이 정도 위치까지 오는데 좋은 길잡이 역할을 해주었으니까 그 공로
도 감안해 주어야지. 이제 독립할 때가 되었어. 벌써 내 나이도 내일모
레면……. 언제까지 개노릇 할 수는 없지.'

　강석민 교수는 좌석을 당기고 허엄 하고 짧은 기침을 뱉었다. 다케
다 교수는 창 아래를 내려다보았다. 인천의 해안가에 있는 공단의 모
습이 눈에 들어왔다.

　"공항에 누가 나와 있기로 했다고?"

　"예, 일본에서 선생님 밑에서 배웠던 제자입니다. 정인수 군이라
고……. 기억나십니까?"

　"정인수라……? 오, 정 군 말이군. 잘 알지. 정 군도 상당히 뛰어났
지. 하지만 한국인 중에서는 아직 강 교수만한 인재를 다시 만나보지

못했네. 자네는 최고 중의 최고가 아닌가?”

“과찬이십니다.”

“그런데 내일 저녁에는 무슨 일인가? 오전 비행기로 가려는 나를 굳이 붙잡아두려는 이유나 좀 들어보세. 항공권 예약까지 취소한 마당에 더 이상 숨길 이유가 없지 않겠나?”

“제자들이 조촐한 자리 하나를 마련한 모양입니다. 도쿄로 가서 해야 하겠지만 서로 사정도 있고 해서 선생님이 오신 김에 환영회를 겸해서 모시려고 한 모양입니다. 저더러는 선생님을 책임지고 모셔오랍니다. 그렇지 않으면 사제간의 정을 끊어버리겠다고 말입니다, 허허.”

“그래? 그럼 정말 사제간의 정이 끊기는 걸 한번 볼까, 허허허.”

“농이 많이 느셨습니다, 허허.”

“그런 몹쓸 프로그램의 발의는 누가 했나?”

“막내인 정 군이 했습니다. 선생님이 오신다고 귀띔해 주었더니 사발통문을 돌려서 일사천리로 일을 진행한 모양입니다.”

“정 군이?”

“그렇습니다.”

“허헛, 강 교수가 그 친구 잘 좀 키워보게. 기특한 구석이 많아.”

“잘 알겠습니다.”

“그래, 인원은 모두 몇 명쯤 되나?”

“그간 선생님께 수학한 제자들은 모두 서른 명 남짓 됩니다만 참석 인원은 백여 명으로 보고 있습니다.”

“그건 어째서 그런가?”

“선생님의 제자의 제자들도 있지 않습니까? 선생님은 이제 사부가 아니라 사조의 반열에 드신 연세입니다, 허허.”

“허허허, 그렇게 되나.”

다케다는 한바탕 웃고 뒷자리에 앉아 있는 청년들에게 몸을 돌렸다.

“내리면 자네들은 다른 차를 이용하게.”

“예, 선생님.”

감청색 정장을 말쑥하게 차려입은 청년 하나가 대답했다.

“기형, 저기 저 구름 보이오?”

“예, 꼭 무슨 짐승 같은 모양이네예.”

“저런 모양의 동물이 예전에 지구상에 존재했다면 믿겠소?”

“형도 참, 그걸 믿을 사람이 어디 있습니꺼? 코끼리 코에 얼룩무늬가 있는 몸통, 이마에 뿔도 하나 나 있는 것 같네예.”

“혹시 맥(貊)이나 막이라는 동물 이름을 들어본 적 없소?”

“글쎄예……. 기억에 없는데예. 저래 생긴 기 맥이라 카는 동물입니꺼?”

“대략 일만 년 전까지 동물의 왕으로 아시아 대륙을 군림했던 짐승이 있었소. 시베리아 호랑이와 같은 체격에 곰의 울음, 이마에 나 있는 뿔 하나, 코끼리 코의 절반만한 코 길이, 얼룩무늬 표범의 가죽을 하고 있던 놈들이었소.”

“그래예?”

“맥은 뱀·전갈·두꺼비·도마뱀처럼 맹독을 가진 파충류와 양서류를 잡아먹고 살던 짐승이었는데, 그놈들은 또 철광석·동광석 따위 핥아먹고 살았소. 서양에서는 마하로이드 범이라고 불렀던 동물의 일종이오.”

“쇠를 묵는다 카는 짐승은 불가사리랏고 어릴 때 할매한테 이야기를 들은 적이 있지만……."

"그 불가사리가 바로 맥이오. 맥은 동철도 녹이는 침을 갖고 있어서 먹잇감의 맹독을 쉽게 중화시킬 수 있었는데, 언제부턴가 야생의 먹잇감이 부족해지자 사람들의 거주지 근처로 내려와 마을에 기생하는 독충들을 잡아먹기 시작했소.

사람들은 연장 만드는 동광토를 맥이 핥아먹는다는 사실을 알고는 나중에는 쇠 성분이 포함된 흙이나 돌덩어리를 일일이 찾아다니지 않고 맥의 발자국을 따라 그것들을 구하게 되었소. 참 고마운 짐승이었던 게요. 독충이나 맹독을 가진 파충류들을 없애주기도 하고 연장 만들 흙덩어리도 찾게 해주는 짐승이었으니까 말이오.

할머니 할아버지들이 들려주시던, 쇠를 먹고 산다는 불가사리에 관한 전설은 맥이 우리 민족에게 고마운 기억으로 이어져 내려온 신수(神獸)의 의미였소."

"우리 민족 보고 예맥족이라 카기도 안합니꺼? 예맥의 맥이 그런 뜻입니꺼?"

"일리 있는 말이오. 중국인들은 옛날부터 그들과 다른 민족을 짐승이나 벌레의 이름을 붙여서 멸시하는 교만함을 보여왔다는 걸 기형도 잘 알지 않소?"

"예, 남만북적이랏고……."

"그렇소. 남쪽에 사는 민족은 벌레 충 자를 넣어 만(蠻)이라고 했으며 북쪽 지방에 사는 사람들은 적(狄)이라고 불러 개와 같이 취급했소. 그리고 서방인들을 강(羌)이라 하여 염소처럼 업신여겼고 대륙의 동북 지역에 웅거했던 우리 민족은 맥(貊) 또는 이(夷)라 했소.

그런데 우리 민족은 동북방의 광대했던 강역을 잃어버리고 난 뒤,

한족으로부터 사대의 세뇌를 받기 시작했소. 맥이라는 지칭도 그때부터 부끄러워하기 시작했던 것이오. 맥이라는 글자에 오랑캐라는 뜻이 들어 있다고 둘러댄 중국인들의 술책에 말려버렸기 때문에 말이오.

언제부터인가 조상들은 맥이라는 글자에서 오랑캐를 나타낸다고 생각되는 치(豸 : 해태) 자를 떼어낸 백(百) 자를 그대로 쓰거나, 치 자를 목(木) 자로 바꾸어 백(栢) 자를 쓰기도 했소. 또 사람 인 변을 써 백(伯) 자를 만들기도 했소.”

“우리는 옛날부터 남들 눈치를 와 그래 마이 봐오미 살았습니꺼, 내 참.”

“처음부터 그랬던 것이 아니라 국력이 기울어졌을 때부터요.”

“맥이라는 의미를 그렇게 보는 사람이 아무도 없지예? 그런 말은 언자 안 쓰고 있으이까예.”

“현실적으로 기형의 말이 맞지만 그렇다고 우리 기억 속에서 영원히 사라진 짐승은 아니오. 맥이라는 이름이 여러 가지로 변형되어 그 뜻까지 달라졌다고는 하지만, 맥은 우리 조상들의 뇌세포 속에 깊이 간직되어 유전인자처럼 지금까지 전해지고 있소. 다소 변형된 의미로 말이오.”

“그거는 어떤 긴데예?”

“맥(貊)에서 떨어져 나온 치(豸)는 그대로 형상화되었소. 지금도 맥의 잔흔이 남아 있는 예가 아주 많소. 큰 건물의 어귀 계단 입구에 보이는 돌짐승들 말이오. 해태라고 알려져 있는 그 동물이 바로 맥을 뜻하는 것이오.”

“해태가 그런 의미였습니꺼?”

“흰색 말고 우리나라 사람들이 일반적으로 좋아하는 색이 뭔지 한

번 생각해 보시오."

"검은색 아입니꺼?"

"맞소. 흰색이 아니면 검은색을 좋아하는 민족성도 고대에 맥의 가죽으로 옷을 삼았던 정서에 기인하는 것이오. 맥은 표범처럼 희고 검은 가죽을 갖고 있었으니까. 그런데 우리말의 어원을 추적해 보면 재미있는 사실이 많소."

"어떤 거 말입니꺼?"

"저고리 위에 덧입는, 깃이 없는 옷을 마고자라고 부르는 것도 맥의 가죽으로 옷을 해 입은 흔적을 보여주는 말이오. 또 두루마기 · 두루막이라는 외출복 또한 그 어원은 맥의 가죽을 둘러 입은 데서 비롯되었소.

'맥의 민족'이라 불리던 우리 민족이 '백의 민족'이라는 명칭을 얻게 된 것도 맥이라는 글자가 백으로 변용된 때문이고, 흰머리산이라고 해석하는 백두산의 백(白) 자도 원래는 맥 자를 형용한 것이오. 태백산 · 소백산 등의 경우에도 마찬가지요. 강화도 마리산의 마리도 머리를 뜻하는 말이 아니라 맥을 뜻하는 말이었소.

이런 것만 보아도 맥이 고대에 우리 민족의 강역에서 사람들과 함께 터를 잡고 살았던 신수였다는 사실을 알 수 있는 거요."

"어? 그라고 보이 우리 활을 맥궁이라 안캅니꺼?"

"그렇지요."

"또 장기판에 상(象)이 안 있습니꺼? 그기 가는 길을 맥길 · 몍길이라 카는데, 그카고 보이 맥이라 카는 짐승 코가 코끼리 코라는 말이 맞는 것도 같네예."

"기형도 이젠 제법인데요? 허허, 또 있소. 산을 뜻하는 우리말 '뫼'는 맥이 살았던 곳이라는 의미로 맥에서 파생된 말이었소. 백수의 왕인 호랑이를 뜻하는 말인 범도 맥·벋·백으로 변용되던 중에 갈라져 나온 말이오.

또 조상이 죽으면 그 무덤가에 잣나무(栢)를 둘러 심어 조상의 무덤이 독충들에게 침해되는 것을 방지하려 해왔던 것도 오랜 기간 맥과 더불어 살았던 기억의 편린이 남아, 맥으로써 조상의 무덤을 보호하려는 발원으로 비롯되었소.”

“우리 아부지 산소에도 잣나무를 빼앵 둘러 심어놨습니더.”

“맥은 또 우리가 많은 이민족들의 우두머리임을 그대로 나타내어 백(伯) 자를 쓰기 시작했소. 우두머리를 뜻하는 우리말인 ‘모가비’가 맥에서 비롯된 말이라고 보면 틀림없는 사실이오.

맥은 우리 민족의 기원과 더불어 함께 살았던 짐승이기에 ‘처음’이라는 뜻으로도 쓰이고 있소. ‘막 시작했다’는 말의 ‘막’ 역시 맥에서 편용된 말이고, 막일꾼·막일·마구 등에서 나타나는 바와 같이 ‘닥치는 대로’라는 뜻을 가진 접두어 ‘막’이나 ‘마구’에도 맹수인 맥의 성질을 가리키는 뜻이 숨어 있소.

‘전부·모두’라는 뜻으로 기형이 쓰는 경상도 사투리 ‘마카’는 맥가(貊家)라고 해서 우리 민족이 전체로써 하나를 이루는 일체성을 나타낸 말이오.”

“마카라는 뜻이 그런 뜻이라 카이 놀라븐데예.”

“자연환경이 바뀌어서 맥이 멸종해버리자 우리 민족의 가슴속에는 맥처럼 용맹스러운 범이 그 자리를 대신했소. 범을 통해서 맥을 연상하는 지혜를 보여준 거지요. 그래서 호랑이의 또 다른 이름이 맥이라는 말에서 비롯된 범인 것이오.

범이 우리에게 영물·산군·신령이라는 이름으로 대접받아온 것도 그 때문이오. 이런 이유로 단군신화에서 사람이 되었다는 곰은 결코 우리 민족의 상징적 조상이 될 수 없소."

"……."

구름은 어느새 바람에 흩어지고 있었다. 믿기지 않았다. 하지만 차 평무의 진지함을 보면 덮어 놓고 코웃음쳐버리기엔 아까운 논리라는 생각도 들었다.

'문자의 어원으로 찾아가는 역사라?'

기철진은 한 가지 의문이 들었다.

"그런데 가림토 말입니더. 그기 더 과학적인 문자입니꺼, 한글이 더 과학적인 문자입니꺼?"

"글쎄요……. 국어학자도 아닌 내가 어떻게 단정할 수 있겠소만 한 글이 지금 지구상에 존재하고 있는 문자 중에서는 가장 합리적이고 과학적이라는 것은 틀림없이 인정받고 있는 사실이오. 단, 그것은 표 음문자라는 기능에 국한시켜서 그렇다는 말이오. 표의문자까지 더 넓 혀서 생각해 보면 단점이 많은 글자라고 생각되오."

"어떤 면에서예?"

"기형도 고등학교 때 고문 시간에 우리 옛 문학작품들을 배웠잖소. 그런데 같은 한글로 쓰인 그 작품들을 쉽게 읽거나 이해할 수 있었소? 아래 아, 가벼운 입술소리 비읍·시옷·미음·이응 등과 같이 지금 은 쓰이지 않는 글자들과 어휘가 많이 나타나는 고문들 말이오."

"해석을 따로 하민서 읽었지예."

"바로 그거요. 한글과 같은 표음문자는 시대가 바뀌면서 그 낱말의 형태나 또 그 낱말이 나타내는 뜻이 변하기 쉽고 심지어는 낱말 자체 가 사어가 되어 사라져버리기도 하오. 그렇기 때문에 역사성의 측면에서는 좋은 문자라고 할 수 없소. 예를 들면 훈민정음 서문에 '사뭇디'라는 말이 있는데 요즘은 쓰이지도 않거니와 그 뜻도 전문가가 아니면 풀이할 수 없다는 말이오.

그런데 표의문자는 이러한 문자의 역사성에서는 큰 위력을 발휘하오. 표의문자의 대표격인 한자를 예로 들어보면, 내 천(川) 자는 수천 년 전에 만들어진 글자이지만 지금도 내 천 자로 쓰이고 있소. 그래서 고대나 현재나, 한자는 그 문자의 자의나 자형이 크게 달라지지 않아 문헌사적으로는 이해하기가 쉬운 통일성을 갖고 있다는 것이오.

만든 지 불과 몇 백 년밖에 안 된 문자인 한글을 가진 우리가 그것의 고어를 접할 때, 마치 어려운 외국어를 대하듯 해야 하는 불필요한 수고를 표의문자인 한자의 경우에는 겪지 않아도 되오.

이 점은 아주 중요하오. 우리 한글의 이러한 단점 때문에 이두식 표기나 옛 문자의 의미를 해독하는 데 굉장한 어려움이 따르고 어떤 것들은 지금도 통일된 해석을 하지 못하고 있는 실정이오.

또 하나 한글의 단점은 한자를 음으로써 표기하는 데 그 중요한 활용이 그쳤다는 점이오. 그래서 한자어를 한글만으로 써 놓으면 뜻을 알 수 없는 낱말이 대부분이오. 단적인 예로 문장 속에서 쓰지 않고 독립적으로 한글로 '사기'라고 써 놓는다면 아무도 그 뜻을 맞출 수 없을 정도라는 말이오. 사기라는 말의 뜻이 스물여섯 가지가 넘기 때문이오."

"그만큼이나 많습니꺼?"

"사어까지 합치면 그렇소. 사기그릇을 말할 때는 沙器, 몸을 헤치고 나쁜 병을 가지고 오는 기운을 말할 때에는 邪氣, 남을 속일 때는 詐欺, 사격하는 기술을 말할 때는 射技, 회사의 깃발을 말하는 社旗, 군사의 용기를 나타내는 士氣, 역사를 기록해 둔 책이라는 뜻의 史記……. 그 뜻이 이러할진대 한자어를 두고 한글이 음으로만 쓸 때는 낱말 뜻의 전달하는 데 큰 문제가 생기지요."

"그 자체로만 쓰이는 기 아이고 모든 낱말은 문장 속에서 쓰이잖습니꺼?"

"물론 그렇소만 시대가 지나 그 문장을 구성하는 낱말들의 뜻이 바뀌었거나 후대에는 쓰이지 않는 사어가 되어버려 문장의 뜻을 전혀 알 수 없을 때, '사기'라는 글자가 보인다고 해서 해석될 수 있는 것이 아니라는 말이오."

"……."

"여기를 보시오."

차평무는 신문의 여백에 '기사'라고 썼다.

"사기를 바꾸어 써본 것이오. 이게 무슨 뜻이오?"

"여러 가지가 있겠는데예."

"바로 그거요. 어떤 뜻을 나타내는지 판단할 수 없지 않소? 이 기사라는 말의 뜻을 생각나는 대로 한번 말해 보시오."

"음, 운전기사 칼(할) 때의 기사(技士), 육십갑자 간지인 기사년이라 칼 때의 기사(己巳), 신문기사 칼 때의 기사(記事)……. 그리고…… 바둑기사 칼 때의 기사(棋士)도 있네예."

"기사회생이라 할 때의 기사(幾死), 기사도 할 때의 기사(騎士)도 있지 않소? 사어가 되어 가는 것까지 모두 생각해 보면 기사라는 말의 쓰임도 크게 열일곱 가지가 되오."

"한글이 불완전한 글자가 맞기는 맞는 갑네예."

"더 중요한 것은 한글이 한자어를 음가로 읽음으로 말미암아 다시 뜻으로 새겨야 하는 불편함을 유발시키고 말았다는 점이오. 그래서 한자만으로 된 우리의 옛 문헌을 읽을 때 우리는 먼저 우리글로 음부터 읽어야 하고, 그런 다음 그 한자의 뜻을 하나하나 새겨서 나중에는 전체 문장을 해석해서 읽어야 하는 번거로움이 생겼소.

그런데 일은 여기서 끝나는 것이 아니오. 옛 문헌의 대부분은 구두점이나 끊어 읽는 표시가 없기 때문에 어디서 끊어 읽느냐에 따라 큰 차이를 보이기도 하오. 이 문제점의 가장 좋은 예가 바로 광개토경호태열제 비문에 대한 해석이오.

비문 중에서 신묘년이나 영락5년, 6년의 북벌과 남벌 부분을 보면, 지워진 글자와 비문을 고친 흔적이 보이는 것은 둘째치고라도 한자를 끊어 읽는 부분을 달리함으로써 고구려·백제·신라·왜 등의 나라가 다른 나라를 지배하기도 하고 다른 나라에 망하기도 하는 웃지 못할 촌극이 빚어지는 것이오.”

“요새는 예전보다 한자에 대한 공부를 마이 안하잖아예? 가마 갈수록 그기 더 심해질 낀데 우짭니꺼?”

“정말 위험천만한 일이오. 한자 공부를 하지 않는다는 것은 우리 민족의 옛 문헌들을 모조리 포기한다는 말과 다름이 없소. 규장각에 남아 있는 고문서들을 모두 정리하고 해석하려면 몇 백 명의 학자들을 투입해도 수십 년이 걸릴 정도라는 사실을 알고 있소?

민간에 있는 건 또 얼마나 되겠소? 우리나라 전체로 보면 한자 고문 가운데 지금까지 해석된 것이 전체 분량의 20퍼센트에 못 미친다는 표본 통계가 있소. 사정이 이럴진대 한글 전용을 해서 어쩌자는 말이오?

한글 전용은 우리 고문을 모두 한글로 풀이하는 작업이 완벽하게 이루어지는 동시에 한자어를 음으로 읽는 음성 위주의 표기를 모두 순한글 뜻말로 바꾸어 놓은 다음에 실시해야 하오."

"순우리말로 다 바꿀 수 있겠습니꺼?"

"가능한 일이요. 사회적인 의식 운동만 일어나면 말이오. 기형이 한 번 한자어를 말해 보시오. 내가 우리말로 해볼 테니까, 몇 개만."

"음……. 친(親)하다."

"자올압다."

"부유(富裕)하다."

"가멸다."

"강도(强盜)."

"옷밤이."

"그런 말도 있었습니꺼? 음……. 그라마 이번에는 법(法)."

"소늬."

"한 가지만 더해 보께예. 아주 어려븐 걸로. 결혼(結婚)하다."

"얼우다."

"이야, 우째 우리말까지 연구를 그래 마이 했습니꺼?"

"연구가 아니고 관심이오, 허허."

"생각해 보마 형 말이 다 맞는 거 같네예."

"그러니 이런 식으로 순수한 국어, 즉 티없는 우리말로 다 바꾸어 놓고 또 국민들이 그런 말들을 일상생활에서 널리 활용해 갈 때 비로소 중국어나 일본어의 사투리 발음 같은 한자어와 한자를 폐할 수 있는 것이오. 그렇게 하지 않으려면 앞으로 한자 공부는 예전 어느 때보다 더 많이 이루어져야 하오. 자칫 잘못하다간 우리는 껍질만 남게 되오. 한자말에 붙는 토씨처럼 전락한 우리 한글처럼 우리 민족 모두가 말이오."

차평무는 한숨을 쉬었다. 기철진은 한 가지 의아스러운 생각이 들었다.

"와 우리 조상은 가림토라는 글자도 만들어 놓고 한자만으로 기록해 왔을까예?"

"고대에는 기록을 남길 만한 마땅한 도구가 없었기 때문이오. 먹과 붓이 없던 시절, 더구나 종이마저 없었던 고대에 기록을 남기기란 쉽지 않은 일이었소. 간단한 필기구의 필요성이 증대되자 먹의 구실을 할 수 있는 검은 수액들이 채취되었소. 붓 대용으로는 가는 나뭇가지나 갈대잎 등이 사용되었소.

그러나 문제는 필기구가 아니라 문자를 써 놓을 도구였소. 쓰기도 편하고 쓰인 글자들을 오래 보관도 할 수 있는 재료가 없었던 것이 가장 큰 문제였소. 나무판을 만들어 쓰기도 했지만 부피가 너무 크고 보관하기 어려웠소. 또 비단 등이 쓰였지만 그다지 흔한 재료가 아니었소.

마침내 가볍고 다루기 쉬운 대나무 조각을 엮어 쓰기 시작했소. 이른바 죽간(竹簡)이었는데, 죽간에 글씨를 써서 만든 책을 죽서(竹書)라고 불렀소. 이것을 둘둘 말아 보관하기에 이르렀소. 책(冊)이라는 글자가 대나무 조각을 이어 만든 것을 본뜬 상형문자라는 것이 이를 잘 증명해 주고 있소.

하지만 이것도 부피면에서는 작은 것이 아니었소. '남아수독오거서(男兒須讀五車書)'라고 해 남아는 모름지기 다섯 수레의 책을 읽어야 한다는 말에서 고대의 책의 부피를 잘 알 수 있소. 죽서 다섯 수레의 책을 지금으로 보면 백 권도 채 안 될 거요. 부피가 많아질 수밖에 없는 책, 그래서 어떻게 하면 사람의 말을 최소한의 문자로 축약할 수 있는가 하는 점이 고대에 가장 큰 근심거리로 등장했소.

그런 효용에는 한자가 가림토 문자보다 단연 적합한 문자였소. 한자는 한 글자만 써 놓아도 뜻이 통하지만 가림토는 사물의 명칭을 길게 풀이해서 적어야 했으니까 그만큼 필기량이 늘어나고 필기 재료도 많이 소요되었기 때문이오. 결국 필기도구의 한계 때문에 우리말 가림토는 말로써만 그 역할이 남게 된 반면, 표의문자인 한자는 글로써 놀라운 속도로 발전해 나갔던 것이오."

"그런 이유가 있었다 카이, 참……."

"표음문자인 한글이 지닌 단점은 적어도 동북아권의 역사나 옛 철학 등의 공부를 깊이 있게 하려는 우리나라 사람들에게는 치명적이오. 일본인이나 중국인들과 비교하면 더 많은 시간을 들여 공부해야 할 수밖에 없는 비극을 초래한 것이오.

그들은 한자로 된 책을 읽을 때 음을 새기는 과정을 거치지 않고 곧바로 뜻으로 읽지만 우리의 경우에는 음으로 읽은 다음 그 뜻을 새겨야 한다는 차이 때문이오. 그래서 우리나라의 많은 수재들이 공부를 하면 할수록 표의적인 의미에서는 너무도 원시적인 한글의 언어학적 수준에 눈뜨게 되지요. 많은 사람들이 일본어를 배운 다음 일본어로써 한자어를 읽는 뼈아픈 일을 경험하거나, 우리말 번역서를 읽느니 차라리 원전을 읽는 편이 이해가 더 빠르다는 말을 하는 것도 그 때문이오."

"가림토도 한글이 지닌 단점을 똑같이 갖고 있겠지예?"

"아직은 어떻게 단정할 수 없소. 그렇지만 가림토는 최소한 한자어를 단순히 음으로 읽을 용도로 만들어진 표음문자가 아니라는 점은 확실하오. 미리 뒷면에 새겨져 있는 글자들의 의미로 짐작해 보면 말이오. 한자에 대한 음역과 의역의 문제를 효율적으로 해결한 개념의 문자일지도 모른다는 생각이 들었소.”

“마르그리트가 갖고 있는 그 궤를 살펴보면 알 수 있겠습니꺼?”

“아마 그걸 본다고 해도 상당한 시간을 두고 연구해야 할 거요. 우리가 알아낸 것은 뜻으로 읽어야 해석이 가능한 몇 자밖에 안 되니까. 그리고 이것도 가림토로 쓰인 다른 문장에서도 적용되어야 한다는 검증 과정이 아직 남아 있소.”

“참 어려븐 일이네예.”

“…….”

서울이 가까워지고 있었다.

“내가 관심을 갖고 연구하는 일에 기형을 너무 끌어들이는 것 같아서 미안한 마음이 드는데……. 괜찮소?”

“어데예. 그래 생각하지는 마이소. 사실은 지도 관심이 많아예. 새로운 것도 마이 알게 됐고예. 형이 아이랐으마 이 미리 목걸이가 고구려 광개토경호태열제 때 만들어졌다 카는 걸 우째 알았겠습니꺼?”

“그렇게 생각한다면 고맙소, 허허.”

차평무는 입가에 미소를 가득 물고 기철진을 바라보았다. 말씨부터 물씬 정감이 묻어나는 청년이었다.

“지 얼굴에 머라도 묻었습니꺼?”

기철진이 손바닥으로 얼굴을 비벼 내렸다.

“내일 준비는 차질 없겠지?”

“그 정도는 아무것도 아니야. 더 중요한 모임까지도 해낸 것 몰라?”

“그럼 저녁에 보자구. 다녀올 테니까.”

"나는 오늘 늦어. 오랜만에 첫사랑 오라버니를 만날 거니까."

"첫사랑이든 끝사랑이든 너무 늦게까지 있지 마."

정인수는 윗도리를 걸치며 밖으로 나왔다. 사은의 밤 준비는 아내가 경영하는 이벤트 회사 (주)모델소프트에서 맡아주기로 했다.

'첫사랑을 만나러 간다고?'

정인수는 궁금했다. 천하의 황지연에게도 첫사랑이 있었다니 슬쩍 물어보고 싶었지만 참았다. 서로의 생활은 어떤 식으로든 침해하지 않기로 했기 때문이다. 괜히 속 좁은 남편의 이미지를 심어줄 수는 없는 일이었다.

지나치게 서구적이고 현대적인 면만 제외하고는 황지연은 괜찮은 여자였다. 남편의 출세를 위해서 가끔 친정아버지께 압력을 행사하기도 했다. 지방 강의는 그만두고 서울과 경기도 일원에서 강사 생활을 할 수 있게 해 달라며.

그럴 때면 정인수의 얼굴이 달아올랐다. 황 원장은 사위의 얼굴을 웃는 낯으로 대하면서 어디 마땅한 자리가 하나 날 것 같다며 조금만 더 기다려보라고 했다.

가정 생활에서 아내로서의 점수는 낙제점이지만 남편의 출세에 대한 사회적 동반자 황지연의 모습은 만점에 가까웠다. 그녀가 각종 행사를 통해 발을 넓혀가고 있는 것도 그런 사실을 잘 말해 주었다. 정인수는 자기 인생 목표의 한 축에 선 조력자의 몫을 훌륭히 해내고 있는 그녀가 오히려 믿음직하게 여겨졌다.

'문제는 그 녀석인데…… 강 교수가 대비책을 내놓을 만한데 아직 입을 다물고 있으니. 그래, 자존심이 허락하지 않는 일이기는 하지만 약간의 상처를 감수하더라도 한 번 더 상의하자. 한국 굴지의 그룹 후

계자라는 녀석이 겨우 사학에나 빠져 가지고……. 굴러들어온 복마저 제 발로 내차는 미친놈 아냐, 그거?'

인공폭포를 지나 등촌동과 화곡동에서 두 차례의 신호에 걸렸을 뿐, 체육관을 지나면서부터는 길이 시원하게 열렸다. 가양동으로 들어서자 정인수는 국내 최고급 배기량을 자랑이라도 하듯이 액셀러레이터를 지그시 밟았다.

가양동 일대에 아파트가 빽빽이 들어선 모습을 보고는 웃음이 났다.

'또 무지렁이 졸부들 여럿 만들어냈군. 아버지도 보상을 꽤 많이 받았다지? 의사라는 영감이 환자를 돌보는 기술보다는 땅을 보는 재주가 더 뛰어난 걸 누가 알면 어떻게 생각을 할까. 폐휴지 같은 농지를 이만 평이나 사두었다가 보상을 받았다니. 이제 조금씩 불려나가면 머지않은 날의 목표 달성에 부족하지는 않을 거야. 좋아, 정인수! 너를 가장 멋진 놈으로 만들어 주겠어!'

정인수는 실내 후시경 가까이 얼굴을 댔다가 떼고 가속판을 밟은 발에 더욱 힘을 주었다.

거인들의 유언

“필승!”

조성봉이 깜짝 놀라 고개를 돌렸다.

“어, 철진이구나. 언제 왔어?”

“방금.”

“이게 얼마 만이야?”

그는 기철진의 손을 잡았다.

“살이 마이 일었네?”

“철진이 너는 하나도 안 변했어. 몸도 그대로구 말이야. 나는 보다시피 피둥피둥 자꾸 불어가고 있어. 예전에 침투훈련 할 때 물을 많이 먹어서 그런 모양이야.”

“머 할랏고 그런 걸 이적지 기억하고 있노. 준비는 잘 돼 가나? 일찍 왔어야 하는데 못 도와줘가 미안하다.”

“그런 말 하지 마. 가자, 아버지한테 인사하게.”

그때 조성봉을 부르는 소리가 들렸다. 그를 닮은 사람 하나가 나무 상자를 발 아래 두고 서 있었다.

“이거, 너무 무거버가 안 되겠다. 성봉아, 아부지 있는 데꺼정 같이 좀 들고 가자.”

“예, 철진아 잠깐만…….”

“그라지 말고 니캉 내캉 같이 들자. 너그 형이가?”

“응, 인사해.”

기철진은 조성봉의 형에게 인사했다.

“기철진이라 캅니더. 성봉이 군대 친굽니더.”

“아, 자네가 군대서 야와 가까웠다는 친구라? 반가와여. 개막식 끝나고 나마 차려놓은 거나 마이 들고 가여.”

조성봉의 부친은 전시실 안에 있는 작은 사무실에서 도록을 살피고 있었다. 두 사람은 조심스럽게 상자를 내려놓았다.

“아버지. 이 친구가 전에 말했던 군대 동기예요.”

“그래? 어서 오너라.”

“처음 뵙겠습니다. 기철진이라 캅니더.”

고개를 숙이고 나서 기철진은 밖으로 삐죽 튀어나온 미리를 품 안으로 집어넣었다. 나무상자를 내려놓을 때 흘러나온 모양이었다. 노화백의 눈길이 잠시 목걸이에 머물렀다.

“자네, 그 목걸이……. 그 목걸이 좀 잠깐 보여주겠나?”

노화백은 놀라는 표정으로 물었다. 기철진은 미리를 벗어서 노화백에게 주었다. 목걸이를 건네받아 이리저리 살펴보던 노화백의 눈에서 빛이 났다.

“자네, 이것 어디서 난 건가?”

“친구한테 선물받은 겁니더.”

“그 친구는 뭐하는 사람인고?”

“아버지, 왜 그러세요?”

“성봉이 너는 좀 나가 있거라. 네 친구하고 얘기할 게 좀 있다.”

“무슨 일로……?”

“나가 있으라는 말 못 들었나?”

“알았어요. 철진아, 밖에서 기다리고 있을게.”

기철진은 고개를 끄덕여주고는 노화백에게 눈길을 돌렸다.

“이 목걸이를 준 친구는 뭐 하는 사람인가?”

“예, 저……. 제 여자 친구인데, 프랑스에 유학 갔다가 거서 만난 사람한테 선물 받은 거를 지가 가 있는 겁니더.”

“으음, 그래? 자네, 이 목걸이가 어떤 물건인지 알고 있는가?”

“내막은 잘 모리고 그냥 장식용으로 알고 있습니더.”

“얼마나 오래된 물건인지 혹시 들은 적이 있나?”

“그것도 모르고 있습니더.”

“알았네. 그만 나가보게.”

기철진은 고개를 숙였다. 문을 열고 나서려고 하자 노화백이 다시 불러 세웠다.

“아직 학생인가?”

“그렇습니다.”

기철진은 몸을 돌려 대답했다.

“무슨 공부를 하고 있는가?”

“회계학입니더.”

노화백은 고개만 끄덕였다. 기철진은 문을 닫고 나왔다. 조성봉이 밖에서 기다리고 있다가 물었다.

“무슨 일이야?”

"나도 잘 모르겠다. 와 그카시는지. 그냥 이 목걸이를 누한테 받았
냐고 물어보시네."

"별일 아니겠지, 뭐. 자, 나가자. 조금 있으면 테이프 커팅을 할 시간
이야. 커피라도 한잔 하자."

기철진은 차평무가 들려주었던 이야기가 생각났다. 조성봉의 부친
이 차평무가 찾아갔던 우곡이라는 한국화가가 아닐까 하는 생각이 뇌
리를 스쳐갔다.

"혹시 너그 아부지 아호가 우곡이가?"

"전시회 보러 온 녀석이 그것도 모르고 있었어?"

"……."

두 사람은 전시실을 빠져나와 자동판매기로 갔다. 스님 한 분이 걸
어오고 있었다. 젊은 스님은 두 사람에게 다가와 합장을 했다.

"혹시 우곡 선생님을 뵈려면 어디로 가야 합니까?"

기철진은 조성봉을 바라보았다. 그에게 대답을 미루는 의사표시였
다. 조성봉이 나섰다.

"지금 곧 개막식이 있을 예정입니다. 개막식이 끝나면 만나보시지요."

"개막식 전에 만나뵈어야 할 일이라서 그럽니다만. 계시는 곳을 알
면 좀 가르쳐 주십시오."

"마침 저기 나오시네요. 머리가 많이 센 분입니다. 한복을 입고 계
신 분 말입니다."

"고맙습니다."

젊은 스님은 전시실 입구 쪽으로 걸어갔다. 기철진은 그 모양을 보
고 있다가 차평무의 말이 다시 떠올랐다. 이천에 갔다가 만난 화가의
아호가 틀림없이 우곡이라고 했다.

"성봉아, 니 지금 아버지 모시고 어디에서 살고 있노?"

"전에 이천이라고 얘기했잖아, 왜?"

"그라마 혹시 니 할아버지가 묘행이라는 아호를 쓰시던 분 맞나?"

"철진이 네가 그걸 어떻게 알고 있니? 그러고 보니 너도 서화에 관심이 많은 모양이네."

"고조부님의 아호는 일진이시고?"

"얼씨구, 언제 우리 집안 가계도를 조사했어?"

기철진은 노화백이 목걸이를 보자던 이유를 짐작할 수 있었다. 예전에 노화백이 차평무에게 그 책에 관해 모른다고 한 것은 거짓말일 것이라는 생각이 들었다. 그렇지 않다면 처음 보는 사람의 눈에 주의를 끌 만한 고급품이라든가 아니면 예술적 가치가 돋보이는 물건이 아닌, 평범한 목걸이를 보고 꼬치꼬치 물어볼 까닭이 없을 것이다.

"혹시 너그 집에 옛날 책 마이 있나?"

기철진은 커피를 입으로 가져가며 조성봉에게 물었다.

"옛날 책? 한지에 붓으로 직접 써 놓은 것 말이야?"

"그래, 그런 옛날 책……."

"많이 있었지. 그런데 아버지가 전에 다 치워버렸어."

"어디로?"

"그건 몰라."

"아들이 되가 그런 것도 모리나?"

"자식이라고 아버지가 하는 일을 어떻게 다 알 수 있어? 그런데 그건 왜 물어?"

"아니, 그냥. 니도 서예를 하고, 너거 아부지도 그림을 그린다 카이 책이 마이 안 있겠나 싶어서 물어본 기다."

"너 혹시 강석민 교수라고 알아?"

"모르는데, 와?"

"우리나라 사학계의 거두인데, 그 강 교수도 몇 번인가 나한테 찾아와서 집에 있던 옛날 책 어쩌구 하면서 이것저것 물어온 적이 있어. 너도 그 강 교수란 사람처럼 묻네."

"그래?"

기철진은 전시실 입구 쪽으로 시선을 돌렸다. 노화백이 젊은 스님과 인사를 나누고 있었다. 개막식 준비가 다 된 모습이었다. 스님도 장갑을 끼고 가위를 전해 받았다. 정장차림을 한 사람들이 눈에 많이 띄었다.

여기저기서 언론의 카메라 플래시가 터졌다. 입구 한쪽에서는 텔레비전에서 가끔 보았던 여자 아나운서가 마이크를 들고 있었다. 방송용으로 촬영을 하고 있는 모양이었다.

테이프 커팅을 마치자 사람들은 전시실 안으로 우르르 들어갔다.

"우리도 들어가자."

"조금 더 있다가 들어가지, 뭐. 높은 양반들 졸졸 따라다녀야 되잖아. 그래, 학교 공부는 잘되고 있어?"

"쪼매씩 적응할라 칸다. 그건 그렇고, 니는 우째가 작년에 그래 큰 상까지 받았노? 상 받는데 와보지도 못하고……."

"사실은 많이 모자라는 실력이라 내지 않으려고 했어. 그런데 그동안 닦은 실력을 점검해 보는 것도 좋은 기회라고 아버지가 자꾸 말씀하시길래 출품하게 된 거야.

운이 좋았지, 뭐. 작품의 글귀는 너도 알고 있는 거야. 군대에서 외우다시피 했잖아, 왜?"

"니가 관물함 위에 써 붙여놨던 글, 그거 말하는 기가?"

"그래, 지금도 기억해?"

그 글은 유학자이자 대문장가로서 당송팔대가의 한 사람으로 알려진 한유의 추회시 절구였다. 기철진이 나지막이 다 외고 나자 조성봉은 빙긋 웃었다.

낯익은 얼굴 하나가 계단을 막 올라오고 있었다. 역사 특강 강사인 정인수였다.

"어? 저 사람이 여긴 웬일이지?"

"아는 사람이야?"

기철진은 인사를 해야 하나 말아야 하나 망설이다가 종이컵을 버리고 다가갔다.

"교수님, 안녕하십니꺼? 대광의 회계학과 학생 기철진입니더."

정인수도 놀라는 눈치였다.

"어, 그래? 자네가 여기 웬일로?"

"친구 만나러 잠깐 들렀습니더."

정인수 옆에는 노신사 두 사람이 있었다. 그들 뒤에는 젊은 사내들이 따르고 있었다. 노신사의 신분이 꽤 높아 보였다.

"정 군 제자인 모양이군, 허허. 가르치는 일은 이래서 좋은 거야. 어디를 가도 제자를 만날 수 있으니까 말이야."

조금 더 젊어 보이는 신사가 웃으며 말했다.

"자네는 우곡의 자제 아닌가?"

"아, 교수님. 어서 오십시오."

기철진은 조성봉과 인사 나누는 사람을 힐끗 보았다. 그가 강석민 교수라는 건 쉽게 짐작되었다. 정인수가 미소를 지었다.

"좋은 시간 보내게. 나는 손님을 모시고 있어서, 이만."

그들은 전시실 안으로 들어갔다.

"젊은 사람이 니네 학교 교수인 모양이지?"

"응. 니가 인사한 사람이 강 교수라 카는 사람이가?"

"그래, 강석민 교수야."

기철진은 묘한 기분이 들었다.

"이제 우리도 들어가자. 배도 고픈데 늦게 들어가면 먹을 것도 없겠다."

둘은 전시실로 들어섰다. 관람하는 사람들과 음식을 먹는 사람들로 만원이었다. 기철진도 접시 하나를 받아 이것저것 담았다.

노화백은 얼굴에 웃음꽃이 피어 있었다. 음식을 들고 있는 사람들과 일일이 인사를 나누는 모습이었다. 정인수 일행이 노화백에게 다가갔다.

"안녕하십니까? 우곡 선생님."

"아, 강 교수이시군."

"긴히 드릴 말씀이 있습니다만."

"지난번 그 얘기라면 더 이상 듣고 싶지 않소."

노화백의 얼굴에서 웃음이 거두어지는 듯했다.

"잠깐 귀를 좀……."

강석민 교수는 노화백의 귀에다 대고 낮은 소리로 말했다. 노화백은 놀라는 기색으로 그들 일행을 번갈아 보았다.

"따라오시오."

강석민 교수의 얼굴에 웃음이 묻어났다. 그들은 노화백을 따라 전시실 안쪽에 있는 작은 사무실로 들어갔다. 기철진은 그 모습을 물끄러미 보고 있었다.

“소개하겠습니다. 이쪽은 전일본역사학회 회장으로 계시는 다케다 세이야 선생님이십니다. 다케다 선생님은 도쿄대학에 몸담고 계시기도 합니다.”

“안녕하십니까? 만나뵙게 되어서 반갑습니다.”

“조진수올시다.”

“우곡 선생님, 단도직입적으로 말씀드리겠습니다. 갖고 계시는 고서들 중에 일진 선생으로부터 물려받은 그 책만 내놓으시면 다케다 회장님은 <몽유도원도>를 한국에 기증하시겠답니다. 다케다 교수님의 순수한 학자적 탐구열을 이번에는 뿌리치지 마십시오.”

“<몽유도원도>를? 아까 밖에서 말한 귀한 그림이라는 것이 <몽유도원도>였소?”

“그렇습니다.”

우곡은 강석민 교수와 다케다 교수를 번갈아 보았다. 다케다 교수는 말없이 정중하게 고개만 한번 숙였다.

“그건 당신이 소유하고 있는 물건이 아니지 않소?”

우곡은 다케다 교수를 보며 물었다.

“덴리대학과도 이야기가 있었습니다. 은밀하게 일본 정부의 재가도 받아둔 상태고요. 우곡 선생님께는 백자 두 점을 선물로 드리겠습니다. 간곡히 부탁드립니다.”

말을 마친 다케다 교수는 고개 숙여 다시 인사를 했다.

“그 책이 <몽유도원도>와 바꿀 만큼 중요한 것이라면 나도 한번 보고 싶소. 내용이 어떠한지. 여기 강 교수에게는 그동안 누차 말했지만 나는 그것을 본 적도 없고 알지도 못하오. <몽유도원도>를 돌려줄 생각이라면 아무런 대가 없이 한국으로 보내는 것이 옳을 듯싶소. 그 그림이 어디에 견줄 수 있는 물건이오? 기왕 오셨으니 차려놓은 건 없지만 식사나 하고 가시오. 환쟁이에게 책이 다 뭐란 말이오. 그럼, 이만. 손님들이 많아서……."

"우곡 선생님, 잠깐만."

일어서려는 노화백을 강석민 교수가 막았다.

"다케다 교수님의 이런 귀한 뜻을 거절했다는 내용이 언론에 알려지면 여론으로부터 받을 비난을 어떻게 피하실 작정입니까?"

우곡은 미소를 띠고 있는 강석민 교수를 노려보았다.

"만약에 그 책이 공개된다면 이렇게 교환하고자 한 당신은 어떻게 될 것 같소?"

"역시 선생님께서는 그 책을 알고 계시는군요."

우곡은 아차 했으나 이미 늦은 일이었다. 강석민 교수의 말에 자신도 모르게 자극받은 것이 화근이었다.

"여러 해 전에 어떤 젊은이 하나도 강 교수처럼 나를 찾아와서 책을 내놓으라고 윽박지릅디다. 그래서 당신이나 그 젊은이가 나에게서 달라고 하는 게 책이라고 짐작할 뿐이지 그 이상은 모르오."

다케다 교수는 우곡의 말에 귀가 번쩍 뜨였다.

"그 젊은이란 사람, 혹시 이름이 뭐라고 했는지 기억하고 계십니까?"

"늙어서 기억력이 영 없소. 나와 관계된 일이 아니기에 그냥 듣고 흘렸을 뿐이오. 자, 이제 나가주시오. 그리고 아무런 대가 없이 순수한 마음으로 <몽유도원도>를 보내주신다면 내 선고의 작품 두어 점 드리겠소. 내가 가지고 있는 게 집에 몇 점 있으니까."

노화백은 일어섰다. 강석민 교수와 다케다 교수의 얼굴이 굳어졌다. 바늘끝 하나 들어가지 않는 늙은이였다. 강석민 교수의 머릿속에는 순간적으로 <백팔천녀도>가 떠올랐다.

다케다 교수는 흠칫했다. 일이 점점 어렵게 되어가고 있었다.

'그 젊은이란 놈은 도대체 누구란 말인가? 그리고 그놈은 책에 대한 정보를 어디서 어떻게 얻어냈다는 말인가. 결국 방법은 한 가지밖에 없다는 말이 되나……'

"이것부터 읽어보고 그림을 둘러 봐. 이해하는 데 도움이 많이 될 거야."

조성봉이 내민 것은 전시회 작품을 수록한 도록이었다.

"이거 파는 거 아이가? 얼마고?"

"무슨 소리야. 작품은 주지 못할망정 도록 값이라니? 내가 그렇게밖에 안 보여? 나 잠깐만 갔다올게."

기철진은 표지를 보았다. '일진, 평인, 묘행, 우곡, 근현대 한국화 사대전'이라는 제목이었다. 머리말을 넘기자 서두에 평론가의 작품 해설이 총론 형식으로 실려 있었다.

몇 장 넘기자 기묘한 그림 하나가 눈에 들어왔다. 일진의 그림이었다. 낙서 같기도 하고 비몽사몽간에 휘갈긴 것 같은 무늬들이 어지럽게 화면을 메우고 있었다. 태극 무늬도 있었고 달팽이 껍질 무늬도 보였다. 회오리바람이 보이는가 하면 오색팽이의 무늬도 눈에 띄었다. 조선시대의 추상화를 보는 것만 같았다.

두꺼운 아트지 책장을 넘겨가던 기철진은 눈이 다시 그림 한 점에 머물렀다. 큰 소용돌이무늬 하나가 화면을 가득 이루고 있는 모양이었다. 기철진은 야릇한 기분에 빠져들었다. 그림이 미리 목걸이와 거의 흡사한 모양을 하고 있었다.

"그거 좋아 보여? 아버지가 그 그림을 되사겠다고 아무리 요청해도 안 팔겠다는 거야. 소장자가 자기네 가보로 삼을 작정이라면서……."

"이 그림은 어디에 있노?"

"저쪽 특별 전시실에."

"같이 가보자."

기철진은 도록을 접으며 일어섰다. 눈으로 직접 확인하고 싶었다.

그림은 별로 크지 않았다. 소용돌이 모양의 지름이 한 뼘 정도에 불과했는데도 몹시 커 보였다. 그림에서 어떤 알 수 없는 기라도 발산되어 보는 사람을 압도하는 듯했다.

"너도 마음에 들어?"

기철진은 가슴에 손을 넣어 미리 목걸이를 빼내어 그림과 비교해 보았다. 크기만 다를 뿐 모양은 차이가 거의 없었다. 조성봉의 눈이 휘둥그레졌다.

"그건 아까 아버지가 보자던 목걸이잖아? 그런데 그림이랑 똑같네. 어떻게 된 거야?"

"나도 모르겠데이. 아무래도 그 사람이 와야 할 것 같다."

"누구 말이야?"

"서울에 같이 온 사람이 있는데, 이런 거에 전문가라. 오후에 오기로 했다. 그런데 너그 아부지가 가지고 있던 책 중에서 혹시 이런 그림 그려진 것 몬 봤나?"

"몰라, 나는. 책은 손도 못 대게 해서. 그리고 나무 궤짝에 넣어서 언제나 잠가두셨기 때문에 구경도 못했어. 그런데 아까부터 왜 자꾸 책 타령이야?"

"그기…… 생각할라 카이 나도 머리가 아프다."

기철진이 다른 작품으로 발길을 옮기려는 순간이었다.

"젊은이, 잠깐 실례 좀 하겠소."

차평무는 멋쩍은 듯 웃었다.

"시간이 없어서."

"무슨 대답이 그래? 그럼 사랑하는 여자는 있었다는 말이네?"

"있긴 누가 있어."

"왜 아직 결혼하지 않았냐고 묻는데 그딴 식으로 대답하니까 당연히 의심이 되지, 안 그래?"

차평무는 웃고 말았다.

'정말 시간이 없어서 결혼하지 못했던 걸까.'

생각해 보면 그것도 아니었다. 문득 가츠코가 떠올랐다.

"내가 오빠를 얼마나 사랑했는지 알아?"

"허허, 오라비를 이성으로 생각하는 동생도 있냐?"

"우리가 어디 친남매야?"

차평무는 황지연이 사춘기 때부터 졸졸 따라다니던 일이 바로 엊그제처럼 느껴졌다.

"어릴 때부터 친남매나 다름없이 지냈잖아. 그리고 생각해 봐. 너 코흘리면서 초등학교에 다닐 때 나는 대학생이었어. 그런데 너랑 나랑 무슨 사랑 놀음이야."

"탤런트들은 열 살 차이가 훨씬 넘어도 결혼해서 잘만 살더라, 뭐."

"그렇게 비교하는 게 아니야. 나는 지연이를 늘 귀엽고 재기발랄한 동생으로 생각했으니까 행여 그런 말 다시는 꺼내지 마. 네 신랑이 들으면 부부싸움 나겠다.”

“우리 신랑은 개방적인 사람이야. 그런 것 가지고 좀생이처럼 굴지는 않는다구.”

“신랑은 뭐하는 사람이야?”

“대학 강사야.”

“어떻게 만났어? 지연이 성격에 선봤던 걸 아닐 테고?”

“신랑 얘기는 그만 물어주셨으면 좋겠어요, 오라버니. 첫사랑 만나서 모처럼 즐거운 시간을 보내나 했는데 기분 깰 거야?”

“첫사랑이 아니고 철없을 때 꿈꾼 풋사랑이야. 알았어?”

“아무래도 좋아.”

“아저씨는 잘 계셔?”

“아버지? 응.”

“아주머니는 아직도 그 일 하고 계시니?”

“그만했으면 좋겠는데 막무가내야. 얼마 전에 시에서 상을 받은 모양이야. 이젠 그만두기는 틀린 것 같아. 사람들 눈이 있으니까.”

“훌륭하신 분이야. 좀 도와드리지 않구?”

“나는 그딴 거 싫어. 너무 지저분해서. 내 인생은 고귀하고 아름답고 근사하게 살 거야. 한 번뿐인 인생을 왜 그렇게 골치 아프게 살아야 해? 안 그래?”

“여전하구나.”

“한성그룹이 요즘 좋지 않다는 소문이 나돌던데, 어때? 본사에 갔다 나오는 길이라니까 회장님께 들은 말이 있을 것 아냐?”

“요즘 어렵지 않은 기업이 어디 있어? 괜히 떠도는 소문이지.”

“저 위에 밉보이고 있다던데?”

“누가 그래?”

“그냥 소문이야. 말하기 좋아하는 사람들이 지어낸 얘기 말이야.”

차평무는 그룹에 대한 세간의 시선을 피부로 느낄 수 있었다. 그녀의 이벤트 회사가 대기업과 고위층의 행사를 전문적으로 치러내는 것을 생각하면 상류층의 기류를 읽을 수 있을 기회가 많을 것 같기도 했다.

“지연이 고객은 주로 어떤 사람들이야?”

“응, 대진그룹, 미서그룹, 또 도학건설, 법조계, 국회의원들……. 뭐 그런 데서 행사 의뢰가 들어와. 한성에서도 가끔 불러주고 있어.”

“잘돼?”

“그럭저럭……. 이래 뵈도 우리 애들은 모두 미인대회에 나갈 만한 미모에 어학 실력도 거의 통역가 수준이라구. 우리 학교 졸업생들 중심이라면 믿을 만해?”

“그래? 그렇다면 이 오래비한테 신부감 하나 소개해 줄래?”

“뭐라구? 내 눈 뒤집히는 꼴 보고 싶어서 그래? 오빠가 장가간다는 소문만 들어도 팍 죽어버리고 싶은 심정인데 소개를 해달라구? 말 다 했어, 지금?”

“허허, 농담이야. 발톱 세우니까 아주 무섭네?”

그녀는 핸드백에서 담배를 꺼내 물었다.

“애기 엄마가 될지도 모르는데 웬 담배야?”

“그런 걱정일랑 붙들어 매세요. 다 알아서 하고 있으니까.”

차평무는 시계를 보았다.

“그런데 어쩌지? 나 지금 어디 좀 가볼 데가 있어.”

“어디? 차 한잔 마신 걸로 해후를 끝내자구?”

“그런 말이 아니야. 지방에서 같이 올라온 사람과 약속을 했어. 별다른 일 없으면 지연이도 같이 갈까? 오랜만에 문화 수준도 좀 높일 겸.”

“거기가 어딘데?”

“가보면 알아.”

“무슨 일입니꺼?”

“옆에 있다가 얼핏 보았는데, 그 목걸이 좀 보여줄 수 있겠소?”

“사양하겠습니더. 자랑할 만한 물건이 아이라서예. 성봉아, 가자.”

기철진은 노신사의 시선이 뒷덜미를 찔러오는 듯한 느낌을 받았다. 전시실을 나와 바깥공기를 쐬려는데 어느새 정인수가 다가왔다.

“자네, 대광 회계학과 학생이라고 했지?”

“예, 교수님.”

“아까 그 분께서 나더러 자네의 목걸이를 한번 볼 수 있게 해달라는 군. 잠시만 보여주면 안 되겠나?”

기철진은 잠시 망설였다. 거절할 명분이 없었다.

‘그러나······.’

차평무를 생각했다. 신분도 영문도 모른 채 보여준다는 것이 아무래 도 꺼려졌다.

“머 땜에 그카시는지 모리지만 지한테는 중요한 물건이라가예. 근 데 보자 카는 이유가 멉니꺼?”

기철진이 뜻밖의 질문을 해오자 정인수는 말문이 막혔다.

“그저······. 저기 전시되어 있는 그림과 비슷한 모양이라서 호기심 을 가진 모양이야. 저분은 내가 일본에서 공부할 때 큰 도움을 주신 도쿄대학 교수님인데, 한국 젊은이가 친절하지 못하다는 인상을 받으 면 좋을 게 없지 않나? 잠깐만 보여주지 그래?”

기철진은 노신사가 다케다 교수일 것이라는 생각에 더욱 경계심이 들었다. 조성봉이 정인수를 거들었다.

"보여드려? 어려운 일도 아니잖아? 더구나 교수님이 이렇게 부탁하시는 건데."

정인수는 노신사가 등을 반쯤 돌리고 서 있는 쪽을 흘깃 보더니 다시 입을 열었다.

"자네, 이름이 뭔가?"

"기철진입니더."

"자네가 기철진인가? 매번 제출한 과제물에 성의가 있는 학생이 있어서 이름을 기억하고 있었더니만 그게 바로 자네였구만."

기철진은 정인수의 말뜻을 단번에 알아차렸다. 그는 지금 학점을 들먹이고 있는 것이다. 바로 그때였다.

"어이, 기형."

차평무가 계단을 올라오며 손을 들었다. 기철진은 구세주를 만난 기분이었다.

'좀 일찍 오지 않고……'

정인수의 표정이 일그러지고 있었다. 차평무 뒤에는 미모의 여인가 따라오고 있었다. 정인수가 그 아가씨를 보더니 소리치듯이 말했다.

"당신이 여기 웬일이야?"

"인수 씨? 은사님 뵙는다더니 인수 씨야말로 여길 어떻게 왔어?"

"선생님 모시고 있어. 당신은?"

"에이 참, 데이트 다 망가지게 생겼네. 할 수 없지 뭐. 인수 씨, 인사해. 어릴 때 친하게 지냈던 오빠야. 아침에 말했던 내 첫사랑이구. 오빠, 인사해. 우리 신랑이야. 오빠보다 멋있지?"

"아, 그래? 정말 그렇군. 차평무라고 합니다. 만나뵙게 되어서 반갑습니다."

정인수의 얼굴이 벌겋게 달아오르기 시작했다. 그는 차평무가 웃고 있는 모습을 한번 쏘아보더니 그녀의 팔을 잡았다.

"당신, 나하고 얘기 좀 해."

정인수는 그녀를 데리고 전시실 안으로 들어가버렸다.

"왜 그래요? 갑자기."

황지연은 예기치 않은 정인수의 행동에 신경질을 부렸다. 그녀가 정인수의 팔에 이끌려 안으로 들어가면서 돌아보자 차평무는 손을 흔들어 주었다.

"어떻게 된 일입니꺼?"

"황지연이 정인수 아내였구만. 세상 참 좁네 좁아, 허허허. 그런데 정인수가 이곳에 웬일이오?"

"모르겠습니더. 어떤 노신사 두 사람하고 같이 왔는데 자꾸 미리를 보자 카네예."

"그래요? 지금 어디 있소? 그 인간 말이오."

"들어간 모양입니더. 조금 전까지는 입구에 서 있었는데……."

"같이 가봅시다."

"참, 인사하이소. 친굽니더."

"안녕하십니까? 차평무라고 합니다."

"조성봉입니다."

"많이 닮았군. 혹시 가형이 조성래 씨 아니오?"

"맞습니다. 우리 형을 어떻게 아세요?"

"조금 알지요, 허허. 그런데 가형은 지금 어디 있소?"

“창고에서 정리하고 있을 겁니다.”

“보거든 차평무라는 사람이 안부를 전하더라고 전해 주시오. 조성래 씨가 기억할지는 모르겠지만 예전에 낙동면에서 만난 적이 있소.”

“그렇게 하지요. 철진아, 나는 일 좀 보고 올게.”

“그래라. 나중에 보자.”

기철진은 차평무를 앞세우고 전시실로 다시 들어갔다. 정인수는 보이지 않고 노신사 두 사람이 나란히 서서 작품을 관람하고 있었다.

“저 사람들 누구요?”

차평무가 다케다 교수한테서 조금 떨어진 곳에서 서성거리는 사내들을 가리켰다.

“모르겠습니더. 처음부터 노신사 일행하고 같이 와가 졸졸 따라다니네예.”

차평무는 뭔가 알았다는 듯이 고개를 끄덕였다. 노신사가 돌아보고는 다가왔다. 그는 차평무를 보고 손을 내밀었다.

“이게 누군가? 차 군 아닌가?”

그러나 차평무는 그 손을 잡지 않았다.

“무안하구먼, 하여튼 오랜만일세.”

“별고 없으셨습니까?”

“자네가 이 젊은 친구와 일행인 모양이군.”

노신사는 기철진에게 눈길을 주었다. 기철진은 그의 눈길을 피하지 않고 똑바로 바라보았다. 살이 오른 노신사의 얼굴에는 나이에 걸맞은 여유가 흐르고 있었다.

“여긴 어떻게 오셨습니까?”

차평무가 조용한 음성으로 물었다.

"새를 잡으러 왔더니만 새장이 너무 튼튼하게 잠겨져 있더구만."

"취미가 다양해지신 것 같습니다. 찰흙덩어리나 숯물감 그림에 붙인 취미는 어떻게 하시고 고철 조각에 관심을 가지십니까?"

"요즘은 늙어가는지 자꾸 새로운 분야에 관심이 가네그려, 허허. 그런데 자네는 이곳에 무슨 일로?"

"여기저기 떠돌아다니다가 발길이 닿게 되었습니다."

"부탁 하나 함세. 이 젊은이 목에 걸려 있는 목걸이 좀 구경할 수 있겠나? 옛 정을 생각해서라도 잘 좀 말해 주게나. 혹시 팔 의향만 있다면 값은 부르는 대로 쳐줌세."

"새는 쫓아가지 않고 저건 무엇에 쓰려고 하십니까? 하하."

"눈이 침침해서 그런지 저게 갑자기 새의 깃털로 보이는구먼."

"안경으로 교정될 병은 아니군요?"

"그러고 보니 자네도 나와 같은 취미를 가지고 있었던가 보이."

"취미가 같아서 영광입니다. 새가 본래 제 집에서 도망간 놈이라서 저도 찾아 헤매고 있지요. 그런데 대학자이신 다케다 선생님이 남의 집 새를 이렇게 탐내시니 보기에 좋지 않습니다."

대화를 가만히 듣고 있던 강석민 교수가 끼여들었다.

"젊은이, 아무리 농담이라지만 말이 좀 지나치구만."

"참, 몰라뵈었습니다. 경한대 학장으로 계시는 강석민 교수님 아니십니까? <백팔천녀도>를 다케다 교수님께 넘기셨다구요?"

강석민 교수는 차평무의 말을 듣고 얼굴이 달아올랐다. 그는 다케다 교수와 차평무의 얼굴을 번갈아 쳐다보더니 무어라 말을 하려고 했다. 하지만 그의 말은 차평무에게 막혀 입 밖으로 나오지 못했다.

"제 말이 지나치다면 용서하십시오. 그런데 강 교수님은 아직 탐침봉을 갖고 계십니까?”

“탐침봉이라니?”

“그 왜 있잖습니까? 도굴꾼들이 옛 무덤에 뭐가 얼마나 들었나 하고 찔러볼 때 쓰는 끝이 뾰족한 막대기 말입니다.”

“이 사람이……!”

강석민 교수가 버럭 소리를 질렀다.

“아아, 왜들 그러나? 그래, 정이 보여주지 못하겠다는 말인가?”

다케다 교수가 분위기를 가라앉혔다.

“직접 물어보시죠.”

“어떤가? 잠깐만 보여줄 수 있겠나?”

기철진은 차평무를 쳐다보았다.

‘보여주라는 말인가, 거절하라는 말인가?’

어떻게 해야 할지 판단이 서지 않았다.

“기형 마음대로 하시오. 기형의 물건이니까.”

“이유를 말씀해 주이소. 머 땜에 그카는지. 아무한테나 보이줄 물건이 아이라서예.”

“어째서 아무에게나 보여줄 물건이 아니라는 말인가?”

“그기야 지 개인적인 사정입니더. 함 말씀해 보이소. 단순한 호기심 때문이라 카마 거절하겠습니더.”

차평무가 빙그레 웃었다. 다케다 교수는 차평무를 흘깃 보고 나서 기철진에게 말했다.

“사실은 내가 은퇴할 나이가 되었는데 마지막으로 연구하는 것이 있네. 그 연구에 도움이 될 만한 물건 같아서 그러네. 내가 하는 연구는 전문적인 것이라 길게 얘기할 것은 못 되니 이해해 주길 바라네.

그리고 잠시 보여만 준다 해도 사례는 하겠네.”

차평무가 나섰다.

“제 생각에는 저 친구의 목걸이가 선생님이 하신다는 연구에 도움이 안 될 것 같습니다. 저도 실은 조그만 공부를 하고 있던 차에 관심 있게 살펴보았는데 그다지 눈길을 줄 만한 물건이 아니더군요.”

“어디서 난 물건인지 출처만이라도 알 수 없겠나?”

다케다 교수의 목소리가 어둡게 가라앉았다.

“출처까지야 어떻게 감추겠습니까?”

“혀엉……?”

기철진이 놀란 눈으로 차평무를 바라보았다.

“저 목걸이는 한국산입니다. 이 땅에 대대로 살아온 한민족이 만든 물건이라는 말씀입니다. 대답이 되었겠지요? 하하. 자 그럼, 천천히 관람하십시오. 기형, 갑시다.”

“저, 저런, 버릇없는…….”

“그만두게.”

“죄송합니다, 선생님. 요즘 아이들이 워낙 제멋대로 자라놔서요. 제가 대신 사죄드리겠습니다. 용서하십시오.”

차평무는 돌아서서 두어 걸음을 내딛다가 말고 다케다 교수를 돌아다보았다.

“일본으로 돌아가시면 다케다 가와모토 스승님께 안부 좀 전해 주십시오. 제자는 잘 있다고 말입니다, 하하하.”

“저런, 저놈이 끝까지……. 그런데 선생님, 저 녀석을 어떻게 아는 사이입니까?”

강석민 교수가 다케다 교수의 얼굴을 바라보았다. 그의 표정이 그지

없는 분노로 심각하게 굳어지고 있었다.

차평무는 기철진의 어깨를 잡고 천천히 걸어갔다. 기철진은 안도의 숨을 쉬었다. 개막식 무렵에 보았던 스님이 한 작품 앞에서 오랫동안 서 있는 것이 보였다. 차평무가 그쪽으로 다가갔다.

"아니, 이게 누구십니까? 지산 스님 아니십니까?"

"일빈 거사님? 거사님은 이곳에 웬일이십니까? 정말 뜻밖인데요."

"그러게 말입니다. 여기서 이렇게 만나게 되다니, 아무래도 부처님의 뜻인 모양입니다. 정말 반갑습니다."

"스승님께서 열반에 드셨을 때 소식을 듣고 한번 오실 거라고 생각했는데……. 그동안 어떻게 지냈습니까?"

"내쳐진 몸을 어디 둘 데가 있어야지요. 시정잡배 노릇이나 하고 있습니다. 스승님 뵐 면목도 없고 해서요. 그런데 여긴 어떻게?"

"저쪽으로 좀 가시지요."

지산 스님은 사람들이 드문 곳으로 차평무를 이끌었다.

"그런데, 이 거사님은……?"

"아, 둘도 없는 제 친구입니다. 괘념치 마십시오."

"아까 입구에서 뵈었지예. 기철진이라 캅니다."

기철진은 공손히 합장을 했다.

"지산이라고 부릅니다."

지산 스님은 맞인사를 한 다음 차평무에게 눈길을 돌렸다.

"스승님께서 입적하시던 날, 명년 봄에 우곡 선생의 전시회가 열릴 것이니 가보라는 유지를 남기셨습니다. 그래서 온 것이지요. 아마 스승님께서는 일빈 거사님이 여기 오실 줄을 미리 알고 계셨나 봅니다."

차평무는 감회가 새로웠다. 2년 남짓 짧은 시간이지만 동명 스님과 함께 시시암에서 지낸 생활이 하나하나 머릿속으로 떠올랐다.

"그리고 일빈 거사님께 무얼 하나 남기셨습니다."

다케다 교수는 전시장을 둘러보다가 눈길을 끄는 그림을 한 점 발견했다. 노승 하나가 '始始寶殿(시시보전)'이라는 편액이 걸려 있는 암자의 툇마루에 나와 앉아서 비가 내리는 마당을 보고 있는 그림이었다.

섬세한 필법이었다. 배경이 되는 산세는 빠른 붓놀림으로써 담채로 처리한 데 비해 암자를 중심으로 그려져 있는 근경은 더할 수 없이 세밀한 점이 특이했다. 노승의 시선이 머물고 있는 곳으로 빗물이 소용돌이를 치며 흘러나가고 있었다.

다케다 교수는 의문이 일었다. 빗물이 왜 필요 이상으로 커다란 소용돌이 모양으로 고였다가 흘러나가는가 하는 것이었다. 의도적으로 소용돌이 모양을 크게 나타낸 그림이라는 인상을 지울 수가 없었다.

다케다 교수는 그림을 유심히 살펴보기 시작했다. 주위를 의식해 흘깃 차평무를 보니, 그는 어떤 젊은 중과 얘기하느라 정신이 없어 보였다.

"특별한 그림인데요."

"자네 견해로 이 그림의 가치는 어느 정도인가?"

"아무래도 큰 값은 못받겠습니다. 구도며 원근 처리가 자연스럽게 조화되지 않아서요. 우곡의 화풍에서도 다소 벗어나 있는데요? 낙관(落款)의 방법이나 도서(圖署)를 보아도 우곡의 초기 작품이 아닌데……. 그러고 보니 이상합니다. 그가 항상 즐겨 쓰는 우곡잠객이라는 특유의 성어도 써 놓지 않았고."

다케다 교수는 그림에서 눈을 떼고 화제를 보았다. 행서로 힘주어

쓴 오언시였다.

　　□耳聾啞久(구이농아구)
　　猶餘兩眼存(유여양안존)
　　紛紛世上事(분분세상사)
　　能見不能言(능견불능언)

'무슨 의미가 있을까.'

다케다 교수는 골똘히 생각했다. 문득 노승의 눈길을 따라 그의 시선도 그림 속 마당으로 닿아갔다.

"강 교수, 저 그림 속에 있는 법당 처마 밑에 아주 조그맣게 써 놓긴 했네만 시시보전이라는 글자가 아닌가? 저 암자가 실제로 한국에 있는 암자인가?"

"그럼요. 동명 스님이 계셨던 그 시시암입니다. 뒤에 그린 저 삐죽한 산이 주흘산입니다. 시시암을 품고 있는 산이지요."

"뭐? 동명 스님이 있었던 곳이라고?"

"왜 그렇게 놀라십니까?"

"아니, 아무것도 아닐세. 우곡의 그림 중에 저렇게 실제 풍경을 그린 것이 몇 점이나 되는가?"

"거의 없다고 보아야 합니다. 그리고 설령 실경을 그리더라도 그림 속에서 밝힌 적은 거의 없었고 대체로 화제에서 설명하는 편이었지요."

"그래……? 시시암이라는 곳에는 동명 스님 제자가 많이 있는가?"

"젊은 중이 하나 있다는 말밖에는 듣지 못했습니다."

"으음……."

"혹시 휘선사 우인당에 걸려 있던 족자를 기억하십니까? 시시암 정경을 그린 것 말입니다."

"아, 예. 지금 전시회를 열고 있는 우곡의 작품이 아닙니까?"

"스승님께서는 일빈 거사님을 만나면 그 그림을 전해 주라고 하셨습니다. 시시암에 잘 보관해 두었습니다. 언제 한번 들러서 찾아가십시오."

"왜 그 그림을 저에게 남기셨는지……?"

"스승님의 깊은 속을 저 같은 우매한 몽구리가 어찌 알겠습니까? 그저 스승님의 유지니까 받들 뿐이지요."

"농까지 다하시고……. 요즘은 찾아오는 사람들이 없습니까? 한동안 잡지사마다 동명 스님을 취재하느라 경쟁이 붙었던데요. 그 덕에 지산 스님도 유명세를 좀 타시려나 했더니 얼굴도 한번 내밀지 않으셨더군요."

"스승님의 유지가 있었습니다. 세간 일에 시비하지 말라는."

"그랬군요."

차평무는 새삼 동명 스님의 모습이 떠올랐다. 오직 불굴의 수행만을 일렀을 것이다. 중이 할 일은 자성을 깨치는 일뿐이라고. 세속에서 허울 좋은 명분으로 갖은 선한 공덕을 쌓는다 하더라도 스스로 자성을 깨치는 일에 비하면 하냥 보잘것없는 짓이라고 늘 입버릇처럼 말하던 스승이었다.

"스님의 건강이 좋지 않아 보입니다. 스승님께서 입적하시고 너무 상심해서 공양을 놓으신 건 아닙니까?"

"그건 아니고, 문제가 좀 생겼습니다. 종단에서 시시암을 자꾸 관광지로 만들려고 합니다. 겉으로는 성지로 꾸미겠다고 하는데 뻔한 일 아니겠습니까? 도로 닦고 새 건물 짓고……. 그 좁은 곳에 매일같이 사람들로 북적거릴 텐데 걱정입니다. 입적하시기 전에 스승님께서도 종단이 좀 시끄러워질 거라고는 하셨지만 이렇게까지 될 줄은 몰랐습니다. 저더러는 종지를 거부한다고 도첩을 내놓으라는 말까지 들립니다.

그러잖아도 일빈 거사님을 한번 만나서 의논을 드려야겠다고 생각하고 있었는데 부처님이 도우셨는지 공교롭게도 여기서 뵙게 되는군요. 나무아미타불."

지산 스님은 손을 모았다. 차평무는 부아가 치밀었다.

'성지로 만든다고? 정신없는 것들. 어찌 늘 그 모양인가. 곁에 계셨을 때는 숨소리조차 내지 못하던 것들이 가시고 나니까 큰 기침을 해? 여우 새끼도 못 되는 것들…….'

"그 문제는 제가 한번 알아보지요. 그런데 시시암은 소유주가 누구입니까? 스승님은 아닐 테고."

"안동에 살았던 노파인데 지금은 죽고 없습니다. 호적을 확인해 보았는데 후사도 없더군요. 종단에서도 그 사실을 알고 법원에 소송을 낸 모양입니다. 소유권을 이전하려고 말입니다."

"이런……."

차평무는 혀를 찼다.

'성지를 만들려면 그나마 교통이 좋고 공간이라도 넉넉한 휘선사로 할 일이지. 하필 험한 산중턱에 자리잡고 있는 시시암까지 본래의 모습을 훼손하려고 드는지…….'

종단의 알량한 계산이 엿보였다. 시시암을 종단 직할 암자로 해야만 수입을 고스란히 챙길 수 있기 때문이었다. 만약 휘선사에 성지를 꾸며 놓으면 모든 수입은 종단과 휘선사가 절반씩 나누어 가질 수밖에 없어서 그만큼 수입이 줄어들게 된다. 아직 수행의 길이 첩첩 남아 있는 젊은 스님의 도량을 그런 이유로 빼앗으려는 것이었다.

'설령 수행처를 따로이 한 칸 짓는다 하더라도 날마다 들이닥치는 대중들로 시끌벅적할 것은 두말할 나위가 없는 사실인데 어느 겨를에 참선 봉행을 한다는 말인가. 일반 대중의 뒷치닥거리로 허송세월을 보낼 것이 자명한 일 아닌가?'

"저한테 맡겨 놓으십시오. 무슨 수를 써서라도 지산 스님의 청정 도량은 지켜드리겠습니다. 비록 훌훌 털어버리고 가셨지만 그래도 스승님의 자취가 남아 있는 곳이기도 한데, 제가 어떻게 모른 척할 수 있겠습니까?"

"그렇게 말씀해 주시니 한결 마음이 가벼워집니다. 저녁에는 종단 총무원에 들어 가봐야 하거든요."

"도첩을 달라면 미련 없이 줘버리십시오. 그까짓 종이 쪽지 한 장 품속에 넣어서 묵혀둔다고 어디 부처님이 더 잘 봐주시겠습니까? 그저 일신을 청정하게 하여 마지막 관문까지 시원하게 무너뜨리는 것만이 유일한 대사 아니겠습니까?"

"나무아미타불, 일빈 거사님의 호쾌한 법문을 듣고 나니 나는 새가 된 기분입니다. 하하."

"법문이라니요? 지산 스님도 무슨 그런 말씀을. 이 친구가 듣고 웃겠습니다. 시정잡배의 말을 듣고 법문이라고 하시면. 기형, 안 그렇소?"

기철진은 웃기만 했다.

"그런데 일빈 거사님도 저쪽에 있는 작품을 보셨습니까? 아무리 봐도 시시암을 그린 것 같은 그림입니다. 우인당에 걸려 있던 족자처럼 말입니다."

"그래요? 한번 가보십시다."

차평무는 지산 스님을 따라갔다. 과연 그랬다. 오래 전에 보았던 우인 당에 걸려 있던 족자의 그림과 똑같았다. 차평무는 고개를 갸우뚱했다.

당대의 대화가가 같은 그림을 두 폭이나 그리다니. 그런 일은 화가 지망생들이 드물게 습작의 일환으로 해보는 것이다. 그것도 아주 특별한 경우가 아니면 좀처럼 있을 수 없는 일인데?

기철진은 곁눈으로 차평무를 쳐다보았다. 그의 눈길이 레이저 빛처럼 그림을 파고드는 모습이었다.

"……."

지산 스님도 묵묵히 그림에 눈길을 보내고 있었다.

"아부지요!"

어디선가 비명인 듯한 다급한 절규가 전시장을 울렸다. 세 사람은 무의식적으로 고개를 돌렸다.

"아부지요, 정신 좀 차려보이소. 사람 살리주이소. 거 아무도 없는 교. 아무나 퍼뜩 좀 와보이소. 성봉아, 성봉아, 아부지가 쓰러지싯데이. 퍼뜩 이리로 온나!"

소리가 나는 곳은 사무실 쪽이었다. 곧이어 사람들이 급하게 뛰어가는 소리가 들렸다.

"가봅시다."

갑자기 들려온 외침에 차평무는 그림에서 눈을 떼고 소리가 나는 쪽으로 걸어갔다. 기철진의 눈에 조성봉이 뛰어나가는 모습이 들어왔다. 사무실 앞으로 웅성웅성 사람들이 몰려들고 있었다.

우곡은 조성래의 품에 안겨 있었다. 우곡의 입에서 피가 흘러나오고 있었다. 그는 감기는 눈을 애써 뜨려고 했다. 차평무가 얼른 사람들을 헤치고 우곡의 몍에 손을 대었다. 맥을 짚어보려는 의도였다. 쓰러져 있던 우곡은 차평무를 게슴츠레 쳐다보더니 떨리는 손을 들어 한 곳을 가리켰다.

그러나 경황이 없는 차평무는 그것을 보지 못했다. 그는 우곡의 옷고름을 풀고 러닝셔츠를 찢어냈다. 오른손 손바닥을 펴 우곡의 배 위에 갖다대었다.

우곡은 차평무의 얼굴을 지그시 바라보다가 입을 벌려 무어라 말을 하려는 듯했다. 그러나 입술만 조금 움직였을 뿐 아무 소리도 새어나오지 않았다. 우곡은 점차 힘이 빠져나가는 듯 스르르 눈이 감기고 있었다. 그의 입가에는 피가 조금 흘러나왔을 뿐, 평온한 얼굴이었다.

차평무의 얼굴에 땀이 맺혔다. 그는 눈을 감는 우곡의 얼굴을 보고 입술을 깨물었다. 무엇을 하는지 안간힘을 쓰고 있었다.

구급대가 들이닥쳤다. 차평무는 그들에게 우곡을 넘기고 일어섰다. 짧은 시간이었지만 그의 얼굴이 땀으로 범벅이 되어버렸다. 구급차가 우곡을 싣고 나간 지 얼마 안 되어 경찰들이 우루루 들이닥쳤다.

"한 사람도 내보내지 마! 빨리 정위치로!"

경찰의 수뇌인 듯한 사복 차림의 중년이 소리쳤다. 그들은 순식간에 모든 사람들의 출입을 통제했다. 뛰어난 기동력이었다. 관람객들의 얼굴에 긴장감이 돌았다. 전시장의 바깥문이 닫혔다. 바깥에는 전경들이 방패를 세워 들고 줄지어 섰다.

전시장으로 진입한 경찰들은 관람객들을 한곳으로 모았다. 차평무는 기철진의 부축을 받아 전시실 벽에 기대고 섰다. 정복을 입은 경찰관 하나가 사복 차림의 경찰에게 거수경례를 붙였다.

"작전 완료."

"정위치 대기."

사복 경찰은 관람객들을 돌아보며 메가폰을 들었다. 삐익삐익 하는 날카로운 스피커음이 굵직한 목소리와 함께 전시장을 울렸다.

"관람객 여러분, 저희 통제에 따라주셔서 대단히 감사합니다. 119구급대에 따르면 실려간 노인은 독극물을 다량 섭취한 증세라고 했습니다. 여러분들을 의심하는 것은 아니지만 만에 하나 이 가운데 노인의 독극물 섭취와 관련된 사람이 있을지 모르니까 간단한 조사를 실시하겠습니다. 불편하시더라도 잠시만 협조해 주십시오. 병원에 간 저희 팀이 소식을 보내오는 대로 통제를 풀고 조금 전과 다름없이 관람하실 수 있도록 하겠습니다."

그가 말을 마치고 눈짓을 주자 정복을 입은 경찰관이 말했다.

"신분을 확인하겠습니다. 모두 신분증을 꺼내 저희 직원에게 건네주십시오. 간단하게 조회한 뒤 돌려드리겠습니다. 그리고 신분증이 없으신 분은 이쪽으로 오십시오."

그가 말을 마치자 여기저기서 볼멘소리가 터져 나왔다.

"이거, 우릴 뭘로 보는 거야."

"노인이 갑자기 발작했는지도 모르잖아."

"경찰관 아저씨, 애가 울어요."

"급한 일이 있어 그러니 좀 내보내주쇼."

경찰관은 들은 척도 하지 않았다. 기철진은 차평무의 신분증을 받아 전경에게 주었다. 지산 스님도 승려증을 내주었다. 전경이 얼굴을 확인하더니 그들의 지휘소가 설치된 도록 판매대로 가지고 갔다. 경찰은 관람객들의 신분증을 들고 무전으로 조회를 시작했다.

이윽고 사복 경찰이 관람객 중 두 사람의 이름을 불렀다. 호명된 사람들이 도록 판매대의 경찰 지휘소로 다가갔다.

"죄송합니다. 수사상 어쩔 수 없는 일이라서……. 가족을 모시고 나가십시오."

그들은 아내와 아이들을 데리고 밖으로 나갔다. 문을 통제하고 있던 경찰이 거수경례를 부쳤다.

"저 사람들은 뭐야?"

"여기서도 사람 차별하는 거야 뭐야?"

"어이, 경찰 아저씨 저들은 왜 내보냅니까?"

"서민들은 우습게 본다 이거야?"

기철진은 그들이 경찰보다 높은 지위를 가진 사람들이라고 생각했다. 차평무가 정신이 돌아오는지 이마에 배어나온 식은땀을 손으로 훔쳤다.

"방금 나간 사람들은 누굽니꺼?"

"이런 상황에서 경찰이 내보낸 사람 같으면 기형도 짐작될 텐데……."

말을 하는 차평무의 목소리에는 아직 힘이 들어 있지 않았다. 우곡이 쓰러져 있던 사무실에서 경찰관들이 흰 보자기를 들고 나왔다. 밖에서 들어온 경찰관이 사복 경찰에게 귓속말을 전했다. 밖 뜰에는 전경들의 방석버스가 줄지어 들어서고 있었다.

"여러분, 방금 119구급대로 실려가신 우곡 조진수 선생께서는 운명하셨습니다. 사인은 독극물 과다 섭취로 밝혀졌습니다. 그리고 저희 직원들의 조사 결과 사무실에 있던 음료수 잔에서 독극물로 추정되는 약물이 발견되었습니다.

부득이 여러분들을 전부 서로 모시고 가야됨을 양해해 주십시오."

사람들의 반응을 한번 살펴본 다음, 그는 밖으로 나가며 옆에 있는 경찰관에게 말했다.

"모두 탑승시켜!"

사람들은 다시 웅성거리기 시작했다. 그러나 곧 경찰들의 통제에 따라 줄을 지어 밖으로 나갔다. 차평무는 사람들을 살펴보았다. 다케다 교수와 강석민 교수가 버스에 막 오르고 있었다.

"이름."

그는 짤막하게 이름을 말했다.

"주민등록번호."

"칠일공이……."

"똑바로 다시 말해 봐."

"칠일공이이삼……."

주민등록번호를 컴퓨터에 입력하던 나이 든 경찰관은 그를 다시 바라보았다. 하지만 그는 아무런 표정이 없었다.

"직업."

"없어."

"이 새파란 새끼가 어디다 대고 반말이야. 너 죽고 싶어?"

"뭐라고? 반말은 누가 먼저 했어? 그것도 무슨 큰 벼슬이라고 처음부터 사람들을 죄인 취급이야? 우리가 잘못한 게 뭐야? 법을 어긴 게 있으면 말해 봐, 어디! 그리고 왜 기분 나쁘게 반말을 해대는 거야? 너희가 반말하는데 우리라고 왜 반말을 못해?"

"이 새끼가 보자보자 하니까, 야, 정 형사, 이 새끼 좀 데려가! 털어서 먼지 안 나는 놈 못봤어. 건방진 놈, 오늘 잘 걸렸다."

몸이 우람한 경찰관 하나가 그에게로 다가갔다.

"형씨, 수사상 그럴 수도 있는 일인데 형씨가 좀 심한 것 아니오?"

"수사상? 그래, 너희가 툭하면 써먹는 수사상이라는 핑계로 모처럼 한가한 주말을 다 망쳐버렸는데 왜 까닭 없이 죄인 취급하면서 반말이나 해대고 몇 시간째 붙들어 놓는 거야? 이 사람들 다 붙잡아 놓고 전시장에서 조사했던 주민등록번호나 다시 묻는 게, 이게 수사야?"

"이거 안 되겠는데. 너 도대체 뭐하는 놈이야?"

차평무는 경찰관과 실랑이를 하고 있는 젊은이를 가만히 바라보고 있었다. 사람들은 술렁거리며 젊은이의 말에 동조하기 시작했다. 기철진은 저러다가 공연히 트집이라도 잡혀 고생 좀 하겠다 싶어 걱정이 되었다.

"내가 뭐 하는 놈인지 수사해 보면 알 것 아냐? 수사 좋아하는 경찰이 그걸 왜 나한테 물어? 내가 거짓말이라도 하면 지금 당장 알아낼 수 있어? 그리고 전시장에서 돌려보낸 인간들은 뭐 하는 것들인데 그렇게 굽실거렸는지 이 사람들한테 그거나 밝혀봐. 어떤 높은 족속들인지는 몰라도 그 사람들이 혐의가 없다고 단정한 근거가 어디 있는지 빨리 말해 봐. 우리와 무슨 차이가 있는지."

그때 안쪽 상석에 앉아 있던 경찰관이 무슨 생각을 했는지 그에게 다가갔다.

"죄송합니다. 제가 대신 사과드리겠습니다. 우리 직원이 실수를 했습니다. 어이 김 형사, 정중하게 사과 말씀 드려. 그리고 간단히 조사하고 모두들 빨리 귀가하실 수 있도록 조치해."

"나 참, 미안하게 됐수다. 몰라 뵙고 반말을 해서."

"빈정대는 거지 그게 사과야. 똑바로 다시 해봐."

“정말 성질 돋우네.”

“김 형사!”

김 형사는 자리에서 벌떡 일어섰다가 상관의 말에 털썩 주저앉았다.

“빈정대지 말고 저기 계시는 시민들이 모두 납득할 수 있도록 성의 있는 사과를 하시오.”

그는 분명하고 또렷이 말했다.

“미안합니다. 업무가 폭증하다 보니 본의 아니게 그렇게 되었습니다. 이젠 돌아가셔도 좋습니다.”

“……”

젊은이는 대답도 하지 않고 일어나 사람들을 비집고 입구 쪽으로 나갔다. 사람들은 저마다 그에게 격려를 보냈다.

“씨팔, 이 짓도 더러워서 못해먹겠네.”

얼굴이 벌개진 김 형사는 뚜벅뚜벅 걸어나가는 젊은이의 뒤통수를 빤히 쳐다보며 내뱉었다.

기철진이 나지막한 목소리로 말했다.

“어디 믿을 만한 구석이 있었겠지예?”

“그럴 수도 있고, 아니면 정당한 용기이겠지요.”

“형은 어느 쪽으로 생각이 듭니꺼?”

“용기로 보고 싶소. 그럴 가능성은 희박하지만.”

“지는 우째 그렇게 안 느껴지네예.”

지산 스님은 눈을 감고 있었다. 좌선에 든 지 벌써 1시간이나 되었다. 경찰서가 그대로 구름집이었다. 그 모습을 본 기철진은 감탄했다.

차평무는 먼 하늘을 바라보았다. 기철진은 시계를 들여다보았다. 두 시간이나 경찰서에 있었던 셈이었다.

"병원으로 가봐야 될 것 같은데."

차평무는 다시 경찰서로 들어갔다. 병원을 물어보려는 모양이었다. 그는 나오자마자 지산 스님에게 말했다.

"병원에 같이 가보시겠습니까? 멀지 않은 곳입니다."

"그렇게 하지요."

갑작스럽게 일어난 일이라 지산 스님도 상기된 표정이었다. 수행자 신분으로 경찰서까지 갔으니까 그럴 만도 했다. 경찰서에 내린 사람들은 간단한 조사를 받고 대부분 별일 없이 나왔다. 다케다 교수는 강석민 교수와 함께 들어서자마자 조사를 끝내고 나갔다.

"기형, 누구 짓일 것 같소?"

차평무가 물었다.

"누구 짓이냐고예? 그라마 범인이 그 안에 있었다 카는 말입니꺼?"

"내 생각엔 그렇소. 경찰이 오기 전에 가버렸지만."

"그럼 경찰이 돌려보낸 그 사람들 중에……."

"아니, 그런 뜻이 아니오."

"일빈 거사님은 그 짓을 한 사람이 누구인지 짐작이라도 가시는 모양이군요."

지산 스님도 궁금했던지 차평무에게 물었다.

"아직은 단정할 수 없지만……."

차평무가 말꼬리를 흐릴 즈음 차가 섰다. 어느 대학교 부설 종합병원이었다. 빈소가 차려져 있었다. 차평무는 무언가를 골똘히 생각하고 있는 모습이었다. 기철진의 눈에 조성봉이 들어왔다. 황급히 그에게로 갔다.

"성봉아, 우째 이런 일이 다 있노."

"철진이구나. 조사받느라고 애먹었지? 어떻게 해야 할지 모르겠어."

기철진은 아무 말도 할 수 없었다. 차평무가 다가왔다.

"무어라 위로의 말씀을 전해야 할지……. 그런데 형님이 안 보이는군요."

조성봉은 글썽이는 눈물을 닦았다.

"잠깐만 기다리세요."

조성봉을 따라 그의 형이 나왔다. 그의 눈도 충혈되어 있었다.

"조성래 씨, 나를 알아보겠소?"

"저번에 우리 마을에 한 번 오신 분 아이래여? 그라고 참 고마왔어여. 의사들 말로는 아부지가 중독된 것치고는 아주 편안하게 눈을 감으셨대여. 응급처치를 어떻게 했는지 독도 마이 중화됐다는데 그기 설명이 안 된대여. 그래 안 했으마 여러 사람들한테 험한 모습을 보있을 끼랏고……. 아까 아부지 배를 만질 때 우째 했는 거래여? 의사가 이야기 안 해줬으마 원망을 마이 할 뻔했어여."

"그냥 기를 좀 불어 넣어봤는데 이미 온몸으로 독이 퍼져버려서 아무런 도움이 되지 못했소. 미안하오."

기철진은 죽어가던 우곡의 얼굴이 평온함을 되찾던 것을 상기했다. 차평무가 순간적으로 얼마나 고도의 정신집중을 했는지는 우곡이 구급차에 실려가고 나자 곧바로 탈진해버린 모습에서 짐작할 수 있는 일이었다.

'우곡은 죽어가민서 차평무에게 머를 말할라 캤던공?'

기철진은 우곡이 마지막으로 움직인 입술 모양을 생각해 내고는 그대로 흉내 내어 보았다. 그러나 입술 모양에 알맞은 말을 찾을 수는 없었다.

'형이 앉자마자 그가 손을 들어가 어디를 가리켰는데 그거는 중독되어버린 바람에 일어난 하나의 경련에 불과했던 긴가?'

기철진은 어떤 판단도 할 수 없었다. 경황으로 보아 지금은 말을 할 시기가 아니었다.

"조성래 씨, 우곡 선생님이 무얼 드신 모양인데, 그걸 누가 가져다 주었는지 알고 있소?"

"나는 몰라여. 창고를 정리하고 사무실로 가는 길이랬는데 사무실 앞에 서니까 갑자기 안에서 우당탕 넘어지는 소리가 낫어여. 그래가이고 퍼뜩 문을 열어보이 아부지가 그래 피를 토하민서……."

조성래는 말을 끝맺지 못했다. 그는 나오는 울음을 간신히 참았다.

"야들아, 이리 들어오니라. 상복이 왔다. 퍼뜩 갈아입구로."

"그럼……. 나중에 봐여."

차평무는 발걸음을 돌려 벤치에 앉았다. 그는 팔짱을 끼고 생각에 잠긴 표정이었다. 어느 늙수그레한 여자가 나와 울음이 덜 그친 목소리로 지산 스님에게 말을 걸었다.

"어디 계시는 시님입니꺼? 혹시……?"

"문경 시시암에 있습니다만."

"아이고, 그라마 동명 시님의 제자라 카는 그 지산 시님이란 말입니꺼?"

"그렇습니다만 어떻게 소승의 법명을 다……."

"아이고, 시님. 시님을 여기서 다 만납니더. 내가 이 와중에 무슨 복인공. 저를 모르겠습니꺼? 이천에서 및 번 안 봤습니꺼. 지가 죽은 영감 안사람 아입니꺼, 시님."

"나무관세음보살."

"시님도 전시회 가시던갑지예? 이래 병원꺼정 와주시고……. 우리 영감 저래 나뚜마 좋은데 못갑니더. 고마 객사를 해가꼬. 시님이 천도 좀 해주이소. 부탁드립니더."

지산 스님은 난처한 표정을 지었다. 그것을 본 차평무가 슬쩍 고개를 끄덕여 주었다. 그제서야 지산 스님은 마음을 굳힌 듯 미망인을 따라 안으로 들어갔다.

침울한 중에서도 스님의 소개가 있자 사람들은 그나마 안심이 되는 모양이었다. 반기는 기색이 밖에까지 들렸다.

"수행만 하던 지산 스님이 천도하는 염불이나 잘 아는지 모르겠소."

차평무는 걱정스러운 목소리로 중얼거렸다.

"스님들이 그런 거 하는 거는 기본 아입니꺼?"

"무당도 아니고 중도 아닌 어정쩡한 것들이나 하지요. 우리는 이럴 게 아니라 담당 의사를 좀 만나봅시다. 독극물의 종류 좀 알아봐야겠소."

기철진은 차평무를 따라 일어섰다. 응급실로 가서 물어보았더니 내과 과장을 찾아가라는 말뿐이었다.

"지금 진료중이신데 나중에 다시 오세요."

간호사가 짧게 내뱉고는 안으로 들어가버렸다. 차평무는 다시 문을 열었다. 밖에서 대기하고 있던 환자들이 시선을 집중시켰다.

"간호사, 선생님께 우곡 선생을 응급치료한 사람이라고 전해 주시오. 지금 당장."

차평무가 눈을 부라리자 간호사는 질겁을 했다. 환자가 나오자 간호사는 공손해진 말투로 말했다.

"들어오세요."

의사는 회전의자에 앉아 있었다.

"앉으세요. 그러잖아도 시간을 내어 조진수 씨를 응급처치한 사람을 한번 찾고 싶었는데, 어떻게 한 겁니까, 도대체? 의학적으로는 설명이 되지 않는 일이라서 말이에요."

"기를 좀 넣어드렸을 뿐입니다. 믿으실지 모르겠지만."

"선생은 기치료사입니까?"

"아닙니다. 그건 그렇고 독극물이 어떤 종류인지 여쭤보고자 해서 왔습니다만……."

"조진수 씨의 사망에 불가사의한 일이 두 가지 있는데, 하나는 선생이 응급 처치했다는 일이고 다른 하나는 독극물입니다. 종류가 밝혀진 것이 아니라서 국립과학수사연구소에서 이학적인 실험을 하는 중이에요."

"잘 알겠습니다."

두 사람은 다시 조문을 했다. 상가는 이미 그 모습을 갖추고 있었다. 지산 스님은 가볍게 목탁을 치며 염불을 하고 있었다. 스님 옆에는 광쇠와 홀쭉해진 바랑이 놓여 있었다.

두 상주와 맞절을 했다. 그냥 돌아가려는 것을 맏상주 조성래가 사람을 시켜 굳이 붙잡았다. 미망인도 아들들한테 전시장에서 일어난 이야기를 들었는지 상을 차리는 여자에게 몇 마디 덧붙였다.

노소를 불문하고 조문객들이 몰려들었다. 화환도 계속 들어와 더 이상 놓아둘 곳이 없을 지경이었다. 얼마 지나지 않아 방송국과 언론사에서 기자들이 찾아와 빈소는 더욱 떠들썩해졌다.

차평무는 한성물산이라는 리본이 달려 있는 화환을 발견했다. 그는 고개를 돌렸다. 화환을 가져온 직원들이 행여나 자기 얼굴을 알아볼까

해서였다. 공연히 성기신 일이 생기면 변명하기가 마땅찮았다.

지산 스님이 밖으로 나왔다.

"여태 계셨군요."

"스님이 공연히 애를 많이 먹습니다."

"아닙니다. 스승님의 뜻으로 받아들이고 있습니다. 지난해 입적하시기 전에 저에게 전시회에 가보라고 하신 말씀이 자꾸만 깊이 와 닿는군요."

"스님, 공양하십시오."

일을 거드는 여자가 지산 스님의 독상을 마련해 왔다. 스님은 합장을 했다.

"일빈 거사님은 공양을 하셨습니까?"

"예, 주섬주섬 주워먹다 보니 배가 많이 불렀습니다."

지산 스님의 젓가락은 콩자반에만 갔다. 유일하게 간장으로만 간을 한 찬이었다. 차평무가 그 모양을 보고 웃으며 농담을 던졌다.

"앞으로 사흘 밤을 보내시려면 도끼나물이나 칼나물도 좀 드셔야 할 텐데요. 스님이 그렇게 편식을 해서야 되겠습니까?"

지산 스님은 빙그레 웃었다.

"보는 눈이 많아서요. 한국 최고의 화백을 천도한다는 보잘것없는 중이 땡초라는 소리까지 들으면 곤란하지 않습니까? 지금 여기저기에서 제 젓가락만 보고 있는 보살님들이 많아 체증 걸리겠습니다. 눈칫밥 먹다가요, 하하."

"허허허."

차평무도 웃어넘겼다.

기철진은 우곡의 죽음을 생각하고 있었다. 그가 죽어가면서 손을 흔들어 가리킨 것, 그것이 무엇일까 하는 생각이 머릿속을 떠나지 않았다. 지산 스님의 공양이 끝나자 차평무가 말을 꺼냈다.

"지산 스님, 혹시 우인당 족자의 화제를 알고 계십니까?"

"이보게, 좀 더 빨리 갈 수 없겠나?"
"더 이상은 무리입니다."
"최대한 서둘러보게."
"알겠습니다."

다케다 교수는 좌석 뒤로 기대었다. 국도는 많이 밀리고 있었다. 주말인 탓이려니 했지만 마음이 급했다.

그림 속 풍경을 점검하고 싶은 생각이 들었다. 아무래도 의심을 떨쳐 버릴 수가 없었다. 육감이라는 비과학적인, 그러나 동물적인 본능의 잔재일지도 모르는 그것에 한번 의지해 보기로 했다. 그리고는 끝낼 생각이었다.

'사은의 밤을 유쾌하게 보낸 후 일본으로 돌아가서 한국을, 그리고 한민족을 영원히 잊을 것이다. 이제 뒷일은 뒤에 오는 일본의 청년 학자들에게 맡겨 둘 때가 되었다. 그들의 몫도 좀 남겨 두어야지. 이젠 나도 많이 늙었어. 판단력이 너무 흐려졌어…….

경찰서에서 나오자마자 강석민을 보낸 것은 잘한 일이야. 괜히 그 개코같은 후각으로 어떤 냄새라도 맡게 되면 곤란해지니까 말이야. 녀석, 내가 어딜 가든 꼭 한몫 끼려고 하는 버릇은 여전해. 아직 얻어 먹을 떡고물이 많다고 생각했겠지. 이젠 그놈과도 서서히 인연을 끊을 준비를 해야지. 그 녀석도 나와 똑같은 생각을 하고 있을 테니까 말이야.'

차에는 세 명의 청년이 다케다 교수를 수행하고 있었다. 차는 운전하는 청년의 능숙한 운전 솜씨에 힘입어 출발한 지 2시간여 만에 새재 고갯길로 들어섰다.

'그나저나 혼자 남아 있다는 젊은 중은 어떻게 한다……? 상황을 봐서 결정하면 되겠지. 둘러댈 말은 만들기 나름이니까.'

"자네들, 아까 찍은 사진 좀 보세."

"예, 선생님. 여기 있습니다."

"잘 나왔군."

다케다 교수는 전시실에서 찍은 그림 사진을 들여다 보았다. 원그림 자체의 섬세한 필치 덕택에 사진으로 보아도 늙은 중의 시선이 머무는 곳을 단번에 알 수 있었다. 마당 한쪽에 소용돌이를 치며 흘러나가고 있는 빗물의 모양도 전시장에 걸어두었던 그림과 다를 것이 하나도 없었다.

"이보게, 자네도 이곳은 처음인가?"

"온천하러 한 번 가봤습니다. 하지만 시시암은 처음이라서 정확한 위치는 읍내에 들어가서 물어봐야 합니다. 이제 이 고개만 넘어가면 바로 읍내입니다. 불편하시더라도 조금만 참으십시오."

운전대를 잡고 있는 청년은 그들의 사업 관계로 한국에 진출해 있는 일본인이었다. 다케다 교수는 같이 타고 있는 청년들이 믿음직스러웠다. 일처리가 빈틈없는 것이 흡족했다.

'역시 이 녀석들 세계는 알아줄 만해.'

수행원 삼아 데리고 온 녀석들이었다.

사토 의원에게 우곡이 갖고 있는 책에 관해 은밀히 협의한 것이 주효했다. 최악의 사태가 발생할 경우, 다케다 교수가 어떤 일을 벌일 것인가를 짐작하고 그들을 붙여주었기 때문이다.

김해공항에서 서울행 비행기에 탑승하기 직전, 특별한 일이 있을지도 모른다는 다케다 교수의 말뜻을 바로 알아차리고 이들은 모종의 준비를 했다. 굳이 다케다 교수가 말하지 않았더라도 사토 의원의 은밀한 명령이 있었는지도 모르는 일이었다.

차는 터널을 지나자마자 바로 읍으로 들어섰다. 운전하던 청년은 차를 길가에 붙여 세워 놓고는 구멍가게로 들어갔다. 그는 음료수를 사 가지고 나왔다.

"여기서 시시암으로 올라가는 산 입구까지는 십 분 거리라고 합니다. 산 입구에서부터는 더 이상 자동차로 올라갈 수 없고 걸어서 한 시간 남짓 올라가야 한다고 합니다."

"알겠네. 어서 가지."

지곡리는 주흘산에서 흘러내리는 계곡을 끼고 길게 자리잡은 마을이었다. 차는 지곡리 정류장에서 더 이상 들어갈 수 없었다. 다케다 교수는 차에서 내렸다. 해가 지고 있었다. 산이 감청색으로 물들고 있었다. 그는 살아 있는 듯한 산 기운을 느꼈다.

'여기는 철주작업을 하지 않았나? 아니지, 박아두었겠지. 다른 곳처럼 이곳에 박아 놓은 철주도 발견하고는 뽑아버렸을 게야. 쥐도 새도 모르게, 그리고 다시 뽑아 낼 수 없도록 박을 수도 있었을 텐데 어떻게 처리를 했길래……'

총독부가 추진했던 일 가운데 가장 어설프게 한 일이 철주를 박은 일이었다. 다케다 교수는 아쉬운 마음에 입맛을 쩝 다셨다.

계곡물은 수정보다 맑았다. 그지없이 투명한 유리구슬이 쏟아져 내리고 있었다. 다케다 교수는 속으로 감탄했다. 일본의 푸석한 화산 땅과는 비교조차 할 수 없는 천고의 지기가 뿜어져 나오는 땅이었다.

'중국도 그렇게 땅덩이가 넓지만 사람 먹을 물이 늘 부족해 흙탕물이나 마시고 있는데 비하면 참 복 받은 땅이야. 어디를 가도 맑은 샘물이 끝없이 꽐꽐 솟아나오니 말이야.'

산을 오른 지 30분이 지났다.

"선생님, 좀 쉬었다 갈까요?"

"아닐세. 그냥 가세나. 시시암에 젊은 중이라도 있으면 하룻밤 재워달래야겠구만. 이렇게 아름다운 곳인 줄 미처 몰랐어. 그림이 과장되었을 거라고 생각했더니만 하나도 보탬이 없네그래."

기와 지붕이 보였다.

"자네들 함부로 움직이면 안 되네. 내 지시가 있을 때까지."

"예, 잘 알겠습니다."

다케다 교수는 시시암에 들어섰다. 암자를 지키고 있다는 젊은 중은 어디로 갔는지 보이지 않았다. 천천히 경내를 둘러보았다. 청년들은 무어라 주고받더니 운전을 했던 청년이 외부 경계를 맡아 섰다. 맞배지붕을 얹은 법당은 아담했다. 시시보전이라는 편액이 우곡의 그림에서 본대로였다. 법당 옆에는 조그만 요사채가 한 동 서 있었다. 툇마루가 꺼져버릴 듯 낡아 보였다. 법당과 요사채 뒤에는 황토로 대강 이겨 발라놓은, 쓰러질 듯한 건물 한 동이 더 있었다. 창고로 쓰는 곳인 듯했다. 법당 앞마당에는 앙증맞은 삼층 석탑과 석등이 있었다.

그것이 전부였다. 초라해 보였다. 당대 최고의 선승이 기거했다는 곳이라고는 믿기지 않았다. 다케다 교수는 사진을 꺼냈다. 그는 그림 속의 노승이 앉아 있는 요사채 툇마루에 직접 앉아보았다. 노승을 흉내 내어 마당 한편으로 눈길을 보냈다. 하지만 특별한 점은 발견할 수 없었다.

'헛짚은 것일까.'

다케다 교수는 생각에 잠겼다. 다시 사진을 들여다보았다. 오언시가 눈에 들어왔다.

'능견불능언(能見不能言)이라……. 능히 볼 수는 있지만 말하지는 못한다고?'

"자네들, 여기를 한번 파보게."

다케다 교수는 일어나 마당 한 부분을 발로 내디디며 사내들에게 말했다.

"예, 선생님."

그들은 법당 뒤에서 곡괭이와 삽을 찾아와 땅을 파기 시작했다. 그때 산에서 촌로 한 사람이 꼴을 베어 넘칠 듯 실은 지게를 지고 내려왔다.

"뉘시오? 시님도 안 기신 절에?"

망을 보고 있던 청년의 손이 슬그머니 안주머니 속으로 들어갔다. 다케다 교수는 눈짓으로 그를 자제시켰다.

"관에서 나왔습니다. 지표 조사를 하려구요. 동명 스님의 성지니까 대대적으로 개발할 생각입니다."

"아, 그래여? 암, 그래야지. 그 덕에 우리 마을도 관광 수입이 좀 늘고 해야지. 그런데 여기 기신 젊은 시님은 영 못마땅한 모양이던데, 이제 그 시님캉도 이야기가 다 됐어여?"

"예, 어느 정도는……."

"그럼, 일봐여."

촌로는 그대로 내려갔다. 그들은 다시 땅을 파기 시작했다.

“서두르게.”

다케다 교수는 곡괭이질과 삽질을 하는 그들을 보다가 법당으로 올라갔다. 동명 스님의 영정이 놓여 있었다. 옛 책으로 보이는 것이 있어 들추어보았다. 평범한 불경이었다.

구두를 신으며 마당을 보니 삽질이 제법 깊어져 있었다.

“아무것도 없는가?”

“예, 아직은······.”

다케다 교수는 툇마루에 앉았다.

‘분명히 그림 속 노승의 시선은 땅을 파고 있는 곳에 머물고 있는데······. 만약에 저곳에 묻어두었다면 깊이는 어느 정도일까.’

다시 사진을 꺼내보았다. 주위가 많이 어두워져서 똑똑히 볼 수 없었다.

“자네들, 혹시 손전등 있는가?”

“예, 선생님. 이것으로 되는지······.”

청년이 건네준 볼펜 크기만한 전지불을 비추고 사진을 살펴보았다. 가부좌를 틀고 앉아 있는 노인의 시선과 오언시 말고는 어디에도 단서가 될만한 것은 없었다.

땅을 파던 사내들이 땀을 훔치며 물었다.

“선생님, 1미터는 파내려갔습니다만.”

“1미터라······. 그만하게. 원래대로 덮어두게나.”

“예, 선생님.”

그들은 아무런 불평도 없이 시키는 대로 했다. 몸에 배인 태도였다. 그들의 세계에는 그 어떤 것도 용납이 되지 않고 오직 절대 복종이라는 불문율만이 있다는 것을 다케다 교수는 잘 알고 있었다. 그것이 그들의 유일한 장점이었다.

"다 덮었습니다."

"그만 내려가세."

다케다 교수는 천천히 걸음을 옮겼다. 그는 운전을 하는 청년에게 사진을 건네주었다.

"자네, 이 사진 속 그림에 무슨 이상한 점이라도 없는지 한번 보게."

"제가 뭘 알겠습니까?"

"그래도 자네들에게는 육감이란 게 있지 않은가?"

사진을 받아든 그는 산자락을 미처 넘어가지 못하고 남은 햇빛에 이리저리 비추어보더니 고개를 갸웃거리며 뒤따라 내려오던 청년들에게 보였다.

"형님들도 한번 보십시오. 선생님께서 이 그림에 무슨 이상한 점이 없는지 살펴보라시는데."

"그래, 자네들도 한번 살펴보게. 늙어서 그런지 요즘은 눈이 영 침침하단 말이야."

둘 중 하나가 사진을 받아들었다.

"화제라면……? 아, 그림 안에 써 놓은 글귀 말입니까? 그것이라면 깊은 뜻을 새겨보려고 외워둔 지 꽤 오래 됩니다. '獨宿孤庵下(독숙고암하) 惟存塔一層(유존탑일층)'이라고 열 자가 적혀 있습니다. 나중에 그림을 보면 아시겠지만 한 글자도 틀리지 않을 겁니다."

차평무는 속으로 뜻풀이를 해보았다. 외로운 암자 밑에 혼자 잠드니, 저 탑은 오직 한 층만이 남았구나. 하지만 그림 속에 있는 탑, 시시암의 뜰에 놓여 있는 것은 분명히 삼층 석탑이었다.

"지금이사 얘긴데예, 형이 전시장에 오기 전에 우곡 선생이 제 목걸이를 보고는 어디서 난 것이냐고 묻습디다."

"그래요? 그런 일이 있었단 말이오?"

"그라고 아까 형이 쓰러져 있던 우곡 선생을 안았을 때, 손을 들어 무엇을 가리킨 것 같습니더. 형은 정신이 없어 그걸 못 보았겠지만 지는 똑똑히 봤어예."

차평무는 그 말을 듣고 깊이 생각에 잠겼다가 잠시 후에 입을 열었다.

"내가 도착하기 전에 기형이 전시장에서 보고 겪은 걸 하나도 빠짐없이 얘기해 주겠소?"

기철진은 기다렸다는 듯이 기억을 되살려가며 자초지종 들려주었다. 그가 말을 마치자 지산 스님이 일어섰다.

"소승은 이만 빈소로 가보겠습니다."

"참, 오늘은 종단에 들어가시기 힘들게 된 것 같네요?"

"……."

지산 스님은 대답 없이 손만 모았다.

"역시 지산 스님다우십니다, 허허."

기철진은 두 사람 사이에 오가는 짓이 무슨 뜻인지 궁금했지만 묻지는 않았다. 차평무는 다시 생각에 잠겼다.

버스 한 대가 도착해 온통 시끄러워졌다. 투박한 경상도 사투리가 마구 쏟아져 병원 공기의 흐름을 흩뜨려놓았다.

한참 만에 차평무가 입을 떼었다.

"기형은 여기 계속 있을 거요?"

"그래야 될 것 같습니더."

"그럼 내일 우곡의 전시장에서 만납시다. 전시장 문이 열리는 시각에.”

“거기는 와예?”

“뭣 좀 살펴볼 게 있어서요.”

“그라마 그라입시더.”

“이만 가보겠소.”

차평무는 자리를 털고 일어나 천천히 걸어갔다. 그 모습을 본 기철진은 우곡이 목걸이를 보자고 한 일이나 그가 죽어가면서 손을 들어 가리키던 모습 등에 대해 좀 더 빨리 말해 주지 못한 것이 적잖이 후회가 되었다.

혼자 있는 기철진의 모습을 발견한 조성봉이 잠시 기다리라는 손짓을 했다. 군대에서 배운, 소음을 내지 못하는 상황에서 의사를 전달하는 수단이었다.

실패였다.

‘너무 무리한 추리였던가?’

다케다 교수의 귀에는 계곡의 청아한 물소리만 들렸다. 해는 이미 다 넘어가고 칠흑 같은 어둠이 밀려들고 있었다. 배꼽마당으로 쓰이는 듯한 주차장에는 아이들 몇 명이 소리치며 뛰어다니고 있었다. 다케다 교수는 자동차 좌석으로 깊숙이 몸을 묻고는 눈을 감았다.

‘이왕 온 김에 그 젊은 중이라도 만나봐야겠어. 동명의 제자라면 혹시 알고 있을지도 모르니까. 백자 두 점으로 흔들어봐야겠어. 안 되면 미끼로 <몽유도원도>까지 던져보는 거야. 이제 와서 가릴 필요는 없지.’

“선생님, 어디로 모실까요?”

"근처 호텔을 잡게."

"호텔은 시내에 있습니다만."

"그리로 가세."

차는 읍내를 빠져나와 시가지로 들어섰다. 시 중심부에 작은 호텔이 하나 있었다. 여장을 풀고 목욕을 했다. 시원했다. 하지만 피로는 풀리지 않았다. 칠십이 넘은 나이에 그만해도 대단한 체력이라고 자위를 했다. 텔레비전을 켜고 자리에 누웠다.

뉴스가 나오고 있었다. 엔화 폭락과 아시아의 경제 위기, 그리고 한국의 수출이 타격을 입을 것이라는 뉴스가 속속 이어져 나왔다. 또랑또랑한 여자 앵커의 목소리가 들려왔다.

"……한국 화단의 대표이자 금세기 세계 최고의 화가로 알려져 있던 우곡 조진수 화백이 예술의 전당 전시실에서 종류를 알 수 없는 독극물에 중독되어 신고를 받고 출동한 119구급대에 의해 병원으로 이송되던 도중 사망했습니다.

우곡 조진수 화백은 일진 조상전, 평인 조형옥, 묘행 조병찬 등 한국 근·현대 화단을 대표했던, 그의 가계의 세 거목과 함께 추상묵화 사대전을……."

건성으로 뉴스를 듣고 있던 다케다 교수는 몸을 일으켜 화면을 보았다. 브라운관 가득 번잡스러운 우곡의 빈소가 나타났다. 젊은 중 하나가 기자와 함께 서 있었다. 기자의 음성이 들려왔다.

"……우곡 조진수 화백은 평소 동명 스님과 교분이 두터웠다고 하는데 마침 조진수 화백의 빈소에는 동명 스님의 상좌 스님이었던 지산 스님이 고인의 영가천도를 위해 불경을 염송하고 있습니다.

　그러면 여기서 전시장의 상황을 직접 목격했던 지산 스님을 모시고 몇 말씀 나눠보겠습니다. 스님, 전시장에서는 어떤 일이 있었습니까?……."

다케다 교수는 시시암이 비어 있는 이유를 짐작했다. 영가천도를 한다는 젊은 중은 전시장에서 본 중이었다. 뉴스가 끝나자 권투 녹화방송이 이어졌다. 다케다 교수는 흥미가 없어 텔레비전을 껐다.

　'머리도 돌아가지 않는 것들이 그냥 치고받고 싸우는 꼴을 무슨 스포츠라고……. 꼴을 보니 중놈은 내일도 돌아오기 힘들겠군. 낭패야. 하는 수 없지. 아침 일찍 올라가 다시 한번 면밀히 살펴봐야겠어. 어쩌면 잘된 일이야. 마음놓고 뒤져볼 시간도 충분하니까.

　책을 갖고 있었던 우곡. 그리고 그와 친분이 깊었던 동명. 동명은 역사에 밝은 중이라는 설도 있지 아마. 이제 둘 다 죽어버렸으니 남은 녀석들이라면 동명의 상좌인 젊은 중과 차평무, 그리고 목걸이를 하고 있던 녀석인데…….

　이상한 건 그놈들이 모두 차평무와 연결되고 있단 말이야. 그렇다면……. 맞아, 그 녀석도 심증이 가는 어떤 냄새를 맡은 게 분명해.'

　다케다 교수는 비로소 확신이 섰다.

　'이곳 어딘가에 있어, 틀림없이.'

마지막 축배

새벽에 배달된 조간신문들마다 1면 머리기사로 우곡의 사망 소식을 올려놓았다. 더욱이 문화면 대부분을 할애하여 다루고 있는 탓에 세간의 관심을 끌며 이른 아침부터 전시장은 관람객들로 붐비기 시작했다.

기철진은 전시장을 나와 야외에 놓인 조각상 앞 간이의자에 걸터앉았다. 그는 차평무가 계단을 올라오는 모습을 발견하고 손을 들어 보였다.

"날씨가 좋지요? 들어갑시다."

전시장 입구에는 대형 국화 화환이 여러 개 놓여 있었다. 어제까지는 볼 수 없던 현수막도 나붙어 있었다. 고인의 명복을 비는 내용이었다.

두 사람은 우곡이 쓰러졌던 사무실로 갔다. 출입 금지 팻말이 세워져 있었다. 사복 경찰관으로 보이는 남자가 관람객들을 훔쳐보고 있었다.

범인은 반드시 현장에 나타난다는 수사학 원론에 입각해 사람들을 관찰하고 있는 모양이었다.

"여기를 사무실로 본다면, 내가 이 방향에서 우곡을 안았지요……? 그 때 우곡은 머리를 이쪽에 두고 있었고 오른손은 내 허리춤을 감고 있었소. 기형이 말한 대로라면 왼손을 들었다는 얘긴데…….”

기철진은 차평무가 이리저리 걸음을 옮기며 설명하자 그의 말을 가로막으며 우곡이 쓰러져 있던 자세로 직접 드러누워버렸다. 사복 경찰관이 다가왔다.

"당신들 지금 뭐하는 거여?”

"어제 현장에서 응급 처치를 했던 사람인데, 좀 더 최선을 다할 수는 없었을까 하고 확인하는 중입니다.”

차평무가 넉살좋게 둘러댔다.

"빨리 하고 가시오.”

그가 비켜 서자 기철진이 얼른 말했다.

"이렇게 형의 품에 안겨 있는 자세로, 왼손 집게손가락을 세워 들고는 이렇게, 이렇게 가리켰습니더. 방향은 저쪽이 되네예.”

"저쪽이라면…….”

차평무는 기철진의 시늉을 따라 고개를 돌렸다. 시시암의 전경을 그린 그림이 걸려 있는 벽 쪽이었다. 그림이 걸려 있는 벽에 서서 사무실 쪽을 보았다. 우곡의 가리킴과 직선으로 연결되었다. 우곡은 다른 곳을 가리키려고 한 것은 아닌 게 분명했다.

차평무는 그림을 들여다보았다. 죽어가는 순간에 가리킨 그림이라……. 한참 동안 그림을 바라보던 차평무가 다소 큰 목소리로 말했다.

"기형, 왼손 검지라고 했소?”

"예? 예. 이런 모양이었습니다.”

기철진이 손가락 모양을 만들어 보였다. 차평무는 생각을 정리하는 듯 혼자 중얼거리다가 갑자기 소리쳤다.

"바로 그거야! 이제 알았소!"

차평무는 벌써 뛰어가고 있었다. 기철진도 덩달아 뛰었다. 관람객들이 놀라 피하면서 그들을 쳐다보았다. 차평무가 뒤를 돌아보며 소리쳤다.

"기형, 빨리."

그는 곧바로 주차장으로 달려갔다. 고급 승용차가 대기하고 있었다.

"기형, 빨리 타요. 황 기사님, 아침에 말씀드린 대로 문경으로요. 급합니다. 최대한 빨리 가 주세요. 비상 깜빡이 넣으세요. 그리고 휴대폰 좀 주세요."

"예? 예, 실장님."

운전기사가 얼떨떨한 표정을 지었다. 차평무는 어딘가로 전화를 걸었다.

"형? 나야, 평무. 아침부터 불쑥 전화해서 미안해. 길게 얘기할 시간이 없어. 지금 바로 출국 금지시켜줘야 될 사람이 있어."

"도대체 무슨 소리야? 너 지금 어디야?"

"예술의 전당이야. 우곡 조진수라는 화가를 죽인 살인자야, 살인교사한 놈이란 말이야. 그놈 잡아야 돼."

"뭐야? 누구야, 그게?"

"일본인이야. 이름은 다케다 세이야, 칠십이 넘은 늙은이야. 그 늙은이를 경호하는 일본 야쿠자 두 녀석이 있어. 죽인 건 그 녀석들이야."

"네가 죽이는 거 봤어?"

"아니, 본 건 아니지만 죽인 건 확실해."

“그럼, 증거라도 갖고 있다는 말이야?”

“증거? 그런 건 나중에 얘기해.”

“확실한 물증 없이는 안 돼.”

“내 이름을 걸게. 형도 한 건 하는 거야. 내가 언제 농담하는 것 봤어?”

“용의자는 지금 어디에 있어?”

“어디에 있는지는 몰라. 하지만 한 군데 짐작가는 곳이 있어. 지금 그곳에 가려는 참이야.”

“거기가 어딘데?”

“문경이야. 하여간 자세히 설명하려면 길어. 갔다와서 사건 전모를 설명해 줄게. 제발 좀 믿어.”

“아침부터 무슨 영문인지…… 성격을 봐서는 헛말 할 애는 아니다만.”

“갓길로 갈 거야. 중부 타고. 그러니까 조치 좀 취해줘. 최대한 빨리 가야 돼.”

“갓길로 가다가 걸리면 어떻게 하려고 그래?”

“그래서 전화한 거잖아? 우곡이 죽은 건 국가적인 사건이야. 단순히 노인 하나가 독살 당해 세상을 뜬 걸로 그칠 일이 아니란 말이야.”

“곤지암으로 순찰차 한 대 보낼 테니까 따라가. 그리고 그 노인 이름 다시 말해 봐.”

“다케다 세이야, 1924년생이야.”

“너 헛소리로 판명되면 각오해?”

“염려 마. 절대 그런 일은 없을 테니까.”

“지금 타고 있는 차 번호 불러.”

"어머니 차야."

"어머니 차라구?"

"그래, 그럼 끊어."

차평무는 손안 전화기의 덮개를 닫으며 중얼거렸다.

"다케다보다 한 발 빨라야 할 텐데."

기철진은 그가 무얼 알아낸 모양이라고 생각했다.

"어디 전화한 겁니까?"

"고검에 있는 형이오."

"책이 문경에 있습니꺼?"

"그렇소, 내 짐작으로는. 시시암이오."

"시시암이랏고예?"

"어제 우곡이 쓰러지고 난 다음 경찰서에서 조사를 받지 않은 사람이 둘 있었소. 다케다를 따라다니던 그 녀석들이오.

다케다도 오래 전부터 그 책들을 찾아다녔소. 그는 오래 전에 금장 철제 칼에 새겨져 있는 명문을 단서로 삼아 책을 추적해 왔던 것 같소. 비밀 수장고에 놓아둔 투구에도 그와 똑같은 명문이 있다는 것은 발견하지 못한 채 말이오. 만약 그걸 알고 있었다면 수장고를 내게 열어줄 때 그것만은 다른 곳에 치워 두었을 것이오.

그 역시 강석민을 내세워 정보를 수집한 후 우곡을 지목했던 것 같소. 그렇지 않으면 이 전시장에 나타날 이유가 없소. 그것도 야쿠자로 보이는 녀석들까지 데리고 말이오.

다케다는 그동안 강석민을 내세워 우곡이 혹할 만한 미끼를 던져 회유해 온 것이오. 어제도 그랬을 것이오. 우곡의 사무실에 들어간 다케다는 어떤 제안을 했겠지만 우곡은 일언지하에 거절했던 것 같소.

낭패감에 빠져 우곡의 사무실을 나온 다케다는 공교롭게도 전시장에서 기형의 목걸이를 발견했소. 그러나 그때 마침 나와 마주치게 되어 목걸이는 구경도 못해본 채 돌아섰소.

그런데 전시장을 돌아보니까 묘한 그림이 하나 있었던 것이오. 우곡의 그림 중에서는 유일하게 소용돌이 모양의 무늬가 사실적으로 그려진 그림이었소. 아까 기형과 같이 보았던 그 그림 말이오. 그 그림은 표현기법이나 균형미, 구도에서 우곡의 그림이라는 것이 이해되지 않을 만큼 어설픈 작품이었소. 그리고 화제도 비가 내리는 그림의 내용과는 다른 것이었소.

'口耳聾啞久(구이농아구) 猶餘兩眼存(유여양안존) 紛紛世上事(분분세상사) 能見不能言(능견불능언)' 그러니까 '귀가 멀어 귀머거리가 되고 입을 봉해 벙어리가 된 지 오래이지만 그래도 두 눈만은 남아 있네. 어지러워지고 헝클어진 세상의 일을 능히 볼 수는 있지마는 차마 말하지는 못하네'라는 뜻이오.

그런데 이 오언시의 화제는 비가 오는 그림과는 꽤 거리가 있소. 관례적으로 보면 비가 오는 그림을 그렸을 때에는 비와 관계된 화제가 반드시 있어야 하오. 전시회장에 있는 우곡의 다른 작품들을 보면 그런 관례에 어긋나는 그림은 하나도 없소.

칠십 년 묵은 늙은 여우, 다케다는 이러한 것을 포착해 냈을 거요. 툇마루에 나와 앉아 있는 노승의 눈이 빗물이 모여 소용돌이쳐 흘러내리는 마당 한 부분에 머물고 있다는 것까지 알아차린 것이오. 화제의 마지막 구절인 '능견불능언'이라는 대목을 염두에 두고 말이오.

책이 감추어져 있는 곳, 빗물이 소용돌이쳐 흘러가는 곳을 노승이 보기만 할 뿐, 그것이 준비 없이 공개되면 앞으로 세상이 시끄러워질 것 같아 차마 책이 묻혀 있는 곳을 말하지는 못하겠다는 뜻으로 파악했을 것이오.

그 순간 다케다는 속으로 쾌재를 부른 것이 틀림없소. 그리고 우곡만 죽어버리면 그 사서와 관련된 비밀은 영원히 묻혀 버리게 되리라고 생각했을 것이오. 비밀을 알고 있었던 또 한 사람, 그림 속에서 노승으로 그려진 동명 스님은 이미 돌아가셨으니 우곡만 유일하게 남은 셈이었소. 그래서 우곡을 독살한 것이오. 데리고 온 야쿠자 놈들을 시켜서.

독극물의 종류를 알 수 없는 건 당연한 것이오. 그놈들이 암살용으로 쓰는 비밀 독극물일 테니까 말이오. 독성이 얼마나 강했으면 내 기를 일시에 몽땅 쏟아 넣었는데도 말 한 마디 못하고 숨이 끊어졌겠소?"

황 기사가 차평무의 말을 끊었다.

"실장님, 곤지암입니다. 경찰차가 한 대 보이는데요."

"세우세요."

차평무는 하던 말을 중단하고 차에서 내렸다. 경찰관과 무어라 이야기를 주고받더니 곧 돌아왔다. 그 틈에 경찰차가 먼저 출발했다.

"따라가세요. 갓길로 달릴 겁니다."

"예, 실장님."

경찰차가 앞서 경보음을 울리며 달렸다. 기철진이 탄 승용차가 그 뒤를 질주해 갔다. 비상등 깜박거리는 소리가 규칙적으로 들렸다.

"그런 다음, 다케다는 유유히 경찰 조사까지 받고는 그들을 데리고 시시암으로 갔을 것이오. 그것도 우리가 우곡의 빈소에 한가롭게 앉아 있을 때 말이오.

그런데 다케다는 한 가지 착각한 것이 있소. 휘선사 우인당에 걸려 있던 족자를 보지 못했기 때문이오. 지산 스님이 말한 것을 보면, 우인당 족자의 화제는 전시장에 걸려 있던 그림과는 전혀 다른 내용이오.

'獨宿孤庵下(독숙고암하) 惟存塔一層(유존탑일층)······.' 풀이하면 '외로운 암자 밑에서 혼자 잠드니, 저 탑은 오직 한 층만이 남았구나'라는 뜻이오. 곰곰이 생각해 본 결과, 그 책은 빗물이 소용돌이쳐 흐르는 곳 아래 묻혀 있는 것이 아니라는 결론에 도달했소. 그 이유는 바로 우인당의 그림의 화제 때문이오."

상쾌한 아침이었다. 다케다 교수는 새로운 의욕으로 호텔을 나섰다. 청년들은 미리 차를 대기시켜 놓고 있었다.

"선생님, 안녕히 주무셨습니까?"

"자네들도 잘 쉬었나? 이른 아침 공기가 좋군."

차가 출발하자 옆자리에 타고 있던 청년이 조심스럽게 말했다.

"잠깐 말씀드릴 일이 있습니다만."

"뭔가?"

"저희가 어젯밤에 이 사진에 있는 정경을 나름대로 살펴보았습니다. 그런데 이 노승이 말입니다······."

"노승이?"

다케다 교수는 고개를 돌려 반문했다.

"가부좌를 틀고 툇마루에 앉아 있는 이 노승의 손가락이 어디를 가리키고 있는 것 같아서······."

"뭐야? 어디 좀 보세."

희미하게 보였지만 과연 그랬다. 가부좌를 틀고 앉아 있는 노승이 시선은 마당으로 보내고 있었지만 두 손은 무릎 위에 올려놓았다.

그런데 왼손이 이상하게 보였다. 오른손의 손가락은 가지런하게 무를 부위를 감싸쥐고 있는데 왼손가락은 그렇지 않았다. 특히 검지 하나만 펴진 채 아래를 가리키고 있는 듯한 모양이었다.

다케다 교수는 눈이 번쩍 뜨였다.

'오언시와 연관지어 노승의 시선에만 매달린 나머지 그밖의 것은 대수롭지 않게 여기고 있었는데…….'

노승의 왼손 검지는 그가 앉아 있는 툇마루를 가리키는 것 같기도 했고 툇마루 아래에 놓인 댓돌을 가리키는 것 같기도 했다. 다케다 교수는 메모지를 꺼내 무언가를 적었다.

"차를 세우게."

"예, 선생님."

"이보게, 자네는 저기 철물점에 가서 이 쪽지에 적힌 것 좀 사오게."

쪽지에는 모종삽, 삼각흙칼, 호미, 큰 붓, 작은 붓, 철솔 등이 적혀 있었다. 유적 발굴에 흔히 쓰이는 도구들이었다.

시가지를 벗어나 진남휴게소를 지나고 있었다. 다케다 교수는 흥분되었다.

'그럴지도 모르는 일이야. 오언시의 시구와 노승의 시선은 하나의 함정일 수도 있는 거지. 우곡이 유독 노승의 왼손 검지만 그렇게 그린 것은 무슨 까닭이 있을 게야.'

주흘산 중턱에서 시시암으로 아침 안개가 흘러내리고 있었다. 선경에 파묻힌 정경이었다. 다케다 교수는 툇마루로 다가갔다. 사진을 보면서 노승과 똑같이 해보았다.

왼손 검지는 댓돌을 가리키게 되었다. 댓돌은 어른 한두 명이 들어낼 수 있는 크기가 아니었다.

"그 화제는 툇마루 아래를 가리키는 것이었소. '獨宿(독숙)'이라는 말로 유기가 시시암에 있다는 뜻을 나타내었고 '孤庵下(호암하)'라는 말로 마당에 묻혀 있다는 것을, 또 '塔一層(탑일층)'이라는 말로는 댓돌을 구체적으로 은유했소. 마당에 삼층 석탑이 엄연히 있는데도 그렇게 표현했다는 점 때문이오. 시를 잘 새겨보면 무언가가 일층으로 된 탑 아래 묻혀 있다는 말인데, 시시암에서 일층 탑이라면 분명히 댓돌을 말하는 것이오.

그런데 한 가지 의문이 들었소. 똑같은 그림 두 폭을 그려 놓고 한 그림에는 책이 묻혀 있는 장소를 암시해 두고 다른 그림에는 그렇게 하지 않았을까 하는 생각이었소. 그래서 전시장의 그림을 다시 살펴보았소. 아니나 다를까, 그 그림에도 책이 묻힌 곳을 암시하는 것이 있었소.

바로 툇마루에 나와 앉아 있는 노승의 왼손 검지였소. 노승이 검지를 아래쪽으로 세워 댓돌을 가리키고 있는 것을 보았소. 기형이 어제 우곡이 손을 들어 어디를 가리키는 것 같더라고 한 말이 옳았소.

우곡은 당신의 숨이 끊어지는 급박한 와중에도 내가 몇 년 전에 책의 행방을 쫓아 이천으로 찾아갔던 사람인 줄 알고는 왼손을 들어, 더구나 그림 속 노승이 책이 묻혀 있는 장소인 댓돌을 가리키는 것과 같은 모양으로 검지를 세워 들어 그림을 가리켰던 것이오. 저곳에 책이 묻혀 있다고.

그런데 내가 보지 못했다는 것을 안 우곡은 다시 손을 들려고 했소. 하지만 온몸으로 독이 퍼져 그렇게 할 힘조차 없었던 우곡은 그때서야 말로써 설명하려고 했지만 안타깝게도 목소리마저 낼 수 없는 지경이었소.

기형의 모친께서 천신동자의 말을 빌려 책이 어디에 묻혀 있는가를 일러준 기억이 나오? 병풍처럼 둘러쳐진 산의 안쪽에 뾰족하게 솟아 있는 절벽같은 산이라고 했소. 문경 주흘산이 바로 그런 모습이오. 더 이상 의심할 여지가 없소.”

기철진은 차평무의 추리와 정황 설명을 묵묵히 듣고만 있었다. 그러나 머릿속으로 한 가지 의문이 머리를 들었다.

“형의 말을 들으마 다케다 교수는 헛짚었을 가능성이 많지만, 혹시 그도 그림 속 노승의 손가락에 주목하지 않았을까예?”

“바로 그거요. 그래서 이렇게 급하게 달려가고 있는 게 아니겠소?”

“자네들, 이 댓돌을 한번 들어서 옮겨 놓아보겠나?”

“예, 선생님.”

청년들은 웃옷을 벗어서 툇마루에 올려놓고 넥타이를 느슨하게 푼 다음 셔츠의 가슴단추와 소매단추까지 끌렀다. 댓돌은 보기에도 장정 여럿이 달려들어 한꺼번에 힘을 써야 할 정도의 크기였기 때문이다.

다케다 교수는 초조한 얼굴로 그들을 바라보고 있었다. 청년들은 모두 댓돌에 달라붙었다. 댓돌은 누군가의 구령에 의해 힘겹게 들어올려졌다. 댓돌이 놓였던 땅은 직방형으로 움푹 팬 자국이 선명했다. 개미들이 바쁘게 움직이고 있었다.

“삽으로 조심해서 파보게. 곡괭이는 놔 두고.”

운전기사 청년이 삽을 들었다. 얼마쯤 파내었을까. 삽 끝에 무언가 찍히는 감촉이 전해져 왔다. 그는 다시 한 번 가볍게 찍었다.

“선생님, 뭔가 있습니다. 돌은 아닌 것 같습니다.”

“그래? 어디 보세.”

다케다 교수는 무릎을 구부리고 앉아서 손으로 흙을 쓸어냈다.

“모종삽으로 조심해서 긁어보게.”

“예, 알겠습니다.”

얼마쯤 긁어내자 시커먼 나무판이 드러났다. 다케다 교수는 눈이 번쩍 뜨였다.

“이번에는 철솔로.”

“예.”

흙을 쓸어내자 습기찬 나무판이 제모습을 드러냈다. 청년 하나가 나무판의 가장자리를 더듬어 흙칼로 윤곽선을 도려내었다. 그것을 본 다케다 교수의 심장이 쿵쿵 뛰기 시작했다.

“조심, 조심……. 조심하게.”

기철진은 생각에 잠겨 있는 차평무를 흘깃 보았다. 그를 처음 만났을 때를 기억했다. 영락없는 원시인의 모습, 내리는 비를 고스란히 맞으며 백림사에 들어서서는 하나도 바쁠 것 없이 걸음을 옮기던 그가 생각났다. 겨우 한 달 전의 일이었다.

그가 가고자 하는 잃어버린 과거로의 긴 여행이 이 시대에 어떤 의미가 있는지 명확하게 찾아낼 수 없었다. 모두 앞만 보고 내달리고 있는 모습이었다. 우리가 살아온 과거를 절대 혜안으로 성찰해 보는 사람은 거의 없는 현실이었다.

‘새로운 정보를 접하기에도 눈코 뜰 새 없는 지금, 아무런 실질이 되지 못할 그 옛날의 모습을 되찾아서 머를 우짜겠다는 말이고? 경제적 가치로 환산될 수 없는 것이면 무엇이나 사람들의 관심에서 멀어지고 있는 터에 형의 신념은 도대체 어떤 결론에 닿아 있겠노…….’

기철진은 머리가 복잡해졌다.

"붓으로, 그렇지. 그렇게……."

청년은 다케다 교수의 지나친 조심성에 손을 제대로 놀리지 못했다.

"이리 주게. 내가 해보지."

다케다 교수는 흙을 다 쓸어낸 다음 모종삽으로 나무 상자를 둘러싸고 있는 흙을 떠냈다. 얼마가 지나자 나무상자의 전체 모양이 드러났다. 다케다 교수는 두 손을 들어 올렸다.

"경계에 차질은 없겠지?"

"염려하지 마십시오. 이젠 누가 와도 단단히 입을 봉해 버리겠습니다."

상자를 들고 이리저리 살피던 다케다 교수는 상자의 덮개와 세로판 사이에 흙칼의 날 끝을 대고 좌우로 움직이며 밀어넣었다. 그러나 쉽지 않았다. 못을 박지 않고 요철 모양으로 짜맞춘 것이라 틈을 벌리기가 어려웠다.

"선생님, 제가 하겠습니다."

"아닐세."

다케다 교수는 상자를 돌려 가며 조금씩 틈을 벌려나갔다. 이윽고 손가락을 넣을 수 있을 만큼 덮개가 벌어졌다. 그는 틈새로 네 손가락을 모아 넣고는 힘을 주었다. 마침내 덮개가 떨어져 나왔다.

상자 속에는 무언가 기름을 먹인 두꺼운 한지에 싸여 있는 것이 보였다. 다케다 교수는 떨리는 손으로 그것을 들어냈다. 한지는 다섯 겹으로 감겨 있었다. 조심스럽게 한 겹씩 벗겨냈다. 내용물이 모습을 드러냈다.

고서였다. 모두 다섯 권이었다. 한 권을 집어들었다. 표지는 무두질을 잘 해놓은 얇은 가죽이었다. 어떤 짐승의 가죽인지는 알 수 없었다. 한가운데에는 소용돌이 문양이 흑자색을 띠며 그려져 있었다. 자세히 보니 그 부분이 눌어 있었다. 그린 것이 아니라 소용돌이 무늬 인두에 열을 가해 찍어 놓은 것처럼 판단되었다.

표지 왼쪽에 낡고 빛이 바랜 전자체 금박 글자가 세로로 희미하게 적혀 있는 것이 보였다. 무슨 글자인지 알아보기가 힘들었다. 다케다 교수는 책장을 한 장 넘겨보았다.

유려한 글씨가 써내려져 있었다. 읽어 보았다. 그러나 내용을 바로 파악할 수는 없었다. 처음부터 시작되는 것이 아니라 다른 책에서 이어지고 있었기 때문이다.

다시 표지를 보았다. 유심히 살펴보며 손가락으로 몇 번 글자를 그려보던 다케다 교수가 흠칫 놀라 신음처럼 중얼거렸다.

"이, 이건……?"

다케다 교수를 지켜보고 있던 청년들이 궁금증을 이기지 못해 물었다.

"선생님, 뭐가 잘못되었습니까?"

"……."

다케다 교수의 얼굴 근육이 하얗게 떨고 있었다.

"아, 그 책이……."

청년들은 서로 얼굴만 쳐다보며 고개를 갸우뚱거렸다.

"정녕 전……설로만 떠돌……던 책이 아니……었단 말인가……."

일어서려는 순간 그는 현기증이 나 비틀거렸다.

"선생님!"

청년 하나가 얼른 부축했다.

"괜찮으십니까, 선생님?"

"나를 저기, 마루에 좀……."

다케다 교수는 툇마루에 걸터앉아 두리기둥에 어깨를 기댔다. 청년이 가달박으로 샘물을 떠왔다. 차가운 물을 한 모금 마신 다케다 교수는 이윽고 정신이 돌아왔다.

"어……서 원, 원래대로 해두게."

청년이 상자와 덮개를 끼워 맞추려고 하자 다케다 교수가 말했다.

"잠깐만 기다리게."

그는 주머니에서 메모지를 꺼내 무언가를 썼다.

"이걸 안에 넣어두고……. 자, 서두르게."

청년들은 삽질이 빨라졌다. 댓돌을 들어 원래 자리에 내려놓고 군데군데 흩어져 있던 땅 속의 젖은 흙을 쓸어 모아다가 눈에 띄지 않는 곳으로 치웠다. 그 사이 차를 운전했던 청년이 마른 흙을 살살 뿌리고 암자 마당 전체를 싸리비로 설렁설렁 쓸었다. 땅을 팠다고는 생각되지 않을 만큼 깨끗한 처리였다.

다케다 교수는 책을 싸서 보물단지처럼 들고 일어섰다. 청년들은 서로 바라만 볼 뿐, 하나 같이 받아들 엄두를 내지 못했다.

차를 세워둔 곳에서 동네 아이들이 뛰어놀고 있었다. 어른들은 아무도 보이지 않았다. 칠팔십은 되어 보이는 노인 몇 명이 계곡에 가로놓인 다리 위에 앉아 이제나저제나 저승사자를 기다리며 햇볕을 쬐고 있었다.

"자네, 저 가게에 가서 조그만 상자 하나 얻어 오게."

청년은 과자상자 하나를 얻어왔다. 다케다 교수는 상자 안에 책을 넣고 자기가 앉은 좌석의 발치 안쪽에 깊이 넣어두었다. 그는 등받침대에 몸을 기대었다.

"후우, 수고들 많이 했네."

“저희들이야 한 것이 있습니까, 하하.”

“어서, 어서 서울로 올라가세나.”

다케다 교수는 쉽게 가시지 않는 충격을 수습하느라 호흡을 고르며 말했다.

전화가 걸려왔다.

“예, 예, 잠시만요. 실장님, 손경완 씨입니다.”

“여보세요. 도착했어? 보통 녀석들이 아니니까 단단히 준비해서 올라가. 아무도 없으면 암자 통제시키고 대기하고 있어.”

내리막길로 달리기 시작했다. 다른 세상이 열려 있었다. 기철진은 마음이 푸근해졌다. 창을 열었다. 한껏 들이마셨다. 자신의 어투와 마찬가지로 경상도 사투리를 쓰는, 언어의 지방색으로 걱정하지 않아도 좋은 곳이었다.

차는 읍내로 들어섰다. 경찰차는 마을에 들어서면서 경보기를 껐다. 네거리에서 오른쪽으로 꺾어들었다. 지곡리라는 팻말이 보였다. 이번에는 왼쪽으로 꺾었다. 계곡을 따라 얼마 가지 않아 차도가 끊어졌다.

“황 기사님은 여기 계세요. 올라오실 것까지는 없으니까.”

차평무는 경찰차로 다가갔다.

“큰 도움이 되었습니다.”

“같이 행동하라는 상부의 지시를 받았습니다만.”

“그럴 것까지는 없습니다. 중대한 일이 생기면 이곳 경찰서에 도움을 요청하겠습니다.”

차평무는 단호하게 말했다. 경찰관들은 서로 눈빛을 주고받으며 난처해하다가 결국 돌아갔다.

가파른 주흘산 정상에 구름인지 안개인지 구분이 안 되는 것이 걸려 있었다. 신비스러웠다. 기철진은 기지개를 켰다.

"기형, 빨리 올라갑시다."

산악 훈련을 하듯 빠른 걸음으로 오른 지 20여 분이 지나자 '시시보전'이라고 써 놓은 법당이 보였다. 경내에 들어섰다. 몇 명의 사내들이 서성거리고 있었다. 말쑥한 양복을 차려 입은 사내 하나가 다가와서 차평무에게 말을 건넸다.

"아무도 없어."

다케다 교수는 흥분이 가시자 비로소 안도의 한숨이 나왔다. 이제 일본으로 가져가 면밀히 검토해 보는 일만 남은 것이다.

당시 아시아 최강대국 고구려가 영구히 보존할 목적으로 금가루를 입힌 먹물로 글씨를 쓰고 동물 가죽으로 표지를 만든 것으로 보면 책의 중요성은 충분히 짐작하고도 남았다.

각각 2센티미터나 되는 낱권의 두께로 보아, 그것의 전체 분량은 사마천의 ≪사기≫를 비롯한 동북아 어느 나라의 사서를 능가하리라는 것을 어렵지 않게 짐작할 수 있었다. 권(卷)과 책(冊)이라는 서적의 구체적인 셈으로 엄밀히 비교해 보아야 하지만 한지의 원지(原紙) 20장을 한 권 또는 한 동이라고 칭한 조선 종이의 셈 단위만 떠올리더라도 그럴 가능성이 짙었다.

다케다 교수는 전율을 느꼈다. 암자에서 얼핏 넘겨 보았을 때 '飄海部族曰倭也(표해부족왈왜야)……'라는 글귀로 이어지는 대목이 있었다. 고대의 일본, 즉 왜가 지금의 열도가 아니라 대만과 열도 사이에 널린 무수한 작은 섬들, 즉 오끼나와(沖繩)·난세이(南西)·아마미(奄美) 제도

(諸島)를 떠돌던 미개 잡부족(雜部族)을 통칭하는 말임을 엄연히 나타내는 것이었다.

이것은 7세기 신라에 망한 백제가 또 다른 영토인 열도로 건너온 다음 나라 이름을 일본이라 고쳤다는 주장을 멀리에서 근거해 주는 것으로 이 글귀 뒤에 이어지는 문장을 해석해 보면 일본의 국가 기원에 관해 엄청난 역사적 사실이 밝혀질 것이었다.

'자삼황선군족오제기서자야국천세후국명왈상시어조선후(自三皇禪君族五帝其庶子也局千歲後國名曰商始於朝鮮候)……'라는 대목도 눈을 스쳐 간 기억이 났다.

중국의 전설상의 시조로 알려져 있는 삼황이 단군족으로부터 나왔고 오제는 그 삼황의 지파 자손들이라는 말이었다. 또 그 삼황오제로부터 1000년이 흐른 뒤에 나라 이름을 상(은나라의 옛 이름)이라 했는데, 이는 조선의 제후국이라는 말이었다.

아, 입을 다물 수 없는 엄청난 사실이었다. 최소한 기원전까지의 동북아 역사는 송두리째 다시 쓰여야 할 날이……. 고조선, 어쩌면 그 이전 환인과 환웅에 대한 역사적 실체까지도 낱낱이 드러날 것이 불을 보듯 뻔한 일이었다. 다케다 교수는 사마천이 ≪사기≫를 저술하면서 그들의 개조 삼황오제에 관한 내용은 신화에 불과하다고 중국사에서 빼버린 이유를 짐작할 수 있을 것 같았다.

전설로 알려져 왔던 이 사서가 실제하는 것이었고 또 그것이 지금 20세기 말에 발견되었다는 사실이 알려진다면 한국·일본·중국·몽골뿐만이 아니라 구미 각국에도 널려 있는 동양사학자들의 연구열에 기름을 끼얹을 것은 자명한 이치였다. 그리하여 일본이 지금까지 빈틈없이 추진해 온 한국의 역사와 한일관계사에 대한 모든 작위적인 노력이 필연적으로 큰 곤경에 처하게 될 때, 일본의 근원이 설 자리는 어디가 될 것인가. 다케다 교수의 눈썹이 떨리고 있었다.

또 하나 놀라운 것은 책의 내지가 한지(韓紙)라는 사실이었다.

'2세기 초 후한의 채륜이 종이를 만들었다는 기록에 앞서 고구려시대에 한지가 쓰이고 있었다니?'

그것은 결국 단군 조선에서 한지를 만들었다는 기록 때문에 위서(僞書)로 알려 있는 사서 하나가 정사성을 얻는 획기적인 계기가 될 것이었다.

지질을 두고 연대 측정을 해보나 마나 세계 문화사에 있어서도 인류 최초의 종이는 한나라 채륜의 것이 아니라 단군 조선의 마한 지역에서 이미 만들어 쓴 한지로 수정되어야 할 일이었다. 얼마 전에는 1천 300년 전의 종이가 발견된 적도 있지 않았는가?

나무껍질로 만든 종이가 1천년 이상 보존될 수 있다니……. 세계 모든 시민의 시선은 이 불가사의한 나라, 한국에 집중될 것이다. 한국의 역사와 정치와 법을 알고 싶어할 것이고 언어와 철학과 문화와 민족의 특질을 배우고자 몰려들 것이다. 1만 년 전, 동북아 대륙에 등장해 지구상 최초로 법질서를 구현한 나라, 어느 누가 그 나라를 세운 민족에게 관심을 갖지 않겠는가.

다케다 교수는 전율을 떨어냈다. 책이 자신에게 발견된 것은 이미 하늘의 뜻이 일본에 있기 때문이라고 생각했다. 길고 긴 안도의 한숨이 수십 번도 더 나왔다.

"서울……은 얼마나 남았……나?"

그의 목소리는 아직도 떨리고 있었다.

"예, 삼십 분 정도면 들어설 수 있는 거리인데……."

다케다 교수는 고개를 숙이고 앞 유리창 너머로 길게 줄지어서 있는 차들을 보았다.

"사고라도 난 건가?"

"검문을 하고 있는 것 같습니다."

경내에 있던 또 다른 사내가 걸어왔다.

"사장님, 저쪽에 땅을 판 흔적이 있습니다."

"그래?"

차평무는 소리 없는 웃음을 지었다.

"거긴 아닐 테고……. 손 사장, 애들 시켜서 저기 댓돌을 들어내보지."

"알았어."

사내들은 손경완의 충실한 신하처럼 움직였다. 한 사람씩 네 귀를 잡고 힘을 쓰자 무거워 보이는 댓돌이 들렸다. 그들은 댓돌을 던지듯이 내려놓았다.

"철용이가 한번 파봐."

그는 익숙하게 삽질을 하기 시작했다. 그러나 몇 차례 흙을 파기도 전에 고개를 갸우뚱하며 삽질을 멈추었다.

"사장님, 마당에서처럼 누가 먼저 파냈다가 도로 덮어 놓은 것 같은데요. 무거운 댓돌에 눌려 있었던 흙이라면 이렇게 쉽게 들어가지는 않거든요."

"뭐야? 삽 이리 내봐."

차평무는 소리를 지르며 그가 들고 있는 삽자루를 빼앗듯이 받아들었다. 땅을 찔러보았다. 마철용의 말이 옳았다. 차평무의 얼굴이 상기되어 있었다. 서둘러 파들어갔다. 삽끝에 무언가 닿았다. 맨손으로 흙을 쓸어 냈다. 그는 사내들을 돌아다보며 소리쳤다.

"이거 빨리 들어내봐."

우르르 달려든 사내들은 몸을 사리지 않고 흙을 파내고 손으로 쓸어 내고 하다가 마침내 선물용 음료수 상자 크기만한 나무상자를 들어냈다.

차평무는 나무상자를 받아들고 잠시 살폈다. 그러더니 단단히 안아 쥐고 덮개 부분을 잡은 손에 힘을 주었다.

"제가 해보겠습니다."

철용이가 나섰다.

"괜찮아. 흐음!"

재차 힘을 주자 뚜껑이 떨어져 나가버렸다. 상자 속에는 아무것도 들어 있지 않았다. 하얀 쪽지 한 장이 눈에 띄었다. 순간적으로 차평무의 얼굴이 심각해졌다. 그는 상자를 내던지고 쪽지를 펴보았다.

"이런……!"

그는 땅이 꺼질 듯한 신음을 내뱉었다. 동시에 그의 손에 있던 쪽지가 부르르 아귀 쥐어지는 소리가 들렸다. 참지 못할 분노에 휩싸인 듯 차평무는 쪽지를 뜰에다 내동댕이쳤다.

"도대체 뭐라고 씌어 있길래……."

손경완이 천천히 걸어가 주워들었다. 기철진은 그의 어깨 너머로 다가갔다.

他年地下相逢處 莫說人間漫是非(타년지하상봉처 막설인간만시비)
죽은 다음 저승에서 서로 만날 때는 이승에서 일어났던 일들에 대해
부질없는 시비를 말하지 말자.

“아.”

기철진도 아찔해졌다. 다케다 교수가 먼저 다녀갔음을 말해 주고 있었다. 게다가 차평무를 조롱하는 시구를 한 구절 써두기까지 했다.

차평무는 툇마루로 걸어가 쓰러지듯이 걸터앉았다. 얼굴은 주흘산을 향하고 있었다. 무표정하게 산정을 바라보는 그의 눈빛이 힘겨워 보였다. 사내들은 어찌 해야 할 바를 몰라 우두커니 서 있었다.

기철진은 용기를 냈다. 차평무가 이렇게 끝낼 사람이 아니라는 것을 잘 알고 있었다. 쪽지를 호주머니에 넣고 삽을 주워들었다. 기철진은 흙을 도로 묻기 시작했다.

“너희가 해.”

손경완의 입이 떨어지자 마철용이 기철진에게 다가왔다.

“삽을 이리 주십시오.”

“괜찮습니다.”

댓돌이 다시 놓였다.

“어떻게 된 거야?”

손경완이 의아스러운 표정을 지었다. 차평무는 아무 대꾸도 하지 않았다. 그는 천천히 걸어 내려갔다. 기철진은 두어 걸음 뒤에서 따라갔다.

손경완 일행은 스무 걸음 뒤에서 걸어오고 있었다.

“기형, 그 쪽지 말이오. 다케다가 쓴 글씨 말고 다른 건 없는지 한번 보시오.”

차평무는 뒤도 돌아보지 않고 말했다. 기철진은 호주머니에서 쪽지를 꺼내 펴들었다. 연한 녹색으로 호텔 이름과 전화번호가 인쇄되어 있었다. 그것뿐이었다. 기철진의 말을 들은 차평무는 고개를 가로저었다.

차 가까이에서 어린아이들이 놀고 있었다. 이따금 깔깔거리는 웃음소리가 들렸다. 아이들이 일행을 발견하고는 모두 메추리처럼 저만치 달아났다. 황 기사는 운전석에서 눈을 붙이고 있다가 차평무가 문을 여는 소리에 황급히 몸을 일으켰다.

"그만 서울로 올라가지요."

"예, 실장님."

차평무는 등받이에 기대어 눈을 감았다. 기철진은 안타까웠다. 아무런 도움도 되지 못하고 있는 것이 미안했다. 황 기사가 시동을 걸었다.

아이들이 천천히 다가오고 있었다. 함박 웃음꽃을 머금은 얼굴이었다. 시골 오지의 어린이들이라 순박하기만 한 모습이었다.

"형, 잠깐만예."

차평무는 기철진이 화장실을 가려니 여겼는데 그게 아니었다. 구멍가게로 들어간 기철진이 큼직한 상자에 과자와 우유를 한아름 담아들고 나오는 것이었다. 차평무는 그 모양을 물끄러미 보고 있었다.

"실장님, 저 사람이 뭐하려는 겁니까?"

"가만, 한번 두고 봅시다."

"근래 탈옥한 죄수 하나가 한국 전역을 벌집 쑤시듯 하고 있거든요. 심지어는 경찰의 인사적체 해소권자라는 우스갯소리도 나돌고 있습니다. 그놈 때문에 옷을 벗는 경찰관들이 많아서요."

"그래? 하기야 열 사람이 도둑 하나 잡기는 어렵다고 하지 않나."

"도둑이라……."

"허허허."

다케다 교수는 멋쩍은 웃음을 지었다. 무장한 전경 한 명이 다가왔다.

"실례합니다. 신분증 좀 보여주십시오."

운전하던 청년이 면허증을 내밀었다. 경찰관은 차 안을 둘러보았다.

"죄송합니다만, 승객들 모두 신분증을 제시해 주십시오."

다케다 교수는 두 청년과 함께 여권을 꺼내어 전경에게 주었다. 그는 그것을 받아들고 초소로 갖고 갔다. 그의 상사인 듯한 경찰관이 다가왔다.

"차를 이쪽으로 대주십시오."

다케다 교수는 은근히 불안해졌다.

기철진은 손짓으로 아이들을 불렀다. 그러나 녀석들은 서로 눈치만 볼 뿐 다가오지 않았다. 과자와 우유를 손에 들고 주겠다는 시늉을 했다.

망설이던 끝에 한 녀석이 잽싸게 뛰어와서 받아갔다. 그때서야 다른 아이들도 슬금슬금 다가왔다. 기철진은 과자와 우유를 하나씩 안겨준 다음, 큰 과자봉지 하나를 높이 들었다.

"이거는 내가 묻는 말에 대답하는 사람한테 준다."

"머여?"

"머여?"

경계심이 풀린 아이들이 저마다 소리쳤다.

"어제 여기에 차를 타고 온 사람들, 누구 본 사람?"

기철진이 찬찬히 아이들의 얼굴을 살펴보려는 순간, 몇 녀석이 저요, 저요하며 어깨까지 치켜세우고 손을 들었다.

"니 한번 말해바아라."

지명 당한 녀석이 차려 자세로 나와 섰다.

"어제 저녁쯤에여, 저 차처럼 시커먼 차가 한 대 와가여, 어떤 사람들이 저 우에 있는 절로 올라갔어여. 언자 됐지여? 그거 내 주이소,

퍼뜩."

기철진은 그 녀석에게 과자봉지를 안겨주었다. 그는 상자에서 또 하나를 집어냈다.

"아까 손을 든 니, 이번에는 니가 말해바아라."

"나도 상률이캉 똑같아여."

아이들이 까르르 웃었다.

"그래 말하마 안 준대이. 똑같아도 자세히 말해야 주지."

"음, 음, 나는 어제여, 그 아저씨들이여, 음, 음, 네 명이여, 산에서 내리와 가이고여, 가는 거까지 봤어여."

기철진은 녀석의 머리를 쓰다듬어주고는 과자를 안겼다. 그랬더니 여자 아이 하나가 불쑥 소리치는 것이었다.

"나는 오늘도 봤어여. 아저씨들 오기 전에여."

기철진은 다시 과자봉지를 꺼냈다.

"오늘 아침에 본 사람도 이거 준다. 니 다시 말해 봐라."

"오늘이 식목일이라 노는 날인 줄도 모리고 학교에 갈랏고 나와가이고 봤어여. 맹 어제 온 사람들이라여."

"하이튼 봉자 저 가시나 저거, 얼빵하기는."

한 녀석이 핀잔을 주는 소리에 둘러선 아이들이 와하하 웃음을 터뜨렸다. 봉자는 비분한 마음에 눈을 흘겼다. 기철진은 이번에는 두 봉지를 꺼냈다.

"어제하고 오늘도 온 그 차, 차 번호를 아는 사람 있으마 이거 다 준다."

아이들이 무언가 생각하는 듯했다. 하지만 아무도 손을 드는 녀석이 없었다. 그때였다.

"누가 번호 적는 거, 본 사람도 쥐여?"

"그라마. 누가 적더노?"

"어제 저녁에여, 동수 동생 대수가여, 그 아저씨들 차 보고여, 지도 어른이 되마 그런 차 탈끼라 카민서 공책에 그릿는데여, 번호까지 그리는 거 내가 봤어여."

"그 대수 카는 아, 어딨노, 지금?"

"내가 델꼬 와여? 집에 있는데여?"

"퍼뜩 델꼬 온나. 자, 이거는 니 끼고 이거는 대수 낀데, 대수보고 그 공책 가 오마 한 봉다리 더 준다 캐라, 알았제?"

그 녀석은 좋아라 하며 계곡을 가로질러 놓인 다리 위를 달려갔다.

"그런데 아저씨는 누군데 우리한테 과자를 공짜로 쥐여?"

"아저씨는 좋은 사람인끼네 그렇지."

"거짓말하지 말아여. 아저씨 경찰이지여? 그 사람들 잡으러 왔지여? 저 있는 아저씨들도 마카 경찰이고. 아저씨가 제일 쫄빙인갑다. 다른 아저씨들은 저래 차 안에 앉아 있는데."

기철진은 아이들에게서 눈을 떼고 고개를 들었다. 조금 전에 쫓아갔 던 녀석이 저보다 어린 녀석의 손을 잡고 뛰어오는 모습이 보였다. 그 뒤에는 또 한 녀석이 따라오고 있었다.

"아저씨, 야라여, 야가 대수라여. 아이고 숨 차."

"니 올해 및 학년이고?"

"예, 이 학년 해님반 백대수입니더."

대수는 손에 공책을 들고 있었다.

"어제 여 온 차보고 그림 그릿나?"

"예."

“그거 함 보이줄래?”

“이거여?”

기철진은 대수라는 아이가 펼친 공책을 보았다. 커다란 자동차가 한 대 그려져 있었다. 번호판 부위에는 네모를 쳐서 삐뚤삐뚤한 글씨로 차번호를 적어 놓았다. 기철진은 다케다 교수가 남기곤 간 쪽지에 그 번호를 옮겨 적은 다음 대수에게 공책을 돌려주었다.

과자봉지를 주자 대수란 녀석의 입이 함지박만하게 벌어졌다. 대수를 따라온 녀석은 닮은 걸로 보아 대수의 형 동수인 모양이었다. 기철진은 그에게도 과자를 하나 주었다.

“그라고 또 다른 차 본 적이 있는 사람?”

“우리 마을에는여, 동네 어른들 차 말고 다른 차는 잘 안 와여. 어제도여, 아침에는 모르겠는데여, 우리가 점심 묵고 여서 놀민서부터는 그 차 한 대뿌이 안왔어여.”

기철진은 구멍가게의 평상에서 일어섰다. 라면상자에는 아직 작은 과자봉지가 서너 개 남아 있었다.

“누가 제일 어리노?”

“야가 다섯 살이라여.”

기철진은 나이가 적은 순서대로 과자봉지를 나누어주고 차평무 곁으로 갔다. 그리고는 쪽지를 내밀었다. 차평무가 엄지손가락을 들어 보였다. 기철진의 어깨가 으쓱해졌다.

차가 출발했다. 아이들이 손을 흔들었다. 차 안에 탄 사람도 손을 내밀고는 흔들어 주었다.

“가게 주인 말이 아침에 큰 차를 대놓고 산에 올라갔다가 니리온 어떤 사람이 과자를 하나 사더니 그 안에 들어 있는 거는 애들 주라며 부어 놓고 빈 상자만 들고 갔다 카네예.”

“그래요?”

차평무의 눈에 생기가 감돌았다.

“아이들을 델꼬 엉뚱한 짓을 한 건 아인가 모리겠습니더.”

“아니오. 틀림없을 것 같소. 그 순박한 얼굴 어디에 거짓이 있겠소?”

“하지만 차가 어디 다케다 교수가 타고 온 것뿐이겠습니꺼?”

“현재로서는 우리가 입수할 수 있는 유일한 정보 아니오? 내 짐작에는 그 차번호가 틀림없을 것 같소. 아이들은 낯선 고급차에 민감하니까 말이오. 그런데 기형, 아이들 다루는 솜씨에 탄복했소. 이제 보니 숨겨 놓은 재주가 아주 많은데요, 허허허.”

차평무의 밝은 웃음소리를 듣고 기철진은 무언가 했다는 생각에 긴장이 조금 풀렸다. 차평무는 손전화기(휴대폰)를 들었다.

“여보세요. 형, 나야 평무.”

“어떻게 됐어?”

“차 번호를 알아냈어. 99퍼센트 정확한 거야. 차량도 수배 좀 해 줘. 지금쯤 서울로 올라가고 있거나 들어섰는지도 몰라.”

“어디에서 출발했어?”

“문경이야.”

“네놈 말만 믿다가 큰 문제가 생기는 거 아냐?”

“영전하시는 일이라니까 그러네.”

차는 고갯길에 들어섰다.

“최대한 빨리 달려주세요. 다케다가 오늘 아침에 들렀을 테니까 아직까지 서울에 도착하지는 못했을 겁니다. 어쩌면 따라잡을 수 있을지도 몰라요.”

"예, 실장님."

황 기사는 기어를 변속했다.

"우리가 무슨 죄라도 있소?"

그러나 경찰관은 아무런 대꾸도 없이 사무적인 말만 되풀이했다.

"지시에만 응해 주십시오."

다케다 교수는 청년에게서 전화기를 받아들었다.

"강 교수? 나 다케다일세. 아, 온천욕을 하고 서울로 올라오는 길에 글쎄 검문을 하는구먼. 무슨 일인지는 몰라도 차를 대라는데 아무래도 초소로 데리고 갈 모양이야. 이거 일본인들이 한국에서 언제까지 이렇게 대접받아야 하는지⋯⋯.

그리고 참, 내가 간밤에 곰곰이 생각해봤는데 말이야. 그 <백팔천녀도>는 아무래도 내가 그냥 갖고 있는 게 좋을 것 같네. 미안하네, 강 교수도 그걸 탐낸다는 것을 알고 있지만, 이 늙은 스승을 위해 적선한다고 생각을 하게.

검문이 길어져서 잘못하면 정 군이 준비해 둔 행사에 못 갈지도 모르겠네. 검문소 명칭 말인가? 그건 잘 모르겠고. 남한산성 근처쯤 되는가보이. 이것 참⋯⋯. 아, 그렇게 해 주겠나? 정말 고맙네. 그럼 서울에 가서 연락 하겠네."

다케다 교수 일행은 경찰관의 지시에 따라 차에서 내려 초소에 들어갔다.

"어디에서 오는 길입니까?"

"아, 지방에서 온천욕을 하고 서울로 돌아가는 길입니다."

"어디서 온천욕을 했습니까?"

"수안보 온천입니다. 그런데 무슨 일로 이러시는지……?"

"묻는 말에만 대답하시면 됩니다."

다케다 교수는 그만 무안해졌다. 이놈들이 무슨 낌새라도 알아 차렸다는 말인가. 그러나 지레 당황하는 모습을 보일 필요는 없었다. 경찰관은 책상 위에 놓여 있던 무전기를 들고, 그냥 들어서는 이해할 수 없는 말로 교신을 했다.

"이쪽으로 오십시오."

다케다 교수는 청년들과 경찰관을 따라갔다. 이미 그의 얼굴이 일그러져 있었다.

"이거, 무슨 일로 우리를……?"

청년들의 얼굴도 굳어졌다.

"별일 아닙니다. 확인할 게 있어서 그러니 여기 앉아서 잠시만 쉬고 계십시오."

경찰관은 초소의 낡은 소파를 가리켰다.

'믿을 건 강석민 교수밖에 없는데……. 도대체 어떤 놈이 무슨 소리를 지껄인 거지?'

다케다 교수는 어제 경찰서에서 자신을 무표정하게 바라보던 차평무가 떠올랐다.

'또 그 녀석이란 말인가? 강석민까지 데리고 가서 조사받고 나오는 것으로 완벽하게 일처리를 했는데 무슨 꼬리라도 잡혔단 말인가?'

다케다 교수는 초조해지기 시작했다. 지루한 시간이 지났다. 그러나 시계를 보니 겨우 20분이었다. 다케다 교수는 전화벨 소리가 짜르릉 울리는 소리에 깜짝 놀랐다. 식은땀이 종아리에서까지 배어나오는 것만 같았다.

경찰관 하나가 무장한 전경 여럿을 데리고 들어섰다. 다케다 교수의 표정에 절망의 빛이 어른거렸다. 청년들의 눈빛이 달라졌다. 그러나 다케다 교수는 그들의 팔을 슬쩍 잡아 제지시켰다.

"어제 예술의 전당에 계셨지요?"

"그렇습니다만?"

"본서에 가서 몇 가지 진술 좀 해주셔야겠습니다."

"진술이라면 어제도 했습니다."

"아무튼 같이 가주셔야겠습니다. 일어서십시오."

"모셔!"

전경들이 다케다 교수 일행을 에워쌌다. 그때 초소 안쪽에서 수화기를 내려놓은 초소장이 전경들을 제치고 다가왔다.

"혹시 도쿄대학에 재직하고 계십니까?"

"그렇소."

다케다 교수는 얼굴색을 확연히 바꾸었다. 초소장은 전경들을 내보낸 뒤 애써 겸연쩍은 웃음을 지었다.

"이거, 몰라뵙고 실례가 많았습니다. 어제 그곳 전시회에서 있었던 살인사건 때문에 경계 검문이 강화된 점을 양해해 주십시오. 용의자가 일본인이라는 제보가 들어와서 말입니다. 이만 가셔도 좋습니다."

그 말을 들은 다케다 교수는 오히려 무거운 표정을 지었다.

"그래서 나를 의심했다는 말이오?"

"의심은 아니고……."

"됐소. 남의 나라에 온 내가 잘못이지. 정말 가도 되겠소? 나로서는 본서로 가서 원하는 바를 진술하고 싶소, 허험."

"정말 죄송하게 됐습니다. 박 순경, 정중히 모시지 않고 뭘 하고 있는 거야?”

초소장을 위시한 초소 직원들이 줄줄이 따라나와 거수경례를 했다. 다케다 교수는 차에 탈 때까지도 긴장이 풀리지 않아 이마에 땀을 흘렸다.

운전하는 청년이 불쾌함을 나타내기라도 하듯 차는 공회전으로 굉음을 한바탕 쏟아 놓고 나서야 출발했다.

“자네들, 일처리는 빈틈없이 했겠지?”

“물론입니다. 사용한 독은 일본에서도 알려지지 않은 겁니다. 그건 스스로 중화되어버리는 특성이 있기 때문에 음료에 탄 지 한 시간만 지나면 어떤 상황에서도 발견해 낼 수 없으니까 아무 염려 마십시오.”

다케다 교수는 전화기를 다시 들었다.

“아, 강 교수 고맙네. 자네 덕분에 바로 나왔다네. 그런데 어제 말이야. 우곡의 죽음이 일본인과 관계되었다는 제보가 들어와 내가 탄 차를 세웠다는군. 이게 무슨 점잖지 못한 꼴이란 말인가? 어제 자네와 조사까지 받은 것도 나는 불쾌하게 생각하고 있지 않는 터에 조금 전과 같은 꼴을 당하고 나니 이 나라에 대한 애정이 가시는군……. 아, 그래? 아, 아, 그렇게까지나, 허허. 정말 고마우이……. 괜찮다면 지금 그쪽으로 갈까 하네만……. 그러지. 그럼 잠시 후에 보세나.”

강석민에게 <백팔천녀도> 얘기를 한 것이 적절했다. 전에도 몇 번 본 적이 있는 강석민의 오랜 친구, 한국고미술문화연구원의 황 원장이 조치를 취한 것이라고 했다.

다케다 교수는 그가 대법관 출신으로 한국 법조계에서는 가장 영향력이 있는 인사라는 점을 기억해 냈다. 게다가 황 원장은 자신에게 충실한 또 하나의 제자 정인수의 장인이기도 했다. 다케다 교수는 회심의 웃음을 지었다.

‘그 녀석은 천녀도 때문이라도 나를 빨리 한국에서 내보내고 싶겠지. 허허, 일이 이 정도면 문제될 것은 없어. 하지만 차평무, 그 녀석을 조심해야 돼. 무슨 꿍꿍이가 있는지 도대체 알 수가 없단 말이야. 언제가 될는지는 모르지만 암자에 올라가서 댓돌을 들어보는 날에는 아마 울화병이라도 생길 걸, 허허.’

“서울입니다, 선생님. 어디로 모실까요?”

“삼성동으로 가세.”

다케다 교수는 도쿄로 전화를 했다.

“나 다케다인데, 사토 의원님 좀 바꿔주시오……. 언제쯤 연락이 되오?……. 알았소. 그때 다시 연락하리다……. 무슨 놈의 골프 회동이 매일 있다는 거야.”

다케다 교수는 짜증 섞인 소리를 내뱉으며 시계를 보았다. 긴밀한 회동이 있어서 저녁 무렵이나 되어야 연락이 가능할 것이라는 비서의 말이었다.

‘긴밀한 회동이라? 경제 문제 때문에 결국 내각이 바뀔 모양이군. 이번에는 누가 오르려나……. 가만, 혹시? 그래, 그럴 가능성은 충분히 있어. 그렇다면 책을 찾았다는 소식을 빨리 전해 주어야 할 텐데…….’

“그게 아니라니까.”

“아니긴 뭐가 아냐! 내가 이 무슨 망신이야. 그것도 휴일 오후에 불려가서.”

“내 목을 걸겠어. 왜, 내 말은 믿지 못하는 거야?”

“언제 법이 사람 말을 믿는 거 봤어? 지금 당장 집으로 들어와!”

"형……!"

차평무는 한숨을 쉬며 전화를 끊었다. 불가항력이었다. 전화로 얘기가 될 일이 아니었다.

"무슨 문제라도 있습니꺼?"

기철진이 조심스럽게 그의 안색을 살피며 물었다.

"다케다가 수상과도 맞먹는 거물이라나? 수뇌부에서 호통이 내려왔다고 하오. 어느 정신 나간 놈이 그런 말도 안 되는 제보를 해 왔느냐고. 제보자를 당장 잡아들이라며 형에게 시말서를 요구했다는 거요. 화가 단단히 치민 모양이오. 소리를 버럭 지르고 전화까지 끊어버린 걸 보면. 다케다가 그 정도로 막강한 배경을 심어두고 있는 줄은 미처 몰랐소."

차평무는 생각에 잠겼다. 이윽고 그는 어딘가에 전화를 했다.

"비서실 부탁합니다. …… 오늘 당직인 남자 직원이 누굽니까? …… 나 차평무요. …… 안 대리? 오랜만이오. …… 수고스럽겠지만 지금 즉시 곽정출 이사에게 비상연락을 취해서 내게 전화를 하라고 전해 주시오. 지금 즉시, 알겠소?"

5분도 안 되어 전화가 걸려왔다.

"곽 이사님?……예, 접니다. 부탁드릴 일이 있어서요. ……지금 다케다가 한국에 와 있습니다. 공항에 손을 좀 써서 다케다가 출국 비행기편을 예약해 놓았는지 한번 알아봐 주세요. 만약에 예약이 안 되어 있다면 예약이 되는 즉시 저에게 연락이 되었으면 합니다. …… 다케다가 지금 그 보물을 저보다 한 발 앞서 찾아가버렸는데 이대로 출국해버리면 끝장입니다. …… 모처럼 쉬고 계시는 휴일에 번거롭게 해드려서 죄송합니다만 사안이 사안이라서요. …… 부탁드립니다. …… 그럼 연락 기다리겠습니다.”

그는 다시 번호를 눌렀다.

“손 사장, 나야. 틀림없는 애들 지금 몇 명이나 동원할 수 있어? ……
그래? 그럼, 서너 명 골라서 공항으로 좀 보내줘. 일본 애들과 안면 없
는 녀석들로 …… 그렇지, 별도 지시가 있을 때까지 그냥 공항에 박아
둬. …… 출국시간 알아보라고 해 놓았으니까 연락받는 대로 전화해 줄
게.”

기철진은 궁금했다.

“형, 말하는 기, 꼭 조직폭력배 두목 같습니더.”

“허허, 사실 기형에게 한 가지 숨긴 게 있소.”

“멀 말입니꺼?”

“기형이 나하고 있을 때 여러 번 마주쳤던 그 사내들 말이오.”

“그 사람들……. 형이 아는 사람들이지예?”

“아버지께서 내게 붙인 감시자였소. 처음에는 신경 쓰지 않으려고
했는데 그놈들이 자꾸 기형의 눈에 띄잖소. 그래서 단단히 주의를 주
었지요. 한 번 더 들키면 가만두지 않겠다고. 그랬더니 그 후부터는 변
장을 하고 따라다니기 시작한 거요. 서울로 올라올 때도, 어제 전시장
에서도, 우곡의 빈소에서도, 기형은 학교 앞 통천에서 보고 그 후론 못
보았지요?”

“한 번 더 봤습니더. 아래 봉황동 집에서 나와가 보이 형이 그 사람
들하고 이야기를 하는 것 같데예.”

“그것까지 보았소? 그런데 왜 지금까지 얘기하지 않았소?”

“안 그래도 물어볼랏고 마음묵고 있었습니더. 무슨 사연이 있는강.
그런데 저 뒷차에 탄 손 사장이라 카는 사람은 누굽니꺼? 친구 사이처

럼 말을 하시던데?”

“고등학교 때 단짝으로 지낸 동창생이오. 졸업하고부터 줄곧 험한 길을 가다가 군대 가서 정신 차리고 나온 놈이오. 녀석은 장기간 근무했던 특수부대를 제대하고 마음 맞는 동료 부대원들을 모아서 경호경비회사를 운영하고 있소. 퇴직한 고위 경찰관도 위촉해 놓고 말이오.

기형이 자주 마주쳤던 사내들도 녀석 회사의 직원이오. 그들이 너무 귀찮아 녀석에게 연락했더니만 녀석이 한술 더 뜨는 게 아니겠소? 회사 직원들을 아우처럼 여기라고 말이오.

아무튼 저 철용이가 가장 믿을 만한 직원인 모양이오. 한때 폭력계를 떡 주무르듯이 했다는 말도 있는데, 군대에 가서 사람 되어 나왔다고 합디다.”

“지는 그것도 모리고…….”

“의심이 들 만도 했지요. 아무튼 미안하오.”

“사과할 것까지는 없습니더.”

“그나저나 이제 그 늙은 여우를 어떻게 찾아야 할지…….”

차는 서울에 들어서고 있었다.

“온천이 좋았던 모양입니다, 선생님.”

“한국의 천연수는 알아줘야 하지 않겠나? 모두 천수(天水)가 땅 속으로 스며들어 지열로 더워진 온천이니까 말일세, 허허.”

“인사하시죠, 이쪽은 명성이 자자하신 황 원장입니다.”

“아, 만나뵙게 되어 영광입니다. 다케다 세이야입니다.”

“어서 오십시오. 황성곤입니다. 앉으시지요.”

다케다 교수는 황 원장이 권하는 소파에 몸을 내렸다. 사무실은 아담하고 깨끗했다. 대법관까지 지낸 위풍은 어디에서도 찾아볼 수 없었다. 다케다 교수는 황 원장이 강석민의 실체를 모르고 있다는 느낌이 들었다.

"사무실이 무척 아늑합니다."

"초라해서 미안합니다. 그런데 서울로 올라오시다가 봉변을 당하셨다구요?"

"봉변이라는 말은 당치 않습니다. 검문 검색에는 외국인이라 할지라도 신실하게 응해야 마땅한 일이지요. 다만 무슨 트집이라도 잡을까 겁이 나서 그만 강 교수에게 연락을 했는데, 이거 큰 폐를 끼쳐 대단히 죄송합니다."

"당치 않습니다. 폐라니요? 아직 우리나라는 외국 손님을 대하는 예법이 서툴러서 그런 것이니 너그러이 이해하십시오."

"허허허."

다케다 교수는 웃고 말았다.

"강 교수한테 대강 들었습니다만, <몽유도원도>를 한국으로 돌려보내겠다고 하셨는데 우곡 선생이 고집을 부렸다면서요?"

다케다 교수는 강석민 교수의 얼굴을 쳐다보았다.

"제가 말씀드렸습니다. 황 원장은 충분히 입수할 수 있는 사람이니까요."

"하지만 어찌하겠습니까? 노화백께서 순수한 학구열도 받아들이지 않으시니, 원. 허허."

다케다 교수는 짐짓 너털웃음을 흘렸다.

"돌아가신 분은 돌아가신 분이지만, 학문에 필요하시다니 제가 한 번 알아봐드리지요."

“그렇게 해주신다니 영광입니다.”

“그런데 책 내용은 대관절 어떤 겁니까? <몽유도원도>까지 생각하고 계신 걸 보니 아주 귀중한 책인 모양이지요?”

“저에게는 중요한 책이지만 다른 사람들에게는 있으나마나한 겁니다. 자세히 말씀드리자니 제가 부끄러워질 것 같고……”

다케다 교수는 말을 흐렸다.

‘바보 같은 놈, 대법관까지 지낸 세퍼드에게 그런 말을 흘리다니……’

“역시 대학자다우시군요. 겸손하신 모습을 뵈니 말입니다. 우리 정 서방의 스승님 되신다고 들었습니다만.”

“정 군은 뛰어난 제자 가운데 하나입니다. 그래서 아주 자랑스러워하고 있고 있습니다. 황 원장님께서도 퍽 즐거우시겠습니다. 그런 훌륭한 청년을 사위로 맞이하셨으니, 허허.”

“앞으로도 잘 가르쳐 주십시오. 젊은 사람들은 빨리 무언가 이루어보려고 덤벙대기가 쉬워서 그게 걱정입니다.”

“정 군은 그런 청년이 아니라고 확신하고 있습니다.”

“너무 과분한 칭찬을 들으니……, 허허.”

황 원장은 본의 아니게 사위 자랑을 늘어 놓은 것 같아 얼른 화제를 바꾸었다.

“소장하고 계신 미술품이 많다고 들었습니다. 한번 소개 좀 해주실 수 있겠는지요?”

“뭐, 대부분 별것 아닙니다. 아끼는 것으로는……”

“아침에 사모님께서 다섯 시까지는 들어오라고 하셨습니다. 외출할

일이 있으시다고요. 댁으로 전화를 한번 드려보시지요. 혹시 늦어졌다
가……."

"알았어요."

차평무는 시계를 보았다. 시시암을 오가며 생각보다 많이 지체했다
는 생각이 들었다.

"접니다, 어머니."

"얘, 너는 어디로 돌아다니는 거냐? 지금 황 기사와 같이 있는
거야?"

"예, 급한 일이 좀 있어서요."

"장가가려는 일이냐?"

"그 일보다 더 급한 일이에요. 차는 오늘 제가 좀 쓸게요. 중요한 일
이라서……."

"무슨 일로 돌아다니고 있는지, 원……. 그렇게 하렴, 그럼."

"고맙습니다."

"방금 지연이한테서 전화가 왔더라. 네가 지방으로 내려가기 전에
같이 식사라도 하고 싶다고 말이다. 전화라도 한 통 해줘. 전화번호
가……. 알았니?"

"예, 하지만 총각이 유부녀를 자꾸 만날 수 있나요, 어디?"

그녀를 만날 경황이 아니었다. 하지만 전화 정도는 해주어야 했다.
그래도 한때는 친남매처럼 지냈던 사이였다. 토라지면 감당할 수 없는
새침떼기에게 공연히 트집잡힐 필요는 없었다.

차평무는 전시장에서의 일이 생각나서 피식 웃었다.

'지연이가 정인수의 아내라니. 정인수가 많이 놀랐겠지? 아내의 첫
사랑이라는 사람이 저에게 가장 껄끄러운 상대일 줄은 몰랐을 테니

까······.’

차평무의 눈동자가 갑자기 번뜩거렸다.

‘가만, 정인수와 다케다 교수가 어제 같이 있었지? 정인수의 소재를 알면 혹시······?’

“여보세요. 황지연 씨 부탁합니다.”

“저예요.”

“응, 오래비야.”

“지금 어디야?”

“일 좀 보고 있어.”

“저녁에 식사라도 같이 해. 내가 번 돈으로 오빠에게 한턱내고 싶단 말이야.”

“뜻은 고맙다만 다음에 하자. 내가 지금 많이 바빠.”

“안 돼. 정말 이렇게 나올 거야? 애인이라도 생겼어?”

“신랑은 어떻게 하고 놀 생각이야?”

“우리 신랑은 오늘 밤에 못 들어와.”

“집에서 어떻게 했길래 남편이 외박을 해?”

“오빠는 나를 어떻게 보는 거야? 일본에서 온 예전의 지도교수랑 사은의 밤 행사가 있어. 행사가 끝나고 호텔에 같이 묵을 모양이야.”

“뭐? 사은의 밤이라고? 그곳이 어디야?”

“왜 그렇게 호들갑이야, 갑자기?”

“어디냐니까!”

“귀청 떨어지겠네. 발해호텔이야. 그런데 그건 왜 물어?”

“행사는 몇 시부터 시작해?”

“다섯 시라고 하던데?”

“알았어. 고마워”

“거기 갈 거야? 그럼 나도 가지, 뭐. 우리 회사에서 기획한 행사니까 애들 하는 것도 좀 볼 겸.”

“지연이가 올 것까지는 없어. 참, 이건 신랑한테는 비밀이다? 호텔에 잠깐 들렀다가 시간 봐서 연락할게.”

“정말이지?”

“그럼, 그 대신에 너도 비밀 지켜.”

“알았어요. 첫사랑 오라버니. 전화 기다리고 있을게.”

차평무는 이얍, 주먹을 불끈 쥐었다.

“황 기사님, 차 좀 세우세요. 기형, 다케다를 찾았소.”

“차말로 다행입니더.”

차평무는 차에서 내렸다. 뒷차로 따라온 사내들이 그에게로 걸어왔다.

“손 사장, 내가 찾고 있는 그 일본 늙은이가 조금 후 다섯 시부터 발해호텔에서 열리는 어떤 행사에 참석할 거야. 혹시 발해호텔에 선을 좀 댈 수 있어?”

“발해호텔이라면……. 시청 근처에 있는 호텔 아냐?”

“그곳이라면 맡겨 두십시오. 서강석이라고, 별명이 깡똘이라는 후배 녀석이 나이트랑 주차장이랑 죄다 관할하고 있는 곳이니까요.”

마철용이 말했다.

“그래? 그럼 지금 바로 호텔 주차장으로 가서 차량을 확인해 봐. 확인만 하고 내게 바로 전화를 해. 출발해.”

“같이 갈 거 아냐?”

“나는 행사 시작 직후에 도착하도록 할게. 호텔 근처에서 어정거리다가 혹시라도 다케다 눈에 띄면 서로 곤란해지니까."

"그 녀석들 찾으면 어떻게 할까?"

"연락만 해줘. 일은 현장에 도착해서 생각하자구."

"알았어. 자, 우리는 가자."

그들은 서둘러 차에 올랐다. 그때 황 기사가 차에서 내렸다.

"실장님, 곽 이사님 전화입니다."

"접니다. 예, 내일 오전 첫 비행기라구요? 고맙습니다, 곽 이사님."

"자네, 황 원장에게 공연히 책 이야기를 끄집어낸 것 아닌가?"

"무슨 말씀인지?"

"이젠 비명에 가버렸네만, 권력으로 누른다고 그 늙은이가 책을 내놓을 거라고 생각한 것 아니냔 말일세."

"황 원장은 권력으로 사람을 대하는 타입이 아닙니다. 얘기를 나누다 보니 그도 우곡과 면식이 좀 있다고 하더군요. 그래서 몇 마디 해준 것뿐입니다."

다케다 교수는 속으로 혀를 찼다.

'이 녀석, 참 큰일 날 짓을 하고 있었군. 그나마 찾아냈기에 망정이지 하마터면 모든 게 수포로 돌아갈 뻔 했잖아? 적어도 황 원장은 격이 있는 척 어설픈 인품을 흉내 내고 있는 꼴은 아니야. 그런 그가 어떻게 이런 불학무식한 놈을 벗으로 삼아 지낸다는 말인가? 참 알 수 없는 일이군. 하지만 이젠 너무 닦달할 필요는 없겠지.'

"그런가? 진작 도움을 좀 받을 걸 그랬군."

"앞으로 많은 도움이 되지 않겠습니까?"

다케다 교수는 고개를 끄덕였다.

"이젠 행사장으로 가봐야지?"

"예, 선생님."

"차는 어디에 뒀는가?"

"저쪽에 있습니다."

"그럼 거기서 만나세."

다케다 교수는 발해호텔로 가는 길에 다시 사토 의원 사무실로 전화를 했다. 그러나 비서는 아직 연락이 닿지 않는다는 말뿐이었다.

다케다 교수는 사토 의원이 틀림없이 차기 내각 구성과 관련된 막판 조율을 하고 있다는 것으로 생각을 굳혔다. 일본에서 몇 안 되는 최고 권력자층에 속하는 그가 장시간 연락이 되지 않는다면, 그리고 현재의 정치적 기류로 보아서도 그는 수위급의 권력 상충부와 비밀 회동을 하고 있을 것이었다.

'행사장에는 필시 보는 눈이 많을 테니 책을 들고 들어갈 수도 없고, 어떻게 한다? 대사관이 안전하긴 하지만 사토의 협조도 없이 무턱대고 맡겨 놓기도 불안하고…….'

"저희도 행사장에 들어갈까요?"

"그럴 것까지는 없네."

"책은 가지고 계셔야 하지 않습니까?"

"그렇긴 한데……. 도쿄와 통화를 한 다음 방안을 마련하기로 하지."

"알겠습니다. 선생님."

"그나저나 사토 의원이 이렇게 연락이 안 되니, 원."

차평무는 무심하게 기다렸다. 초조한 것은 오히려 기철진이었다. 뜨끔, 기철진이 놀랄 만큼 큰 소리로 전화벨이 울렸다.

"여보세요. 응, 나야. 수배가 됐어? ……한 녀석이 차 안에 있단 말이지? 그렇다면 그 녀석이 책을 지키고 있는지도 몰라. 눈에 띄지 않게 감시하고 있어. 지금 출발할게."

호텔 정문에는 다케다 교수를 환영하는 현수막이 크게 나붙어 있었다. 차평무가 도착하자 손경완과 사내들이 다가왔다.

"차는 어디에 있어?"

"지하 주차장이야. 마찰용이 안에 탄 녀석과 안면이 좀 있다는군."

"한국으로 파견나온 녀석이 틀림없는 것 같습니다."

"그놈도 아우 얼굴을 잘 알아?"

"모를 겁니다. 몇 년 전에 어떤 행사가 있어서 저도 참석했다가 먼발치에서 보았습니다. 서로 인사까지 나누지는 않았습니다."

"잘됐어. 손 사장, 행사장은 어때?"

"시작한 지 십 분쯤 지났어. 다케다가 막 도착했다더군. 행사장에 특별한 일이 있으면 연회 담당 직원이 연락해올 거야."

"주차장에 있는 놈은 차에서 끌어낼 수 있겠어?"

"애들 몇을 준비시켜 놓았어."

"그럼 잡음 나지 않게 처리해줘. 지금 바로."

말쑥한 청년 하나가 발해호텔 지하 3층 주차장 으슥한 곳에 차를 대어놓은 채 운전석에 타고 있었다. 주차원 한 명이 그에게 다가갔다.

"키를 주시고 내리시죠."

"괜찮아요. 곧 나갈 거니까."

"그럼 주차권을 좀 보여주시겠습니까? 이렇게 계신 분은 잘 없어서요. 확인만 하면 됩니다."

운전석에 앉아 있던 청년은 차유리를 조금 내리고 주차권을 내밀었다. 그때 별안간 주차원이 그의 팔을 잽싸게 낚아채고는 세차게 당겨버렸다.

청년의 얼굴이 차창에 강하게 부딪혔다.

주차원은 얼른 한 손을 차창 안에 넣어 그의 머리카락을 움켜잡고는 머리를 흔들어 연신 차창에 찧었다. 그 사이에 다른 주차원이 조수석 창을 깨고 잠겨진 문을 열었다.

차량 경보기가 울리기 시작했다. 주차원들은 청년의 머리채를 잡고 밖으로 끌어냈다. 그는 끌려나오자 마자 주차원들의 주먹 세례에 정신을 차리지 못했다. 입과 코에서 피가 흘러나오기 시작했다.

얻어맞고 있던 청년이 틈을 타 품속으로 무언가를 꺼내 반사적으로 휙 그었다. 주차원 하나가 배를 움켜잡고 비명을 질렀다. 피투성이가 된 청년은 비틀거리며 벽을 짚고 일어섰다.

"너……너희들 누……구야?"

그러나 주차원들은 싸늘한 냉기를 피우며 그를 에워쌌다. 청년은 벽쪽에 붙어 섰다. 청년의 팔을 잡아당겼던 주차원의 손에는 쇠파이프가 쥐어져 있었다.

입구 쪽에서 주차원들이 또 나타났다. 청년은 사태를 짐작했다. 그는 갑자기 칼을 휘두르며 돌진했다. 쇠파이프를 들고 있던 주차원이 비껴앉으며 그의 정강이를 휘둘러 쳤다.

"윽."

청년은 휘청 하고 쓰러져 굴렀다. 주차원은 재빨리 그의 허리를 내리쳤다. 다시 비명이 터져 나왔다. 그것으로 끝이었다. 그는 일어나지 못했다. 눈자위가 풀리고 있었다.

“칼 뺏어.”

사태를 지켜보고 있던 마철용이 말했다.

“예, 형님.”

주차원의 쇠파이프가 다시 그의 손목을 후려쳤다. 청년의 손이 칼을 놓치고 그의 품안으로 오그라들었다. 손목이 부서져버린 것이었다. 그는 고통을 참으며 무어라 지껄였다. 입술을 깨물며 몇 번이고 일어서려 했지만 허사였다. 허리와 정강이는 이미 그의 것이 아니었다.

“끌고 가.”

청년은 양쪽 어깨를 잡힌 채 어디론가 끌려갔다. 세 사람이 차로 다가갔다. 차 안을 샅샅이 살펴보았지만 허사였다.

“그 영감탱이가 가지고 올라간 것 아냐?”

“그럴지도 모르지. 아까 그 녀석은 어디로 데려갔어?”

“발전실에.”

“가보자. 확인해 봐야겠어.”

“쉽게 입을 열지는 않을 텐데.”

“열게 해봐야지. 이 판국에 가릴 것 있어?”

청년은 손과 발이 묶인 채 바닥에 뒹굴고 있었다. 고통으로 얼굴이 일그러졌다. 그는 무어라 알아들을 수 없는 소리를 계속 내뱉으며 안간힘을 썼다.

차평무가 다가갔다. 일본어였다.

“책 어떻게 했어?”

청년은 고개를 가로저었다.

“대답해. 네놈 정도는 이 친구들이 가하는 고통을 절대 참을 수 없어. 말로 할 때 순순히 얘기해. 책 어디 있어?”

청년은 차평무의 얼굴을 보고 무어라 욕을 하는 것 같았다. 차평무
는 일어서서 손경완을 보고 고개를 흔들었다. 손경완은 마철용에게 눈
말을 했다.

"형님들은 잠시 비켜 서주십시오."

세 사람은 저만치 물러섰다. 철용이는 깡똘에게 턱짓을 했다.

"벗겨."

깡똘의 입이 떨어지자 주차원들은 청년의 옷을 찢어내고 테이프로
입을 막았다. 주차원 하나가 청년이 휘둘렀던 칼을 들고 그에게 다가
갔다. 그는 허리 부위에 붕대를 감고 있었다.

"감히 칼부림을 해?"

그가 천천히 다가가자 청년은 완강히 몸부림을 쳤다. 그는 쪼그리고
앉는가 하더니 묶여 있는 청년의 배를 그어버렸다. 순식간의 일이었
다. 청년의 몸이 새우처럼 오그라들었다. 주르륵 흘러나온 피가 바닥
을 적셨다.

그는 칼을 내던지고 비닐봉지 하나를 받아들었다. 굵은 소금이었다.
한 움큼을 떠 청년의 눈앞에 주르르 부었다. 청년의 눈에서 공포감이
번져 나왔다. 그는 싱긋 웃었다.

"말해. 책 어딨어?"

"우리 모두가 존경해 마지않는 다케다 세이야 선생님의 말씀을 잘
경청하셨을 줄 믿습니다. 그럼 이제 한국 사학계를 이끌고 나갈 젊은
인재들이 모여 발족한 대한청년정사학회의 발대식을 거행하겠습니다.
회원들은 단으로 올라와주십시오."

정인수를 비롯한 30대 중후반의 젊은 교수들 여남은 명이 연단 위

로 올라갔다. 대한청년정사학회 회장은 서울의 어느 대학에서 강의하고 있는 이병목 교수였다. 정인수는 부총무로 소개되었다.

"우리의 스승이신 다케다 선생님께서 대한청년정사학회의 무궁한 발전을 위하여 소장하고 계신 청화백자쌍용문병 두 점을 기증하셨습니다. 여러분, 뜨거운 박수를 부탁드립니다."

참석자들은 모두 일어나 기립박수를 보냈다. 다케다 교수는 자리에서 일어나 가벼운 웃음을 흘리며 인사했다.

"이제 연회를 시작하겠습니다."

사람들은 다케다 교수에게 다가가 저마다 개별적으로 인사를 했다. 정인수는 강석민 교수에게 다가갔다.

"선생님, 잠깐 드릴 말씀이 있습니다."

청년은 고개를 돌려버렸다. 그의 배에 소금이 비벼졌다. 청년은 온몸을 뒤틀며 으으으 처절한 신음을 했다. 목덜미에 푸른 핏줄이 굵게 섰다. 터질 것만 같았다.

주차원이 다시 소금을 한 줌 떠 청년에게 보여주었다. 그러나 그는 입술을 깨물며 눈을 감아버렸다.

"이 새끼, 정말 독종이군."

주차원은 또 한 번 다시 문질렀다. 으아악, 청년의 눈자위가 돌아가고 있었다. 그것을 본 손경완이 나지막이 말했다.

"이제 그만해. 물 좀 떠와."

"큰형님, 다른 방법을 써보겠습니다."

깡똘이 말했다.

"아냐, 됐어. 그런 방법으론 안 통할 녀석이야."

"제가 해보겠습니다."

마철용이었다.

"내 말 못 들었어?"

손경완이 눈빛에 힘을 주자 철용이를 비롯한 사내들이 고개를 숙이며 물러섰다. 손경완은 윗도리를 벗었다. 주차요원 하나가 물을 떠왔다.

"씻어내."

철용이는 물통을 받아들고 청년을 향해 쏟아부었다. 그는 고통이 잠시 수그러들었는지 정신을 차렸다. 손경완은 셔츠 소매를 걷어 부쳤다.

"뒤집어 놔. 테이프 떼어내고."

철용이와 깡똘이 다가가 청년을 발로 걸어차 뒤집었다. 깡똘이 그의 입에 붙어 있던 테이프를 떼어냈다. 손경완은 청년의 허리 위에 올라탔다.

"참기 힘들 거야. 하지만 우선 맛만 좀 봐. 기분이 어떤지."

그는 오른손아귀로 청년의 목덜미를 감싸쥔 채 엄지손가락으로 그의 천주혈(天柱血)을 지그시 눌렀다. 청년의 몸이 움찔했다. 왼손이 겨드랑이 밑으로 들어가자 그는 숨을 쉬지 못하고 컥컥거렸다. 얼마 되지 않아 입에서 허연 거품이 끓어올랐다. 손경완은 왼손을 빼냈다.

"견딜 만해?"

그의 음성은 싸늘했다.

"으으으……."

손경완의 손이 다시 그의 겨드랑이를 더듬었다. 청년은 고개를 심하게 내저으며 간신히 입을 열었다.

"말……말하……말하겠어……제발……."

"그 녀석이 어제 전시장에 왔던 놈이라고?"

"그렇습니다."

"이런 싸가지없는 놈 같으니라구……."

"하지만 함부로 덤빌 수도 없는 노릇 아니겠습니까? 한성의 후계자로 지목되고 있는 놈이니까요."

"골치 아프군."

"그 녀석의 신분이라면 정보 채집 경로가 다양하지 않겠습니까?"

"으음……."

강석민 교수는 전시장에서 탐침봉을 들먹이던 차평무를 떠올리고는 얼굴이 굳어졌다.

"다케다 선생님은 모르는 척하시려는 눈치던데요?"

"그 문제는 하여튼 내가 알아서 함세."

다케다 교수는 여러 사람들에게 둘러싸여 간간이 환한 웃음을 터뜨리고 있었다. 그는 다가서는 강석민 교수를 발견했다.

"강 교수, 자네도 한잔 해야지. 자, 들게."

"감사합니다. 늘 건강하십시오."

"고맙네."

"그런데 정 군이 좀 곤란한 지경에 빠진 것 같습니다."

"무슨 일로?"

"이쪽으로 잠시……."

"그러지."

강석민 교수는 다케다 교수를 행사장 구석 자리로 데려갔다.

"어제 본 그 녀석 말입니다. 정 군의 강의를 듣고 있다는군요. 강의 시간에 정 군을 곤란한 지경에 빠뜨리는 경우가 많답니다. 학생들을 선동해 넌지시 정 군의 강의를 공격하는 일도 있구요.”

“그래? 허허. 그런데 그게 어디 걱정할 일인가? 오히려 정 군이 연구를 더 많이 할 기회 아닌가?”

“그렇다면 다행이겠습니다만 어디서 어떤 책을 보았는지 꼼짝도 못하게 만든다는군요. 그 녀석의 발표를 녹음해 오라고 해서 들어 보았더니 지금까지 알려지지 않은 어떤 사서를 가지고 있는 듯한 느낌을 받았습니다.”

“알려지지 않은 사서를 가지고 있는 듯하다고?”

“호텔 안에서……대사……관 직원을 기……다리고 있어…….”

“누가? 호텔 어디서?”

“…….”

손경완이 손가락에 다시 힘을 주려고 하자 청년은 체념한 듯이 내뱉었다.

“친구들이……어느 객실인지는……나도……몰라…….”

그는 자신의 의지가 무너진 것을 스스로 탓하며 몇 번이고 고개를 바닥에 찧었다.

“친구들 언제 올라갔어?”

“이십……분 전에.”

“너는 왜 차 안에 있었어?”

“수배……중이야. ……일…… 에서.”

“친구들 이름이 뭐야?”

“요, 요시무라……, 요다.”

“책을 가지고 있는 게 분명해?”

청년은 고개만 끄덕였다. 손경완은 청년의 몸에서 내려왔다. 차평무가 입을 열었다.

"옷 좀 바꿔 입어야겠어."

손경완은 양복을 입고 있는 직원들 중에서 차평무와 체격이 비슷한 사람을 불렀다. 옷을 갈아입은 차평무는 다른 사람처럼 보였다.

"손 사장은 이 녀석 좀 감시하고 있어. 내가 올라가볼게."

"같이 가지. 여기는 애들만으로도 충분하니까."

기철진도 두 사람을 따라 뛰어갔다. 손경완은 프런트에 말했다.

"지배인 좀 불러주시오."

"무슨 일로 그러십니까?"

"불러주면 압니다."

직원이 인터폰을 들었다. 곧 지배인이 나타났다.

"뭐 도와드릴 일이라도?"

"다섯 시에 들어온 친구들을 찾고 있습니다. 객실 번호를 몰라서요."

"성함이……?"

그때 차평무가 말했다.

"한 친구는 요시무라이고 다른 친구는 요다입니다."

"……?"

지배인은 의심스러운 표정을 지었다. 손경완이 목소리를 무겁게 낮추었다.

"그럼, 서강석이한테, 깡똘한테 큰형이 찾아왔다고 연락해 주시오."

놀란 지배인은 얼른 숙박부를 뒤적였다.

"다섯 시쯤에 들어오신 일본인 손님이라면 마츠모토 씨입니다. 그 시간 전후에는 아무도 없습니다."

“객실을 말해 주시오.”

“1625호실입니다.”

세 사람은 승강대 앞에 섰다. 손경완이 말했다.

“가명이겠지?”

“물론.”

차평무는 아직 대사관 직원이 다녀가지 않기를 바랐다. 정면충돌은 불가피했다.

“기형은 여기 있는 게 좋겠소.”

“저도 도움이 될 낍니더. 보기엔 이래도……”

“그러면 올라가서 비상구를 맡아주시오. 일전이 불가피할 건데 혹시라도 달아나는 녀석이 있을지 모르니까.”

기철진은 승강기에서 내려 비상구로 갔다. 두 사람은 객실 통로를 따라가 번호를 확인하고 초인종을 눌렀다. 문이 열렸다.

“그 녹음테이프를 한번 들어보고 싶군. 어떤 내용인가 궁금해지는데?”

“정 군을 불러올까요?”

“아니, 그럴 것까지는 없고, 어차피 내일 아침 정 군이 공항으로 안내할 것 아닌가. 그때 한 부 가져 오라고 하게. 돌아가는 대로 검토해 본 다음에 연락하겠네.”

“알겠습니다, 선생님. 공연히 심려를 끼쳐드려 죄송합니다.”

다케다 교수는 생각에 잠겼다.

‘참 종잡을 수 없는 놈이야. 안부를 전하면서 제놈 스스로 제자라고 말한 걸 보면 필경 가와모토 형과 의례적인 관계는 아니야. 그렇다면

형이 서고에서 가져간 책을 보았다는 말이 되는가? 그러면 그 책은 또 어떤 것이란 말인가? 암자에서 건져올린 걸 부분적으로 필사해 놓은 것은 아니겠지, 설마?

아니야, 이놈의 나라에는 사서가 좀 많아야 말이지. 공식적으로 이름만 전하는 것만 해도 수십 종류는 되니까 그렇지 않는 것까지 합하면 적어도 백 가지는 넘을 거야. 게다가 선비니 하는 것들이 할 일이 없어 방구석에 틀어박혀 구석구석에 똥 싸듯이 써 놓은 야사까지 합치면 족히 수백 종류는 될 거야. 제기랄, 하나를 해결해 놓으니까 엉뚱한 데서 또 골치가 아프군.'

"일찍 오셨군요? 여섯 시에 오신다는 연락을 받았습니다만."

"상부에서도 관심이 큰 일이라……."

"선생님을 모셔오겠습니다. 잠깐만 기다려주십시오."

요다가 객실 입구 쪽으로 걸어갔다. 차평무는 손경완에게 눈짓을 했다. 그 순간, 방안에 서 있던 요시무라가 갑자기 소리를 질렀다.

"아니야! 이것들은 어제 전시장에서……."

그는 말을 끝맺지 못했다. 차평무의 주먹이 날아들었기 때문이다.

'빡!'

그와 동시에 손경완의 오른쪽 구둣발이 입구 쪽으로 걸어가던 요다의 관자놀이에 퍼억 하고 꽂혔다. 순식간에 벌어진 상황이었다. 그들은 비틀거리면서 가슴속에 손을 집어넣었다.

"조심해!"

손경완이 소리쳤다. 차평무는 비틀거리며 물러서는 요시무라의 사타구니를 걸어차올렸다. 그가 욱 하는 비명을 질렀다. 손경완은 발차

기에 맞아 객실 문에 머리을 찧은 요다의 허리를 쥐고 매다꽂아버렸
다. 요다의 몸이 탁자 위로 나가떨어졌다.

"쿠당, 창그르렁."

재떨이와 화병이 산산조각이 났다.

"휘익."

요시무라가 차평무의 주먹을 피해 침대 위를 굴러 넘었다. 그의 손
에는 어느새 짧은 비수가 들려 있었다. 요다는 달려드는 손경완의 발목
을 후렸다. 손경완은 중심을 잃고 허공에 솟구쳤다가 바닥에 떨어졌다.

"콰당탕!"

그걸 본 차평무가 요다의 얼굴을 향해 재빨리 돌려차기를 먹였다.
하지만 그도 잽싸게 몸을 굴려 침대를 넘어갔다.

일어선 손경완과 차평무가 입구를 막아 서 있었다. 책을 담아둔 듯
한 과자상자는 침대 머리맡 탁자 위에 있었지만 함부로 눈을 돌릴 수
가 없었다. 초를 다투며 비수가 날아들 것이기 때문이었다.

"빨리 끝내자구. 시간이 없어."

"알았어."

요다가 야릇한 웃음을 흘리고 있었다. 그러나 선제 공격을 받은 충
격 때문에 쉽게 움직이지 못했다. 차평무가 서서히 다가갔다. 요시무
라는 허공에서 칼을 놀리고 있었다.

차평무는 왼손을 슬쩍 내주는 척 하면서 재빠른 오른발 뒤돌려차기
로 그의 얼굴을 가격했다. 차평무의 왼손을 보고 칼을 휘두르려던 요시
무라는 미처 염두에 두지 못한 공격을 받고 휘청 하고 나가떨어졌다.

발차기를 하고 난 뒤 잠시 중심을 잃고 비틀거리던 차평무에게 요다
가 비수를 꽂아왔다. 그러나 먼저 손경완이 그의 손목을 걷어차올렸다.

"악!"

요다의 손에서 칼이 떨어졌다.

"이때야!"

손경완이 칼을 들고 넘어져 있는 요시무라를 덮쳤다. 차평무는 요다의 얼굴을 향해 주먹을 휘둘렀다. 그러나 요다는 얼른 과자상자를 집어들고 달려드는 차평무에게 앞차기를 했다.

"욱."

차평무는 멈칫 물러섰다. 순간 요다는 객실 문을 열었다. 차평무가 그를 붙잡으려고 몸을 날렸지만 빈손으로 떨어지고 말았다.

손경완은 이미 침대 안쪽에서 요시무라를 제압해 두고 있었다. 그러나 그도 일어서지 못하고 숨을 헐떡였다.

"빨……리 쫓아가!"

차평무는 객실 밖으로 나왔다. 요다가 객실 통로를 뛰어 막 돌아가고 있었다.

비상구 방화문 뒷편에 서 있던 기철진은 누군가 다급히 뛰어오는 발자국 소리를 들었다. 녀석들 중 하나라고 생각하니 잔뜩 긴장이 되었다.

'근육이 수축되면 안 돼……'

발자국 소리는 점점 가깝게 들려 왔다. 요다는 원심력 때문에 달리는 속도를 줄여 비상구의 방화문을 감아 돌았다. 계단이 보였다. 발을 굴러 뛰어내리려는 순간, 난데없이 쇠망치 같은 주먹 하나가 얼굴을 강타해 왔다.

'퍽.'

기철진은 정확하게 타격됐음을 느꼈다. 요다는 중심을 잃고 휘청거렸다. 기철진은 한 번 더 주먹을 날렸다. 요다의 다리가 두어 걸음 밀려나더니 왼발을 헛디뎌 계단 아래로 굴렀다.

"으윽!"

그때 차평무가 뛰어들었다.

"기형, 내게 맡기시오!"

그는 계단을 훌쩍 뛰어내리며 요다의 목덜미를 발로 찍었다. 컥 하는 소리가 났다. 요다는 일어나지 못했다. 떨어져 있는 과자상자에서 한지에 싸인 내용물이 비어져 나와 있었다.

"선생님, 만수를 축원합니다."

"정 군인가? 그러잖아도 강 교수에게 얘기를 들었네."

"죄송합니다. 쓸데없는 일로……."

"아닐세. 그보다 내일 차질 없도록 준비나 해두게."

"예, 선생님."

"선생님!"

돌아다보는 다케다 교수의 눈에 얼굴이 상기된 장년이 하나 서 있었다. 가야문화대제전을 기획한 제자였다.

"자넨가? 자네는 한창 바쁠 텐데 여기까지 어떻게 왔나?"

"선생님을 그렇게 보내드리고 나서 마음이 편치 않았습니다."

"이 사람, 무슨 말을 그렇게 하나. 대접도 잘 받고 행사도 잘 봤네. 축하하네. 다음에도 그런 문화 행사는 자주 열려야지."

"과찬이십니다."

"자, 자네도 한잔 들게."

다케다 교수는 도우미가 들고 있는 소반에서 술잔을 들어 그에게 건네주었다. 시계를 슬쩍 들여다보았다. 6시가 되려면 아직 15분이나 남아 있었다.

다행이었다. 사토 의원과 직접 통화가 되어 대사관에 조치를 해둔 것이 무엇보다 마음 든든했다. 이제 잠시 후면 책은 대사관에 전해진 다음, 내일중으로 오쿠다마에 무사히 안착하게 될 것이었다.

'이참에 형의 책까지 거둬들여야겠군. 설마하니 그 책들을 그놈에게 줘버리지는 않았겠지. 아무리 반골이라 하지만 형도 엄연히 메이지 지사의 후예가 아닌가, 그래. 돌아가서 그 책들까지 회수하는 거야. 그러면 당대에 내가 할 일은 모두 마치는 셈이 되겠지. 그러고 보면 그다지 걱정할 일은 아니군, 허허. 정말 유쾌한 날이야.'

다케다 교수는 시시암을 다녀온 일을 떠올리고는 잔을 들었다.

"여러분, 건배 한번 합시다. 한국 사학계와 여러분의 앞날을 위하여!"

참석한 사람들도 모두 잔을 높이 들고 이구동성으로 외쳤다.

"위하여!"

차평무는 얼른 상자를 주워들었다. 펼쳐보았다. 가슴이 떨려왔다. 빛바랜 책 표면에 무수한 세월의 두께가 켜켜이 쌓인 것이 전해졌다. 떨리는 손으로 표지를 천천히 쓸었다.

"아……."

차평무는 말을 잇지 못했다.

"그 미지의 고기(古記)가 바로, 바로 이거였어……."

기철진은 객실로 달려갔다. 손경완이 쓰러진 채 한 손으로 복부를 누르고 있었다. 그를 일으켰다. 셔츠에서 피가 배어나오고 있었다.

"괜찮습니꺼?"

“책……은?”

“찾았습니다. 다른 한 놈도 비상구 계단 밑에 뻗어 있습니더.”

“전화해서……빨리 애들 좀 오라고 해주시오.”

“우선 지혈부터 해야…….”

“전화부터 좀 해주시오.”

기철진은 손경완이 불러주는 대로 전화기의 수알을 눌렀다. 곧이어 양복을 입은 사내들이 객실로 뛰어들어왔다.

“사장님!”

“호텔에 말썽부터 없게 해.”

차평무가 요다를 끌고 객실로 들어섰다.

“저 녀석들은 어떻게 하지?”

“여긴 알아서 할 테니까 빨리 가봐.”

“그럼 손 사장, 뒷일 부탁해. 나중에 연락할게.”

“그……래, 그런데 아까 그 실력 어디서 배운 거야?”

“예전에 자네한테서.”

차평무는 미소를 지어 보이고는 객실을 나섰다.

“다친 데는 없습니꺼?”

“나는 괜찮소. 자, 빨리 이곳을 뜹시다. 시끄러워지기 전에.”

차평무가 호텔 밖으로 나오자 따라나온 마철용이 신경을 곤두세우고 주위를 살폈다. 차평무는 책이 든 상자를 기철진에게 내밀었다.

“기형이 수고 좀 해줘야겠소. 그걸 가지고 기차를 타시오. 지금 바로 역으로 가서. 암표든 뭐든 가장 빨리 출발하는 표를 사서 내려가시오. 어떤 일이 생기더라도 책은 목숨하고도 바꾸면 안 되오. 알겠소?”

“이걸 와 저한테……. 형은 우짤랏고예?”

"나는 뒷일을 정리하고 내려가겠소. 도착하거든 아무에게도 말하지 말고 될 수 있으면 공기가 적게 닿도록 해서 보관 좀 해주시오. 자, 빨리 출발하시오."

"그래도 지가 가지고 있기에는……."

"이런저런 생각을 할 시간이 없소. 자, 누가 보기 전에 어서."

차평무는 기철진의 어깨를 떠밀었다. 마철용이 입을 열었다.

"제가 역까지 모셔다 드리겠습니다."

"됐어. 이 시간에는 지하철이 빠를 거야."

"그라마 니리와가 보입시더. 그 단에라도 몸 조심하이소."

기철진은 상자를 윗도리 안 옆구리에 단단히 조여 끼고 지하철역으로 뛰어갔다. 차평무는 기철진의 뒷모습을 보며 긴 한숨을 내쉬었다.

"아우는 나하고 같이 좀 올라가지."

"어……딜 말씀입니까?"

마철용은 기철진을 바라보던 시선을 거두고 반문했다. 화장실로 들어온 차평무는 헝클어진 머리와 옷매무새를 다듬었다. 호주머니를 뒤져 다케다 교수가 시시암에 남겨 두었던 쪽지를 꺼냈다.

'후우, 이제 나도 그 늙은 버러지에게 마지막 인사는 해야 되겠지?'

차평무는 잠시 생각하더니 이윽고 무언가를 써 갈겼다.

"어서 오십시오. 방명록에 서명을 부탁드립니다."

차평무는 연회장 안으로 들어섰다. 다케다 교수는 잔을 들고 강석민 교수와 나란히 서서 환하게 웃고 있었다. 다케다 교수가 그를 발견하고 환한 웃음으로 맞이했다.

"이게 누구신가? 내가 그래도 복이 있기는 있는가 보군. 차 군이 여기를 다 오고?"

"저도 선생님께 수학한 몸이 아닙니까? 망설이다가 들렀습니다. 또 뵈올 일도 없을 것 같아서요. 비록 제가 힘이 딸려 중도에 포기는 했어도 이 자리에 온 걸 나무라지는 않으시겠지요?"

"그 무슨 섭섭한 말씀인가, 허허. 자, 자네도 한잔 들게."

다케다 교수는 도우미가 들고 있는 소반에서 샴페인 잔을 하나 받아 차평무에게 내밀었다.

"자네, 정 군을 좀 괴롭히고 있다지?"

다케다 교수가 미소를 띠고 물었다.

"그랬지요. 하지만 이젠 그만두기로 했습니다. 알고 봤더니 제가 어렸을 때 다독거려준 옆집 동생이 정 선생님의 아내가 되어 있어서 말입니다. 친남매나 다름없이 지냈으니 어떻게 보면 정 선생님과 저는 처남 매부 지간이 아닙니까? 하하."

"그래? 그것도 참 드문 인연이야. 이제 차 군도 지난 일은 좀 잊고 정 군과 잘 지내보게. 좋은 관계가 되지 않겠나?"

"새겨듣겠습니다. 더구나 우리는 배달민족이니까요."

"그렇지, 암."

"그런데 찾으러 다니시던 새는 잡으셨습니까?"

"아, 그 새 말인가? 잡았지. 오늘 아침에 말이야. 아주 잘 있더군. 새장은 남겨 놓았네. 언제 시간이 되면 자네는 새장이라도 한번 찾아보게."

"그러잖아도 새장은 찾았습니다. 제가 선생님보다 한발 늦었더군요."

"오, 그랬나? 이거 놀라운걸. 역시 자네다워. 나는 이십 년이 넘도록 찾아다녔는데 자네는 고작 몇 해밖에 걸리지 않았군. 참으로 놀라우이. 명석한 두뇌에 감탄을 금치 못하겠네."

다케다 교수는 자만이 가득한 얼굴로 웃고 있었다.

"새장에 남겨 놓으신 선생님의 시 구절도 잘 읽어보았습니다. 이 다음에 저승까지 가서도 저와 함께 하고 싶으시다니, 깊은 사은에 그저 고개를 들기가 어려울 정도입니다."

"읽어보았나? 그래, 그것 말고 다른 소감은 없나?"

"좀 아쉽다고나 할까요?"

"아쉬워? 허허. 자네, 프로가 다 되었군. 감정을 절제하는 걸 보니."

"그건 그렇고, 어젯밤에 텔레비전 보셨습니까? 한일 간에 벌어진 라이벌 선수끼리의 권투 시합 말입니다."

"아하, 나는 보지 못했는 걸. 그래 경기 내용이 어떠했는가?"

주위에는 각 대학 강단에서 이름을 드높이고 있는 다케다 교수의 제자들이 하나둘 모여들어 두 사람의 대화를 흥미있게 지켜보고 있었다.

"저는 그 경기를 보면서도 참 아쉬운 감이 들었습니다. 권투시합도 다른 경기와 마찬가지로 매회의 경기 내용과 마지막 승부는 무관한 것 같아서 말입니다.

어제 일본 선수는 11회전에 들어서자 한국 선수가 많이 지쳐 있는 것을 알고는 KO승을 거두려는 욕심으로 맹타를 휘둘렀습니다. 결국 한국 선수는 그로기 상태까지 몰렸지요. 해서 모든 관전자들은 승부가 끝나는 줄 알았습니다. 심판도 안 되겠다 싶어 경기를 중지시키려고 다가갔는데, 마침 행운의 공이 울려서 한국 선수는 겨우 KO패의 늪에서 살아났습니다. 여러분, 그렇지 않았습니까?"

둘러선 사람들 가운데 몇 명이 고개를 끄덕이며 미소를 지었다.

"그 다음은 어떻게 되었나?"

"마침내 12회전, 마지막 라운드의 공이 울렸습니다. 그런데 승부는 부동이라고 생각하면서 자기 코너에서 여유있게 걸어나오던 일본 선수가 순식간에 달려드는 한국 선수의 레프트 훅에 턱을 얻어맞고는 그만 무릎을 꿇어버렸지요. 링에 뻗어버린 그 선수는 열을 다 셀 동안 상체조차 일으키지 못하고 결국 들것에 실려 나가는 망신을 당했습니다."

"그래……? 자네가 그 경기 내용을 말하는 뜻은 물론 다른 데 있겠지?"

"역시 선생님이시군요. 제가 드리고자 하는 말씀은 모든 경기는 마지막 공이 울릴 때까지 자만을 해서는 안 된다는 교훈입니다."

다케다 교수는 미소를 띠고 있었지만 차츰 얼굴이 굳어지고 있었다.

"저는 이만 가보겠습니다. 좋은 밤 되시고 내내 건강하십시오. 그래야만 제자의 활약을 오랫동안 지켜보실 것 아닙니까? 여러분!"

차평무가 주위를 향해 소리치자 모두들 돌아보았다.

"우리의 영원한 스승이신 다케다 선생님의 만수를 축원하기 위해 건배를 제의합니다. 건배!"

"건배!"

다른 사람들과는 달리 다케다 교수의 손이 떨리고 있었다. 차평무는 술잔을 입으로 가져가 한 입에 마셔버렸다. 그리고는 잔을 놓으며 입을 열었다.

"저도 시 한 구절을 써보았는데, 선생님께서 시간 나실 때 한번 읽어 봐주십시오."

"……."

차평무는 쪽지를 내밀었다. 다케다 교수가 그것을 받아들자 그는 돌아서서 뚜벅뚜벅 행사장을 걸어나갔다.

차평무의 뒷모습을 물끄러미 바라보던 다케다 교수는 쪽지를 펴 들었다. 시시암 댓돌 밑 오동나무 상자에 넣어두었던 것이었다. 낯익은 시 구절이 눈에 들어왔다.

뒤집어보았다. 갈겨 쓴 차량 번호 하나와 칠언시 두 구절이 적혀 있었다. 그것을 본 다케다 교수의 입술이 파르르 떨렸다. 그가 휘청하고 중심을 잃자 정인수가 재빨리 나서서 부축을 했다.

그 틈에 쪽지가 바닥에 떨어졌다. 강석민 교수는 얼른 주워 들고 나지막한 목소리로 읽어 보았다.

客繞酒床爭笑語 不知風已掃階花(객요주상쟁소어 부지풍이소계화)
객은 주안상을 돌아다니며 히히덕거리느라, 바람이 뜰에 놓인 꽃을 쓸어간 것을 여태 모르고 있구나.

해법의 조건

"오늘은 늦잠 잤는갑네? 새벽에 운동하는 소리도 안 들리던데."

"예, 아줌마."

"서울은 잘 다녀왔어?"

"덕분에예. 별일 없었지예?"

"학생 방에서 전화벨 소리가 몇 번 울린 거 말고는 없어."

집주인 청도댁이 키우는 누런 삽살개 부루가 꼬리를 치며 기철진에게 달려들었다.

"문단속 잘하고 학교에 가."

"예, 다녀오이소."

기철진은 부루의 머리털을 한번 긁어주고는 조간신문을 들고 들어왔다. 접혀진 신문의 1면을 돌려 펼쳐드는 순간, 기철진의 눈이 번쩍 뜨였다. 한성건설의 부도 처리 방침이 대문짝만하게 실렸기 때문이다. 전국 도급 순위가 열 손가락 안에 드는 한성건설의 부도 파장으로 당분간 경제계 전체가 그 영향권 안에 들 것이라는 기사가 1면 전체에 걸쳐 실려 있었다.

아래쪽에 쳐놓은 줄상자 안에 동전 크기만한 차범석 회장의 얼굴 사진이 보였다. 차 회장이 지난밤에 쓰러져 병원으로 급히 후송되었지만 아직까지 깨어나지 못하고 있다는 소식을 전하며 기사 끝에 '관계 기사 3면'이라고 덧붙여두었다.

기철진은 지면을 넘겼다. 이어지는 정치면을 유심히 살피면서 정계의 분위기를 짐작해 보았다. 다른 그룹과의 사업 교환 또는 분야별 소그룹 단위로 재편될 가능성까지 점칠 수 있는 일이었다.

사설은 그간의 한성그룹의 경영 행태를 두고 신랄한 비판으로 일관하고 있었다. 한성의 이름이 거론되지 않은 지면이 없었다. 33개의 계열사를 거느리고 있는 만큼 한성의 부도 여파로 한동안 시끄러워질 것이 분명했다.

기철진은 차평무가 서울로 간 것도 백척간두에 처해 있는 그룹의 속사정과 관련되었을 것이라는 확신이 들었다. 또 그가 자신에게 고서를 맡긴 이유도 알 수 있었다.

'그 집안은 얼마나 세간의 구설수에 오를 것인가.'

밤새도록 안고 잔 책을 물끄러미 보았다. 책은 아무 말이 없었다. 펼쳐보고 싶지도 않았다. 그러나 차평무가 목숨보다 더 귀하게 여기는 것이라 함부로 놓아둘 수도 없었다.

기철진은 고서가 공기 중에 노출되어 어떤 변화를 일으킬지 몰라 고심을 거듭하다가 한 가지 꾀를 생각해 냈다. 그는 냉장고 위에 올려둔 큼직한 진공 용기를 내렸다. 김장김치통으로 쓰던 것이었다. 고서를 신문지로 여러 겹 더 싼 다음에 냉장고 안쪽 깊숙이 감춰 놓았다. 오랜 자취생활에서 터득한, 음식을 보관할 때 쓰는 방법이었다. 서둘러 씻고 학교에 갈 준비를 했다.

대문을 나서며 방문과 부엌문을 돌아보았다. 아무래도 불안한 마음을 떨칠 수 없었다. 기철진은 가방을 쪽마루에 내려놓고 걸터앉았다. 부루가 저를 봐달라고 꼬리를 심하게 흔들며 왕왕 짖고 있었다.

두 손바닥으로 턱을 괴고 생각에 잠겨 있던 기철진은 벌떡 일어섰다.

'그래, 그라마 되겠네. 거 나뒀다는 거는 쥐도 새도 모르겠지.'

"철진이 형, 누가 찾아왔습니더."

"누가?"

"나와보마 안다 카네예. 나는 갑니더."

강의실을 나온 기철진은 건장한 사내 하나가 뒤돌아서 있는 모습을 보았다.

"누구십니꺼?"

그는 돌아보며 싱긋 웃었다.

"나요, 마철용."

"아, 마형이 우짠 일로? 평무 형하고 같이 왔습니꺼?"

"아니오. 혼자 왔소. 잠깐 얘기 좀 했으면 하는데……."

"무슨?"

"여기서는 곤란하고……."

"그라마 휴게실로 가입시더."

"어디 조용한 곳은 없소?"

마철용은 기철진의 안색을 살폈다.

"나가입시더. 학교 앞에 조용한 데가 있으이끼네."

기철진은 통천으로 향했다.

"형 심부름 왔습니꺼?"

“가서 천천히 얘기하지요, 뭐.”

기철진은 통천의 안쪽 방으로 들어갔다. 주문한 차가 오기를 기다려 문을 닫았다.

“무슨 일인데 이래 뜸을 들입니꺼?”

기철진은 알 수 없는 긴장감을 느꼈다.

“기형, 내 단도직입적으로 말하리다. 큰돈 좀 만져보고 싶은 생각 없소?”

“큰돈이라니, 그기 무슨 말입니꺼?”

“내 말은…… 기형이 앞으로 직장생활을 해서 십 년은 벌어야 겨우 모을 만한 돈을 말하는 거요.”

“돈 싫다 카는 사람이 있겠습니꺼? 까놓고 솔직하게 얘기해 보이소. 무슨 말인지.”

“그럴 줄 알았소. 기형은 마음이 통할 줄 알았다니까, 하하.”

마철용은 마른 웃음을 터뜨렸다.

“그 책 말이오. 어떤 분이 아주 고가에 매입하겠다는 것이오. 아마 평생 가도 이런 기회는 두 번 다시 오지 않을 거요. 어떻소?”

기철진은 비로소 마철용의 말뜻을 짐작했다.

“글쎄예…….”

기철진이 잠시 망설이는 빛을 보이자 철용이는 얼굴을 바싹 당겼다.

“책을 돌려줘봐야 누구 좋은 일 시키겠소? 그리고 한번 생각해 보시오. 기형에게 뭐가 돌아오겠는가 말이오? 고작해야 술 한잔으로 끝날 거요. 안 그렇소?”

기철진은 차를 한 모금 마셨다.

“그러니 나랑 손잡고 큰돈 한번 만져봅시다. 기형은 책을 갖고 있고 나는 물주를 대고?"

"얼마를 준다 캅디까?"

"아, 그건 협상을 해봐야 알지요."

"그라마 협상을 해가지고 오이소. 제시하는 금액이 타당하마 지금이라도 책은 줄 수 있습니더. 마형 말대로 평무 형 줘봐야 내한테는 어차피 아무것도 안 돌아올 낀끼네 말입니더. 그럴 바에는 아예 눈 딱 감고 돈 만드는 기 낫겠지예. 취직도 어렵다 카는데 졸업하고 나마 장사 밑천이나 하구로."

"그럼 지금이라도 책을 건네줄 용의가 있다는 말이오?"

"이런 일은 자꾸 생각하마 괜히 골치마 아파지니까 퍼뜩 끝냈뿌는 기 좋습니더. 돌아가마 그래 전해 주이소."

"나중에 차평무가 책을 찾으러 올텐데 그때는 뭐라고……?"

"그기야 그때 서울역에서 탈취당했다 카마 그만 아입니꺼? 다른 야쿠자가 따라와가 우짤 수 없었다 카마 되인끼네 그런 걱정은 고마 하지 마소."

"거 참 좋은 아이디어인데요, 하하."

"만약에 책을 팔게 되마 마형과 나는 얼마씩 나눠 가지마 됩니꺼?"

"그거는 뭐, 하하. 기형 생각은 어떻소?"

"마형이 제의해 왔으이끼네 미리부터 준비해 놓은 생각이 안 있겠습니꺼?"

"좋소. 선생님이 오기 전에 그 얘기부터 마무리지어 놓읍시다. 나는 반반으로 보는데 기형은 어떻소?"

"그라마 없었던 이야기로 하입시더."

기철진은 정색을 하고 일어서려고 했다. 마철용이 따라 일어서며 그의 팔을 붙잡았다.

"아아, 그건 내 생각이라니까. 그래, 기형 의견은 뭐요?"

"고생도 내가 좀 더 했으이끼네 육 대 사로 하입시더. 그래 안하마 치았뿌고예."

마철용은 고개를 가로 흔들며 곤란한 기색을 보이더니 이내 웃음을 달았다.

"좋소. 나도 사내니까. 그렇게 합시다. 잠깐 전화 좀 하겠소."

마철용은 들고 있던 손전화기의 수알을 힘 있게 꾹꾹 눌러나갔다.

"아, 선생님? 접니다. 사람이 보기보다 참 시원시원합니다. 얘기가 잘 되었으니까 이쪽으로 합석을 해서 마무리 지어 버리는 게 어떻겠습니까, ……예, 예. 통천이라고 전통찻집입니다. 예, 그럼……."

기철진은 아무런 말이 없었다.

"사실은 얘기가 서로 잘될 것 같아서 모시고 왔소. 저 밑에 다방에 계신데 바로 이쪽으로 들르실 겁니다."

"차말로 돈은 좀 있는 사람이라예?"

"그건 걱정 하지 않아도 됩니다, 하하."

"그럼 나는 입구에 나가서 모셔올 테니 잠시만 기다리시오. 아마 기형도 안면이 있는 사람일 거요."

마철용은 나가자마자 신사 한 사람을 데리고 들어왔다.

"안녕하시오? 아, 우린 구면이군. 전시장에서 날 보았을 텐데, 기억하시오?"

"예."

"자, 정식으로 인사를 나눕시다. 내 이름은 강석민이오."

기철진은 그가 내미는 명함을 받아들었다.

“기철진이라 캅니더. 앉으이소.”

강석민 교수는 웃음을 흘리며 입을 열었다.

“자, 우리 모두 좋은 일 한다고 생각하고 서로 돕고 지내세나. 그리고 혹시 오해는 하지 말게. 사실 나는 그 책을 매입해서 어떤 박물관에 기증할 생각을 하고 있네.”

“그건 나하고 관계가 없는 일입니더. 얼마 줄랍니꺼?”

“허허, 너무 서두르니 이거 숨돌릴 겨를이 없군.”

“아입니더. 퍼뜩 끝내입시더.”

“좋네. 얼마를 드리면 되겠는가?”

“먼저 제시해 보이소.”

“현찰로 큰 것 한 장을 자네 통장에 지금 바로 입금시켜주겠네.”

“하하하.”

기철진은 의도적으로 큰 소리로 웃었다. 강석민 교수와 마철용은 마주 쳐다보았다. 웃음을 그친 기철진이 입을 열었다.

“겨우 한 장까예? 저보다 시원한 분인 줄 알았는데 그기 아이네. 서울 사람들은 이래가 안 된다 카이. 한 번만, 딱 한 번만 더 제시해 보이소. 그기 내 맘에 적당한 금액이라 카마 여서 바로 일나가 책을 가올 끼네예. 물론 현찰하고 맞바꾸는 거로예.”

강석민 교수는 기철진이 쉬운 상대가 아님을 직감했다. 그는 자기가 강자의 입장에서 협상하고 있다는 것을 보여주고 있었다. 그리고 상대에게 기회를 제한하는 것으로 더욱 초조하게 만드는 방법까지 알고 있었다.

‘이 어린 놈이 감히 나한테……’

“허허.”

강석민 교수는 너털웃음을 지었다.

"기회가 한 번뿐이라니, 이거 긴장되는군. 그러지 말고 우리 한 번씩 번갈아 제시해 보기로 하는 게 어떻겠나?"

"그래가 차이가 너무 나마 얘기만 길어질 거 아입니꺼? 어서 금을 나보이소."

강석민은 더 이상 할 말이 없었다. 무슨 말을 해도 소용이 없다는 것을 육감으로 느꼈다. 마철용은 가만히 지켜보고 있었다.

"나로서도 마지막 제의네. 이게 받아들여지지 않으면 없었던 일로 하겠네. 그 책의 발견을 정식으로 국가에 통지하겠다는 말일세. 내 말이 무슨 뜻인지 알겠나?"

"지도 분명히 말하께예. 이래 거래할 때는 그 책을 가 있지만, 안 그라마 책은 없습니더. 신고해가 찾아보라 카이소. 내가 무슨 책을 어디에 감차놓고 있는지."

"……."

"그런 말 할랏고 오싯거든 고마 일어나입시더. 괜히 시간만 보내지 말고."

"좋아. 석 장을 입금시키겠네, 됐나?"

강석민은 짤막하게 뱉아 놓았다. 그러나 기철진이 단호하게 말했다.

"안 되겠습니더."

"그럼 도대체 얼마를 원하는가?"

"돈은 필요없습니더. 다른 거를 주이소."

"다른 것이라니?"

"강 교수님의 양심 말입니더."

강석민은 이마가 뜨거워지는 것을 느꼈다. 그제서야 조롱당하고 있었다는 것을 알아차렸다. 마철용의 얼굴이 험악해졌다.

"뭐야? 이 새끼가 죽으려고 환장을 했나? 어디서 감히……."

"말 조심해."

기철진이 목소리를 낮추었다.

"이런……!"

강석민 교수는 벌떡 일어나 나가버렸다. 마철용의 눈에서 불이 쏟아져 내렸다.

"너 도대체 뭘 믿고 이렇게 까부는 거야?"

"세상의 기생충들 빼고는 다 믿는다. 내 주먹도 믿고. 나하고 한판 붙고 싶으마 말해라. 학교 안에 가마 좋은 장소가 있으이끼네. 불구가 될 각오는 해야 될 끼다, 아마."

"이 새끼가!"

철용이가 벌떡 일어섰다.

"서울에서 야쿠자들을 누가 잡았는강 니는 아직 모리는가베? 깡패도 용서 몬하지만 배신자는 더더욱 용서를 안 하는 기 원래 내 성미다. 하지만 니도 책 찾는데 일조를 했으이 오늘 딱 한 번은 봐주꾸마. 내 맘 바끼기 전에 퍼뜩 꺼지라. 나부대마 니 명줄만 짧아진다."

마철용은 오싹함을 느꼈다. 흥분한 자신에 비해 얼음보다 차갑게 뱉아 놓고 천천히 일어서는 기철진을 똑바로 쳐다볼 엄두가 나지 않았다.

"세상 물정도 모르는 멍청한 놈 같으니. 맑은 물에는 고기가 살지 못하는 법이야, 임마."

"거 말 한번 잘했다. 나는 고기가 아이고 사람이다. 맑은 물은 사람이 먹고 사는 기다. 알겠나?"

"이 새끼, 어디 두고 봐."

마철용은 씩씩거리며 나가버렸다.

강의시간 중에도 책 걱정뿐이었다. 날이 더할수록 불안한 마음도 그에 비례해 커졌다. 불안은 어느덧 기철진의 생활의 일부로 자리잡았다. 조교가 강의실 문을 열고 들어왔다.

"학우 여러분, 오늘 교수님께 피치 못할 사정이 생겨서 부득이 휴강을 하게 되었습니다. 다음 주 과제물은 교수님과 다시 연락이 닿는 대로 전해 드리겠습니다. 그럼 출석을 부르겠습니다. 호칭은 생략하겠습니다. 강달호……."

서둘러 강의실을 나왔다. 차평무한테서 언제 연락이 올지 모르는 일이기에 한시라도 집을 비워서는 안 된다는 생각이 들었다. 집으로 빨리 가야 할 이유는 또 있었다. 밖에서 만날 수 없다는 기철진의 말에 단단히 화가 난 설무영이 오늘은 직접 자취집으로 찾아오기로 했던 것이다. 그동안 몇 번이나 집으로 초대하려 했지만 퀴퀴한 남자 냄새만 난다며 거절해 왔던 그녀였다.

기철진은 버스 정류장 근처 제과점 앞에서 그녀를 기다렸다. 약속 장소였다. 얼마 지나지 않아 경승용차 한 대가 섰다.

"정말 이렇게 나올 거야?"

"사정이 그런 걸 우짜겠노."

"사정이 뭔지 납득할 수 있게 얘기해줘야 할 것 아냐! 너 일부러 그러는 거지? 내가 한 번도 안 오니까 네 방으로 나를 끌어들이려고 작전을 쓴 거지. 맞지?"

"내가 이 좋은 날씨에 머 할 일이 없어가 니같이 삭아빠진 늙은 여우를 내 굴로 끌어들이겠노? 학교에 가마 싱싱한 무시다리들이 날 잡아 잠수 하고 목을 빼고 쏘다니고 있는데.”

“뭐야? 말 다했어?”

설무영은 들고 있던 쇼핑백을 휘둘렀다.

“고마 들어가자. 들어가가 이야기해 주께.”

“얼렁뚱땅 넘어가기만 해봐. 그냥 안 둘 테니까.”

“……어?”

방문에 달려 있는 자물쇠가 열려 있었다. 얼른 문을 열고 들어선 기철진은 그 자리에 우뚝 멈춰 섰다.

“왜 그래?”

“들어오지 말고 밖에 있어!”

기철진의 말투가 달라졌다.

“무슨 일인데 그래?”

“이 인간들이……!”

“누구 말하는 거야?”

“…….”

“어디 좀 봐.”

설무영은 쪽마루에 손을 짚고 방 안을 둘러보고 깜짝 놀랐다.

“방이 왜 이래? 도둑이 들었잖아? 도대체 문단속을 어떻게 하고 다니길래……. 잃어버린 게 없나 빨리 찾아봐.”

기철진은 조립식 옷장에서 끌려나온 속옷이며 양말을 걸어찼다. 그러나 설무영이 보기라도 할세라 곧바로 그것들을 둘둘 말아서 옷장 안으로 던져 넣었다.

책상으로 쓰고 있는 탁자 위가 흐트려져 있었다. 컴퓨터의 모니터도 반 바퀴나 돌아가 있었다. 기철진은 모니터를 당겨 돌리다가 손을 멈추었다.

"혹시……?"

기철진은 부리나케 마당으로 내려섰다. 부루는 제 집에 묶인 채 꼬리를 흔들었다. 부루의 밥그릇 속에 개사료가 보였다. 이 집에서는 한 번도 준 적이 없는 것이었다.

'이런 지조 없는 놈을 믿고 있었다 카이 나도 참…….'

기철진은 개밥그릇을 차버렸다.

"뭐 해?"

"안에 들어가가 기다리고 있어라."

설무영은 자기 가방과 쇼핑백을 내려놓고 콘센트에 코드를 꽂아 전기요를 켰다. 그리고는 홑이불을 넓게 펴 접어서 무릎을 덮고 앉았다. 퀴퀴한 냄새가 전해졌다.

'이게 남자 냄새라는 건가 보지.'

얼마 후 기철진이 들어왔다. 그녀는 쇼핑백을 들고 냉장고 앞으로 갔다.

"이거 열어봐도 돼?"

"마음대로 해."

"냉장고도 엉망이군. 내가 정리해 줄까?"

"알아서 해라."

기철진은 탁자 위에 놓인 것들을 치우며 말했다. 설무영은 혼잣말을 중얼거리며 냉장고에 있는 것을 모두 들어낸 다음 쇼핑백에 들어 있는 것과 함께 차곡차곡 정리해 넣었다.

"뭐 잃어버린 건 없는 것 같아?"

"이 가난한 살림에 훔쳐갈 끼 머 있겠노."

"냉동실에 넣어둔 건 고기야. 찌개 해 먹어. 그리고 백화점에 들렀다가 반찬 조금 샀어. 집에서 뭘 가져다 먹는지 모르지만 내 성의니까."

"다 만들어 놓은 걸 머 할랏고 사오노? 재료만 사와서 직접 만들어 줄 생각은 안 하고."

기철진은 웃었다.

"요리 솜씨는 이 다음에 시집가서 남편한테만 발휘할 거니까. 기대하지 않으시는 게 좋겠네요."

"그래도 시집은 가고 싶은 모양이네?"

"내가 처녀귀신으로 늙어 죽기를 바라는 거야, 뭐야?"

"하하, 고마 하자. 니 커피 좋아한끼네 그기나 한잔 끓이주께."

"진작 그럴 것이지."

기철진은 물을 끓였다.

"이제 얘기해 봐. 무슨 일인데 학교만 마치면 도서관에도 가지 않고 두문불출하고 있는지 자세하게 설명해 봐. 공인회계사 공부라도 시작한 거야?"

"공인회계사? 내가 무슨……."

"그럼 뭐야?"

"저번에 목걸이 때문에 프랑스로 편지해돌랏고 부탁한 차평무 형 아인나?"

"그래, 기억나. 그런데 네가 이러고 있는 게 그 사람하고 무슨 관계가 있어?"

"서울 가가 무슨 일이 있었는가 하마……."

사토 의원은 병실에 들어섰다. 다케다 교수는 링거액을 단 채 누워 있었다.

"이 사람아, 이게 무슨 꼴인가?"

"미안하네."

"몸은 좀 어떤가?"

"혈압만 떨어지면 괜찮을 거라더군."

"너무 걱정하지 말게. 칼을 훔쳐낸 놈은 지금쯤 태평양 한가운데서 물고기밥이 되었을 거야. 시신을 배에 실어 보냈으니까."

"칼은 찾았……나?"

"잠수부들을 시켜서 계속 수색중이야. 호수에 수초가 많아서 찾기가 쉽지 않은 모양이야. 생각보다 깊기도 하고. 이 사람, 어쩌자고 진품을 가지고 있을 생각을 했나? 궁에서 모조품을 별도로 감정하지 않았기에 망정이지……. 아무튼 가츠코가 무사한 것만 해도 다행이라고 생각하게."

"면목이 없네. 그나저나 가와모토의 책은 회수했나?"

"그 녀석이 갖고 있는 것 같아. 영감이 도무지 입을 열지 않기에 자식놈을 데려다가 제 애비 목숨을 담보로 족쳤더니만 순순히 불더군. 어쩌다가 지금까지 그런 책들을 일개 개인이 갖고 있도록 방치했었나? 아무리 형이라고 하지만 자네답지 않았어."

"면목이 없네."

"아무리 생각해 봐도 차평무라는 그 녀석을 그냥 둘 수 없어. 잡초의 싹은 자라기 전에 뿌리까지 완전히 뽑아버려야 해."

"그 녀석, 어리다고 쉽게 보면 안 되네."

"알았네. 옭아맬 복안을 짜고 있으니까 너무 걱정하지 말게. 그런데 자네, 강석민이라는 자와 거래를 했다고 했지?”

“왜, 강 교수에게 무슨 문제라도 있나?”

“어제 타전되어 온 교육계 첩보를 훑어봤는데, 그 자가 사학 임용 비리로 구속될 것 같다는군.”

“그게 사실인가?”

“한국 유물과 관련된 내용은 없었지만 수사가 진행되면 드러나게 될지도 모르는 일일세. 몸가짐을 조심하게.”

“알았네.”

“참, 자네 밑에 정인수라는 아이도 있었나?”

“그렇네만, 정 군에게도 무슨 일이 있는가?”

“그 아이가 이번에 수사를 받고 있어. 구속까지야 되겠나만 자리는 내놓아야 할 걸세.”

“정 군이?”

“강석민이 꼬리가 잡힌 것도 그 녀석을 임용 과정에서 처먹은 게 드러났기 때문인 모양이야.”

“논문 이야기는 없던가?”

“있었네. 자네 이름도 거론되었고. 하지만 자네한테 불똥이 튈 일은 없을 걸세. 손을 좀 써서 스승의 논문을 그대로 베낀 행동에 초점을 맞춰 놓았네.”

“녀석, 적당히 말을 바꾸어 옮겨 쓰면 될 걸 가지고 서툴러서 일을 냈군. 하여간 조선놈들은 뭘 쥐어줘도 제대로 못 먹으니, 원.”

“이만 가보겠네.”

“차평무란 놈 잡을 구상이 끝나는 대로 좀 일러주게나. 이러다 정말 울화병이라도 날 것 같네.”

"알았네. 몸이나 좀 돌보게. 좋은 소식 가지고 다시 들를 테니까."

설무영은 믿지 못하겠다는 듯이 고개를 갸우뚱거렸다.

"그러니까 모든 게 그 책 때문이라는 말이지?"

기철진은 대답 대신에 고개를 끄덕거렸다.

"그러면 한번 보여줘. 보기 전에는 못 믿겠어."

"야가 머라카노? 공기하고 접촉이 되마 금방 부식될 끼다. 나중에 볼 기회가 안 있겠나."

"그동안 몇 번 노출되었잖아. 잠깐 보는 건 괜찮을 거야. 어서 꺼내 봐. 안 보여주면 지금까지 한 말을 전부 거짓말로 알겠어."

"안 된다. 섭섭해도 할 수 없다."

"얼씨구? 정말 안 보여줄 거야? 그럼 네 말이 다 거짓말이네. 없으니까 못 보여주는 거지."

설무영이 입을 삐죽거렸다.

"한 번 안 된다 카마 안 된다 안카나. 자꾸 그캐도 소용없다."

"알았어. 이건 내 생각인데 요새 왜 골동품이나 이런 고서들 감정해 주는 프로그램이 있잖아. 거기 들고 나가볼 생각은 없어? 텔레비전에 얼굴도 나오는데, 좋잖아?"

"생각하는 거 하고는."

"돌아가면 신문에 투서해서 소문낼 거야."

"내기만 해바라, 내가 가만히 있나."

"그렇게 중요한 책이라면 왜 개인이 가지려고 해? 마땅히 국가에 헌납해야지. 안 그래?"

"야가 참, 말귀를 몬 알아듣네. 아무 생각도 없이 헌납해 봐라. 당국에서는 우짜겠노? 그기 역사책이라 카마 높은 자리를 차지하고 에헴 하는 학자들한테 맨 먼저 보일 거 아이가?”

“그래서?”

“그 사람들은 십중팔구 누가 의도적으로 꾸며 만든 책이라고 해버 릴 끼다 이 말이야. 조작이다, 위서다 카미 일고의 가치도 없닷고 칼 끼라 말이다.”

“왜?”

“아직도 모지리 일본놈들 꺼 빼끼고 짜맞춘 거 까 학문이다 학설이 다 카면서 평생 동안 눈치나 보민서 주장해 온 말이 싸그리 뒤집어지 고 저그들 자리까지 위험해지는데 누가 이걸 인정할라 카겠노? 그라 고 증거가 저래 버젓이 있고 프랑스에 있는 마르그리트가 증인이 되 는데 아직 니도 못 믿고 있는 거 보마 그래 될 기 뻔한 기라. 니가 의 심하는데 다른 사람들은 오죽하겠노. 생각 좀 해보고 이야기해라.”

“설마 그럴 리가 있겠어?”

“고등학교 때 배운 우리 국사책 함 찾아봐라. 백제 왕이 일본 제후 에 하사한 기 명백한 칠지도라 카는 칼에 대한 부분만 봐도 뻔한 기 라. 일본 왕한테 선물했다 카민서 양국의 친교관계를 잘 설명해 주고 있닷고 적어 놨다. 일본에 불리한 역사는 모지리 그래 두루뭉실하이 넘어가는 기라. 주종관계를 친교관계로 표현해 놓은 거, 그기 멀 뜻하 는 기고?”

“하긴 그런 것도 같은데……. 가만, 그렇다면 마르그리트네 집에 있 는 그 궤가 한국으로 돌아오면 어떻게 되는 거야?”

“한국으로 돌아올 기 아니라 형 손에 돌아와야 되는 기다. 모르긴 해도 형은 준비를 충분히 해놨을 끼니까.”

"철진이 너, 그 사람 자랑이 너무 심한 것 아냐? 뭐 덕볼 일 있지?"

"그기 무슨 말이고?"

"혹시 알아? 졸업하고 나서 취직 못하면 그 재벌 2세가 너를 특채시켜 줄는지. 건설회사 하나 부도났다고 한성그룹이 망하기야 하겠어?"

"야가 인제 몬하는 소리가 없네? 내가 거지가? 그래 취직하구로? 언자 그만 가봐라. 저녁 해야 된다."

"얼씨구, 손님을 청해 놓고 저녁 한 그릇도 주지 않을 심산이네? 미안하지만 밥까지 얻어먹고 가야겠어. 자취생의 음식 솜씨도 볼 겸."

"좋아, 반찬까지 사들고 왔으이 밥은 끓이줘야지. 하지만 밥 묵고는 금방 가야 된대이? 다 큰 처녀 총각이 해가 졌는데도 한 방에 같이 앉아 있으면 오해받기 쉬운 기라."

"가지 마래도 갈 테니까 걱정하지 마. 너 밥할 동안 책이나 봐야겠다."

"석간이 왔을 끼다. 갖다주께. 그기나 봐라."

기철진은 방 문을 열고 나왔다. 마당에 석간신문이 떨어져 있었다. 무심코 1면을 훑었다.

놀라운 토막 기사 하나가 실려 있었다. 차범석 회장의 사망 소식이었다. 그대로 선 채 신문을 넘겨보았다. 고인의 사진이 실려 있고 그의 프로필, 그리고 한성그룹의 연혁과 함께 그룹의 차기 경영권에 대한 예상 시나리오를 도표로 그려놓았다. 차평무의 이름도 거론되고 있었지만 부정적으로 보는 견해를 내비치고 있었다.

설무영이 방문을 열었다.

"신문 가져온다는 사람이 그렇게 서서 자기 먼저 보고 있어?"

"……."

“무슨 기사가 났길래 그래?”

“평무 형의 부친이 별세했다 카네.”

설무영도 눈이 휘둥그레지며 신문을 받아들었다.

‘그랬어. 지금까지 아부지 옆에 있었어. 자식으로서 할 수 있는 도리는 다하고 싶었겠지.’

기철진은 차평무에게 진한 연민을 느꼈다. 큰 집안을 배경으로 하는 만큼 큰일을 많이 겪는다는 생각이 들었다. 이제 그는 학교를 중단할 것이다. 그리고 어떤 식으로든 회사에 관계된 일을 할 것이다. 기철진은 고서를 생각했다.

‘그라마 앞으로 저 책은 우째 된다는 말이고?’

신문을 넘기고 있던 설무영이 갑자기 물었다.

“철진이, 너네 학교 역사 특강 교수 이름이 뭐랬지?”

“그건 왜 물어?”

“아무래도 이 기사는 그 정인수인지 뭔지 하는 사람을 두고 하는 말 같아. 강석민이라는 이름은 그대로 실려 있는데……”

기철진은 설무영이 펴놓은 지면을 보았다. 사회면을 장식하고 있는 기사는 대학강사 임용 비리에 관한 내용이었다. 굵직한 글씨로 ‘강석민 경한대학장 전격 구속’이라는 제목을 달고 있었다.

그동안 경한대학 강석민 학장이 전국 국공립대학은 물론 사립대학교에까지 교수 임용과 관련, 금품을 수수한 혐의를 잡고 은밀히 내사를 벌여온 서울지검 특수부(검사 고인호)는 강 학장을 전격 소환해 심문을 벌인 결과, 금품 수수를 시인하는 자백을 받아내고 구속영장을 신청했다.

　강 학장에 대한 수사는 그동안 교육계 일각에서 소문으로만 나돌던 것을 올해 초 ㄷ대학교 사학과 강사 임용 전형에서 탈락한 유아무개(36. 서울시 광진구 구의동)의 투서로 본격적인 수사가 진행되었다.

　유씨는 강사 임용 전형에 제출한 정아무개(34. 서울시 강남구 역삼동)씨의 논문이 일본 도쿄대학 다케다 세이야 교수의 논문을 표절한 증거가 명백한데도 대학교 측이 정아무개씨를 임용하고 자신은 탈락시켰다는 주장을 한 것으로 전해졌다. 유씨는 투서와 함께 정아무개씨의 논문과 다케다 교수의 논문을 그 증거로 제출한 것으로 알려졌다.

　수사 결과, 강 학장은 올해뿐만 아니라 매년 전국 각 대학교에 교수 임용과 관련된 청탁에 개입해 왔으며, 임용 대가로 많게는 수억 원에서 적게는 수천만 원씩 지금까지 모두 30억 원에 이르는 금품을 챙긴 것으로 드러났다.

　이러한 사실이 알려지자 경한대학은 긴급 이사회를 열고…….

역사 특강 수업에 정인수 교수가 나타나지 않은 것은 그가 사건에 연루되어 있음을 명백하게 말해 주고 있었다. 강석민과 다케다, ㄷ대학교 사학과, 정아무개……. 정황은 충분했다.

기철진은 투서를 했다는 유아무개라는 사람이 차평무가 프랑스 루브르 미술관에서 만났던, 해외에 흩어져 있는 우리 문화재를 조사하러 다니는 사람이 아닐까 하는 생각을 했다. 어쩌면 차평무는 정인수의 시간강사 자격 획득에서부터 치밀하게 정보를 수집하고 있었는지도 모르는 일이었다.

"밥 안 해?"

"해야지."

기철진은 방 밖으로 나가려다 말고 설무영에게 물었다.

"참, 문상을 가야 되겠나, 말아야 되겠나?"

"유명한 사람들로 북새통을 이룰 텐데 철진이 너는 가봐야 얼굴도 못 볼 거야. 나중에 인사해도 예의에 어긋날 건 없어. 그 사람도 이해해 줄거구. 책이나 잘 간수하지 가긴 어딜 간다고 그래? 그렇다고 저 책 가지고 올라갈 거야? 지난주에 서울에서 내려올 때도 세 시간 내내 벌벌 떨었다면서?"

"누가 떨었다 카더노? 쪼매 긴장했을 뿌이라 캤지."

"안 봐도 다 알지."

"말자, 말아."

기철진은 불쾌한 표정을 짓고 밖으로 나갔다.

'책은 차라리 발견되지 않은 편이 낫지 않았을까. 전설은 전설로 남는 게 더 아름다운 일이니까. 하지만 진실을 찾고자 하는 인간의 탐구심을 억지로 눌러놓을 수도 없는 일이야. 이 일을 모른 척한다면 민족사적으로 볼 때 불고죄에 해당될는가?'

설무영은 편치 않은 심기를 애써 누그러뜨리다가 마르그리트를 떠올렸다.

"아빠, 제 의사는 결정했으니까 그렇게 아세요."

황 원장은 시선을 천장으로 올리고 잠시 침묵을 지켰다. 그는 염려스러운 눈으로 장성한 딸의 얼굴을 바라보며 입을 열었다.

"이유야 어찌되었든 한 번 맺은 부부의 인연을 그렇게 쉽게 생각하다니, 너답지 않구나."

"아빠 아직도 모르세요? 명백한 사기란 말이에요."

"아직 그렇게 말하기에는 이르지 않니? 자세한 경위도 모르고 말이야."

“경위고 뭐고 들어볼 필요도 없어요. 이제 창피해서 어떻게 얼굴을 들고 살아요?”

“창피한 것은 나중 문제야. 정 서방에게도 기회를 줘야 하지 않겠니? 아무려면 정 서방이 뻔히 알고서도 논문을 표절했다고는 생각되지 않는구나. 분명히 그만한 사유가 있을 게다. 애비 말을 왜 그렇게 허투루 듣니?”

“좋아요, 그럼. 그건 그렇다 치고 인수 씨 아버님이 임용의 대가로 건넸다는 오천만 원은 어떻게 이해해야 되나요? 그게 우리 사회 지성인들의 실상이에요? 정말 그래요? 아빠도 인수 씨 자리를 알아보시면서 그런 조건을 내밀면 받아들이려고 하셨어요?”

“못하는 말이 없구나.”

“그렇잖아요? 강 교수가 그동안 받아 삼킨 금액이 알려진 것만 삼십억 원이래요, 삼십억 원. 우리나라에 강 교수같은 사람이 하나뿐이겠어요?

한 사람뿐이라면 그가 우리나라에서는 유일하게 대학 교수의 임용권을 가진 사람이라는 말이에요?”

“사돈이 그만한 금품을 건넸다는 건 정 서방도 모르는 일일 수도 있지 않겠니?”

“절대 그렇지 않아요. 아빠는 아직도 인수 씨를 잘 몰라요. 그 사람은 출세를 위해서라면 무슨 짓이라도 가리지 않을 사람이란 말이에요.”

“그렇다고 이혼하겠다는 건……”

“그렇게 하지 않으면 아빠나 저까지도 피해를 입어요. 아시겠어요? 우리가 사는 길은 사기 당했다고 말하는 방법뿐이에요. 그래도 피해가 전혀 없지는 않겠지만 아무튼 여파는 최소화해야 하지 않겠어요? 우리라도 살아남아야 해요. 지금까지 제가 들인 공이 얼마나 되는지 아빠도 잘 아시잖아요?”

“그까짓 남의 눈이 뭐 그렇게 대수냐? 사람은 모름지기 멀리 있는 남의 눈을 의식해서 살기보다는 가까이에 있는 사람을 배려하면서 살아가는 걸 우선으로 삼아야 해.”

“제 인생이니 제가 결정하겠어요. 이대로 가다간 아빠의 명예도 떨어지고 말 거에요. 아빤 그동안 쌓아온 평판과 덕망에 오점이 생겨도 괜찮다는 말씀이에요?”

“아무려면 어떠냐? 살아가면서 실수하지 않는 사람도 있다든? 그리고 정 서방의 상처도 생각해 주어야지. 지금까지 정 서방은 네가 하자는대로 다 하지 않았니? 적어도 아내를 그만큼 존중해 줄 수 있는 남자는 드물어.”

“그건 인수 씨 자신을 위해서 그렇게 한 거에요.”

“어찌 되었건 말이다. 조금만 어려운 일이 생기면 쉽게 갈라서는 요즘 젊은이들을 보고 내 딸들은 그렇지 않으려니 했다. 식장에서 좋을 때나 괴로울 때나 함께 하기로 한 서약은 뭐였냐, 그럼?”

“그때 주례를 본 사람이 누구였어요? 사기꾼 앞에서 한 서약이에요. 그리고 이건 인생 전체가 망가질 수 있는 중대사란 말이에요.”

“지금 정 서방에게 가장 필요한 사람이 누구겠니? 사돈이겠니, 아니면 너겠니? 정 서방을 따뜻하게 위로해 줄 수 있는 사람은 너밖에 없어. 한솥밥 먹고 한지붕 아래서 장래를 설계하며 함께 살아온 남편이 사회적으로 처한 어려움을 어떻게 아내라는 사람이 나 몰라라 할 수 있느냐 말이다.”

"그 사람이 먼저 저를 속였어요."

"누가 누구에게 속았다는 말이냐? 너는 정 서방과 결혼한 거냐, 아니면 정 서방의 장래와 결혼한 거냐?"

"둘 다예요."

"내가 보기에는 그렇게 생각되지 않는구나. 둘 다라면 지금 난간 위에서 위태하게 서 있는 정 서방을 왜 네가 밀어서 떨어뜨리려고 하느냐 말이다. 아직 기회는 얼마든지 있어. 대학 교수라는 목표는 좀 더 있다가 생각하기로 하고, 연구소나 박물관 등에서도 학문을 계속할 수 있는 것 아니겠니?"

"이만 일어나겠어요, 아빠, 죄송해요."

"내가 너를 이렇게밖에 키우지 못했던 모양이구나."

"아니에요, 그건. 제가 저 자신, 황지연이라는 성인을 만들어 나가는 방법이 아빠의 인생 철학에 부합되지 않을 뿐이에요."

"앉거라. 얘기해 줄 게 하나 있어."

황지연은 핸드백을 놓고 다시 앉았다.

"애비가 처음 판사로 발령난 이듬해였어. 실적에 너무 급급했던 나머지 죄 없는 사람 하나가 사형에 처해진 적이 있었어. 나중에 그가 무죄라는 것을 알게 되었지만 때가 너무 늦었던 게야.

나는 그 뒤 주위 사람들이 보기에 심각한 방황을 했어. 그때 네 엄마도 지금의 너처럼 이혼하자고 했지. 그런데 어느 날 네 엄마가 장인 어른의 말씀을 빌려 그러더구나. 죄 없이 죽은 그 사람에게 나중에 지하에서나마 용서받으려면 앞으로가 중요하다고 말이야.

두 사람의 믿음 어린 격려로 방황을 끝낸 나는 새로 태어난 기분이었단다. 네 엄마도 그때서야 크게 깨닫고 식당을 시작한 거야. 비로소 사람의 모습으로 돌아온 거지.

지금 네 엄마를 봐라. 삼십 년 동안 무료급식소를 운영해 온 그 모습은 세상의 어떤 귀한 인생에 비추어 보더라도 전혀 손색이 없어. 지금 내가 가진 모든 평판도 어떻게 보면 그때 크게 깨달은 네 엄마 덕분에 얻게 된 것이야."

"그런 일이 있었어요? 저는 왜 엄마가 저렇게 죄인처럼 살아가고 있나 했더니……."

"네 엄마도 다른 모든 아내들처럼 남편이 누구보다도 빨리 출세하기를 바랐던 사람이야. 너는 어떤 이유로 정 서방을 배우자로 선택했는지는 모르겠다만, 네 엄마는 나를 선택할 때 내 능력을 사랑했기 때문이지 황성곤이라는 생물적인 인간을 사랑한 게 아니었어.

그런데 문득 자신이 품었던 그 욕심이 죄 없는 사람 하나를 죽였다는 생각을 하게 되었다더구나. 장인어른의 충고를 듣고 나서 말이야.

만약 그때 네 엄마가 애비를 출세의 그물에서 자유롭게 놓아주지 못했다면 나도 온기 한 점 없는 기계적인 인생을 보냈거나, 아니면 패배한 비겁자로서 근근이 목숨이나 유지하는 삶을 살고 말았겠지."

"아빠의 실수와 인수 씨의 고의는 근본적으로 다른 거예요."

"나도 일종의 고의였어. 그때의 나나 정 서방의 처지를 두고 법률 용어로 미필적 고의라고 하는 거야."

"……."

"가장 중요한 일은 대부분 하찮고 단순해 보이는 법이란다. 그게 아내의 자리야. 남편이 처해 있는 사회적 위치가 크면 클수록 아내라는 자리의 중요성도 그에 못지않게 커지지. 나는 너도 네 엄마처럼, 세상의 그 무엇보다 숭고한 아내의 자리를 우선적으로 당당히 지킬 수 있는 자랑스러운 딸로 기억하고 싶구나. 특히 가족에게 혹독한 시련이 닥쳤을 때 말이다. 이제 가보거라. 어떤 결정을 하든 말리지는 않으마……."

황 원장은 한숨을 내쉬었다.

"이만 일어나겠어요. 아빠, 말씀 잘 들었어요."

그는 사무실을 나서는 딸의 뒷모습으로 물끄러미 쳐다보았다.

'저 녀석은 언제쯤 체면이라는 부스럼을 떼어내고 사람의 모습으로 돌아올는지. 이런 걸 두고 세대차이라고 하나……? 아무리 세대차이라고는 하지만 수십 억이나 되는 인간과 섞여 살면서 단 한 사람의 아픔조차 나누어 가질 줄 모르다니. 잘못 키웠어, 모든 게 내 잘못이야. 하지만 뭐가 어디서 어떻게 잘못된 건지 찾을 수가 없으니, 원. 불쌍한 녀석…….'

"이야, 도대체 이 그림은 누가 가지고 있었던 기고? 떼돈 벌었네."

"뭔데 그카노?"

"이거 함 봐라. 그림 하나가 칠백만 달러가 넘는다 안 카나. 백억 원이나 된다."

"무슨 그림인데 그만큼이나 하노? 미켈란젤로 그림이라도 되는갑제."

"고려시대 낀데 <백팔천녀도>라 카네……."

"뭐? 우리나라 끼랏고? 어디……."

강의실에 앉아 있던 기철진은 귀가 번쩍 열렸다. 신문을 보고 있던 후배 주위로 학생들이 모여들었다. 기철진은 일어나서 그들 근처로 갔다.

"형요, 이거 함 보이소. 이런 그림 하나 가지고 있으마 자손 만대의 행복 아이겠습니꺼?"

기철진은 책상 위에 펼쳐진 신문을 내려다보았다. 차평무가 갖고 있던 것과 똑같은 그림 하나가 전면 화보로 실려 있었다.

"좀 들고 가서 봐도 되나?"

"그라이소. 이런 그림은 이래 신문으로 보는 것만 해도 돈 버는 거 아입니꺼?"

기철진은 돌아와 앉았다. 기사는 뉴욕 경매장의 소식이었다. 원매자의 신원을 찾아보았지만 익명을 요구한 한국의 사업가라는 말뿐이었다.

'평무 형인가……'

그림값은 그가 말하던 것하고는 너무 큰 차이를 보였다. 그러나 커다랗게 실려 있는 그림으로 보아 의심할 수 없었다.

차평무의 그림이 아니라면 어떤 위작일 텐데 그들이 위작을 진품으로 생각할 만큼 어리석지는 않을 것이기 때문이었다. 어쩌면 차평무의 그림이 위작일 가능성도 있겠지만 속단하기는 어려운 일이었다.

역사 특강수업은 정인수의 자격이 취소되어 그와 이름이 같은 사학과 정인수 교수가 조선 중기 당쟁의 폐해와 오늘의 한국정치가 가진 취약점을 연결해 보는 형식으로 강의를 진행해 끝을 맺었다.

학기가 새로 시작되었지만 차평무한테서는 아무 연락이 없었다. 기철진은 그동안 도서관에서보다 집에서 공부하는 것에 익숙해졌다. 기철진은 도서관이 아니면 공부가 되지 않는다는 말이 사치스러운 핑계에 불과하다는 것을 깨달았다. 환경은 그렇게 한 인간을 그가 눈치채지 못하게 조금씩 키워가고 있었다.

교정에는 계절이 한결 깊어져갔다. 사람들은 지난날의 바랜 기억을 떨쳐버리기라도 하듯 달력을 떼어내고 새로운 달을 맞이했다. 미래는 어떤 것이나 늘 새로운 질감으로 다가오는데, 과거는 드리워진 베일을 벗고 새로운 진실을 알려주더라도 언제나 일상의 사소한 충격에 불과한 속성을 갖고 있었다.

역사에서 무얼 배운다는 말은 얼마나 허황한 이야기인가. 역사는 때때로 현재가 인용해 오는 번지르르한 인용문에 불과할 뿐, 그 이상의 의미는 아닌 것처럼 여겨졌다.

기철진은 창밖을 보던 시선을 거두고 강의실을 나섰다. 상과대 건물 현관을 나서자 한 줄기 바람이 불어왔다.

"기형!"

낯익은 목소리가 들렸다. 기철진은 귀를 의심하며 돌아보았다. 현관 한쪽 기둥 옆에 청색 양복을 차려 입은 호쾌한 얼굴의 장년이 하나 서 있었다.

"형! 언제 왔습니꺼?"

"그동안 많이 기다렸지요?"

"그보다도……. 집안의 우환 소식은 신문을 봐가 알았지만 책이 걱정도 되고 해가 못 갔습니더."

"찾아오지 않길 잘했소. 왔어도 만나지 못했을 테니까. 그건 그렇고 우리 보물은 이상 없이 잘 있지요?"

"걱정하지 마이소. 종만 땡 치마 이래 안 뛰어갑니꺼? 책하고 결혼 해가 사는 것 같습니더."

"어디 갑시다. 조용히 얘기도 좀 하고……."

"집으로 가입시더. 책도 볼 겸."

"그럽시다, 그럼."

교내 주차장에는 고급 승용차가 주차해 있었다. 기사가 운전석에서 나왔다. 기철진은 인사를 했다. 그도 인사를 받고 뒷문을 열었다. 기철진은 차평무와 나란히 앉아 집으로 가는 길을 일러주었다.

"그동안 연락을 못해서 미안하오."

"경황도 없었을 낀데 이해합니더. 회장으로 취임하셨데예. 축하드립니더."

"정인수는 어떻게 됐소?"

"그 사건 이후로 학교 강의도 그만두었는지 교수가 바로 바낏습니더."

"아까운 인재를 사장시켰소. 황지연과 이혼한 뒤로 어디갔는지…….빨리 찾아야 할 텐데."

"찾아야 할 이유라도 있습니꺼?"

"있소."

정인수를 찾아 부활시키려는 의도라는 것쯤은 기철진도 짐작이 되었다. 재벌 총수와 나란히 승용차를 타고 있다는 현실에 기철진은 으쓱해지는 기분을 감출 수가 없었다.

"회사 업무에 바쁘지예?"

"내게 기업 경영은 어울리지 않소. 그래서 그룹을 전문 경영인들에게 맡겼소. 계열사도 모두 정리해서 이젠 전자산업과 관련된 회사 중심으로 일곱 개밖에 남지 않았소. 깨끗하게 정돈한 셈이오. 각 계열사별 부채비율도 평균 100퍼센트 이하로 떨어뜨려 놓았으니까 그 정도면 국제적으로 경쟁하는 데 아무 무리가 없소. 지급보증에 관련되는 모든 편법도 계열사별 사규에서부터 금지시켜버렸고."

"얼마 전 신문에 한성의 젊은 회장님의 활약이 대단하다는 기사를 봤습니다. 제일 골치 아픈 노조 문제도 마찰 없이 말끔히 해결했다고 말입니더."

"경영주 마음먹기에 달린 거요. 덕분에 나도 빈털터리가 되어버렸지만, 허허. 명목상으로 회장직은 내가 갖고 있기로 하고 회장 권한대행으로 곽 이사를 지목했소. 얼마나 사양하던지. 결국 곽 이사는 일 년만이라는 단서를 달아 수락했소. 신문에 난 것은 모두 곽 회장의 작품이오."

"시시암은 어떻게 되었습니꺼?"

"지산 스님의 일 말이오? 그룹 법률 고문인 성 박사에게 부탁했더니만 바로 해결해줍디다. 법률적 소유권은 오래 전에 죽어버린 노파에게 있지만 노파가 동명 스님을 데리고 온 뒤에 아무 말 없이 떠나버린 것은 스님에게 암자의 소유권을 양도할 의사 표시가 있는 것으로 봐야 하고 동명 스님의 점유권이 충분히 인정된다는 것이었소.

또 이십 년을 그곳에서 생활한 지산 스님이 당연히 동명 스님의 법적 재산권을 이어받아야 한다는 것이 다른 어떤 주장보다도 법정신에 부합한다는 판결이 났소. 이제 시시암은 누가 뭐래도 지산 스님 소유요. 종단에서는 대법원까지 갈 모양이던데 소용없을 거요."

"다 왔습니다."

"세워둬요. 곧 나올 테니까."

"예, 회장님."

"기형, 빈손인데 어떡하지요?"

"무슨 말씀을 하십니꺼? 퍼뜩 들어가입시더."

차평무는 방안을 둘러보았다.

"책이 어디 있겠는지 한번 마차 보이소."

"전혀 감이 안오는데요, 허허."

"잠깐만 기다리이소."

기철진은 과일 하나를 깎아 놓고 마당에 내려섰다. 그는 개집을 들어 내고 그 자리를 파기 시작했다. 얼마 후 플라스틱 통 하나를 들어 올린 기철진은 그것을 털어서 방으로 들고 들어왔다.

기철진은 뚜껑을 열고 차평무에게 내밀었다.

"참 기형다운 생각이오. 나는 이걸 기형이 어디에 어떻게 보관하고 있을까 궁금했는데 이렇게 숯덩이까지 넣어서 보관하고 있었다니. 내가 앞으로 한 수 배워야겠소, 허허."

"풀어보이소."

"됐소. 이렇게 보면 됐지."

"그런데 말입니더……."

기철진은 마철용와 강석민 교수가 다녀간 이야기와 도둑이 든 것까지 알려 주었다.

"하마터면 큰일 날 뻔 했군. 그렇잖아도 마철용이란 녀석이 사라져 버려 경완이가 마음이 상해 있었는데, 강석민과 그런 일을 꾸미고 다녔을 줄이야……."

"앞으로 우짤 생각입니꺼?"

차평무는 양복 안주머니에서 봉투를 꺼내 기철진에게 내밀었다.

"조그만 단체를 하나 만들었소. 주위에서 성화를 부려 조촐하게 창립 기념식을 하기로 했소. 만약 기형이 오지 않으면 식을 연기해버릴 생각이니 설무영 씨와 함께 꼭 참석해 주시오. 이건 행사 초대장과 비행기표요. 내 성의니까 나무라지 마시오. 와 줄 수 있겠소?"

"무슨 단체입니꺼?"

"고민하던 끝에 그림 한 점을 팔아서 재단을 만들었소. 이제 이 책들의 진가를 유감없이 보여야겠기에."

<백팔천녀도>가 6시간이나 진행된 마라톤 경매 끝에 한인 2세로 미국의 부동산 재벌인 존 리가 거금 칠백만 달러나 주고 사들였다는 신문 기사를 읽은 기억이 났다.

"그림이라면 지난번에 신문에 난 <백팔천녀>도 맞지예? 전에 방에서도 보았던……?"

"그렇소."

"아, 다행입니더. 더군다나 한국인 2세에게 넘어갔다 카이."

기철진은 안도의 숨을 내쉬었다.

"꼭 가겠습니다. 저 때문에 창립식을 연기하는 일은 없어야 안 되겠습니꺼? 하하."

"고맙소. 그럼 나는 이만 올라가보겠소. 다음 주에 행사장에서 봅시다."

기철진은 차평무를 바래다주고 방으로 돌아왔다. 책을 전해 주고 나자 책임의 중압감이 해소되는 느낌이었다. 산에도 마음껏 다닐 수 있게 되었다. 차평무가 놓고 간 안내장을 펴 들었다.

이제 그는 역사의 허울을 준열하게 심판할 준비를 모두 갖추었다. 대륙의 초원을 마음껏 달리게 될 준마 다섯 필과 장군 막사로 긴요하게 쓰일 정인재단이 그것이었다. 다만 그를 보필할 휘하 장수들이 문제였다.

"그동안 내가 구상해 놓은 게 있네."

"그게 뭔가?"

다케다 교수는 몸을 일으켰다. 사토 의원은 그에게 바짝 다가가 오랫동안 귓속말로 무어라 전했다. 다케다 교수의 눈이 휘둥그레졌다.

"정말 가능한 일인가?"

"외교 채널을 열어두었어. 물론 비공식적이긴 하지만 정부의 낯이 크게 서는 일이 되니까 거절하지는 못할 거야. 그리고 그 책은 어차피 궁으로 들어가 영원히 공개하지 않기로 되어 있으니까 양국 관계가 달라질 건 아무것도 없네."

"우리 은행들이 채권을 회수하는 방법만으로 한성그룹의 계열사들이 무너질까?"

"충분하네. 원래 한국 기업들은 재무구조가 취약하지 않나? 그리고 지난번에는 줄을 잘못 섰더군. 그러잖아도 눈엣가시처럼 여기고 있었던 모양일세. 건설이 무너질 때 당국이 비공식적으로라도 우리에게 별다른 요청이 없었던 걸 보면.

그리고 몇 년 전에 항공소재 개발이라는 국가적인 프로젝트를 수행하던 오타니사가 무너진 것 말일세. 한성세라믹이라는 합작기업이 무너진 지 얼마 안 돼서 간판을 내려 우리 당국에서 이상하게 생각해 왔네. 그런데 이번에 그 원인을 찾았네. 그룹 기조실이 치밀하게 각본을 짠 거였어. 보고서를 보니 그 어린 녀석이 책임자로 있을 때 입안한 프로젝트였다고 하더군. 당시 문건까지 입수됐어."

"정말 그대로 놔둬선 안 될 놈이군."

"두고 보면 알겠지만 그 녀석 말고는 경영권을 이어받을 만한 사람이 없어. 그러면 이차 계획을 추진해야지."

"이차 계획이라니?"

“전자야.”

“뭐라구? 너무 무리하는 것 아냐?”

“자네, 이번 일이 내 선에서 끝난다고 보고 있나? 이 사람, 똑똑한 줄 알았더니 그게 아닐세.”

“그럼……?”

“한성은 큰 회사일세. 더구나 전자는 월드 베스트 브랜드 가운데 하나가 아닌가? 요즘 겉으로는 메모리 칩 사업에 집중하는 것 같지만 이번에 획기적인 무언가가 나올 것 같아. 컴퓨터 소프트웨어 업계가 경악할 만한 작품이라는 말일세.”

“그게 도대체 뭔가?”

“세계 10개국 언어를 완벽하게 소화해 내는 음성인식 컴퓨터일세. 이제 컴퓨터 앞에 앉아 일일이 자판 두들기는 수고는 사라지게 됐네. 말하는 즉시 화면에 문자로 나타나게 된 거야. 그것도 100퍼센트 수준일세. 개인별로 발음이 다소 부정확하더라도 컴퓨터가 퍼지 기능으로 모조리 분해 재생하기 때문에 입력 오류가 제로에 가깝다는 거야.”

“정말 놀랄 일이군.”

“그것뿐만이 아닐세. 컴퓨터 역시 언어와 음성을 선택해 대화를 할 수 있는 기능이 있어서 그야말로 완벽한 대화형이야. 컴퓨터가 사람이 된 거나 다름없는 일일세. 애인도 되고 자식도 되고 충실한 부하 직원도 되고……. 지금까지의 컴퓨터는 모조리 폐품이 될 지경에 놓였네.”

“…….”

다케다 교수는 입을 떼지 못했다.

“한성이 이번에 전자 중심으로 특화된 것도 그 때문일세.”

“그렇다 하더라도 쓰러뜨리겠다는 계획은 아무래도 실현 가능성이 희박해 보이는데……?"

"나도 이번 일에 정치적인 운명이 걸렸네. 유종의 미를 거두지 못하면 향후 입지에 막대한 손실을 입게 돼. 어쩌면 다케시마에 관해서 한마디 하고 내려와야 할지도 모르는 일일세."

"한국 당국도 감지하고 있나?"

"이차 계획까지는 모르고 있네. 그걸 알면 생각이 달라질 테니까 말이야."

"다 내 때문이야. 막판에 일을 그르치는 바람에 자네까지 어렵게 만들고 말았어."

"자네 잘못은 없네. 내가 미리 대사관에 연락을 못 해둔 게 잘못이지. 그 녀석들 오야붕이 한 번만 더 기회를 달라며 손가락 하나를 잘라왔기에 참았지. 그러잖았으면 모조리 날려버릴 생각이었네."

유람선이 지나온 물길을 하얗게 내보이며 떠가고 있었다. 낚시꾼 하나가 다가와 다섯 발 쯤 떨어진 곳에 자리잡고 앉았다. 그는 잠시 후 낚싯대를 들어올렸다. 그러나 아무것도 걸리지 않았다. 낚시꾼은 무표정한 얼굴로 미끼를 손본 다음 다시 던졌다.

이따금 바람이 불어와 헝클어진 머리칼을 더욱 어지럽게 쓸어 넘기고 있었다. 까칠한 수염과 남루한 옷차림을 하고 한가로이 소주를 들고 있는 그는 누가 보아도 실직자의 모습이었다. 그는 고개를 돌렸다. 서울 하늘…….

이름 석 자 내밀 곳이 하늘 아래 어디에도 없다는 것을 느꼈다. 황지연이 내밀던 서류에 두말 않고 서명한 일이 떠올랐다.

'몹쓸 년…….'

정인수는 술병을 들고 벌컥벌컥 마셨다. 정억기 원장은 뇌물 공여 혐의로 구속 수감되어버린 상태였다. 또 세무조사가 실시되어 세금포탈죄가 추가된 그의 재산은 대부분 국고로 들어가버렸다.

화곡동 산부인과는 경매로 나왔으나 이미 입원해 있는 산모와 미숙아 문제 때문에 직원으로 일하던 여의사 하나가 정부에 탄원을 내 호조건으로 인수했다. 정인수 자신은 상속법 위반으로 물려받은 재산의 상당액을 내놓아야 했다. 그는 입에다가 다시 술병을 댔다.

수감된 강석민 교수가 생각났다.

'어느 정도 짐작은 했지만 그렇게 많이 처먹었다니. 상상을 초월한 일이야. 나쁜 놈……'

일본 유학 시절에 다케다 교수가 준 것은 일반적인 자료가 아니라 자신이 60년대 말에 작성했던 논문의 일부였다.

'왜 그 말을 진작 해주지 않았지? 그런데 다케다 교수의 논문을 유동선이란 녀석은 도대체 어떻게 알아냈다는 말인가.'

한숨이 나왔다. 차평무가 떠올랐다. 장밋빛 인생에 검은 장막을 드리운 유일하고도 집요한 놈이었다.

'황지연과는 어릴 때부터 아는 사이였다고?'

정인수는 입술을 깨물었다. 어쩌면 유동선에게 정보를 흘린 것이 그 일지도 모른다는 생각이 들었다.

'너무 안이하게 대처했던 게 실수였어. 결국 그놈은 목적을 달성했다는 말인가. 그러면 나는? 나는 그동안 무슨 생각을 하고 있었다는 말인가…… 모든 것은 그놈이 만든 작품임에 틀림없어. 다케다 교수가 호텔에서 쓰러진 것도 그놈을 만난 직후였으니까.'

정인수는 분노를 억제할 수 없어 머리를 흔들었다. 분노와 동시에 파멸이라는 단어가 떠올랐다. 술병을 입으로 가져갔다. 이제는 맛을 알 수조차 없는 액체가 식도로 흘러들었다. 목이 화끈거렸다.

'이젠 내 차례겠지? 기회는 균등하게 주어져야 하니까 말이야. 그래, 네놈이 신나게 춤추는 무대의 주연 배우가 누구인지 똑똑히 가르쳐 주겠어. 내 실력도 한번은 보여줘야지. 세상이 아주 공평한 것이라면 말이야……. 하지만, 방법이 없어, 방법이…….'

정인수는 술병을 들었다. 그러나 술은 이미 한 방울도 없었다. 옆에 있는 낚시꾼이 들으라는 듯이 큰 소리로 중얼거렸다.

"이 피라미는 꼭 한성 차평무 놈의 썩은 불알 같군."

정인수는 정신이 번쩍 들었다. 무의식적으로 고개를 돌렸다. 낚시꾼은 작은 멸치만한 물고기를 잡아올렸다. 그는 그대로 날름 삼켜버리고는 정인수를 쳐다보았다.

"왜 그런 눈으로 쳐다보시오?"

"당……신, 그 녀석을 어, 어떻게 압니까?"

정인수가 반문을 하자 그는 낚시 도구를 챙기며 말했다.

"그런 건 알 것 없고……. 얼굴을 보니 당신도 한성이나 그놈에게 원한이 있는 모양이군. 나처럼 말이오."

"있다뿐입니까. 찢어버려도 시원찮을 놈인데……."

"누가 들으면 살인사건이라도 내는 줄 알겠소."

그는 다시 낚싯대를 던졌다.

"이 자리에 있다면……. 당장 죽여 버리고 싶소."

"원한이 깊은 모양이군."

"깊은 정도가 아니오. 하기야 당신이 뭘 알겠소만."

"사람 목숨 가지고 농담하는 게 아니오. 많이 취한 것 같은데 그만 돌아가시는 편이 좋겠소."

"농담이 아니라니까!"

정인수는 소리를 버럭 질렀다.

"그 사람 참……."

아침나절에 소나기가 한 줄기 쏟아지고 난 뒤부터 하늘이 본래의 제 얼굴을 드러냈다. 어느새 해가 지고 있었다. 해는 새빨간 불덩어리로 변해 곧 핏물 같은 노을이 배어나올 듯한 모습이었다.

도구를 챙겨든 낚시꾼이 정인수 곁으로 다가와 앉았다.

"당신, 도대체 뭘 하는 사람이오?"

"나 말이오?"

정인수는 담배를 꺼내 무는 사내의 손을 힐끗 보았다. 취기 때문인가……. 그의 오른손 새끼손가락의 끝마디가 보이지 않았다.

"서울에는 무슨 일로 갈랏고?"

"어떤 행사에 초대장이 와가예."

"누구하고 가노?"

"그거는……."

"가하고는 인연이 없다 안카더나?"

"그거는 지가 알아서 할 낍니더. 함 두고 보이소. 인연이 되는지 안 되는지."

"그건 그렇고 서울에는 안 가는 기 좋다……. 고마 가지 말거라."

천신동자보살은 근심스럽게 말했다.

"어무이는 언제까지 자식의 운명을 점으로만 볼 낍니꺼? 점괘 나오는대로 하마 대통령이라도 시키줄랍니꺼?"

“니 복에 그런 건 없다.”

“그라마 뭐가 있습니꺼? 어떤 기 내 복에 있냐고예?”

“니는 성인을 따라다닐 상인 기라.”

“성인이랏고예? 그 성인이 누군교?”

“나도 모린다……. 중요한 거는 니가 올해 가기 전에 먼길을 나서마 살이 끼인다 이 말이다.”

“그기 내 살인교?”

“니 살은 아이다마는 니 때문에 일어나는 살인 기라.”

“무슨 살인교?”

“참살이다.”

“참살이라 카마 칼 맞는다 이 말 아인교?”

“그렇다카이.”

“고마 그런 허황한 말씀 좀 집어치았뿌이소. 어무이 무당이랏고 이 때까지 변변한 친구 하나 없이 살아왔는데 그것도 내 복이라 칼란교?”

“성인을 볼랏고 그래 외로웠던 기다.”

“그 성인이라 카는 기 도대체 누구냐고 안 묻습니꺼?”

“올해를 잘몬 넘기마 성인도 사람도 다 못 본대이. 그라이 서울에 가지 말고 산에나 가가 산신님께 기도나 정성껏 하고 온나.”

“내가 산에 가가 언제 기도하는 거 봤는교?”

“가는 거, 그기 기도인 기라. 꼭 손바닥 모으고 꿇어앉아야 기도인 줄 아나? 니도 모르게 그 단에 기도를 마이 쌓은 기다.”

“우쨌든 서울 갔다 올 낀끼네 그리 알고 있으이소.”

“야가 에미 말을 우째 이래 안 듣는강 모리겠네, 차말로.”

“갈랍니더.”

기철진이 일어서자 천신동자보살은 상을 치우고 따라 일어섰다.

"그라마 명심해래이. 등 뒤짝에 사람을 세워 놓고 오래 있으마 절대 안 된대이, 알았제?"

"와예?"

"어른거리는 상이 그거뿐이 안 보이는 걸 우짜겠노."

"차말로 세 살 묵은 아가 들어도 웃을 이야기네예."

"웃으마 어떻노? 명심할끼가, 말끼가?"

"알았심더, 때 거르지 말고 진지나 지때 잡수이소."

"꼭 명심해래이."

기철진은 대문을 나서면서 한마디 내뱉었다.

"언제까지 저칼란공, 에이……."

"차 회장, 그만 좀 고집을 꺾는 게 어떻소?"

"……."

"나라를 위해 그동안 애써 온 공로는 우리도 충분히 알고 있소. 하지만 지금 때가 때인 만큼 소를 버리고 좀 더 넓은 안목으로 상황을 볼 필요가 있지 않소? 그림 건에 대해선 그냥 넘어갈 테니 그 책인가 뭔가 하는 것만 넘겨주시오. 윗선에서도 매우 큰 관심을 갖고 있소."

"책이라뇨? 무슨 책을 말씀하시는 건지……. 책 이름이 뭐라고 합니까? 그것만 가르쳐 주시면 제가 힘닿는 데까지 구해드리겠습니다."

"정말 이렇게 나올 거요?"

"그건 제가 드리고 싶은 말씀입니다."

"차 회장!"

"이만 돌아가십시오. 제가 무슨 힘이 있어서 원하는 걸 드리지 않고 버티겠습니까? 제 일기장이라도 달라면 드리겠습니다. 하지만 말씀하시는 책이란 게 도대체 어떤 것인지 전혀 감을 잡을 수 없는 걸 어떻게 하겠습니까? 제목이라도 알면……."

"좋소. 정 이렇게 나온다면 하는 수 없지. 앞으로 고생 좀 해야 할 거요. 반시국적 행태에 따른 보상으로 말이오, 힘."

중년이 일어섰다.

"너무 역정은 내지 마십시오. 저도 집으로 돌아가면 꼼꼼히 책장을 한번 살펴보겠습니다."

차평무는 안주머니에서 봉투를 하나 꺼냈다.

"그리고 이거, 자제분 혼사에 조금 보탬이나 될까 하고 넣었습니다. 좋은 일 있을 때 상부상조하는 게 우리의 전통 아닙니까. 부담 가지실 필요는 전혀 없습니다."

"필요없소."

"펴보기라도 해주십시오, 성의를 생각해서……."

중년은 봉투를 열어보고는 흠칫 했다. 그는 다시 앉았다.

"허험……. 내가 어떻게 해주면 되겠소?"

"나중에 직원들을 보내셔서 세 군데 정도만 돌아보게 하면 아무도 다치는 사람 없이 무난히 넘어갈 일이 되겠는데……, 하하."

"세 군데라?"

"제가 일하는 곳 두 군데하고 잠자는 곳 있지 않습니까?"

"그럼 차질 없도록 청소나 잘해 두시오."

"알겠습니다."

차평무와 헤어진 중년은 이마와 등줄기에서 땀이 솟았다.

'젊은 놈이 간만 큰 줄 알았더니 손은 몇 곱절이나 더 크군.'

"정 군을 대체 어떻게 활용한다는 말인가?"

다케다 교수는 몸을 일으켰다.

"자네, 그 아이가 걱정이 되는가?"

"걱정할 게 뭐 있나, 그저 번식시켜 놓은 세포에 불과한 녀석인걸."

"그럼 안심이야. 됐네."

"자네가 쓰라는 대로 써주긴 했네만 그 편지와 초대장 가지고 도대체 무슨 일을 꾸며 놓았는지 어디 한번 속 시원히 좀 들어보세. 그걸 창립식에 보냈나?"

"일이 끝나면 얘기해줌세. 아무튼 반가운 소식이 올 걸세, 허허."

"사람, 싱겁긴."

"이젠 일어나야지?"

사토 의원이 다케다 교수의 어깨를 토닥거렸다. 다케다 교수는 한숨을 내쉬며 물었다.

"프랑스에서는 별다른 소식이 없던가?"

"사르마뉴인가 하는 연구소에서 국립도서관에 있는 책 냄새를 맡고는 물밑 작업이 진행중인 모양인데 다행히도 우리 첩보망에 걸렸어. 정부에서 복제 허가를 내릴 것 같다더군. 복제가 될 때까지 예의주시하고 있다가 그 복제본이 연구소로 옮겨질 때 빼돌린다는 계획을 세워 놓았어.

그렇게 되면 아무런 문제는 없을 걸세. 프랑스 당국이 바보가 아닌 이상 어렵사리 허가해 준 걸 칠칠치 못하게 잃어버리는 녀석들을 다시 믿고 맡기지는 않을 테니까. 또 사본이 분실된 사실을 알게 되면 원본은 영구 보안 조치가 떨어질 게야."

"자네가 정말 애를 많이 쓰는군."

"그 정도도 못하고서 어떻게 큰 자리를 넘볼 수 있겠나? 허허. 그리고 노파심에서 하는 말이네만, 자네 지하에 있는 물건들은 언제까지 끌어안고 있을 셈인가?"

"으음……. 치워 놓으라는 얘긴가?"

"지금은 아깝고 말고 할 때가 아닐세. 국가적으로도 중요한 시기야. 작은 것에 연연해하지 말게. 만약 이번에 준비한 거사가 실패로 돌아가면 자네 명예뿐만 아니라 국가의 위신도 크게 손상될 일이 발생할지 모르는 일일세."

다케다 교수는 한동안 입을 열지 않았다. 그는 망설이고 있었다. 그것을 모으기까지 얼마나 많은 것을 희생해 왔던가. 대대로 물려받은 재산을 몽땅 쏟아 넣다시피 해서 모은 보물들이었다.

"……."

"하기야 무리는 아니지. 자식같이 귀한 것들을 내놓자니."

"어디로 보내면 되겠나?"

다케다 교수는 결심을 굳힌 듯 목소리가 낮아졌다.

"목록이 있다고 했지? 그걸 내게 한 부 보내주게. 분류해서 전국 각 대학 박물관으로 분산시킬 생각을 하고 있네. 혹시나 해서 말하는데 나중에 자네 집에서는 깨진 사발 조각 하나라도 나와서는 안 되네."

"알았네. 자네 시키는 대로 하겠네. 오후에 같이 오쿠다마로 가세. 단김에 처리해야지. 시간이 지나면 갈등이 생길지도 모르니까."

"그러게. 이참에 아예 퇴원하고 같이 바람이나 좀 쏘이고 오세. 어디 따뜻한 곳으로."

"좋은 생각이군."

다케다 교수는 병상을 내려오며 말했다.

숲속의 섬

"대단한데?"

설무영의 눈이 커졌다. 전용 승강장부터 도우미들의 손님맞이는 대단한 위세를 보이고 있었다.

"주눅 들지 마라. 적어도 여기서만큼은 귀빈 대접을 받을 자격이 있으이끼네, 허험."

기철진은 짐짓 여유 있는 체 했다. 그러나 긴장되기는 그도 마찬가지였다. 행사장 앞에는 내빈 안내대가 설치되어 있었다. 기철진은 초대장을 내보였다. 안내대의 도우미가 옆에 서 있는 동료에게 귓속말로 무어라 했다. 곧 두 명의 도우미가 나타나 정중하게 인사를 했다.

"두 분은 저희가 모시게 되어 있습니다. 불편하신 점이나 시키실 일이 있으면 무엇이든 말씀해 주십시오. 이쪽으로 오십시오."

낯선 분위기에 익숙하지 않은 두 사람은 어색한 표정을 감추지 못했다. 빌려 입은 양복이 자꾸만 몸을 굳게 만드는 느낌이라 기철진의 손길은 넥타이 매듭으로 자주 올라갔다. 이마에서 땀이 솟았다. 설무영은 점점 분위기에 적응해 가고 있었다.

손경완이 무전기를 들고 서 있었다. 행사장 경비를 맡고 있다는 것을 말해 주었다. 기철진은 그에게 가볍게 목례를 했다.

"기형 아니오?"

"오랜만입니더."

"그때 내려가고 나서 얼마 안 되어 정신 나간 놈들을 만났다면서요? 내가 이렇게 진심으로 사과하리다. 사람을 잘못 본 죄로."

손경완이 깊이 허리를 숙이자 기철진은 그를 말렸다.

"그기 어디 손 사장님의 잘못입니꺼? 다 돈독이 올라가 그래 된 기지."

"다른 일은 없었소?"

"한판 붙을 거같이 까불디만 그냥 가데예."

"하하, 철용이란 놈도 겁을 먹을 때가 다 있었나?"

"죽어도 그만이랏고 생각하고 나이 마음이 착 가라앉데예. 천지도 모르고 나부대마 진짜 목숨 걸고 한판 붙어볼라 캤거든예."

차평무가 행사장으로 들어가는 손님들에게 밝은 표정으로 일일이 인사하고 있었다. 기철진은 그에게로 걸어갔다. 차평무는 반갑게 웃으며 두어 걸음 다가왔다.

"어서 오시오. 그리고 설무영 씨도 환영합니다."

차평무는 설무영에게 눈을 찡긋해 보였다.

"규모가 이래 큰 행사인지는 몰랐는데예."

"기형을 위한 자리니까 하나도 신경 쓰지 마시오. 오늘의 주인공은 누가 뭐라 해도 기형이오. 자, 모시고 들어가요."

기철진은 도우미의 안내를 받아 안으로 들어갔다. 예기치 않은 얼굴이 하나 보였다.

“아가씨들 잠깐만예, 야, 성봉아, 성봉아……!”

“어느 분이신지 말씀해 주시면 모셔오겠습니다.”

“저쪽에 앉아 있는, 자리 앞에 커다란 액자 같은 걸 세워 두고 있는 사람, 저 사람 좀 델꼬 오이소…….”

도우미가 그를 데려왔다.

“성봉이 니도 초대받았는갑네?”

“그래. 그동안 별일 없었지?”

“많았다. 없었으마 이런 데 이래 오겠나? 그런데 니 자리에 놔둔 저건 뭣고?”

“조금 있으면 알게 될 거야.”

기철진과 설무영의 자리는 특별석이었다. 특별석은 열 개쯤 되었다. 좌석에 앉아 있는 사람은 모두 나이가 지긋했다. 그들은 모두 의자 뒤로 몸을 기대고 느긋하게 앉아 행사가 시작되기를 기다렸다.

특별히 눈에 띈 사람은 무명 한복을 차려 입은 노인이었다. 그밖에는 앉아 있는 태도로 보아 정부 각 부처에서 초대된 인사로 보였다. 그들 뒤에는 모두 전담 도우미가 한 명씩 서 있었다. 기철진은 설무영과 함께 각각의 명패가 놓인 자리에 가서 앉았다.

단상에는 화분이 몇 개 놓여 있었다. 연단 오른쪽에 무언가를 하얀 천으로 덮어 놓았다. 그 옆에도 도우미 두 명이 서 있었다.

“저거 뭐로 보이노?”

“나도 모르겠어. 나중에 알게 되겠지, 뭐.”

설무영이 생긋 웃었다.

호텔에서 가장 크다는 연회장인데도 장소가 좁다는 느낌이 들 만큼 사람들이 북적대고 있었다. 지산 스님이 특별석으로 들어섰다.

기철진은 일어서서 합장을 했다.

"스님, 오랜만에 뵙습니다."

"거사님께서도 별고 없으셨습니까?"

곧 창립식이 시작된다는 안내 방송이 흘러나왔다. 기철진은 특별석 빈 자리 두 개가 누구를 위한 것이지 궁금해졌다. 귀빈은 오지 않았지만 빈 자리 뒤에도 도우미가 서 있었다.

손님들이 자리를 잡고 앉았다. 사회자가 마이크를 잡았다.

"지금부터 정인재단 창립식을 거행하겠습니다. 먼저 간단한 의례가 있겠습니다. 내빈 여러분께서는 자리에서 일어나주십시오."

식순은 기묘한 인상을 주었다. 애국가가 울려 퍼지고 국기에 대한 경례가 이어지는 것이 일반적인 순서인데 정인재단의 창립식은 순국 선열에 대한 묵념으로 시작되었다. 이 땅을 지키며 살다가 이름 없이 죽어간 민초들에 대한 추모 의식이 무엇보다 우선하는, 의식의 고정된 틀을 거부하는 차평무다운 행사 진행이었다. 이어진 애국가는 국악 관현악으로 연주되었다. 상쾌한 느낌을 주었다.

"내빈 여러분께서는 모두 자리에 앉아주십시오. 다음 순서로 내빈 축사가 있겠습니다. 먼저 한국고미술문화연구원 원장으로 재직하고 계시는 황성곤 님의 기조 연설이 있겠습니다."

특별석에서 나이가 지긋한 노신사가 일어섰다. 노신사의 축사가 끝나자 정부 각 부처에서 나온 사람들의 축사·격려사 등이 이어졌다. 그들의 상투적인 말을 듣고 있던 기철진은 도우미가 가져다 준 팸플릿을 펼쳐보았다.

정인재단은 두 개의 부설연구소와 하나의 장학회를 지원하는 학술 장학재단이었다. 부설 연구소로는 동북아역사연구소·세계민족문화연구소를 두었고 장학회의 명칭은 한인장학회였다.

동북아역사연구소 소장은 공석이었다. 다만 고문이 몇 사람 등재되어 있었는데, 수석 고문은 다름 아닌 다케다 가와모토 노인이었다. 기철진은 특별석 왼쪽 끝에 한복을 입고 앉아 있는 노인이 바로 그라는 것을 알아차렸다.

세계민족문화연구소의 초대 소장은 한국에서 문화인류학이라는 학문의 씨를 처음 뿌린 김종수 박사였고, 한인장학회 사무국장에는 엄상범 전 한성물산 재무과장이 올라 있었다. 각 연구소 연구원들과 재단 사무처 직원들의 면면을 살펴보았지만 정인수의 이름은 끝내 발견할 수 없었다.

연구원들은 중국·러시아·일본·미국·인도·터키·몽골·프랑스 등 각국의 청년 사학자들과 대학원생들이 객원 자격으로 등재되어 있었다. 눈길을 끄는 것은 정인재단이 프랑스 민간단체인 사르마뉴 연구소와 결연관계를 맺고 있다는 점이었다. 기철진은 차평무가 어떤 방식으로든 그가 찾고 있는 고서 전부를 돌려받을 원대한 계획을 수립해 놓은 것으로 여겨졌다.

마지막 내빈의 축사가 끝나자 기증품 전달 순서가 되었다. 조성봉이 도우미들의 도움을 받아 액자 넉 점을 들고 나왔다. 차평무는 그것을 받을 준비를 하고 단상에 섰다.

사회자의 말이 이어졌다.

"올 사월, 갑자기 서거하신 세계적인 화가 우곡 조진수 선생의 자제분께서 일진 조상전, 평인 조형옥, 묘행 조병찬, 그리고 우곡 조진수 선생의 작품 각 일 점, 모두 넉 점의 작품을 정인재단에 기증해 오셨습니다. 여러분, 큰 박수를 부탁드립니다."

그밖의 기증품은 조선시대의 문헌이 주종을 이루었다. 일본에서 온 사람 하나도 책을 기증했다. 그것을 받아든 차평무가 의외라는 듯 그를 잠시 쳐다보았다.

"당신이 바로 전자우편을 보낸……?"

"나중에 얘기합시다, 허허."

재단 관계자들 중에서 다케다 가와모토 노인이 소개되자 그는 천천히 일어서서 내빈들에게 인사했다. 사회자는 인사말을 청했다. 노인은 몇 차례 사양했다. 그러나 사회자는 차평무와 사전 교감이 있었는지 내빈들의 박수를 유도해 내고는 끝내 노인을 마이크 앞에 세웠다.

검은 뿔테안경을 끼고 콧수염을 멋들어지게 기른 신사 하나가 승강기에서 내렸다. 행사장 승강대 입구 양쪽에 서 있던 도우미들이 절을 했다. 안내대 도우미도 정중히 그를 맞이했다.

"감사합니다. 어서 오십시오. 내빈님, 초대장을 가지고 계시면 보여주시겠습니까?"

신사는 초대장을 내밀었다.

"다케다 세이야 교수께서는 일정 관계로 참석하지 못하시고 제가 대신 왔습니다."

"그렇습니까? 성함을 말씀해 주십시오."

"코미야 겡이치(小宮 健一)입니다."

도우미는 명찰을 건네주었다.

"감사합니다."

"이쪽으로 오십시오."

"아, 다케다 교수님의 축전과 육필 서한을 차 이사장에게 꼭 전해

주십시오.”

“예, 행사가 끝나는 대로 그렇게 하겠습니다.”

도우미가 신사를 행사장 안으로 안내했다. 그는 행사장 입구 쪽 빈 좌석으로 안내되었다.

“기회를 봐서 특별석으로 모시겠습니다.”

“괜찮소. 본인도 아니데 그럴 필요까지는 없소.”

사내는 좌우에 앉아 있는 사람에게 목례를 취하고는 자리에 앉았다. 그는 천천히 식장을 둘러보았다. 연단에는 한복을 입은 노인이 올라서서 막 연설하려는 참이었다.

“여러분, 저는 비록 일본인이지만 단순히 일본인이라는 이유 하나만으로 인해 한일 양국의 역사적 관계에서 파생되는 어떠한 오해도 받고 싶지 않습니다. 진심으로 바라건대 국적을 초월한 자연인의 한 사람으로서 인식되기를 바랄 뿐입니다. 저는 오랫동안 그렇게 살아왔고 얼마 남지 않은 여생도 그렇게 살아갈 것입니다.

저는 이 자리를 빌려 일본 지도층이 그동안 ‘대일본의 영광을 위해서’라는 명제를 내세워 이민족에게 저질러온 왜곡된 애국심에 대하여 자연인의 한 사람으로서 이야기하고자 합니다.

일본의 많은 학자들은 일본의 고대 문화와 문물이 한반도를 거치지 않고 중국에서 바로 들어왔다고 입을 모읍니다. 한반도는 대륙의 문화가 정착되지 못하고 단순히 일본으로 전해지는 길목 역할을 한 것에 불과하다는 인식에서 말입니다.

저는 고대 문화를 중국에서 직접 전해 받았다고 주장하는 학자들의 심리와 더 나아가 고대에 일본이 한반도를 지배했다는 맹랑한 학설에 주목해 보았습니다. 또 일본이 만약 고대 문화의 대부분을 한반도로부터 전해 받았다는 것을 인정한다면 그 다음에는 어떤 결과가 나타날지를 귀납적으로 생각해 볼 기회가 있었습니다.

그것은 그때까지 일본에는 내놓을 만한 일본적인 문화가 없었다는 것을 일본 스스로 인정하는 결과가 되어버리고 맙니다. 한반도에서 선진 문물과 제도가 일본에 전파되기 전까지 일본은 국가라는 개념을 갖기는커녕, 부족공동체조차 이루지 못하고 돌도끼와 돌창이나 다듬는 원시적인 삶을 살고 있었다는 말이 되는 겁니다.

그렇게 되면 지금까지 소리 높여 주장해 온 자랑스러운 일본의 고대사는 역사적인 근거를 잃어버리고 말 것이며, 더구나 심각한 문제까지 발생하기에 이릅니다. 일본 최고의 고대 사서가 누군가에 의해서 날조된 것이라는 결론에 도달하기 때문입니다.

일본 학계는 누가, 어느 때, 어떤 목적으로 있지도 않은 고대사를 만들어냈는가 하는 질문을 집중적으로 받게 될 것입니다. 그러한 때……."

청담동 한성빌딩 신사옥 13층에 있는 정인재단 사무국을 향해 한 무리의 사내들이 사설 경비회사 직원을 대동하고 걸음을 재촉하고 있었다. 경비회사 직원은 겁에 질린 채 문 앞에 섰다.

"풀어."

그는 아무 대꾸도 못하고 무인경비 시스템 작동을 해제시켰다. 사내들은 사무실로 뛰어들어갔다. 그들은 책상 서랍과 진열장, 캐비닛 등을 부수어 열고 무언가를 찾기 시작했다. 그들 중 몇몇은 이사장실로 들어갔다. 금고가 있었다.

“어이, 이리 와.”

경비회사 직원이 뛰어왔다.

“이것도 풀어.”

“예…….”

그는 기어들어가는 목소리로 대답했다. 경비회사 직원은 금고를 보호하고 있는 통유리 벽장의 보안 시스템에 전자카드를 끼워 넣고 비밀번호를 눌렀다. 삐 소리가 났다. 그러자 그는 각 여섯 자리씩 12개의 시스템 해제 번호를 차례로 눌렀다.

“다 됐습니다.”

“나가봐.”

사무실에 있던 사내들이 이사장실로 모여 들었다.

“밖에는 없어.”

“깊숙이 감춰두었겠지.”

“여기야.”

사내 하나가 턱으로 금고를 가리켰다.

“그래? 그런데 어떻게 열어?”

“비켜봐.”

“……결국 곤란에 빠질 것은 일본의 지도층입니다. 역사적 범죄를 저지른 범인이 바로 그들 자신이기 때문입니다.

결국 양식 있는 몇몇 일본 학자들은 일본이 역사를 조작하게 된 내막이 1868년부터 시작된 메이지 정권에 있다는 사실을 밝혀낼 것입니다. 국가체제를 대대적으로 정비하는 과정에서 일본이 도래인들에 의해서가 아니라 본토인들이 세운 자생적인 국가라는 것으로 믿고 싶은 애국심의 일환으로서 역사의 조작이 시작된 것이라고 말입니다.

또 그러한 작업이 일본 내에서만 이루어져서는 아무런 소용이 없다는 것을 안 메이지 정권이 한반도로 건너와 완벽한 작업을 하기로 결심을 했던 20세기 초, 불과 삼십여 년의 짧은 기간에 조직적인 책략을 세워 역사 꾸미기에 놀랄 만한 작업을 이루어냈던 사실까지 엄정하게 인식하게 될 것입니다.

역사 조작이라는 세기적 범죄에 한자라는 공범이 있었다는 점에도 주목할 것입니다. 동북아 고대사는 모두 한자로 이루어져 있고 또 한자는 문자의 특성상 문장에서 글자 한 자를 첨삭하는 차이로, 또는 끊어 읽는 방법에 따라, 또는 그 다중적인 뜻으로 인해 얼마든지 조작할 수 있는, 귀에 걸면 귀걸이, 코에 걸면 코걸이와 같은 문자이기 때문입니다.

나아가 역사의 날조 과정에서 크게 발전한 학문이 있음을 알게 될 것입니다. 일본이 새로운 서양 문물에 흠뻑 취해 있었던 메이지 시대에 느닷없이 발전했던 한문학·역사학·번역학 등 일련의 학문적 궤적이 바로 그것입니다.

……마침내 의식이 열린 학자들에 의해 공식적으로 일본 역사의 전반에 걸친 재해석이 이루어지는 사태가 발생하고, 드디어 일본의 국조 천조대신의 전설이나 일왕의 혈통에 대한 충격적인 사실까지도 낱낱이 밝혀지게 될 것입니다.

그리하여 일본 국민들은 국가 태동의 전설과 절대적 권위를 지닌 왕실까지 남김없이 도려내야 하는, 형언할 수 없는 비극에 빠져들고 말 것입니다. 그것은 일본의 국가적 안위를 뒤흔드는 사건이 될 것이 분명한 것입니다.

　고대에 일본이 한반도로부터 어떤 것을 전해 받았다는 말을 결코 인정할 수 없는 참담한 사연은 바로 여기에 있습니다. 칼로써 배를 가르고 죽을지언정, 일본의 역사가 한반도로부터 비롯되었다는 진실만은 결코 인정할 수 없는 것입니다. 그 때문에 수단과 방법을 가리지 않고 한민족의 실체를 한민족 자신들뿐만 아니라 그 어느 누구도 알지 못하게 철저히 혼란에 빠뜨리고 교란시켜야 했던 것입니다……."

“아직 멀었어?”

“조금만 기다려봐. 거의 다 됐으니까.”

　전선을 연결시켜 놓고 금고 다이얼을 돌리던 사내가 심각한 얼굴로 기기를 들여다보았다.

“이 안에 틀림없이 있겠지?”

“다른 곳은 다 뒤져봤잖아?”

“그 새끼, 새파란 놈이 사무실 꾸며놓은 거 봐. 언제 한번 데려다가 족쳐볼까?”

“시키는 일만 해. 괜히 입방아 찧고 다니면 우리만 손해니까.”

“그런데 왜 갑자기 수색 지시가 떨어진 거야?”

“뭐, 털 일이 있겠지.”

“이번에 그룹 정리도 아주 모범적으로 했다면서?”

“그 일하고는 다른 이유가 있는 것 같던데.”

“그럼 팔아먹은 것 가지고 우리까지 동원할 일은 없을 거고, 도대체 짐작이 안 가네.”

“언제 우리가 짐작할 수 있는 일이 있었어?”

“맞아, 그저 시키는 대로 물어다 주는 셰퍼드 역할뿐이었지.”

"그래도 혈통은 좋은 종이야, 우린."

사내는 음험하게 웃었다.

"그럼 집에 있는 새끼들은 뭐야?"

"뭐긴……. 개새끼지. 마누라는 암캐고."

"제기랄, 식구들까지 신세 더럽게 만들었구먼."

"타령 좀 그만해."

귀에 이어폰을 끼고 다이얼을 돌리고 있던 사내가 짜증을 냈다.

"얼씨구, 충신 났네, 충신 났어."

"놔둬. 그래도 가장 충실한 녀석이니까."

철거덕거리는 소리가 났다. 사내 하나가 금고의 육중한 문을 당겼다. 금고 안에는 잡다한 서류 파일들만 몇 가지 들어 있을 뿐이었다.

"여기도 없잖아? 도대체 어디다 숨겨둔 거야?"

둘러선 사내들이 투덜거리기 시작했다.

"여기도 없다면 있을 만한 곳은 집뿐이야."

"그럼 빨리 가보자구. 늦는다고 불호령이 떨어지기 전에."

"……7세기 후반, 백제가 멸망한 이후의 일본 인구를 살펴보면 한반도에서 건너온 도래인들이 90퍼센트를 차지하고 일본 원주민은 10퍼센트 불과했다는 것을 알 수 있습니다.

당시 문명이 가장 앞섰던 야마토(大和)나 아스카(飛鳥) 지역 사람들은 한반도의 음식을 먹었고 한반도의 언어를 썼으며 한반도의 신화를 갖고 있었습니다.

백혈구의 혈액형에 근거한 형질인류학적 측면에서 일본 민족은 그리 멀지 않은 과거에 한민족에서 이동해 나온 동일 계보라는 증거가 드러나 있습니다. 일본어는 고대 가야, 신라의 언어와 악센트 면에서 거의 동일하다고 밝혀져 있습니다.

일본 왕실이 지금까지 단 한 번도 공개되지 않은, 지구상에서 유일하게 수수께끼 왕실로 남아 있는 이유가 있습니다. 왕실의 모든 법도나 생활살이가 모두 한반도의 양식이라는 사실을, 왕가가 한반도에서 도래한 유민에서 비롯되었다는 사실을 세계의 이목과 일본 국민들 앞에 진솔하게 공개할 용기가 없기 때문입니다.

일본혼의 원천은 신사에 있다는 것을 잘 아실 것입니다. 그 신사에 최초로 봉안된 시초 신은 백제계인 가라카미(韓神)와 신라계인 소노가미(園神)였습니다. 가라신과 소노신은 일본 왕실이 모시고 있는 최고 지위의 신들로서, 매년 궁정진혼제를 올리기 전 소의 날(丑日)에 제를 올리며 한반도춤인 야마대춤(和舞)을 추고 있습니다.

9세기의 노래 <가구라우다(神樂歌)>의 가사를 보면 '우리 한신(韓神)의 한(韓)을 불러 모시노라'라는 대목만 보아도 현재의 일본 최고의 신이 어디서 비롯되었는지, 일본 지배층이나 국민들 대부분의 조상이 누구인지 잘 알 수 있습니다.

……이제 더 늦기 전에 일본 국민들도 진실을 알아야 하고 겸허하게 인정해야 합니다. 그 충격이 얼마나 큰 것이든 간에 진실의 바탕 위에서 다시 일어서야 합니다. 그 작업이 늦어지면 늦어질수록 21세기를 새롭게 열어가야 할 많은 젊은 인재들의 순수한 젊음과 불타는 열정을 또다시 조잡한 거짓 학설을 만들어내는 도구로 전락시킬 것이기 때문입니다.

큰 눈을 뜨고 보아야 합니다. 정서적으로나 지리적으로나 가장 가까이 이웃해 있는 양국에서 자라나는 어린 생명들에게, 또 일본에 거주하고 있는 많은 재일교포 2, 3세들에게 장차 아무런 역사적 선입감 없이 서로 진정한 친구로 사귈 수 있는 넓은 마당을 만들어주기 위해서라도 두 나라는 자국의 역사를 올바로 찾아내고, 관계사적 진실까지 그대로 드러내고 인정하고 정립하여 참다운 형제 관계로 양국의 미래를 열어가야 할 것입니다.

……그러나 지나온 세월은 불행하게도 그러한 준비를 단 한 번도 마련해 주지 않았습니다. 그 때문에 양국 간의 역사적·국민적 갈등은 실마리를 찾지 못하고 그때그때 눈가림을 해오고 있는 실정이었습니다.

한국은 정권이 바뀔 때마다 형식적인 반성과 사죄를 요구했고 일본 정부는 장단을 맞추어 그때마다 슬쩍 옷깃만 여미는 척 했습니다. 늘 그렇게 해왔듯이 양국의 정치인들이 만찬장에 모여 술잔이나 들고 그들끼리 사과를 주고받는, 피상적인 성과에 급급한 외교적 형식만으로는 양국 국민들 가슴속에 자리잡고 있는 불편하고 부당한 심기를 시원하게 풀어줄 수는 없습니다. 아직도 치유할 수 없는 양국 국민들 간의 비극적인 감정의 골은 바로 이 점에 있습니다.

이제 저는…… 더 이상 방치해 둔다면 영원히 이룰 수 없을지도 모를, 양국 국민들의 진정한 대화해라는 역사적인 숙제를 풀기 위해 건강한 이성적 자세와 엄정한 판단력을 겸비한 차평무 군의 숭고한 노력에 미력을 보태며 보잘것없는 여생을 보낼까 합니다.

한 초라한 노인이 두서없이 들려드린 망령된 말씀을 끝까지 경청해 주셔서 대단히 감사합니다.”

기철진은 주위를 의식하지 않고 벌떡 일어나 손뼉을 치기 시작했다. 내빈들도 하나둘 일어나며 뜨거운 박수를 보냈다. 열렬한 박수 소리는 행사장을 뜨겁게 울렸다. 검은 뿔테안경을 낀 채 뒷자리에 깊숙이 앉아 있던 신사는 손바닥을 맞추듯 천천히 박수를 쳤다.

"마지막으로 한성그룹 회장이자 정인재단의 설립자인 차평무 님이 자리를 빛내주신 내빈 여러분께 재단 창립의 변을 올리겠습니다."

뒤에 서 있는 도우미의 잔기침 소리를 들은 기철진은 천신동자보살의 당부를 떠올렸다.

'이렇게 많은 사람들이 북적거리는 행사장에서 우째 등 뒤에 사람이 서 있지 않을 수 있다는 말이고?'

뒤를 돌아다보았다. 도우미는 아무 일도 없었다는 듯이 두 손을 가지런히 모으고 바른 자세로 서 있었다.

연단으로 시선을 옮겼다. 차평무는 단상에 올라서서 흰 천을 덮어놓은 것을 지그시 바라보았다. 사람들의 시선도 그 상자에 가 닿았다. 그는 고개를 돌려 입을 열었다.

"오늘, 이 조촐한 자리를 빛내주신 많은 내빈 여러분께 진심으로 머리 숙여 고맙다는 말씀을 드립니다.

하나의 민족을 구성하는, 가장 중요한 소프트웨어적인 세 가지 요소로서 그 민족의 철학·역사, 언어를 들 수 있을 것입니다. 철학은 그 민족 고유의 사유 체계를 말해 주는 것이요, 역사는 생활의 발자취를, 언어는 그 둘을 복합적으로 담아내는 데이터베이스일 것입니다.

하지만 그러한 중요성에도 불구하고 자연친화적인 상생의 철리에 닿아가고자 했던 순일한 우리의 철학, 동북아 전체에 호연한 발자국을 남겼던 우리의 역사, 그리고 그 둘을 온전히 담고 있는 블랙박스인 우리의 언어를 지금 우리는 어떤 모습으로 가지고 있습니까?

외람된 말씀이지만 가슴을 열고 주변을 한번 돌아보십시오. 우리의 철학은 무당이나 역술가들이 혹세무민하는 수단으로, 우리의 역사는 우리 스스로의 손에 버려진 채로, 티 없는 우리말은 서구의 외래어, 중국식 한자어, 일본식 한자어로 뒤덮여 미미한 토씨 수준으로 전락해 있다는 것을 부정하실 수 있겠습니까?

……참으로 부끄러운 일이 아닐 수 없습니다. 우리가 중국에 대한 조선 왕조의 사대성을 부끄럽다고 여기고 있듯이, 훗날 우리의 후손들도 서구적 가치, 일본적 가치에 흠뻑 빠져 있는 우리의 사대성을 두고 분명히 크게 손가락질을 할 것입니다.

더 나아가 우리의 후손들은 역사에서 아무런 성찰의 교훈도 얻지 못하고 또다시 이민족의 논리와 문화에 병적인 사대성을 보인 조상들, 바로 지금의 우리를 두고 정체성을 찾지 못한 비겁한 조상의 모습으로 그려낼 것입니다.

혹 저에게 극단적인 국수주의의 그림자가 보인다면 그 충고를 진정으로 겸허하게 받아들이겠습니다. 그러나 우리의 가치를 창조적으로 되찾고자 하는 제 견해가 국수주의라는 낱말로 치부된다면, 세계화·국제화라는 말의 속성이 정치·경제·문화·사상·제도·도덕적으로 종속적 미국화, 종속적 일본화라는 말과 크게 다르지 않다는 사실도 직시해야 할 것입니다.

합리적이고 자본주의적인 서구적 가치가 삶의 질을 모든 면에서 증진시킬 수 있는 훌륭한 것이라고 한다면 자연친화적이고 실용 인본주의적인 우리의 가치, 한국적인 가치 또한 그와 동등한 의석에서 목소리를 낼 수 있는 환경을 마련해 주고 기회를 제공해 주어야 할 것입니다……."

"무슨 일이에요?"

"차 회장에게 문화재 밀매 혐의가 있어 압수수색을 하러 왔습니다. 여기, 영장이 있습니다."

"뭐라고요? 우리 평무가 무슨 문화재를……?"

"어떤 책에 대한 의혹인데 그것이 사실로 드러나면 문화재관리법 위반과 조세포탈 등으로 골치가 아파집니다. 그러니 협조를 부탁드립니다. 차 회장의 방과 집 안 몇 군데만 둘러보게 해주십시오."

"영장이 있다니 거절할 수도 없네요. 따라오세요."

"위치만 가르쳐 주십시오. 어딥니까?"

"이층 오른쪽 끝 방을 쓰고 있어요. 잠은 그 옆방에서 자기도 하지만."

황 기사와 찬모 무안댁이 벌벌 떨고 서 있었다. 사내 두 사람이 아래층에 대기하고 나머지는 집안 곳곳으로 흩어졌다. 박 여사가 전화기를 들자 사내 하나가 다가와 가만히 받아 들었다.

"죄송합니다만, 수색이 끝날 때까지 그냥 계셔야 합니다."

"전화도 못 써요? 고검에 있는 큰애에게 할 거란 말이에요."

"고검이 아니라 그보다 더 높은 곳에 한다고 하셔도 안 됩니다."

사내의 말은 단호했다.

"사모님, 좀 앉으세요. 별일이야 있겠어요?"

무안댁이 애써 위로를 했다.

"우리를 이렇게까지 마구 대하다니……."

박 여사는 치밀어 오르는 분노를 간신히 억누르고 있었다. 이윽고 사내들이 거실로 모여들었다.

"죄송합니다. 사모님. 별다른 건 없는 것 같습니다. 실례가 많았습니다."

사내들은 뒤도 돌아보지 않고 밖으로 나왔다.

"그룹 회장실, 재단 사무실, 집……. 또 찾아볼 만한 데가 있어?"

"이제 다른 데가 어디 있어!"

"할 수 없지. 우선 보고부터 하자구. 목이 빠져라 기다리고 있을 텐데."

"그러는 게 낫겠어. 뭔가 지시가 내려 오겠지."

사내들은 줄지어 세워둔 차에 나누어 탔다.

"제기랄, 도대체 어디에 처박아둔 거야?"

"……혹은 이름만 남기고, 혹은 자취도 없이 사라져간 많은 고대의 서적들, 현재는 전해지지 않는다고 알려져 있는 미지의 책들이 몇 년 전 큰 인연이 닿아 제 품으로 쏟아져 들어왔습니다. 그 후 저는 이국의 어느 구석진 방에서, 또 이 땅 어느 깊숙한 암자에 들어앉아서 해를 거듭하며 그 서적을 면밀히 살펴보았습니다.

마침내 저는 그것들이 오랫동안 앓아와 이제는 감염된 사실조차 망각한 우리의 고질적인 병폐를 퇴치하는 백신이 될 수 있다는 확신을 얻었습니다. 이민족이라는 바이러스에 속수무책으로 감염되어 온 배달민족을 완치시킬 항체로써 말입니다.

그리고 어느 때 선열의 감화가 있었는지 이국의 어느 뜻있는 분의 도움으로 그 백신의 캡슐까지 되찾기에 이르렀습니다. 여러 가지 복합적인 사유가 있어 오늘은 그 백신의 캡슐만 가지고 나왔음을 널리 양해해 주십시오."

차평무는 차오르는 벅찬 감동을 스스로 자제하느라 잠시 말을 끊었다.

"……그러면 공개하겠습니다."

그가 단상 옆에 서 있는 도우미에게 눈짓을 주자 그녀들은 덮어두었던 하얀 천을 벗겼다. 푸르스름한 빛깔이 감도는 커다란 청동궤 하나가 온통 소용돌이 무늬를 표면에 감은 채 샹들리에 불빛을 받아 빛나기 시작했다. 신비스러운 기운이 번져 나왔다.

……저게 뭐야? 뭐지? 보물상자 아냐? 저 빛깔 좀 봐. 대단한데. 이야……. 내빈들은 누구랄 것도 없이 모두 탄성을 질렀다.

"이 궤는 우리 민족의 전설적인 사서를 담아두었던 궤입니다."

웅성거리던 행사장 안은 일시에 조용해졌다.

"고구려 제2대 왕으로 알려진 유리왕(瑠璃王)을 광개토왕 비문에는 유류왕(儒留王)이라고 했습니다. 또 주류(朱留)라고도 한 기록도 있습니다. 그리고 그의 셋째 아들 무휼, 대무신왕은 대주류왕(大朱留王)이라고 했습니다.

유(留) 자의 의미, 그것은 먼 과거로부터 시작된 민족 영속성의 흐름이 끊어지지 않고 고구려의 제왕들에게 닿아 있음을 뜻하는 말이었습니다.

모든 과거가 현재의 '나'에 잠시 머물렀다가 미래에 나타날 각각의 '나'로 끊임없이 이어진다는 개념인 동시에 과거, 현재, 미래로 이어지는 민족의 불멸성을 확신하는 철학적 집약어였습니다.

그 개념을 바탕으로 하여 환인들의 나라, 환웅들의 나라, 그리고 오십 명에 이르는 단군들의 나라, 부여, 고구려에 이르는 아득한 시기의 영속적인 민족의 역사를 엄청난 분량으로 기록해 놓은, 무이한 역사서가 있었습니다. 유리왕과 대무신왕 재위 때 사관을 지낸 어떤 인물이 상고시대부터 고구려 초기에 이르는 방대한 역사서를 편찬했다는 것입니다.

그 사서는 단군 조선 3세 가륵이 고글에게 명해 지었다고 하는 민족 최초의 사서, 배달유기의 내용을 고스란히 담고 있으면서 가륵 이후의 단군 조선 역사와 부여, 고구려 초기까지의 역사도 상세히 기록해 놓았습니다. 또 당시 동남북 아시아에 살고 있던 모든 이민족에 대한 역사까지 빠짐없이 적어 놓았습니다.

편찬 연대를 보면 B.C. 19년에서 A.D. 44년 사이의 일이라고 보이지만 이것을 과신할 수는 없는 일입니다. 왜냐하면 고구려 역사에서 초기 이백 년 정도가 어떤 알 수 없는 손에 의해 민족의 정사에서 지워져 버렸기 때문입니다.

그 사서는 한 무제가 재위할 때 사마천에 의해 저술된 《사기》의 곡필에 대응해 이루어진 것으로 B.C. 100년 전후 아시아의 두 강대국 한나라와 고구려 사이에 역사서 편찬이라는 초유의 문화적 경쟁이 일어났던 것입니다.

하지만 《사기》는 동아시아 역사서에서 불멸의 원류로 지금까지 전해져 있으나 고구려가 국가 초기에 편찬했다는 엄청난 분량의 역사서는 아련한 전설처럼 잊혀져버렸습니다.”

차평무는 고개를 들어 잠시 천장을 올려다보았다.

“모든 옛 사서를 무시하고 오직 자신의 저서, 《삼국사기》만을 빛내려 했던 김부식은 일말의 양심이 있었는지 그 전설적인 고구려 사서에 대해 다음과 같이 몇 자 적어두었습니다.

‘……國初始用文字時有人記事一百卷名曰留記(국초시용문자시유인기사 일백권명왈유기). ……나라를 연 지 얼마 되지 않아 문자를 처음 사용하게 되었을 때 어떤 뜻있는 인물이 모든 옛 일을 일백 권의 책으로 지어 놓고 그 이름을 유기라 했다.’

짤막한 존거만 남기고 이천 년 동안 우리 곁을 떠나 있던 한민족 고대의 불가사의한 사서, 현존하는 우리의 모든 옛 사서가 '고기왈(古記曰)', '고기운(古記云)'이라는 말로 한결같이 인용해 온 그 전설적인 문헌……. 그것은 바로 ≪유기(留記)≫였습니다."

행사장은 찬물을 끼얹은 듯 아무런 동요를 보이지 않았다. 충격 때문일까, 아니면 믿기지 않아서일까, 기철진은 좌중을 둘러보았다.

"초기 인류의 형성 과정, 고대인의 우주관, 중앙아시아를 떠돌았던 석기 인류의 발자취, 그리고 우리 민족 일만 년 역사·철학·언어와 이로써 파생된 모든 분야의 발자취를 상세하게 기록해 놓은 민족 최고의 사서가 권 수로 일백여 권, 쪽 수로 일만일천여 쪽, 글자 수로 삼백칠십만 자 분량으로 이 청동궤에 담겨 강화도 마니산 산정에 잠들어 있었다면 여러분은 과연……, 과연 믿으실 수 있겠습니까?"

차평무는 잠시 그윽한 눈으로 청동궤를 바라보다가 내빈들에게 고개를 숙이고 천천히 단상을 내려왔다. 사람들은 숨소리조차 제대로 내지 못하고 신비한 빛깔을 머금은 채 고요히 침묵하고 있는 청동궤만 보고 있을 뿐이었다.

기철진은 설무영을 바라보았다. 프랑스에 있어야 할 청동궤가 한국으로 돌아와 있는 것이었다. 그녀는 청동궤에 시선을 박아두고 있었다. 그때 입구 쪽에서 누가 환성을 질렀다.

"원더풀!"

사람들은 일제히 뒤를 돌아다보았다. 늘씬한 백인 여자가 걸어 들어오고 있었다.

'설마……'

기철진은 설무영의 프랑스인 친구 이름을 나지막이 뇌었다. 그녀는 설무영에게 미소를 지어 보이고는 단상에 올라가 차평무의 손을 잡았다.

"제가 한마디 해도 되겠어요?"

"물론입니다."

"내빈 여러분, 이 아가씨는 백여 년 전 병인양요 때 우리나라 강화도로 침략해 들어왔던 프랑스 함대 항해사의 후손 마르그리트 드 올리비에 양입니다. 박수로 맞이해 주십시오."

사람들은 얼떨떨한 표정으로 손뼉을 쳤다. 그녀는 차평무의 손을 놓고 내빈석을 돌아보며 유창한 영어로 말했다. 차평무가 그녀의 말을 통역했다.

"한국의 모든 신사 숙녀 여러분, 방금 차평무 씨가 말한 것처럼 저 궤 안에 있던 이천년 전의 고대 역사서 ≪유기≫ 일백여 권은 전 세계를 통해 지금까지 발견된 역사서 중에서 장르별로 가장 체계적인, 고대 단일 민족의 역사를 적어 놓은 분량으로는 세계 최대 규모를 이루는, 현존하는 현대어로 완벽하게 해독 가능한 오직 유일한 사서임을, 사서의 원본을 소장하고 있는 프랑스 국립도서관의 동양사 유물기록 보존 객원 연구원의 자격으로 비공식적으로 말씀드립니다……."

사람들은 술렁이기 시작했다.

"현재 프랑스의 역사적 문양을 연구하고 있는 민간단체인 사르마뉴 연구소에서는 비공식 루트를 통해 그 사서의 복제를 요청해 놓고 있습니다. 허가가 나는 대로 사서의 복제본을 한국의 정인재단 이사장 차평무 씨에게 삼 개월간 지정 대여할 예정임을 사르마뉴 역사문양연구소의 총책임자인 사예스 씨를 대신해서 약속드립니다. 차평무 씨, 약속 증서를 받으세요."

말을 마친 그녀는 들고 있던 봉투를 차평무에게 내밀었다. 사람들은 순식간에 일어난 상황에 의아해하면서도 잠에서 깨어난 듯 하나둘 일어나며 손뼉을 치기 시작했다. 박수 소리는 재단 창립식장 전체가 떠나갈 듯 점점 커졌다. 발해호텔의 마천루가 진동하는 듯했다.

기철진은 설무영에게 얼굴을 돌렸다.

"어떻게 된 거야?"

"우찌 되긴, 뭐. 나도 공작 좀 했지."

공식적인 행사가 끝나자 행동이 자유로워진 사람들은 청동궤에 둘러 서서 화제꽃을 피웠다. 소용돌이 무늬와 가림토 문자로 새겨진 청동궤를 본 사람들 대부분은 믿을 수도 믿지 않을 수도 없다는 표정을 짓고 있었다.

도우미 하나가 보안 요원들과 함께 궤 옆에 서서 사람들이 퍼부어대는 질문을 받고 있었다. 누군가 큰 소리로 물었다.

"≪사기≫와 비교해서 설명해 주세요."

"사마 천의 ≪사기≫가 죽간 일백삼십 권의 분량으로 총 오십이만여 자로 구성되어 있는 데 비해 우리나라의 ≪삼국사기≫는 한지 오십여 권에 총 50여 만 자의 글자 수를 보이고 있습니다.

그러나 고구려의 ≪유기≫는 한지 각 권의 두께가 2센티미터를 넘으며 수록된 총 글자 수는 삼백칠십여 만 자로 추정되고 있습니다. 이것으로 미루어 짐작해 보면……"

그녀는 숨가쁜 목소리로 미리 준비해 두었음직한 대답을 하느라 바빴다. 설무영은 마르그리트와 함께 환하게 웃고 있었다.

행사장을 빠져나가는 사람이 하나 있었다. 기철진은 무심코 그를 보았다. 기자인가? 검은 뿔테안경을 쓴 사내는 이내 기철진의 시야를 벗어나 버렸다.

도우미들은 음식이 차려진 테이블보를 벗겨냈다. 조촐한 축하 파티가 시작되었다. 차평무는 내빈들과 인사를 하며 알코올 도수를 약하게 해서 만든 인삼주를 권했다.

다케다 가와모토 노인은 여러 사람들로부터 인사를 받고 있었다. 차평무도 노인에게 다가가 고개를 숙였다. 노인은 파안의 표정을 지었다. 노인 옆에는 책을 기증했던 장년이 한 사람이 서서 시중을 들고 있었다.

조성봉이 기철진을 발견하고 다가왔다. 그는 음식이 가득 담긴 접시를 들고 있었다.

"뭣 좀 먹지, 그러구 있어?"

"별로 생각이 없네. 바람 좀 쏘이고 오게."

기철진은 흡연구역으로 나와 담배를 물었다. 서울의 야경이 형형색색의 불빛으로 화려하게 빛나고 있었다.

행사장 안 밀실에 들어온 두 사람은 커다란 탁자를 사이에 두고 자리에 앉았다.

"보내주신 전자우편 고맙게 잘 읽어보았습니다."

"……."

장년의 사내는 아무 말이 없었다.

"한 가지만 말씀해 주십시오."

"내가 우편을 보낸 이유 말이오?"

"그렇습니다."

"말하자면……. 최소한의 예의라고 할까. 뭐, 그런 거요. 일본을 등돌릴 수도 없고, 그렇다고 한국을 저버릴 수도 없는 싸구려 센티멘탈리즘이라고 봐주시오."

"혼혈이셨군요……."

"나도 한때는 숙부 밑에서 당신과 같은 공부를 했소. 하지만 아버지의 손에 이끌려 그 집을 나온 뒤로는 다시 배웠소. 정말이지 그때 그 '아는 것으로부터의 자유'가 얼마나 힘들던지……. 번민을 많이 했소. 하지만 나는 곧 깨달았소. 비겁한 짓인 줄 알면서도 내가 할 수 있는 최선은 그 천변만태의 학문에서 철저히 자유로워지는 것, 그것이었소."

"우편을 보니 그런 것만은 아닌 것 같던데요?"

"나중에 한 번 더 깨달았소. 당신이 처음 요코하마를 다녀간 뒤로 말이오."

"……."

"두 나라로부터 자유로워져야 한다는 거였소."

"그건 무엇을 뜻합니까?"

"방관이고 무관심이오."

"그건 내가 설 자리를 찾지 않겠다는 뜻이 되지 않습니까?"

"태어나는 순간부터 설 자리가 없었기 때문이오. 아무리 공정한 자리를 찾아서 선다고 해도 결국은 두 개의 조국 가운데 하나를 선택하게 될 것이 뻔하기 때문이오. 일본에서 태어나서 나와 같은 고민을 하는 사람이 어디 하나둘이겠소?"

차평무는 대꾸하지 못했다.

"우편을 보냈던 구체적인 동기는 내 아버지의 나라에 대한 최소한의 불충으로 어머니의 나라에 대해 최대한의 예의를 나타내고 싶어서였소. 그렇게 하는 것이 두 나라에 대한 내 방관의 세월을 보상받을 수 있다는 믿음도 약간 있었겠지만."

"아까 기증하신 책이 우편에서 밝혔던 그 ≪필사 해례≫라는 것입니까?”

“그렇소. 오래 전 숙부의 서고에서 우연히 발견하게 되었소. 아버지가 미처 챙기지 못했던 모양이오.”

“다른 책이 더 있었습니까?”

“없었소.”

“그 책의 존재를 혼자만 알고 계셨군요.”

“보면 알겠지만 그 책은 고구려 말기 영양왕 때 태학박사를 지냈다는 이문진이 ≪유기≫를 부분적으로 뜯어묶어 펴낸 ≪신집(新集)≫ 다섯 권 중에서 두 번째 권을 조선시대 사람 최세진이 언문으로 풀어 옮겨 놓은 것이오. 나중에 한번 읽어보시오.”

“참 귀한 책이군요. 그 책은 ≪유기≫를 축약해 놓은 것이라고 알려져 있지 않습니까?”

“그렇다고는 하지만 ≪신집≫은 왕조의 계보를 따로이 분리해 놓은 사서로 보였소. 자세한 건 차 이사장께서 직접 찾았다는 몇 권의 ≪유기≫와 비교해 봐야 알 수 있겠지만 말이오.”

“둘째 권부터 역사를 적었다면 첫째 권에는 무슨 기록이 있겠습니까?”

“모르긴 해도 우주와 지구의 역사, 인류의 생성 과정 등에 관한 고대 한민족의 철학적 고찰이 아닐까 하오.”

“혹 제게 바라는 건 없습니까?”

“바라는 건 없고 부러운 게 있소. 하나의 조국을 가지고 있다는 것 말이오.”

“……그것도 아닙니다.”

누군가 어깨를 짚어왔다. 차평무였다.

"고생하셨습니더."

"오늘이 있기까지 모든 것이 기형의 덕분이오."

"좀 전에 까만 안경 낀 사람 하나가 급하게 나가는 걸 봤습니더. 기자 아닌가 모르겠습니더."

"누구라도 이젠 관계없소. 모든 준비를 마친 상태이니까."

"……."

"다케다 교수가 가지고 있다 카는 유물은 우째 됩니꺼?"

"미국에 본사를 두고 있는 세계적인 방송매체 하나를 활용하기로 했소. 다케다의 비밀 수장고에 대한 목록과 사진 자료를 독점 보도하는 계약을 맺기로 했소. 뉴스가 나가게 되면 해외 객원 연구원들과 도쿄 주재 각국의 언론 특파원들은 오쿠다마에 있는 다케다의 저택을 에워쌀 거요. 그래야 수장고에 있는 물건들을 빼돌리지 못하고 꼼짝없이 갇힐 것 아니오?"

"와 우리보다 다른 나라의 언론이 먼저 나서야 합니꺼?"

"외국에서는 우리의 언론 보도를 믿지 않소. 혹시나 해서 국내 언론사와 비공식적으로 접촉해 보았지만 모두 보도하기를 거절했소. 지금 여건으로는 기사화할 때가 아니라는 거요. 모처럼 유지되고 있는 원만한 관계가 다칠 우려도 있다면서."

"비굴한……."

"어쩌겠소? 나만이라도 비굴하지 말아야지."

"유물을 다 치아 놓지는 않았겠습니꺼?"

"글쎄요. 그건 두고 봐야 알 일이 아니겠소? 조금 전에 안내대에서 받아둔 다케다의 육필 서한을 읽어보니 내가 수장고의 유물까지 건드릴 것이라고는 생각하지 않는 모양이오. 자신과 집안이 지은 죄를 용서받고 싶다고 써 놓았고 또 사람까지 보내 재단 창립을 축하하는 걸 보면 그도 이쯤에서 휴전을 하자는 말인 것 같소. 지난번 충격으로 아직까지 병석에 있다고 합디다.

하지만 그렇다고 해서 오쿠다마에 있는 비밀 수장고의 유물을 그대로 덮어둘 수는 없는 일 아니겠소? 그것만 공개되고 나면, 예전에 다케다 가와모토 노인과 약속한 것도 있고 해서 그쯤에서 그에 대한 모든 감정을 깨끗이 거둘 생각이오.”

“결국 이긴 셈이네예?”

“이기고 지고에 무슨 의미가 있겠소?”

“……역사가 도대체 멉니꺼?”

“느낌이오. 우리의 먼 기억을 돌아 흐르고 있는 것에 대한.”

“어려븐 말입니더.”

“그래요? 허허.”

열린 창으로 바람이 들어오고 있었다.

“올해는 겨울이 빨리 올 모양입니더. 벌써부터 바람이 이래 차가븐 걸 보이.”

그때였다.

“허억!”

갑자기 차평무가 외마디 비명을 지르며 기철진의 어깨에 손을 짚었다. 순간, 반사적으로 몸을 돌린 기철진이 콧수염을 기르고 검은 뿔테 안경을 낀 신사……어디선가 본 적이 있는 듯한……의 손에 들린, 번뜩이는 것을 본 것도 찰나였다.

그는 눈 깜빡일 틈도 주지 않고 또다시 차평무의 등허리 신유혈(腎

兪血)을 겨냥해 깊이 찔러 넣었다.

"우욱!"

거듭 칼을 맞자 차평무는 고개도 돌리지 못하고 기철진의 어깨를 아귀 잡은 손만 부르르 떨었다. 기철진의 눈길 여백으로 손경완이 다급히 뛰어오는 모습이 어른거렸다. 하지만 아무 소리도 들리지 않았다.

차평무의 다리가 힘을 잃어가고 있었다. 얼른 그의 허리를 안았다. 기철진의 안간힘에도 불구하고 차평무는 무너져 내리듯이 천천히 쓰러지기 시작했다.

한쪽 무릎을 꿇은 차평무의 얼굴이 격한 고통을 참으며 뜨겁게 굳어가고 있었다. 그는 애써 호흡을 고르려는 듯했으나 들이마신 숨조차 제대로 내쉬지 못했다.

차평무는 기철진의 윗도리를 찢어낼 듯 움켜쥐고는 간신히 입을 열었다.

"기……혀엉, 누……누구……요?"

"……."

"기……혀, 기……혀엉."

하지만 그 순간, 검은 뿔테안경을 낀 사내의 이름을 떠올린 기철진은 벼락을 얻어맞은 듯 아무 말도 할 수 없었다.

신이 떠난 신화

……이 몸 불태워 어디로 떠돌 건가. 꽃말 없는 꽃들 이름 모를 들풀들 흐드러지게 피어나와 맞대고 비비며 살아보자고 살아보자고 웅얼거리는 산야, 일천 리 이승의 어스름 강기슭 어디에도 분분한 육신의 잔흔 한 줌도 허망히 흩날리지 말아야 하느니,

뜨거워라 너울너울 쑥물 같은 그리움만 울울이 옹이 맺힌 저문 빛의 꽃신을 가슴에 묻고 이 몸 불태워, 타오르는 불꽃마저 불태워 어디로 떠돌 건가. 이 하늘과 산과 바다, 살아서 이루지 못한 이름들을 몰고 다니며…….

만장(輓章)을 읽어나가는 유사의 목소리를 비집고 가루비가 흩날리고 있었다. 상객들의 어깨며 머리 위로 내리 젖고 있었다. 바람이 불었다. 옆으로 내리던 낱비가 몰려와 사람들의 볼을 두드렸다. 간지러웠다. 그러나 낯을 닦는 사람은 없었다.

기철진은 하늘을 보았다. 언젠가 무너져 내릴 듯이 백림사에 비를 퍼부었던 그 하늘이었다. 눈을 찌르는 것들 때문에 부릅뜨고 보지 못하는 것이 한스러웠다.

‘니가 그래놓고도 하늘 행세를 하고 싶더나…….’

사람들은 침통한 표정으로 줄지어 서서 손에 든 국화 송이를 그의 무덤에 놓고 돌아나왔다.

“안 놓을 거야?”

설무영이 나지막히 말했다.

“…….”

기철진은 차평무의 뼛가루가 묻힌 무덤을 물끄러미 바라보고 있었다.

“이제 그만 좀 해.”

설무영은 기철진의 옷자락을 끌었다.

“다 내려갔어. 가족들이 우릴 보고 이상하게 생각하잖아. 그만 가.”

기철진은 울음이 터지려는 것을 가까스로 참고 있었다.

‘형, 다 내 잘못입니더……. 야경을 안 보고 쪼매만 일찍 돌아서 있었어도, 쪼마만 일찍……. 언자 나는 우째야 됩니꺼. 이래 큰 죄를 짓고 우째 살아야 됩니꺼. 형, 말 좀 해보이소…….’

설무영은 무관심한 듯 차창을 바라보다가 결국 말리려 들었다.

“이게 뭐하는 짓이야? 사흘 동안 밥은 한 술도 뜨지 않고 사람 죽는 거 처음 봐?”

“…….”

“이리 내.”

설무영이 맥주 캔을 빼앗으려 하자 기철진은 완강히 거부했다.

“가마이 좀 내버려놔도. 니까지 내 속을 뒤집어 놓을라 카나!”

주위에 앉아 있던 사람들의 시선이 그들에게 쏠렸다.

“맘대로 해!”

설무영은 벌떡 일어나 객실을 나가버렸다. 기철진은 절레절레 머리를 흔들었다. 뇌세포를 갉고 있는 자책감이었다. 많이 마셨다. 그건 술이 아니었다.

'사람을 등 뒤짝에 오래 세워 놓고 있으마 안 된대이. 내 말 명심해래이……'

기철진은 머리를 한 줌 쥐었다.

'우연의 일치야. 아니, 아무리 그캐도 내가 죽인 거나 다름없는 기다, 내가……'

설무영이 돌아왔다. 기철진은 잠들어 있었다. 술내가 진동했다. 그녀는 코를 막으며 자리에 앉았다. 객차가 흔들리는 대로 사람들도 따라서 흔들렸다.

'내가 왜 널 이해 못하겠어? 하지만 나도 너 때문에 괴롭단 말이야. 왜 여자 마음 하나 읽을 줄 몰라? 바보같이……'

설무영은 잠들어 있는 그를 바라보았다. 신음을 하고 있었다. 흔들었다. 그러나 일어나지 못했다. 악몽을 꾸고 있는 것이 틀림없었다.

"철진아, 철진아……. 일어나봐. 철진아."

기철진이 눈을 떴다. 눈자위가 충혈되어 있었다. 그는 찡그린 얼굴로 몸을 당겨 세우며 두리번거렸다.

"여기가 어디고?"

"도착하려면 한 시간은 더 가야 돼. 세수라도 하고 와."

기철진은 눈을 비비며 일어섰다.

"손수건 줄까?"

"나도 가 있다. 좀 씻고 오께."

설무영은 문득, 종착역까지 가고 싶은 충동이 일었다.

‘같이 가자고 하면 응낙할까? 아니, 절대로 안 할 거야. 응낙한다면 기철진이 아니지. 고리타분한 건 어디서 배워가지고…….’

기철진이 돌아왔다.

“배 안 고파?”

“안 고프다. 와, 배고프나?”

“아니.”

“니, 사흘째 집에 안 들어갔는데 괜찮겠나?”

“걱정하지 마. 한 며칠 여행할 거라고 얘기했으니까.”

“너그 집도 대단하다. 다 큰 딸이 며칠씩 외박하는 걸 허락하이.”

“이유가 있거든.”

“그기 머고?”

“돌아가서 선보기로 약속했어. 그래서 허락한 거야.”

“…….”

“…….”

“뭐 하는 사람인데?”

“몰라, 한두 사람이 줄을 서 있는 게 아니라서.”

“지금 내한테 자랑하는 기가?”

“자랑은 무슨, 사실을 말하는 건데. 왜, 기분 나빠?”

“그저 그렇다.”

‘그래, 모두 갔뿌라. 때 되마 떠나는 기 사람 사는 일 아이가.’

창 너머로는 어두워 아무것도 보이지 않았다. 창은 실내를 고스란히 반사시키고 있었다.

“우리……종착역까지 가지 않을래?”

“이거 타고 그대로?”

"응."

"야가 지금 정신이 있나없나?"

"그럼 너는 내려. 나는 끝까지 갈 거니까."

"여기 좀 앉자."

설무영은 백사장에 앉았다. 그녀의 머리칼이 바람에 날렸다. 기철진은 말없이 수평선을 바라보았다.

"안 춥나?"

"한다는 소리하고는."

"……."

"그 사람 그렇게 된 건 너 때문이 아니야. 너무 죄책감 갖지 마."

기철진은 아무런 대꾸도 하지 않았다.

"나 할 말이 있어."

"무슨 말?"

"어떤 남자한테 청혼을 하려고 하는데 받아주지 않을까 봐 겁이 나."

"청혼?"

설무영은 고개를 끄덕였다.

"그거는 남자가 여자한테 하는 거 아이가?"

"내가 무척 사랑하는 사람이 있는데 그 사람은 나를 붙잡을 생각조차 안 해. 그래서 내가 먼저 청혼하려는 거야."

"그 사람이 누군데?"

"눈치가 없는 거야, 모르는 척 하는 거야?"

"……."

"오늘 그 사람이 내 청혼을 받아준다면, 모든 걸…… 주고 싶어."

기철진은 침을 꿀꺽 삼킨 뒤 가만히 입을 열었다.

"그 사람은 아마 두 집안이 가 있는 종교가 서로 상극이라서 차마 장래를 약속하는 말을 못 꺼냈을 끼다."

"그 사람한테 제안하고 싶어. 주님도 신령님도 떠나서……. 둘이 같이 살아가는 동안에는 어떤 종교도 갖지 말자고 말이야."

"양쪽 부모님 때문에 그건 불가능할 끼다."

"그렇다면 부모님 곁도 떠나자고 말할 거야."

"그 남자는 홀어머니를 몬 떠난다. 그래가 고민이 시작됐을 끼고."

"그럼 여자가 어떻게 해야 돼?"

"그 남자를 사랑하는 만큼 그의 홀어머니도 사랑하는 거, 방법은 그거뿐이다."

"홀어머니의 종교까지도 수용하란 말이야?"

"인정해 주라는 말이다."

"왜 여자만 그래야 돼?"

"여자가 그 남자의 환경에 들어가 살아야 하니까."

"그렇다고 여자의 환경은 모두 무시되어도 괜찮은 거야? 그건 너무 불공평한 거 아냐?"

"공평하다 카는 개념은 거래할 때나 쓰이는 기다. 참사랑은 거래가 아인 기라. 무조건적인 포용이란 말이다. 그기 아이마 아집이나 독선이 사랑이라는 탈을 잠시 쓰고 있는 모습인기라. 때가 되마 결국에는 양보할 수 없는 절대적인 이기심의 칼날을 보이게 될 끼다."

"수십 년간 지내온 여자의 종교적 환경이 남자의 환경을 위해 포기되어야 한다면 그 여자가 그때까지 살아온 정신적 가치는 뭐가 되느냐 말이야?"

"승화돼야 하겠지."

"교리나 믿음을 독실하게 공부한 사람은 다른 신을 용납할 수 없어."

"열려 있는 많은 신학자들의 책을 나도 봤다. 교리나 이론상으로 불가능한 것만은 아이더라."

"그건 순수함이 변질된 거야."

"변질이 아이고 그기 바로 독선에서 깨어나 포용으로 가는 길이다."

"그럼 철진이 네 어머니는 기독교를 어떻게 생각해?"

"또 다른 형태의 무(巫)로."

"뭐야?"

설무영과 헤어져 따로 올라온 기철진은 벽에 등을 기대고 무릎을 세워 감싸안았다. 결국 그녀와 싸우고 말았다. 어쩔수 없는 일이었다. 여러 차례 사과했지만 그녀는 받아들이지 않았다.

'보잘것없는 인간이 대담하게도 신들의 문제를 풀려고 했던 건가. 아니면 신들이 아무런 대책 없이 인간의 문제를 움켜쥐고 있는 건가……'

차평무를 생각했다. 불꽃 하나가 맹렬히 타오르다가 한순간에 꺼져 버린 느낌. 허무했다. 그는 천신동자보살의 비유처럼 밥만 안쳐놓고 어디론가 먼 길을 떠나 버렸다.

기철진은 목걸이를 만지작거렸다. 그를 세상에 알리고 싶었다. 하지만 그럴 힘도 방법도 보이지 않았다. 그는 탁자 위에 놓여 있는 컴퓨터를 쳐다보았다.

'형의 행적을 통신으로 띄워보까. 조회해 들어올 사람이나 있겠나. 혹시나 증거를 대라 카마 머라 캐야 되노. 이 목걸이를? 하지만 이것

도 일부러 만들어 낸 기라 카마 그만 아이가.'

기철진은 청동궤를 생각했다. 마르그리트가 차평무에게 일시 대여해 준 청동궤는 그가 죽은 뒤 설무영의 집으로 옮겨졌다. 그녀는 설무영에게 또 하나의 선물을 주고 프랑스로 돌아가 버린 것이다.

'≪유기≫ 다섯 권은 우째 됐겠노……. 프랑스에 있는 복사본을 형한테 지정 대여한다는 것도 무효가 되어버린 마당에 그거라도 어디 잘 보관돼 있어야 될 낀데. 그라고 다케다 가와모토 노인이 줬다 카는 책도 억수로 중요한 긴데……. 그래, 누가 머라 카든지 겪었던 일을 그대로 적어가 올려놓고 보자. 생각이 있는 사람이라 카마 한둘은 안 믿겠나.'

기철진은 컴퓨터를 켰다. 우선 정인재단의 근황부터 살펴보고 싶었다. 재단 창립 자체가 무산되었을 가능성도 없지 않았다. ID와 비밀번호를 쳐넣었다. 편지가 한 통 와 있었다.

'누군고? 보낼 사람이 없는데.'

기형 안녕하시오?
이렇게 편지를 보낸다는 것이 나중에 우스운 일이 될지는 모르겠지만 아무래도 좋지 않은 예감을 떨칠 수가 없어서 적는 것이오.
어젯밤에 꿈을 꾸었소 동명 스님이 나타나 호통을 치는 것이었소 나는 무슨 영문인지도 모르고 눈만 껌벅이고 있다가 스님을 뒤따라갔소
그런데 내가 자꾸 뒤를 돌아보려고 하자 스님의 호통은 더 커지는 거였소. 꿈은 그것으로 끝이었소
오늘은 정인재단의 창립식이 있는 날이오. 아무 일 없이 행사를 마친다면 다행이겠지만 혹시라도 사소한 불상사가 일어나 돌이키지 못할 일을 당하게 될까 못내 염려스럽소.

얼마 전에는 기관의 고위층 인사를 만난 자리에서 은근히 압력을 받았소. 바다를 사이에 두고 모종의 밀담이 오가고 있는 듯한 느낌이 들었소. 요즘은 일단의 세력이 내 주위를 점점 압박해 오고 있소.

지금쯤 기형은 설무영 씨와 짝해 이곳으로 오는 비행기를 타려고 공항으로 출발했을 것이오. 행사가 무사히 끝난 다음 기형이 집으로 돌아가 이 편지를 보게 되면 이렇듯 심약한 내 정서를 비웃어 주시오.

하지만 만약 내게 무슨 일이 생긴다면 기형이 해줘야 할 일이 하나 있소. 곽 회장을 찾아 가시오. 그에게 모든 것을 얘기해 두었소. 기형에게 부탁하는 것이 세 가지 있을 것이오. 다 들어주길 바라오. 부디 꼭 들어주길 바라오.

내가 기형에게 이렇게 부탁하는 이유가 있소. 나는 밥을 짓는 사람이고 기형은 그걸 나누어 주는 사람이라는 걸 오늘 새벽, 문득 깨달았기 때문이오. 내 판단이 틀리지 않기를 바랄 뿐이오.

곽 회장은 기형의 얼굴을 모르오. 곽 회장을 찾아갈 때 학생증과 목걸이를 가지고 가시오. 기형 본인이 맞는지 확인하려 들 것이오. 그리고 기형도 목걸이로 곽 회장을 확인하시오.

이번 행사를 마치고 나면 한번 내려가겠소. 그땐 우리가 처음 만났던 백림사에 가서 내 예감이 하나의 기우였다는 것을 멋쩍게 웃어보았으면 하오.

이제 이만 행사장에 가봐야겠소.

기철진은 읽고 또 읽었다. 눈시울이 뜨거워졌다.

'그래, 그렇게 허무하게 갈 사람이 아니야. 세 가지 부탁이 아니라 무슨 일을 시키든 다 들어주겠어.'

기철진은 시계를 보았다. 서두른다면 마지막 밤기차를 탈 수 있을 것 같았다. 서울엔 새벽에 도착할 것이었다. 그는 편지를 출력해 품에 넣었다.

"회장님, 기철진이라는 사람이 막무가내로 기다리고 있습니다."

"누구?"

"기철진이라고……. 신분 밝히길 꺼려하는데 어떻게 할까요?"

"들어오시라고 해요. 차 좀 내오고."

기철진은 안으로 들어서서 인사를 했다. 자그마한 체구에 눈이 빛나는 사람이 잔잔히 미소를 머금고 자리를 권했다.

"혹시 나한테 보여줄 건 없어요?"

기철진은 목걸이를 벗어 내밀었다. 곽정출 회장은 그것을 들고 책상으로 갔다. 그는 서랍에서 종이를 한 장을 꺼내 목걸이와 나란히 올려놓고 번갈아 살폈다. 흘깃 보니 차평무와 아파트에서 함께 떴던 탁본이었다.

"돌아가신 회장님이 무슨 말씀을 남기셨습니까?"

"찾아가마 부탁을 몇 가지 할 거라는 말밖에는 없었습니다. 그라고 외람된 말씀입니더만, 지도 한 가지 확인 좀 해야 되겠습니더."

"그러세요, 그럼."

"이 목걸이 뒤에 새기지가 있는 문자들의 뜻이 멉니꺼?"

곽정출 회장의 대답을 들은 기철진은 비로소 긴장이 누그러졌다.

"지한테 부탁할 일이 멉니꺼?"

"잠깐만 기다리세요."

곽정출 회장은 몇 군데 전화를 걸었다.

"자, 나갑시다."

사무실을 나선 두 사람을 싣고 차는 한 시간 남짓 달렸다. 기철진이 그와 들어선 곳은 수도권 남쪽의 어느 산 속에 자리잡고 있는 한성전자 제2공장이었다. 경비와 보안이 삼엄했다. 기철진은 전시 상황처럼 느껴졌다.

미로 같은 통로를 지나면서 여러 개의 문을 거쳤다. 안내를 받지 않으면 도저히 빠져나갈 수 없는 듯이 여겨져 기철진은 잔뜩 긴장되었다.

"옷을 모두 벗으세요. 팬티까지. 옷은 여기에 넣어두시고."

기철진은 안내자의 지시에 순순히 따랐다. 곽정출 회장도 다른 방에 들어갔다.

"머 하는 뎁니꺼?"

"집진실입니다."

방 전체에 어떤 기체가 분무되는 소리가 들렸다. 산 속 깊이 들어가야 마셔볼 수 있는 청정한 느낌이었다. 왼쪽 방으로 가라는 안내 방송이 들렸다. 기철진은 그곳에서 통옷·머리수건·마스크·장갑 등을 착용했다. 내놓은 것은 두 눈뿐이었다.

방을 나왔다. 곽정출 회장이 서 있었다. 명찰을 보지 않았으면 알아보지 못할 뻔했다. 그를 따라 들어선 곳에는 20명쯤 되는 사람들이 자동화한 기계류와 컴퓨터 앞에서 무언가를 하고 있었다.

그곳을 지나자 조그마한 방이 나타났다. 곽정출 회장은 그 방으로 들어가 보안장치가 엄격해 보이는 대형 스테인리스강 문 앞에 섰다.

"여깁니다, 기철진 씨. 돌아가신 회장님께서 이 안에 책을 넣어두셨습니다. 문을 열어야 하는데, 이 잠금 시스템을 해제하는 방법을 기철진 씨가 알고 있다더군요. 두 음절로 된 낱말 하나와 아라비아 숫자 여덟 자리를 눌러야 합니다. 어서 누르세요."

"머랏고예? 지는 해제 방법을 모립니더."

기철진은 어리둥절해져서 눈을 크게 떴다.

"잘 생각해 보세요. 틀림없이 두 사람만이 알고 있는 거라고 하셨습니다.”

기철진은 생각에 잠겼다.

‘두 글자라, 그렇다면……. 그거는 ‘미리’일 끼다. 그런데 여덟 자리의 아라비아 숫자는 뭐지?’

전혀 감을 잡을 수 없었다.

“낱말은 알겠는데 숫자는 모리겠습니더. 혹시 형의 주민등록번호 뒷자리가 아일까예?”

“그건 일곱 자리가 아닙니까? 그리고 흔한 숫자 조합은 아닐 겁니다. 회장님이 얼마나 용의주도하신 분이었는데요.”

기철진은 차평무와 지내온 기억을 더듬어보았다. 그러나 비밀번호로 짐작되는 것은 떠오르지 않았다.

“기회는 세 번밖에 없습니다. 세 번 이상 틀린 번호를 누르면 폭약을 써서 이 문을 부술 수밖에 없는데, 그렇게 되면 곤란해집니다. 이곳은 한성전자의 극비 프로젝트가 진행되고 있어서 미세한 먼지도 용납되지 않는 곳이거든요. 신중히 생각해 보고 누르세요.”

“도저히 몬하겠습니더. 회잠님이 하시이소.”

“돌아가신 회장님이 제 부탁 세 가지를 들어주라고 하셨을 텐데요? 이게 그 첫 번째 부탁입니다. 이 문을 열 수 있는 사람은 기철진 씨뿐이라고 못을 박으셨어요.”

기철진은 그의 학번을 떠올려보았다. 여덟자리 숫자였다. 잠시 망설이던 그는 한글의 닿소리·홀소리가 표시되어 있는 자판에 ‘미리’라고 누른 뒤, 차평무의 학번을 차례로 눌렀다. 숫자를 다 누르자 자판과 숫자판 사이에 있는 두 개의 경등 가운데 하나에 빨간 등이 켜지고 기계음이 울려나왔다.

"패스워드가 틀렸습니다."

기철진은 난감해졌다. 곽정출 회장의 얼굴도 굳어졌다. 기철진은 차평무와 지냈던 일을 하나하나 떠올려보았다. 잔뜩 긴장한 탓에 기억은 조각조각 흩어져 머릿속을 떠다녔다. 기철진은 머리를 흔들었다.

가장 강렬하게 떠오른 기억을 붙잡았다. 백림사에서 처음 만났던 날이었다. 연월일을 이어보니 여덟자리였다. 기철진은 다시 '미리'를 입력하고 숫자판을 눌렀다. 하지만 그것도 실패였다.

"이제 한 번뿐입니다."

곽정출 회장의 눈에 깊은 우려가 나타나 보였다. 온몸에 땀이 솟아났다. 더 이상 누른다는 것은 무모해 보였다.

"아무래도 안 되겠습니더."

"해야 됩니다. 지금 기관에서 책을 찾으려고 혈안이 되어 있어요. 다행히 이곳까지는 들어오지 못했습니다만, 열흘 후에 우리 프로젝트가 모두 완료되면 반드시 찾아올 겁니다. 그 전에 여기 있는 책들을 빼내야 해요."

기철진은 차평무가 보내준 전자우편의 내용을 곰곰이 되새겼다.

'거 어떤 암시가 들어 있을 끼다. 형도 내가 미리는 쉽게 생각해 낼 수 있을 끼랏고 믿었을 끼고, 번호는 전혀 감을 못잡을 거를 대비해가 말을 돌리가 적어났을 끼다, 틀림없이.'

문 앞을 서성이던 기철진의 머릿속으로 문득 떠오르는 것이 있었다.

'그래. 틀림없이 그길 끼라……'

기철진은 다시 손가락을 댔다. 그때 곽정출 회장 뒤로 둘러서 있던 수행원들 중 하나가 입을 열었다.

"회장님, 승산이 없는 모험 아닙니까? 이번이 마지막인데……"

“믿어봅시다. 돌아가신 회장님이 기철진 씨를 절대 간섭하지 말라고 했으니까.”

곽정출 회장은 기철진의 등을 향해 말했다.

“생각난 게 있으면 눌러 보세요.”

“…….”

기철진은 한 번 더 신중하게 판단해 보았다. 이윽고 그는 손가락을 들었다. 입을 꽉 다물고 숫자판을 하나하나 눌러가는 기철진의 눈가에 송골송골 땀방울이 맺혔다.

숫자를 모두 누른 다음 경등을 보았다. 그것을 보는 사람들의 숨도 멎는 듯했다. 몇 초가 흐르지 않아 경등의 불빛 하나가 작열했다. 녹색 등이었다.

“됐다!”

누군가 소리쳤다.

“후우!”

기철진은 맥이 탁 풀렸다. 잠금 장치 풀어지는 소리가 몇 차례 들리더니 철컥 하는 소리를 냈다. 문 안에 들어가 있던 손잡이가 돌출되어 나왔다.

“당겨보세요.”

곽정출 회장의 말이 떨어지자 수행원 두 사람이 그것을 비틀어 당겼다. 드디어 문이 열렸다. 안에는 패찰이 달려 있는 플라스틱 상자가 20개쯤 놓여 있었다.

“보안 조치 발효하고 이동시키세요.”

수행원들의 움직임이 빨라졌다.

“무슨 번호였어요?”

곽정출 회장의 눈웃음이 보였다.

"제 학번이었습니다."

"비밀번호가 기철진 씨의 학번이었다는 걸 어떻게 알아냈어요?"

"학생증하고 목걸이를 가 가라는 말이 암시였던 거 같습니다. 목걸이는 쓰있는데 학생증은 아직 쓰이지 않아서……."

"그래요? 자, 나갑시다. 또 가볼 데가 있어요."

기철진은 다시 그를 따라나왔다. 도착한 곳은 종로에 있는 대학천 책방거리였다. 허름해 보이는 가게로 들어서자 주인은 곽정출 회장을 반겼다.

"드디어 오늘 시작이군요?"

"준비는 차질 없겠지요?"

"아무 염려 마십시오. 물건들은……?"

"곧 도착할 겁니다. 얼마나 걸리겠어요?"

"열흘이면 충분합니다. 모두들 손이 근질근질해서 좀이 쑤시는 모양입니다, 하하."

"작업이 완료되면 원본은 모두 그쪽으로 보내주세요. 저희들 일정도 있으니까요."

"예, 회장님."

"기철진 씨 인사하세요. 이 서점 사장이십니다."

"유동선입니다."

"예? 예, 기철진입니다."

"차평무 회장님께 말씀 많이 들었습니다, 하하."

"지도 성함을 들은 기억이 납니더. 형이 프랑스에서 만났닷고……."

"그래요? 하하. 회장님, 우리 어디 가서 쐬주나 한잔 할까요?"

"대낮부터요?"

"어떻습니까? 새로운 역사가 열리는 이 기쁜 날 천제를 올려야 하지 않겠습니까? 그러지 마시고 제가 한잔 낼 테니 어서 가십시다. 해물파전 자알 하는 집을 알고 있습니다."

유동선 사장은 서점에서 얼마 떨어지지 않은 골목을 앞장서서 가더니 그지없이 허름한 술집으로 머리를 디밀었다. 머리가 하얗게 센 할머니가 그를 반겼다.

"이놈아, 또 대낮부터 술질이야?"

"오늘은 아주 귀한 손님을 모시고 왔으니 말씀 좀 가려서 하십시오."

"네놈이 언제 귀하지 않은 손이라고 얘기한 적 있어?"

유동선은 밝게 웃었다. 기철진은 곽정출 회장에게 물었다.

"책을 우째 하실라 캅니꺼?"

"유 사장한테 듣는 편이 낫겠는데요, 허허."

"앞으로 열흘 후면 모두 출판될 겁니다. 일반인들이 바로 접할 수 있도록 원문 해석과 주석까지 곁들여서 말입니다. 차 회장이 언젠가 일본의 어느 맨션에서 풀이한 것들도 책과 함께 보관되어 있다고 들었거든요. 먼저 각 대학가에 거의 무료로 배포되고 언론과 방송 매체를 통해 대대적인 광고가 나갈 겁니다, 하하."

기철진의 심장 박동이 빨라지고 있었다.

"아마 새로운 세상이 열릴 거예요. 우리의 역사와 언어·철학·문화에 새롭게 눈뜨자는 국민운동이 일어날 겁니다. 역사책도 다시 쓰일 테고 말입니다. 표면적이고 추상적인 겉치레 긍지가 아니라, 자신감 있고 대범하고 호연한 정신 자세로 모두 돌아가게 될 겁니다."

곽정출 회장은 잔잔히 웃고 있었다.

"그것과 동시에 비밀리에 추진되어 왔던 한성전자의 어마어마한 프로젝트도 알려질 거구요. 회장님, 그 소프트웨어 이름이 '유기'라고 했습니까?"

"예, '유기100'입니다."

곽정출 회장은 웃음을 거두고 기철진을 보았다.

"기철진 씨, 지금 한성에서 그 사서의 원본들을 상설 전시할 역사서적 박물관을 짓고 있습니다. 마무리 단계에 들어섰어요. 개관하고 나면 기철진 씨가 살림 좀 맡아줬으면 합니다. 그게 돌아가신 회장님의 두 번째 바람이었어요. 박물관의 학예적인 것은 여기 유 사장이 전적으로 맡을 겁니다."

"아무것도 모르는 지가 우째……?"

"전공이 회계학이라고 들었습니다. 큰 규모의 살림은 아니니까 약간의 연수만 받으면 문제될 건 없다고 봐요. 들어주겠지요?"

"졸업하려면 아직…….."

"회장님께서는 기철진 씨가 그런 사소한 졸업장 문제에 신경 쓰지 않고 바로 수락할 거라고 하셨는데……. 회장님이 간곡히 적어 놓은 사전 유지를 보여드릴까요?"

"아입니더. 그렇게 하겠습니더. 그런데 세 번째 부탁은 멉니꺼?"

"그건 아주 어려운 건데…….."

"말씀해 보이소."

"사귀는 아가씨와 꼭 맺어졌으면 한다고 하셨어요, 허허."

기철진은 차평무의 마지막 부탁에 대해서는 아무런 대답도 할 수 없었다.

"먼저 들어가."

"담배 좀 끊으면 안 돼요? 몸에 나쁘다는 걸 기어이 하는 이유를 모르겠네. 정말."

"아빠, 빨리 들어오세요."

꼬마는 엄마의 손을 잡고 전시장 안으로 들어갔다. 화사한 날씨였다. 눈이 부셨다. 그는 조각상 앞에 걸터앉아 계단을 보았다.

누군가 빙긋 웃으며 올라올 것 같은 느낌. 라이터를 켰다. 노란 불꽃이 일렁였다. 후우. 연기를 내뿜으며 전시장 입구를 보았다. 커다란 현수막이 내걸려 있었다.

'한일 고대 유물 교류전─예술의 전당 특별전시실'

도쿄박물관이 소장하고 있는 일본 유물이 서울 박물관의 우리 유물과 교환 전시차 나들이를 한 것이었다.

'그때 기다리고 있었던 곳이 여기였지, 아마. 아니, 저긴가……'

그는 고개를 돌렸다. 계단을 올라오고 있는 사람을 보았다. 생각했던 얼굴이 아니었다. 또 한 사람이 올라왔다. 그도 아니었다……. 어린 아이의 머리가 보였다.

"아빠!"

"와 거기서 올라오노?"

"아빠 놀라게 해 주려고요."

"그래? 아빠가 진짜 놀랐뿟네."

"정말요? 그럼 한 번 더 할게요."

꼬마가 전시장 안으로 뛰어들어가자 한 아이의 손을 양쪽에서 잡고 오던 부부가 미소를 지으며 말했다. 일본어였다.

"세이부(平舞), 너도 저 한국 친구처럼 씩씩해보렴."

그의 고개가 얼른 그쪽으로 돌아갔다. 부부가 다가오기를 기다려 일어섰다.

"혹시 일본에서 오셨습니까?"

"예, 역사가 깊고 아름다운 한국을 배우려고 왔습니다."

남자의 말이 한국어로 바뀌었다. 그는 웃음을 머금었다.

"아드님 이름이 참 좋게 들려서……."

"하하, 예전에 친하게 지냈던 친구 이름입니다. 우리 아이도 그 친구처럼 정의롭고 열정적인 삶을 본받으라는 뜻에서 지어주었지요."

"성함을 물어봐도 실례가 안 되겠습니까?"

"하야시 마키우로, 한국명은 임정홍입니다."

"……."

"무슨 일이라도?"

"아, 아닙니다. 그건."

기철진은 하야시와 함께 서 있는 여인을 바라보았다. 그녀는 가볍게 목례를 했다. 명함을 주고받은 뒤 하야시 가족은 전시장으로 향했다.

그들의 뒷모습을 물끄러미 쳐다보고 있던 기철진은 계단으로 고개를 돌렸다. 꼬마가 숨어서 올라오고 있는 모습이 보였다.

"아빠!"

"어이쿠, 이기 누고?"

"아빠는 왜 자꾸자꾸 놀라요?"

"음, 아빠가 꿈을 꾸는 거 같아서. 언자 고마 들어가자."

꼬마의 손을 잡고 전시장 안으로 들어간 기철진은 한쪽 구석진 곳에 있는, 낯익은 사무실의 출입문을 보았다. 천천히 걸음을 옮겨 놓는 순간 아내의 목소리가 들렸다.

"뭘 하고 이제 들어와요?"

"……"

기철진은 대꾸를 잊은 채 사무실 앞에서 돌아섰다. 스무 걸음쯤 떨어져 있는 곳에 있는 벽을 보았다. 벽에는 일본의 어촌 풍경을 그린 그림이 걸려 있었다.

"아빠, 저기 흠집 있는 게 있어요."

꼬마가 그의 손을 잡고 끌었다.

"정말이에요. 이리 와보세요."

꼬마는 금동불상 앞에 서서 불상의 발가락을 가리켰다.

"여기 보세요. 제 말이 맞죠?"

"어데? 정말 그렇네."

꼬마는 신이 나 깔깔거리며 웃었다.

"아빠, 그런데요. 이거랑 똑같은 흠집이 있는 게 열 개도 넘어요. 제가 다 찾았어요."

"머랏고?"

그는 꼬마를 바라보았다.

"열 개도 넘는다니까요. 정말이에요."

"어데 또 있더노? 같이 가보자."

꼬마는 그의 손을 놓고 뛰어갔다.

"여기 이거요. 이건 여기. 보세요. 여기."

꼬마는 갑옷을 가리켰다. 그는 꼬마의 키만큼 낮추며 쪼그렸다. 갑옷의 아랫단에 불상의 발톱에 있던 것과 똑같은 표식이 보였다.

"이, 이건……?"

"아빠, 왜 그렇게 놀라세요?"

“어데, 또 어데 있더노?”

“저기요. 따라와 보세요.”

꼬마가 간 곳은 토기가 놓여 있는 자리였다. 그의 눈이 커졌다.

“아빠, 이건 저기 동그랗게 되어 있는 곳에 있어요. 빨리 보세요.”

“……”

“아빠, 저 동그란 걸 뭐라고 해요?”

“동그란 거? 소……용돌이, 소용돌이 무늬라 카는 기다.”

옆에 서 있던 관람객의 말이 들렸다.

“어쩜 저렇게 신비스러울까? 참 대단한 민족이야. 그러니까 경제뿐만 아니라 세계적인 문화 부국으로 알려졌지. 안 그래요?”

“우리는 더 훌륭한 민족 아니야? 그걸 실감나게 깨달은 시기가 늦었을 뿐이지. 몇 년 전 그 한성그룹 후계자가 찾아 놓은 역사책 때문에 우리 스스로를 올바로 돌아보는 운동이 대대적으로 열렸잖아? 지금은 해외 각국에서 우리의 상고 역사를 대대적으로 연구하고 있고, 우리말과 문화에 대한 관심도 가히 폭발적이야. 모두 그 사람 덕택이야.”

“기적의 소프트웨어인가 하는 걸 개발해 낸 것도 그 사람 업적이라면서요?”

“그렇고 말고. 그게 바로 ‘유기100’ 시리즈라는 거야. 지금도 세계 시장으로 꾸준히 팔려나가고 있지. 업그레이드되기가 무서울 정도래.”

“그동안 판매된 금액만도 어마어마하다면서요?”

“그때부터 폭발적으로 성장한 경제 때문에 북한을 저만큼 잘살게 해 놓았으니 짐작할 만한 일 아냐? 이제 통일도 얼마 남지 않았어.”

“한 가지 궁금한 게 있어요. 왜 요즘은 거의 모든 나라들이 무역을 할 때 달러보다 원화 결제를 선호하는 거예요?”

　"우리나라 돈이 세계 통화가 되어가고 있다는 말이야. 격세지감도 이만저만이 아니야. 역사의 영광을 고스란히 되찾고 또 우리나라가 옛 시대의 국력을 회복하게 되었으니, 요절한 그 젊은 친구에게 대를 이어 감사해야 돼. 그 사람은 20세기 말에 문득 이 땅에 찾아와 우리의 진면목을 일깨우고 간 겨레의 마지막 신화였어."

　"선거철이라 그런지 요즘 정부나 국민들이 또 느슨해지고 있는 것 같아요."

　"큰일이야. 이대로 간다면 분명히 손가락질을 받게 될 거야. 정치판부터 치졸한 옛 모습으로 돌아갈 조짐을 보이고 있으니……."

　"그런데 어느 박물관 직원이 썼다는 그 사람의 일대기를 보면, 일본인 교수 집의 비밀 창고에 우리나라 유물이 수만 점이나 있었다고 했잖아요. 그건 다 어디로 간 거예요?"

　"글쎄, 그 유물들의 행방은 아무도 모른다지, 아마."

　"요즘은 그것에 관심을 갖는 사람이 거의 없는 것 같아요."

　"그런 보물들이 정말 있었다면 언젠가는 우리 눈앞에 나타나겠지. 일본 정부도 지금까지 부인하고 있는 걸 보면 아무래도 그것만큼은 사실이 아닐지도 몰라."

　"그러게 말이에요. 그건 필자의 지나친 상상일 거예요."

　그들 일행이 곁을 지나가는 동안 기철진은 미동도 않고 토기를 바라보고 있었다.

　"아빠, 저런 똑같은 흠집은 누가 낸 거예요?"

　"……."

　"아빠!"

　'틀림없이 그의 수결이야. 드디어 찾았어. 하지만 이래 둔갑되어 나

타날 줄이야. 퍼뜩 관장님한테 연락해야 되겠어……’

“아! 빠!”

꼬마가 소리를 질렀다.

“으응?”

“똑같은 흠집을 누가 냈냐니까요?”

“그…… 그거는…… 그거는 우리 씩씩한 평무가 나중에 아빠만큼 크마 전부 다 이야기해 주께. 알았제? 아빠가 지금 바빠졌으니까 엄마한테 가 있어라.”

“그럼 약속해야지요”

꼬마는 새끼손가락을 들었다.

“그래, 약속!”

이탈리아 역사철학자 크로체(B. Croce, 1866~1952)는 "모든 역사는 '현대사'"라고 부르짖었다. 이 말은 '모든 역사는 시간적으로 아무리 오래된 것이라 할지라도 시대적 관점과 현재라는 사회적 문제에 따라 시시각각 다르게 해석, 평가, 수용되는 시변적(時辨的) 용설(用設)'이라는 대의로 풀이할 수 있다고 본다.

하지만 역사가 아무리 '관점의 학문'이라 할지라도 바꿀 수 없는 역사적 사실에까지 이러한 견해가 수용된다면 그것은 역사적 진실을 왜곡하는 하나의 폐단이 될 수도 있지 않을까 하는 생각이 든다. 우리가 당면하고 있는 우리 역사의 첫 번째 화두는 역사의 새벽이 열린 시점이다. 한편에서는 지금으로부터 오천 년 전이라고 하고 또 다른 쪽에서는 일만 년 전이라고 한다. 과연 어느 편의 말이 옳은가. 관점의 차이라는 말을 끌어다 놓고 언제까지 엉거주춤 병존시킬 수 있는 견해인가.

아닐 것이다. 오천 년이라는 시차를 두고 병립할 수 있는 역사적 사실은 없다. 그렇다면 우리가 주목해야 할 것은 어느 한쪽은 틀림없이 중대한 관점의 오류를 범하고 있다는 점이다. 더 나아가 어느 한쪽이 소리 높여 주장해 온 잘못된 관점, 그 관점의 원인이 실증될 때 우리의 정서적 충격은 어떠할 것인가.

대학 시절, 어느 섬 백사장에서 친구들과 1백 미터쯤 되는 거리를 발아래만 내려다보며 직선으로 걷기 시합을 한 적이 있다. 여러 차례 시도해 보았지만 끝내 승부를 가리지 못했다. 누구랄 것도 없이 하나같이 분명히 똑바로 걸었다고 생각하고 뒤를 돌아볼 때마다 기대는 번번이 무너졌다.

때때로 현재라는 자리에 서서 과거를 성찰해 보지 않으면 우리가 목적하는 길을 얼마나 똑바로 걸어왔는지, 얼마만큼 왔는지, 또 앞으로 어떻게 나아가야 하는지 알 수 없다.

역사적 진실을 판별할 의무와 자격, 그것은 사학자들에게만 있는 것이 아니라 궁극적으로 우리 국민에게 있다고 본다. 역사학은 과거에 관한 학문이 아니라 바로 오늘의 우리를 참다운 우리이게 하는, 오직 현재의 학문이기 때문이다.

그러한 이유에서 반드시, 역사학의 명제는 교묘한 언변이 주된 도구가 되는 '관점의 학문'이 아니라 유물적 증거와 문헌적 사료를 뼈대와 바탕으로 삼는 '실증의 학문'이 되어야 마땅하다.

아직 '발견하지 못한' 사료를 적극적으로 찾아보고자 하는 실천적인 노력은 내버려둔 채 섣불리 '사라져 버렸다', '전해지지 않는다'라는 단정을 변명 삼아 학설의 기득적 권위에 연연해하는 태도에서 활연히 깨어나지 않으면, 우리의 이제는 언제까지나 '잠들어 있는 어제'가 된다. 잠들어 아직 깨어나지 못하고 있다면 오늘도 내일도 무의미한 일이다. 부디 깨어나자. 말보다는 몸이 먼저.

비어 있는 원고지에 첫 줄을 적어 놓고 나서 숨을 골랐다.

독자가 한 사람이 될지언정 다 읽고 나서 함부로 내던져지는 글은 결코 쓰지 않겠다는 결심이었다. 그러나 지금 돌이켜 모든 면에서 부족한 나의 역량을 생각해 보면 그 첫 마음에 부끄러움을 금할 길이 없다. 독자 여러분의 너그러움을 구하며 깊이 고개를 숙인다.

내내 한결같은 마음으로 도와주고 가까이 또는 멀리서 힘을 북돋워 준 지인(知人)들에게 지면을 빌려 인사를 드린다.

원고에 깊은 관심을 가지고 흔쾌히 책의 재출간을 맡아 정성스럽게 엮어주신 글누림출판사의 최종숙 대표, 권분옥 팀장님 그리고 많은 관계자 여러분께 진심으로 감사드린다.

2008. 4.

하 용 준